ROBERT LÖHR
Das Hamlet-Komplott

Mehr über unsere Autoren und Bücher:
www.piper.de

Von Robert Löhr liegen im Piper Verlag vor:
Der Schachautomat
Das Erlkönig-Manöver

ISBN 978-3-492-05327-3
© Piper Verlag GmbH, München 2010
Gesetzt aus der Stempel-Garamond
Satz: Uwe Steffen, München
Druck und Bindung: CPI - Clausen & Bosse, Leck
Printed in Germany

ROBERT LÖHR

Das Hamlet-Komplott

Roman

Piper München Zürich

Überhaupt glaube ich, dass man wohl tun würde, immer nur die allgemeine Situation, die Zeit und die Personen aus der Geschichte zu nehmen und alles übrige poetisch frei zu erfinden, wodurch eine mittlere Gattung von Stoffen entstünde, welche die Vorteile des historischen Dramas mit dem erdichteten vereinigte.

FRIEDRICH SCHILLER, *Brief an Goethe (20.8.1799)*

I
JENA

Den Morgen des 14. Oktober 1806 verbrachte Goethe im Garten über seiner Farbenlehre, derweil Napoleon vier Wegstunden ostwärts die preußische Armee zermalmte. Der Tag war zwar kalt, aber ausnehmend heiter, dienlich also für beider Anliegen, waren die Farben durchs Prisma doch ebenso klar zu erkennen wie die bunten Röcke der preußischen Soldaten. Morgens hatte die Schlacht begonnen, mittags schon befanden sich die Preußen auf der Flucht, derweil auf den Hügeln vor Jena zehntausend Mann verbluteten. Als das Donnergrollen der französischen Artillerie sich Weimar näherte, raffte Goethe verdrießlich Papier, Feder und Farben zusammen und ging zurück ins Haus.

Am späten Mittag speiste man gemeinsam, wie üblich, dann aber wurde Weimar zur Szenerie des Kriegstheaters, und als die ersten Kanonenkugeln durch die Dächer der Stadt schlugen, ward die Mahlzeit vorzeitig beendet. Goethe ließ Türen und Fensterläden verschließen. Wie eine Flutwelle den Unrat vor sich herspült, so stürzten nun die Überreste der preußischen Bataillone durch die Gassen der Stadt: Offiziere und Soldaten, Deserteure und Verwundete in wilder Auflösung begriffen, dazwischen Pferde und Wagen. Was immer bei der Flucht behinderte – seien es Gewehre, Säbel oder Tornister –, warf man schlicht von sich, dass die Nacheilenden darüber stolpern mussten. Dann kamen die Franzosen.

Aus Übermut, aber auch weil es mittlerweile dunkel geworden war, warfen die siegreichen französischen Fußsoldaten Fackeln in einige Häuser, und im Licht der Brände begann die Plünderung der Stadt. Preußen hatte die Schlacht verloren, aber Weimar musste die Zeche zahlen: Wessen Haus nicht angesteckt oder von einer Kanonenkugel durchbohrt wurde, dem wurde doch zumindest die Tür eingetreten, die Speisekammer und der Weinkeller ausgeräumt und Wäsche und Silber entwendet, und er konnte sich glücklich schätzen, wenn er und seine Familie die Plünderung mit heiler Haut überstanden hatten und die Franzosen lauthals singend weiterzogen: *Wir plündern, wir futtern, wir bechern, wir schüren den Brand auf den Dächern.*

Goethes Haus am Frauenplan ward verschont, denn hier sollte Marschall Ney höchstselbst samt seiner Entourage untergebracht werden. Doch der Maréchal de France blieb vorerst aus, und statt seiner quartierten sich sechzehn Husaren aus dem Elsass im Untergeschoss ein, die mit Brot und Pasteten verköstigt wurden und – die Schlacht in den Knochen und Goethes Wein im Blut – bald einschliefen. Weit nach Mitternacht gingen auch die restlichen Bewohner des Hauses zu Bett, die Gesänge der Marodeure als hässliches Wiegenlied im Ohr.

Goethe hatte noch keine Stunde geschlafen, als er durch Kolbenschläge gegen die Haustür wieder geweckt wurde. Riemer, der Hauslehrer von Goethes Sohn, trat in den Flur und rief den Franzosen durch die geschlossene Tür zu, dass das Haus unter dem Schutz Marschall Neys stehe, doch das scherte die Ankömmlinge nicht; vielmehr drohten sie, die Tür einzuschlagen, sollte man ihnen weiterhin den Einlass verweigern. Riemer öffnete also und ließ die drei Füsiliere herein. Auch ihnen brachte er Wein und kalte Speisen. Sie hatten deutlich mehr Durst als die Elsässer, aber deutlich weniger Anstand, und nach vollendetem Nachtmahl warfen sie sich samt Weinflaschen ungeniert in jene Betten, die man im Obergeschoss für Napoleons tapfersten General vorbereitet hatte.

An Schlaf war nun nicht mehr zu denken. Goethe wälzte sich von einer Seite zur anderen und lauschte den Geräuschen der Nacht: Rufe, Schüsse, Gelächter. Hin und wieder ging ein Fenster zu Bruch. Irgendwann fing einer der französischen Rüpel das Schnarchen an. Und schließlich hörte Goethe, wie eine Münze zu Boden fiel und einen Augenblick über die Dielen kreiselte, bevor sie von einem Stiefel zum Schweigen gebracht wurde.

Als Goethe in den Salon trat, stand vor dem aufgebrochenen Münzschrank, ihm den Rücken zugewandt, einer der drei Füsiliere, noch immer in voller Montur, darüber einen weißleinenen Kittel und am Dreispitz einen Blechlöffel. Eine nach der anderen klaubte er die Münzen aus ihrem samtenen Lager und stopfte sie in seine Patronentasche. Die fernen Flammen eines brennenden Hauses genügten, die Szenerie vollends zu beleuchten. Noch während Goethe unschlüssig auf der Schwelle verharrte, wurde der Franzose seiner gewahr. Augenblicks griff er zu seiner Muskete, die er gegen den Münzschrank gelehnt hatte, und setzte dem Hausherrn das Bajonett auf die Brust. Bevor Goethe einen Ton herausgebracht hatte, herrschte ihn der Soldat an, der verdammte Preuße möge sich umgehend zurückziehen, widrigenfalls würde er aufgespießt wie ein Hühnchen über dem Feuer.

Mit aller Autorität, die Goethe, barfüßig im Nachthemd, die Mütze auf dem Kopf, noch aufbringen konnte, erklärte er, dass er *primo* kein Preuße, sondern vielmehr Thüringer sei, dass er *secundo* den Raub seiner numismatischen Sammlung nicht dulden wolle und dass *tertio* Marschall Ney jeden Moment hier eintreffen könne – woraufder Löffelmann Goethe mit lautstarken Beschimpfungen in einem unappetitlichen Dialekt das Wort abschnitt.

Als Christiane, durch den Radau wachgerufen, in den Salon kam, griff Goethe gerade nach der Patronentasche des Soldaten, in der sich die Beute befand. Der Franzose stieß Goethe von sich, legte an und spannte den

Hahn. Christiane griff nach der nächsten Waffe in Reichweite – aus Goethes Mineraliensammlung eine Druse von der Größe eines Brotlaibs – und schlug sie dem Franzosen auf den Kopf. Es krachte hohl. Beide fielen zu Boden wie ein Stein, der Stein und der Franzose. Goethe und Christiane blickten schweigend auf das Desaster zu ihren Füßen. Im Nachbarzimmer schnarchte der Kamerad des Füsiliers. Niemand im Haus schien den Streit bemerkt zu haben.

»Danke«, sagte Goethe.

»Bitte«, entgegnete Christiane. »Gut, dass der Stein zur Hand war.«

»Es ist kein *Stein*, meine Liebe, sondern ein *Goethit* aus einem Bergwerk im Sieger Land. Beachte nur die planvolle Anordnung der Kristalle im Innern! Was für ein sorgsamer Baumeister ist doch die Natur.«

Während Goethe die aufgeschnittene Druse in seiner Hand drehte, als sähe er sie zum ersten Mal, schaute Christiane nach dem Niedergeschlagenen.

»Ich werde das Ney erklären können«, sagte Goethe und wies auf die Münze, die der Franzose noch immer in einer Hand umklammert hielt. »Wenn der Kerl morgen früh erwacht, darf er diese da behalten, für die erlittenen Kopfschmerzen, und alle gehen zufrieden ihrer Wege.«

»Er ist tot.«

»Wie bitte?«

»Er ist tot.«

»Sag nicht *tot*!«

»Aber er ist tot. Sein Herz schlägt nicht mehr, Gott steh uns bei. Er ist tot!«

»Ich ertrag das Wort nicht. Sag: *Er ist hin*.«

»Mein lieber Geheimrat, hin ist hin und tot ist tot! Haben wir nicht andere Sorgen als die Wahl der Worte? Vor der Türe ist Krieg, nebenan schlafen ein und ein halbes Dutzend feindliche Soldaten, und in Ihrem Salon liegt ein Toter!«

»Sag nicht *Toter*!«

Goethe trat, um ein paar Schritte Abstand von der Leiche zu nehmen, ans Fenster, wischte sich die Hände in den Falten seines Schlafrocks sauber, obwohl er den Mann seit dessen Dahinscheiden gar nicht mehr berührt hatte, und versuchte sich ganz auf das zu konzentrieren, was nun zu tun sei. Draußen auf dem Frauenplan stöberten im Feuerschein einige Infanteristen nach Brauchbarem in dem Gerümpel, das die fliehenden Preußen zurückgelassen hatten. Ein Chasseur schoss auf ein herrenloses Schwein, das offensichtlich im Tumult ausgebrochen war, verfehlte es aber.

»Man wird uns vor ein Kriegsgericht stellen und erschießen lassen«, sagte Christiane.

»Nicht doch. An einem Tag wie heute fällt ein Opfer mehr oder weniger nicht ins Gewicht. Wir erzählen seinen Kameraden einfach, er wäre vorzeitig wieder aufgebrochen.«

»Und der Leichnam?«

»Schaff ihn fort. Für einen Leichnam bin ich nicht zu Haus.«

»Aber wohin?«

»Ich weiß es nicht, ich habe keine Idee. Riemer soll dir helfen. Verscharrt ihn, verbrennt ihn, werft ihn in den Fluss; ich will gar nicht wissen, was ihr mit ihm macht. Nehmt seine Flinte mit.«

Derweil Christiane also zu Riemer eilte, klaubte Goethe mit zitternden Fingern seinen Besitz wieder zusammen – mit Ausnahme der Münze in der Faust des Toten, einer Gedenkmünze zur Kaiserkrönung Franz' II. »Die gib dem Charon«, murmelte er –, und während Christiane und Riemer den Franzosen so leise wie möglich die Treppen hinabtrugen – sie an den Stiefeln, er unter den Achseln –, legte Goethe die Münzen zurück an ihren angestammten Platz im Schrank. Dann bürstete er den Teppich sauber und versteckte das Mordwerkzeug, den

Goethit, zwischen den anderen Mineralien im Arbeitszimmer.

Ney kam mit seinen Männern im Morgengrauen, und als der Marschall erfuhr, dass Soldaten in den Zimmern schliefen, die man für ihn hergerichtet hatte, zog er den Säbel blank, stürmte ins Obergeschoss und trieb die insolenten Kerls mit der flachen Klinge aus den Betten. Ihnen blieb nicht einmal die Zeit, sich anzukleiden, geschweige denn sich nach dem Verbleib ihres Kameraden zu erkundigen. Drei Tage darauf, als der französische Generalinspekteur der Künste und Leiter des Musée Napoléon, Baron Dominique Vivant Denon, mit seinem Assistenten bei Goethe vorsprach, um dessen Kunstbesitz, insbesondere aber dessen numismatische Sammlung zu besichtigen, war auch der Schaden am Münzschrank behoben und damit die letzte Spur dessen beseitigt, was sich in der Schreckensnacht zugetragen hatte.

Und so blieb die Bluttat, die Geheimrat Johann Wolfgang von Goethe und Christiane Vulpius leicht den Kopf hätte kosten können, ohne Nachspiel – mit einer Ausnahme: Fünf Tage nach der Schlacht von Jena nahm Goethe die Vulpius, seine langjährige Gefährtin und die Mutter seines Kindes, zur Ehefrau. Außer dem Brautpaar und Oberkonsistorialrat Günther waren nur Goethes Sohn und Riemer, die beiden Trauzeugen, anwesend. In der Jakobskirche, die noch am Vortag Lazarett gewesen war und kaum vom Blut der verwundeten Preußen gereinigt worden, feierte die Familie Goethe nun ihr Freudenfest. In die Trauringe ließ Goethe aber nicht das Datum der Trauung eingravieren, sondern den Tag der Schlacht von Jena, den 14. Oktober des Jahres 1806.

2

WEIMAR

Mitte Mai des darauffolgenden Jahres leitete Goethe die Proben zur *Iphigenie auf Tauris*. Mit seiner Laune war es nicht zum Besten bestellt, denn einige Schauspieler hatten erhebliche Lücken im Text aufgewiesen oder sich eben so sehr auf den Text konzentriert, dass sie darüber ihr Spiel ganz vergessen hatten. Zudem hatte ein ungeschickter Bühnenarbeiter mittelst seiner Leiter das Standbild der Diana vom Postament zu Boden gestoßen, wo es in tausend Teile zersprungen war. Vollends jedoch verlor Goethe die Geduld, als in der Hadesvision des Orest die Verstorbenen Atreus, Thyestes und Klytämnestra aus der Versenkung auftauchen sollten, der Hubboden sich aber plötzlich verkeilte und weder auf- noch abwärts wollte, sodass von den unglücklichen Atriden nur die Häupter in der Oberwelt erschienen, derweil ihre Körper in der Unterwelt gefangen blieben. Goethe brach die Probe unwirsch ab und gewährte den Schauspielern eine Pause, bis der Maschinist den Hubboden wiederhergestellt hatte. An der Bühnenkante lief er auf und ab, die Hände hinter dem Rücken verschränkt, und jedermann mied es, ihm in die Augen zu sehen.

Am selben Abend sollte die Premiere sein: die erste *Iphigenie* seit Kriegsbeginn. Nach den Gefechten bei Jena und Auerstedt war Napoleon von Schlacht zu Schlacht und von Sieg zu Sieg geschritten; stolze Festungen wie Erfurt, Magdeburg, Spandau, Küstrin und Stettin hatten sich kampflos den Franzosen ergeben. Schon zwei Wochen nach dem Gewaltstreich von Jena war Napoleon in Berlin einmarschiert, während sich Friedrich Wilhelm III. und Königin Luise bereits auf der Flucht in den östlichsten Zipfel Ostpreußens befanden: nach Memel, das nun Preußens provisorische Hauptstadt geworden war. Erst in der Koalition mit Russland, so hatte es den Anschein, hatte sich das Kriegsglück der preußischen Armee wieder gewendet, und im Februar, im Schnee- und Blutgestöber von Preußisch-Eylau, hatte man den Franzosen erstmals die Stirn bieten können. Aber das war Goethe gleich. Ostpreußen war fern, und sein Herzogtum hatte sich unmittelbar nach der Plünderung Weimars eh der Gnade Napoleons ergeben und war dem Rheinbund beigetreten.

»Ich mache mir Sorgen um die heutige Vorstellung«, sagte Goethe zu Kirms, der mit einigen Papieren in der Hand zu ihm auf die Bühne kam.

»Ich auch«, erwiderte der Hofkammerrat, »aber vermutlich aus anderen Gründen als den Ihrigen. Es sind noch zahlreiche Billets nicht verkauft, und ich fürchte beinahe, Sie werden heute Abend vor einem schütteren Parterre spielen. Der Kotzebue hingegen, übermorgen – restlos ausverkauft.«

»Wie schön. Haben Sie noch weitere kluge Ratschläge für meinen Spielplan, von Kotzebue einmal abgesehen?«

»Ja. Geben Sie künftig weniger Schauspiele und mehr Opern.«

»Weshalb?«

»Weil der Herzog höchstpersönlich darum bittet.«

»Respektive ...«

»... respektive, ja, Frau Jagemann, die ihm, wie wir beide wissen, diesen Floh ins Ohr gesetzt haben dürfte.« Als Goethe die Augen verdrehte, fügte Kirms hinzu: »Es tut mir leid. Aber haben wir eine Wahl? Sich des Herzogs Mätresse zu widersetzen hieße, sich dem Herzog zu widersetzen.«

»Geben Sie mir Ihre Schlüssel.«

»Wozu brauchen Sie meine Schlüssel?«

»Ich will in den Hades hinabsteigen und nachschauen, weshalb dieser Teufel von Maschinist so lange braucht.«

Kirms überreichte Goethe das große Bund mit Schlüsseln für sämtliche Türen des Theaters und verschwand. Doch bevor auch Goethe die Bühne verlassen konnte, sprach ihn Amalie Wolff-Malcomi an, noch immer im Kostüm der Iphigenie, um Goethe einen Besucher anzukündigen, der schon seit geraumer Zeit im Foyer warte. Obwohl Goethe wenig Lust auf einen Besucher hatte, noch weniger auf einen unbekannten, unangemeldeten, bat er Amalie, diesen zu ihm auf die Bühne zu bringen.

Einer der Kulissenmaler, über und über weiß befleckt, brachte indes die neue Statue der Diana herein, die er aus Gips geschaffen hatte. Da der Gips noch nicht vollends getrocknet war, stellte er sie mit größter Vorsicht vor Goethe ab. Der Plastik merkte man die Eile, in der sie entstanden war, deutlich an, und so war sie nur ein ärmlicher Ersatz für das zerstörte Standbild. »Das ist sie, Herr Geheimrat«, sagte der Künstler.

»Wer? Die Brockenhexe?«

»Nein. *Diana*. Die jungfräuliche Göttin.«

»Jungfräulich?«, fragte Goethe und versuchte, bei der Statue ein Vorne und ein Hinten auszumachen. »Sie schaut eher aus, als stünde sie kurz vor der Niederkunft. Oder betrachte ich die Gute falsch herum und blicke in Wahrheit auf ihren Buckel?«

»Das ist der Faltenwurf ihres Gewandes«, erklärte der Mann betreten. »Halten zu Ehren, Euer Exzellenz, aber in so kurzer Zeit kann ich keine Meisterwerke schaffen.«

»Und deswegen, meinen Sie, sollen Orest und Pylades heute Abend das Standbild dieser ungestalten Gorgone stehlen?«

Amalie führte nun den Besucher heran, in dem Goethe zu seinem Erstaunen und zu seiner Freude keinen Geringeren als Ludwig Tieck erkannte: ein jugendlich-frisches Gesicht mit forschenden braunen Augen und ein Leib, den die Gicht hier und da hatte verwachsen und vorzeitig altern lassen. Tiecks Kopf lag immer etwas tiefer zwischen den Schultern, als wollte er sich permanent verneigen.

»Der junge Tieck! Was bringen Sie mir Gutes?«, sagte Goethe mit freundlicher Stimme. »Verzeihen Sie, dass ich Sie habe warten lassen.«

Tieck ergriff die dargebotene Hand und bedankte sich zugleich bei Amalie, dass sie ihn geleitet hatte. Die Schauspielerin verabschiedete sich mit einem Lächeln und einer gezierten Verbeugung.

»Freilich ist es eine Weile schon, dass wir uns nicht gesehen haben«, sagte Goethe.

»Sie luden mich zu einem schmackhaften Mittagsmahl«, entgegnete Tieck. »Zwei Wochen später brach der Krieg aus.«

»Ach ja, der Krieg. Nun teilt sich unser Leben also auf – in die Zeit vor dem Krieg und in die nach dem Kriege. Ich hoffe, Sie haben bislang nicht allzu viele Federn lassen müssen.«

»Ich habe, danke der Nachfrage, den Kopf eingezogen und die Schlachtfelder gemieden, wo ich nur konnte.«

»Das hätte ich auch gerne getan, nur kam in unserm Falle das Schlachtfeld zu uns. Haben Sie beim Hereinkommen die Delle gesehen, die uns eine französische Kanonenkugel ins Theater gedrückt hat? Wir haben uns in diesem Krieg wahrlich eine blutige Nase geholt. Preußen hingegen holt sich den Tod.«

Tieck warf einen Blick auf den pikierten Kulissenmaler und das Werk vor ihm. »Ich will Sie nicht lange inkommodieren, Herr von Goethe. Ich sehe, Sie haben zu tun.«

»In der Tat. Diese Woche vergeht unter angehender Theaterqual. Ich bin umringt von Krämerseelen, Einfaltspinseln und Pfuschern. Auf dieser Bühne bin ich Gott, aber ich bin dem wahren Gott darin ähnlich, dass er immer geschehen lässt, was er nicht will. Sehen Sie sich beispielshalber dieses Götterstandbild an. Es soll die Diana darstellen, wurde mir versichert. In wenigen Stunden hebt sich der Vorhang zur großen Neuinszenierung der *Iphigenie auf Tauris*, und alles, was ich habe, ist hier dieser Golem von Prag«, sagte Goethe und drückte einen Finger in den weichen Gips.

Schon wollte der Künstler abermals gegen den Tadel protestieren, da sagte Tieck: »Legen Sie ein Tuch darüber.«

»Ein Tuch?«

»Verhüllen Sie Ihre Diana mit einem Seidentuch, sodass sich ihre Physiognomie darunter nur andeutet. Verhüllt ist das Standbild geheimnisvoller, prächtiger und heiliger, als es das größte Meisterwerk unverhüllt je sein könnte. – Und Pylades hat ja wohl allen Grund, das kostbare Bild der Göttin vor dem Transport sorgsam zu verpacken.«

Goethe schaute zum Kulissenmaler, der Kulissenmaler schaute zu Goethe und nahm dann wortlos seine viel gescholtene Plastik wieder auf, um mit ihr nach einem passenden Tuch zu suchen.

»So haben Sie mir sehr schnell zumindest eine meiner unzähligen Sorgen nehmen können«, sagte Goethe. »Womit kann im Gegenzug ich Ihnen behilflich sein?«

»Nicht so sehr mir als vielmehr einem gemeinsamen Bekannten. Die Rede ist von Heinrich von Kleist.«

»Kleist? Aha. Was ist mit ihm?«

»Er ist in Kriegsgefangenschaft geraten. Wodurch er den französischen Behörden verdächtig wurde, weiß ich nicht zu sagen, aber man schickte ihn nach Joux, eine Festung nahe der Grenze zur Schweiz. Der Vorwurf lautet auf Spionage. Man hält ihn dort sicherer verwahrt als jeden Schwerverbrecher.«

Noch während Goethe nach Worten suchte, um seine Betroffenheit auszudrücken, nahm Tieck einen Brief aus seiner Weste und überreichte ihn Goethe. Er war an Tiecks Adresse in Ziebingen adressiert. Goethe zog den Brief aus dem Couvert und erkannte sofort die unleserliche Handschrift Kleists.

Mein verehrungswürdigster Freund,

ich wende mich in meiner bittren Not an Sie, weil Sie einst sagten, Sie stünden mir, wenn ich danach verlangte, mit Rat und Tat zur Seite, und weil Sie in der Vergangenheit wie kaum ein Zwoter sowohl Hilfsbereitschaft als auch Verschwiegenheit bewiesen haben. Ich schreibe Ihnen diese Zeilen, so phantastisch es klingt, hinter Mauern mehrere Fuß dick, hoch über den Gipfeln des französischen Juras.

So viel in Kürze: Ende Januar war ich auf dem Weg von Königsberg nach Dresden, von wo der Krieg längst weitergezogen war, als mich mein Unglück ereilte. Ich bin auf meiner Durchreise durch Berlin mit noch zwei jungen Landsleuten auf Befehl des Generalgouverneurs Clark arretiert und abgeführt worden. Ihnen den Grund dieser gewaltsamen Maßregel anzugeben bin ich nicht imstande, auch scheint es, als ob uns nichts zur Last gelegt würde als bloß der Umstand, dass wir von Königsberg kamen. Als wenn nun ein jeder, der von dort kommt, gleich ein Spion wäre! Erschrecken Sie nicht, es muss ein Missverständnis dieser Sache zugrunde liegen, denn auch nicht in Gedanken, wie Sie sich leicht überzeugen werden, mischte ich mich in den Streit der Welt. Kann man sich etwas Übereilteres als diese Maßregel denken? Man vermisst ganz das gute Urteil der Franzosen darin.

Die Reise ging nach Joux, einem Schloss bei Pontarlier, auf der Straße von Neuchâtel nach Paris. Nichts kann öder sein als der Anblick dieser auf einem nackten Felsen liegenden Festung, die zu keinem andern Zweck als zur Aufbewahrung der Gefangenen noch unterhalten wird. Wir mussten aussteigen und zu Fuß hinaufgehen; das Wetter war entsetzlich, und der Sturm drohte uns auf diesem schmalen, eisbedeckten Wege in den Abgrund hinunterzuwehen. Im Elsass und auf der Straße weiterhin ging der Frühling schon auf; doch hier, auf diesem Schlosse an dem nördlichen Abhang des Jura, lag noch drei Fuß hoher Schnee. Man brachte uns, jeden abgesondert, in ein Gewölbe, das zum Teil in den Felsen ge-

hauen, zum Teil von großen Quadersteinen aufgeführt, ohne Licht und ohne Luft war. Unsre Fenster sind mit dreifachen Gittern versehen, und wie viele Türen hinter uns verschlossen wurden, das weiß ich gar nicht.

Was man nun mit mir und meinen beiden Gefährten will, weiß der Himmel, aber sollten die Franzosen an ihrem widersinnigen Vorwurf festhalten, ich sei ein preußischer Spion, dann graut mir vor ihrem Urteil. Vielleicht hat man mich auch nur auf Lösegeld festgesetzt und gibt mich gegen eine Summe Geldes wieder frei. Doch wer in Preußens derzeitiger Not entsinnt sich schon der Not eines Einzelnen, Unbekannten, Unbedeutenden, wie ich es bin?

Ich flehe Sie daher an, guter Tieck: Unternehmen Sie etwas, mich aus diesem Kerker zu holen; wenn nicht für mich, dann tun Sie es für Preußen, unser gemeinsames Vaterland, das dieser Tage unsre Hilfe dringender denn je nötig hat. Wie die Wilden dem, der ihnen das Leben gerettet, so lange dienen, bis sie im Gegenzug einmal ihn retten, so würde auch ich nicht ruhen, bis ich meine Schuld Ihnen zurückgezahlt hätte.

*Ihr ergebenster
Heinrich von Kleist ehemals pr. Offizier.
Im Château de Joux (Doubs), den 27. März 1807*

Von Zeile zu Zeile hatten sich tiefere Furchen in Goethes Stirn gegraben. »Das ist nicht gut. Es liest sich, als stünde Schlimmes zu befürchten, wenn ihm tatsächlich keiner hilft.«

»*Ich* werde ihm helfen.«

»Warum?«

»Aus zweierlei Gründen. Zum einen, weil er mich darum bittet.«

»*Mein verehrungswürdigster Freund*... ich wusste gar nicht, dass Sie und Kleist so innig sind.«

»Das sind wir auch nicht. Wir kennen einander bislang nur aus unsern Briefen. Und ich bilde mir auch nicht ein, dass ich der Einzige bin, dem er ein derartiges Gesuch geschrieben hat. Aber ich bin vermutlich der Einzige, der diesem folgt.«

»Und der andere Grund?«

»Der lautet, dass ich Kleist für den größten Dramatiker unserer Sprache halte – nach Goethe – und verhindern möchte, dass er in einem Kerker verschmachtet, bevor sein Talent zu voller Blüte gelangt.«

»Holla. Sie sparen wahrlich nicht an Lorbeer. Der zweitgrößte Dramatiker, sagen Sie? Größer als Schiller?«

»Größer als Schiller, ja, Gott hab ihn selig. Auch wenn es nicht die feine Art sein mag, dies ausgerechnet heute zu sagen, am zwoten Jahrestag seiner Beisetzung.«

»Zwei Jahre ist es heute her?«, fragte Goethe gedämpft, eher sich selbst als Tieck. Und während er den Brief sinken ließ, wanderte sein Blick plötzlich in die Ferne, in Richtung des Prospekts, als wäre der Horizont von Tauris nicht nur gemalt, sondern wirklich, und als könne man auf dem glitzernden Meer die Segel zählen. Erst ein lautes Krachen aus der Versenkung und ein anschließender Fluch weckten Goethe aus seiner Schwermut. Er wendete sich wieder Tieck zu. »Sie wollen also das Unmögliche möglich machen und nach Joux reisen. Und der Krieg, der gerade tobt?«

»Ach, wo ist man im Kriege wohl sicher? Der Krieg tobt anderswo, im Osten, und wird meine Reise daher kaum beeinträchtigen. Und wenn Sie mich fragen, hat er sich eh bald ausgetobt. Es bräuchte schon ein Wunder, damit die Preußen und Russen den Franzosen noch standhalten könnten.«

»Ich verstehe. Und was führt Sie nun zu mir?«

»Wenden Sie freundlicherweise das Blatt«, entgegnete Tieck, auf den Brief weisend.

Goethe tat, wie ihm geheißen, und las darauf:

Postskriptum: Wenn Sie Unterstützung benötigen, suchen Sie Goethe in Weimar auf und zeigen Sie ihm dies Schreiben. Ich wüsste keinen edlern Menschen in Deutschland, und bei Weitem keinen, der so vieles möglich machen kann wie er.

Goethe faltete das Schreiben wieder zusammen und reichte es Tieck zurück. »Sie loben Kleists außerordentliches Talent; ein Urteil, das ich im Übrigen nicht so recht teile. Unbestritten ist aber in jedem Fall sein Talent, den Menschen, von denen er etwas begehrt, Honig um den Bart zu –«

»Sind Sie dabei?«, fragte Tieck unvermittelt, ehe Goethe ganz ausgeredet hatte.

»Wobei?«

»Begleiten Sie mich nach Joux? Bitte, schnell, antworten Sie mit *Ja*, oder zeigen Sie mir unverzüglich den Hinterausgang!«

»Wie, was, Hinterausgang? Sie reden wirr.«

»Sehen Sie den Klotz, der durchs Parterre auf uns zueilt? Das ist der Fuhrknecht, der mich nach Weimar gebracht hat. Seine Pferde warten auf dem Vorplatz, und mittlerweile schulde ich ihm acht Preußische Taler und zwei Groschen; eine Summe, die ich – mit Ausnahme der zwei Groschen – aber nicht besitze. Ich versprach ihm in die hohle Hand, Sie würden zahlen, und wenn Sie es nicht tun, schlägt er mich schwarz und blau wie Damaszener Stahl.«

Über Tiecks Schulter hinweg sah Goethe nun tatsächlich einen groben Burschen mit hochrotem Gesicht aufs Proszenium zulaufen, eine Peitsche in der Hand. Goethe trat an die Bühnenkante und hob beschwichtigend die Hände. »Halt, junger Mann, so bremsen Sie Ihren Galopp, Sie sollen Ihr Geld bekommen.« Dann wies er einen Lampenputzer an, den Postillon zu Kirms zu geleiten, welcher ihm augenblicklich das ausstehende Fahrgeld auszahlen solle.

Tieck atmete auf, als der Kutscher wieder fort war. »Vielen Dank. Und Dank auch, dass Sie mich zum Château de Joux begleiten. Genügen Ihnen zwei Stunden, um sich reisefertig zu machen? Ich will so schnell reisen, wie Pferde nur laufen können, und noch vor Fronleichnam in Frankreich sein.«

»Herr Tieck, es kann gar nicht die Rede davon sein, dass ich nach Frankreich fahre. Die Spesen will ich Ihnen gerne auslegen, um mein Scherflein zu Kleists Befreiung beizutragen, aber ich werde ganz bestimmt nicht, um Hunderte von Meilen zu reisen in der Hoffnung, ich könne etwas für einen Kriegsgefangenen tun, den man der Spionage verdächtigt, Weimar und dies« – hier umfing Goethe mit großer Geste Zuschauerraum und Bühne – »von einem Moment auf den nächsten verlassen.«

Tieck folgte seinem Blick unbeeindruckt. »Mit Verlaub, Herr von Goethe, aber auf mich machen Sie keinen sonderlich glücklichen Eindruck. Sie wirken vielmehr, als fehlte Ihnen etwas. Eine kleine Reise in die Berge würde Ihnen sicherlich guttun. Es ist Mai, kommen Sie, der Himmel ist blau!«

»Um zu begreifen, dass der Himmel überall blau ist, braucht man nicht um die Welt zu reisen«, entgegnete Goethe kopfschüttelnd.

Da trat Oels im Gewand des Orest an die beiden Männer heran und bestellte vom Maschinisten einen Gruß; die Probe könne nun fortgeführt werden.

»Dann hat er den Hubboden wiederhergestellt?«, fragte Goethe.

»Ganz im Gegenteil«, antwortete Oels, »der Schaden sei so schwerwiegend, dass die Reparatur bis zum Abend unmöglich zu schaffen sei. Er wolle aber rechtzeitig ein paar Bretter über die offene Versenkung nageln, dass keiner von uns kopfüber in die Hölle stürzt. – Aber darf ich einen Vorschlag äußern, wie die Schwierigkeit leicht zu beheben sei, Herr Rat?« Bevor Goethe ihm abschlägigen Bescheid erteilen konnte, fuhr Oels rege fort: »Streichen Sie die Vision des Orestes für heute. Ich nehme es Ihnen auch nicht krumm, denn die Szene zählt ohnehin nicht zu meinen liebsten. Insbesondere die Demoiselles im Publikum hat mein Wahnsinn jedes Mal über Gebühr verschreckt. Und unsere drei toten Atriden werden Ihnen den freien Abend danken. Ich sprach mit Thyesten; ihm kratzt seit gestern der Hals, er ginge heute Abend also lieber ins Bett, als den Orest heimzusuchen.«

Auf Goethes Antlitz waren während der Plauderei des Schauspielers rote Flecken getreten. Ohne auf Oels' Vorschlag einzugehen, zischte er nur: »Aus meinen Augen«, und als sich Oels schon auf der Flucht befand, rief er ihm nach: »Und wenn Sie heute Abend auch nur eine Silbe Ihres Monologes falsch sprechen, dann schwöre ich Ihnen, spielen Sie bis an Ihr Lebensende nur noch Naturburschen und Dümmlinge!«

Eine Stoffbahn, die ungeachtet seiner Anweisungen schon die ganze Probe über unnütz auf der Bühne herumgelegen hatte, bekam nun Goethes ganzen Unmut zu spüren: Er raffte den Stoff zusammen und warf ihn in den Orchestergraben, was so viel Staub aufwirbelte, dass er husten musste. »Wie man das Theater hassen kann«, sagte er zwischen zwei Hustern.

»Dann werde ich mich jetzt verabschieden«, sagte Tieck, während sich Goethe den Staub vom Rock klopfte.

»Warten Sie«, sagte Goethe und hielt den andern am Ärmel zurück. »Vielleicht haben Sie recht. Vielleicht sollte ich diese Mottenwelt tatsächlich einmal verlassen und etwas frische Luft schnappen. Hier soll ich finden, was mir fehlt? Nein, ich glaube den hellen Wink des Schicksals zu verstehen, das mir durch Sie die Hand reicht, mich aus diesem stockenden, schleppenden bürgerlichen Leben herauszureißen. Die beste Bildung findet ein gescheiter Mensch auf Reisen.«

»Bravo!«, rief Tieck.

»Das wäre auch eine Entschuldigung, zur Premiere nicht zu erscheinen. Ich muss gestehen, es hat mir noch nie gelingen wollen, eine vollendete Aufführung meiner *Iphigenie* zu erleben. Und alles deutet darauf hin, dass es mir auch am heutigen Abend nicht gelingen würde.«

Mit diesen Worten ging Goethe von der Bühne ab und verließ das Theater, ohne sich auch nur ein einziges Mal umzusehen. Tieck folgte ihm. Zwei Stunden später hielt eine Kutsche vor dem Haus am Frauenplan, und weitere zwei Stunden später hatte man den halben Weg nach Erfurt bereits zurückgelegt. Das Hoftheater und Weimar zu verlassen, ohne sich vorher bei allem und jedem zu verabschieden, erfüllte Goethe mit plötzlicher Energie. Er und Tieck waren mit einem Mal wie Orest und Pylades, die heimlich und verboten die Enge einer kleinen Insel flohen. Goethes Gepäck freilich bestand nicht aus einem gestohlenen Götterstandbild, sondern aus Büchern, Kleidern, etwas Proviant und dem schwachen, aber mit jeder Meile wachsenden Verdacht, sich auf eine große und möglicherweise unwiderrufliche Torheit eingelassen zu haben.

3

COPPET

Je näher man der Schweiz kam, desto öfter musste Goethe an seinen verstorbenen Freund denken, dessen letztes vollendetes Bühnenwerk, der *Wilhelm Tell*, diese Alpengegend doch so meisterlich beschrieben hatte; das einfach Große und Stille ihres Charakters, die ausgedehnten Weiden am Bergeshang, mit dem frischesten Grün überkleidet, wo dunkel einzeln stehende Tannen aus dem Rasenteppich ragen und von hohen Felswänden sich schäumende Bäche stürzen. Das Gespräch mit Tieck hatte eine verheilt geglaubte Wunde wieder aufgerissen, und eine Melancholie, mehr noch: ein Schmerz hatte von Goethe Besitz ergriffen, als hätte er Schiller eben erst zu Grabe getragen. Sein junger Reisegefährte bemühte sich nach Kräften, die Stunden in der Kutsche mit Unterhaltungen zu verkürzen, aber Tiecks höfliches romantisches Geplauder – oberflächliche Naturbetrachtungen und verdrießliche Tagespolitik – ließ Goethe nur umso mehr wünschen, statt Tieck säße Schiller ihm gegenüber und verliehe dem Gespräch mehr Form und mehr Tiefe.

Als Pollux gestorben war, hatte Zeus seinen Bruder Kastor vor die Wahl gestellt, entweder bei den Göttern auf dem Olymp ewig zu leben oder zum geliebten Pollux ins Totenreich hinabzusteigen und dabei seine eigene Unsterblichkeit einzubüßen. Kastor hatte sich für Letzteres entschieden, um Pollux wiederzusehen – Goethe aber hätte Schiller keinesfalls zu den Toten folgen wollen, und so war er wohl und übel, schien es, zu olympischer Unsterblichkeit verdammt. Und fürwahr: Sosehr auch Goethes leidige Nieren mitunter zwackten und das Pflaster der Straße seine Knochen durchschüttelte, war er sich doch gewiss, noch lange zu leben. Bei diesen methusalemischen Gedanken strich er sich zuweilen durch den Bart, der, um ihm für die Dauer der Reise Anonymität zu verschaffen, seit Weimar um sein Kinn gewachsen war.

Tieck betrauerte indes einen anderen Toten, der im Jahr zuvor in hohem Alter das Zeitliche gesegnet hatte – das Heilige Römische Reich deutscher Nation. Die Fürstentümer, durch die sie reisten, ehemals Glieder des alten deutschen Reiches, waren nun Staaten des Rheinbunds, Verbündete des französischen Imperiums, von Napoleon behütet und ihm treu ergeben. Im Krieg von 1805 schon hatten sich Baiern, Württemberg und Baden auf Napoleons Seite geschlagen. Im Juli 1806 waren sie die Ersten gewesen, die in Paris die Rheinbundakte unterzeichneten, und im August hatten sie ihren Austritt aus dem Reich erklärt und sämtliche Reichsgesetze als gegenstandslos; sämtliche Reichstitel hatten sie abgelegt, selbst den würdigsten unter ihnen, den des Kurfürsten. Franz II., ihrer aller Oberhaupt, der letzte deutsche Kaiser, verhielt sich nun wie ein Fischer, dem der Fluss die Reuse entzweit hat und der sieht, dass er die Reuse nicht retten kann und alle Fische darinnen noch minder, der beides daher dem Strom überlässt und sich nur den größten der Fische sichert – seine Heimat Österreich. Am 6. August hatte Franz II., von Napoleon bedrängt und von seinen Kurfürsten verlassen, das Heilige Römische Reich für erloschen erklärt und die Kaiserkrone niedergelegt – jene Krone, mit der Otto I. mehr als acht Jahrhunderte zuvor in Rom das Reich ins Leben gerufen hatte.

Aber dieser 6. August 1806 war auch der Tag der Mobilisierung der preußischen Armee gewesen, und alle Deutschen, die der Gedanke an ein Ende des *Sacrum Imperium* entsetzt hatte, sahen nun in Preußen und nicht länger in

Österreich den Verteidiger des Reiches. Doch wie waren ihre Hoffnungen bei Jena und Auerstedt zerstört worden! Und jetzt, ein halbes Jahr später, hatten die Truppen Napoleons, unterstützt von deutschen Regimentern aus Baiern und Württemberg unter der Führung seines Bruders Jérôme, den vermeintlichen Verteidiger des Reiches bis in den letzten Winkel Pommerns gehetzt, und Preußen selbst stand kurz vor seiner Vernichtung. Endgültig überzeugt von der Unbesiegbarkeit Napoleons, waren hastig alle anderen deutschen Staaten dem Rheinbund beigetreten – respektive all jene, die nicht vorher schon von ihm oder seinen Verbündeten einverleibt worden waren –, sodass Napoleon nun faktisch Kaiser der Deutschen war; Kaiser aller Deutschen mit Ausnahme jener in Dänisch-Holstein, in Schwedisch-Pommern, in Österreich und in jenem Fetzen, der von Preußen noch übrig war. Deutschland war sein, wie auch Italien und die Schweiz: Napoleon hatte seine Ankündigung wahr gemacht, ein neues Frankenreich größer als das Karls des Großen zu schaffen.

Als Tiecks und Goethes Kutsche das Zollhaus an der Grenze zwischen dem hessischen und dem badischen Großherzogtum passierte, ohne visitiert oder überhaupt angehalten zu werden, ertappte sich Tieck bei dem Gedanken, dass Napoleons Siegeszug nicht nur Schaden angerichtet hatte: Das Heilige Römische Reich war zwar Geschichte, aber zumindest war Europa von den Pyrenäen bis zur Elbe nun frei von Grenzen. Am Rhein entlang ging es südwärts, Pontarlier und dem Château de Joux entgegen, und nicht ein einziges Mal entdeckte Tieck am anderen Ufer französische Soldaten. Die Grenzen Frankreichs lagen nun anderswo.

Ein anhaltendes Ärgernis während der Reise blieb der Kutscher, mit dem Tieck wahrlich eine schlechte Wahl getroffen hatte. Mit den Dienstleistungen des Mannes konnten sie zufrieden sein, allein durch sein unartiges Betragen gegen seine Umgebung machte er ihnen fortdauernden Verdruss. Nicht nur gegen Gastwirte und Stallburschen entlang des Weges, nein auch gegen seine eigenen Passagiere betrug er sich äußerst rau, störrisch, grob und auffahrend, und die ihm deshalb zugegangenen Verweise Goethes konnten nur augenblickliche Wirkung hervorbringen, im Ganzen aber nicht fruchten. Endgültig unhaltbar bewies sich seine unbändige Gemütsart vor Yvonand am südlichen Ufer des Neuenburger Sees, als Tieck die sträflichen Unarten nicht länger hinnehmen wollte, worauf ein lebhafter Wortwechsel zwischen den beiden entsprang. Der Zank auf dem Bock dauerte wohl eine Viertelstunde, bis die beiden Männer zuletzt zu balgen anfingen und der Kutscher Tieck mit der Peitsche drohte. Die Reisenden sahen nun keine andere Wahl, als ihr Gepäck auf die Straße abzuladen und den Schwager seines Dienstes zu entbinden. Unter wüsten Schimpfreden lenkte das Subjekt seine Rosse zurück nach Deutschland, derweil Goethe und Tieck die Strecke zur nächsten Poststation zu Fuß hinter sich bringen mussten.

Sowohl hier als auch in der nächsten größeren Stadt blieb ihre Suche nach einer Kutsche, die sie über die französische Grenze zur Festung von Joux bringen würde, erfolglos, so viel Goethe aus seiner Reisekasse dafür auch bezahlt hätte. So beschlossen sie, einen Umweg zu machen: Sie nahmen die ordinäre Post Richtung Süden bis nach Coppet. In dieser Ortschaft zwischen den blauen Gipfeln des Jura und den blauen Wassern des Genfer Sees, keine halbe Meile vor der Grenze zu Frankreich, befand sich das Schloss einer von Goethes Bekanntschaften, der Baronin de Staël, Witwe des schwedischen Freiherrn Staël von Holstein, welche Napoleon aufgrund ihrer geschworenen Feindschaft, ihrer bissigen Schriften und ihrer umstürzlerischen politischen Kontakte ins Schweizer Exil verbannt hatte. Germaine de Staël-Holstein war das einzige Kind des überaus wohlhabenden Bankiers Necker, seines Zeichens letzter Finanzminister Ludwigs XVI., und die Hoffnung Goethes, in den Stallungen von Coppet eine entbehrliche Kalesche für ihre Fahrt nach Pontarlier zu finden, war daher mehr als berechtigt.

Sosehr Tieck auch die Verzögerung ihrer Weiterreise derart kurz vor dem Ziel bedauerte, so sehr freute ihn doch die unverhoffte Aussicht, im Haus der Witwe de Staël einen seiner engsten Freunde anzutreffen, August Wilhelm Schlegel, den älteren der Schlegel-Brüder, der – auf Empfehlung von Goethe – seit nunmehr drei Jahren in Coppet als Lehrer der Kinder der Baronin und als Hausfreund lebte und wirkte.

»Man hat mich schon oft nach Coppet eingeladen, ohne dass ich der Invitation gefolgt wäre«, erklärte Tieck, als sie das letzte Stück von der Straße zum Schloss liefen, »sowohl Schlegel als auch Madame baten mich zu kommen, sowie mein Bruder, der die Ehre hatte, einige bildhauerische Arbeiten für sie auszuführen. Sogar sie selbst hat er in Stein festgehalten, was in Anbetracht ihrer großen Beweglichkeit nicht für ein kleines Wunder zu halten ist.«

»Was hielt Sie zurück? Coppet ist schön gelegen, und es gibt keinen berühmteren Salon in ganz Europa.«

»Ich nehme an, es lag an der Art, wie die Baronin meinen Freund Schlegel zu sich gelockt und seitdem nicht mehr losgelassen hat. Einer der brillantesten Köpfe Deutschlands, der größte Kunstrichter unserer romantischen Bewegung und der beste Übersetzer aus zahllosen Sprachen – angestellt, um Kindern Arithmetik und Latein einzubläuen, in einer Position, die jeder Student füllen könnte! Es muss etwas wie Zauberei dahinterstecken. Coppet dünkte mich immer wie der Venusberg, in welchen Tannhäuser-Schlegel auf Nimmerwiedersehen gelockt ward.«

Goethe lachte auf. »Der Venusberg also! Ich hatte ähnliche Gedanken, jedoch antiker Natur. Ich dachte an die *Odyssee*.«

»Die Insel der Kalypso?«

»Nein, die der *Circe*, denn wenn einer erst aus ihrem Becher getrunken hat, dann sperrt sie das arme Schwein in einen der zahlreichen Koben und straft ihn fürder mit Missachtung. Stellen Sie sich einmal Schlegels Verblüffung vor, als er damals in Coppet eintraf und begriff, dass er weder der erste noch der letzte und schon gar nicht der einzige Mann war! Den Glücklichen, der eben in die Gärten der Zauberin hineintritt und von allen Seligkeiten eines künstlichen Frühlings empfangen wird, kann nichts unangenehmer überraschen, als wenn ihm, dessen Ohr ganz dem Gesange der Nachtigallen lauscht, irgendein verwandelter Vorfahr unvermutet entgegengrunzt.«

Das Schloss der Zauberin, das auf einer Anhöhe über dem Dorf lag, war bald erreicht: ein kleiner, dreiflügliger Bau mit einem ausgedehnten Park, davor Stallungen und Wirtschaftsgebäude. Der Kammerdiener, zu dem sie vorgelassen wurden, schien über den unangemeldeten Besuch nicht verwundert. Ohne weitere Fragen zu stellen, ließ er beider Gepäck in separate Gästezimmer bringen. Madame befinde sich gerade mit ihren Kindern *en plein air*, erklärte er, und führte Goethe und Tieck sogleich durch den Ehrenhof in den anliegenden Park.

Zwischen jahrhundertealten Bäumen machten sich die Reisenden also auf die Suche nach ihrer Gastgeberin. Sie fanden zuerst ihr Abbild auf dem Relief, das Tiecks Bruder auf das marmorne Grabmal ihrer Eltern gemeißelt hatte. Dort kniete sie vor ihrem Vater, der milde auf sie herabblickte. Mit Lust am grausigen Detail schilderte nun Tieck, was ihm seinerseits der Bruder berichtet hatte; dass Necker nämlich den Leichnam seiner geliebten Frau nach dem Tod in Alkohol hatte einlegen lassen, um sie vor der Verwesung zu schützen – »eine eingeweckte Frau liegt darinnen, stellen Sie sich nur vor, alterslos wie eine Pflaume im Rumtopf« –, aber da war Goethe bereits angewidert weitergelaufen.

Schließlich entdeckten sie im Schatten einer Hainbuchenlaube drei Gestalten, und Goethe erkannte in einer von ihnen die Baronin de Staël: »Ein stumpfes Näschen, ein breites Gesicht – das nussbraune Mädchen dort, das muss sie sein.«

Tieck kniff die Augen zusammen. »Es ist wahr, was alle sagen: Schön ist sie nicht.«

»Was! Frauenschönheit will nichts heißen. Oder wissen Sie *eine* Frau in Europa, die einflussreicher ist als sie, Gemahlinnen von Königen und Kaisern ausgenommen?«

Germaine de Staël und ihre Kinder übten sich im Bogenschießen, indem sie einen Strohballen mit Pfeilen spickten. Die Baronin trug ein weißes Sommerkleid, kurz unter der Brust geschnürt. Obwohl sie klein und kräftig von Statur war und Dekolleté, Hals und Arme eher fleischig zu nennen, wirkten ihre Bewegungen dennoch anmutig, beinahe tänzerisch. Ihr Gesicht, dem allein die dunklen Augen Glanz verliehen, hatte fast etwas Mohrenartiges, und die schönen schwarzen Locken waren zur Mehrheit unter einen roten Turban gepfercht, den sie zum Schutz vor der Sonne trug.

Als Goethe und Tieck aus dem Schatten der Bäume traten, dass Staël ihrer gewahr wurde, ging sie ihnen entgegen, hoch erfreut über den überraschenden Besuch. Schon mit ihrem ersten Wort waren alle Makel vergessen, denn ihre Stimme und ihre Sprache hatten wahrlich bezirzende Qualitäten. Sie erkannte beide Männer sogleich, selbst Goethe hinter seinem weißen Bart, und begrüßte sie mit französischer Herzlichkeit. Ihr Sohn reichte die Hand, und ihre Tochter grüßte mit einem artigen Knicks. Goethe wollte sein Anliegen schildern, aber die Baronin ließ ihn kaum zu Wort kommen.

»Wie danke ich Ihnen, dass Sie mir endlich die Ehre des Gegenbesuches erweisen. Was habe ich Weimar genossen! Eine halbe Million Einwohner mehr, und es könnte Paris den Rang ablaufen!« Nun wandte sie sich von Goethe zu

Tieck: »Und wie freue ich mich über Ihren Begleiter! Sie wissen, Monsieur Tieck, Schlegel kann niemanden loben, der nicht mindestens zweihundert Jahre tot ist, aber würde er es tun, Sie wären zweifellos der Erste auf seiner Liste. Sie riechen nach Fichte, Monsieur! Wie außerordentlich deutsch!«

»Zu viel der Ehre, Madame. Ich fürchte, das ist Schweiß.«

»Allerliebst! Wer bräuchte da noch Cologne! Ich wünschte, ich könnte so schwitzen. Sie haben übrigens Ähnlichkeit mit Napoleon, wussten Sie das?«

»Ja. Ich bitte um Entschuldigung.«

»Und was mein Hiersein betrifft«, erklärte Goethe, »verhält es sich umgekehrt. Ich bin vielmehr Herrn Tiecks Begleiter, nicht er der meinige.«

»Ich verstehe. Was gibt es Neues aus Weimar? Haben Sie noch immer ein Liebesverhältnis mit Ihrer Haushälterin?«

»Nein.«

»Gott sei's gepriesen. Sie war, mit Verlaub, furchtbar gewöhnlich und gänzlich unter Ihrem Niveau.«

»Wir sind jetzt verheiratet.«

»Ah.«

Um das peinliche Schweigen, das darauf eintrat, zu beenden, räusperte sich Tieck und sagte aufs Geratewohl: »In was für einer Idylle Sie leben, Baronin!«

»Pah! Coppet ist nichts als ein gut ausgekleidetes Grab, wo die Post ankommt.« Sie ließ den Blick abschätzig über Park und Schlösschen streifen. »Es ist schwer, in dieser grausamen Zeit und diesem langweiligen Land einigen Elan zu behalten. Sehen Sie mich an: Ich vertreibe mir die Zeit damit, Pfeile auf einen Ballen Stroh abzuschießen, von dem ich mir vorstelle, es wäre Bonaparte. Wie armselig!«

»Sie sind zu harsch mit sich und der Schweiz.«

»Ich habe nun einmal für die Schweiz nichts übrig. Es ist eine Heimat von Pedanten und Krämern. Ihre Liebe zur

Gleichheit entspricht nur dem Wunsch, jeden herunterzuziehen; ihre Freiheit ist Unverschämtheit und ihre Moral Langeweile. Und ihr Französisch ist so schleppend, dass es der Sprache allen Witz und Esprit raubt, die sie sonst vor allen anderen Sprachen auszeichnet. Wie geschmolzener Käse liegt es einem in den Ohren. Ich sehne mich sehr danach, wieder nach Paris zurückzukehren. Es gibt ein deutsches Wort, das das schmerzliche Verlangen heimzukehren ausdrückt; helfen Sie mir auf die Sprünge ...«

»*Heimweh?*«

»Genau, *Hemwé*. Bei uns heißt es passenderweise *la maladie suisse*, die Schweizer Krankheit; diese unbestimmte Sehnsucht nach dem Vaterlande, sie hat mich befallen. Meine einzige Freude ist der illustre Besuch, den ich hier empfange, und so werde ich zumindest heute Abend keine Langeweile fürchten müssen. Sie bleiben hoffentlich einige Wochen? – Albert, Albertine, sammelt die Pfeile ein, wir kehren heim. Professor Schlegel hat euch doch sicherlich, wie ich ihn kenne, einiges an Schularbeiten aufgebürdet.«

Ehe sie sich versahen, hatte sich Staël bei ihnen eingehakt – Goethe zur Rechten und zur Linken Tieck – und führte sie zurück zum Schloss.

Am Abend, nachdem sich Goethe und Tieck gewaschen und umgekleidet hatten, traf man sich in der Galerie wieder, deren große Fenster den Blick freigaben auf den See und die Alpen dahinter. Madame de Staël hatte in einem Sessel Platz genommen und stickte an einer Brieftasche, derweil sie plauderte. Nun gesellte sich auch Wilhelm Schlegel dazu, der sich für den prominenten Besuch, von dem er unterdessen informiert worden war, sichtlich herausgeputzt hatte. Er trug einen silbergrauen Frack nach der neuesten Mode, Kniehosen und Seidenstrümpfe, feine Schuhe und eine gewaltig hohe Halsbinde. Tieck eilte mit ausgebreiteten Armen auf ihn zu. Schlegel, als der Ältere, erwiderte die Begrüßung mit Herzlichkeit, aber gelassener, und beide Freunde betrachteten sich stumm; dann fragten und sprachen sie allerlei Unbedeutendes durcheinander, wie es bei dergleichen Szenen des Wiedersehens wohl zu geschehen pflegt. Es wollte in ziemlich langer Zeit kein eigentliches Gespräch in Gang kommen.

Insbesondere darüber, dass Schlegel die Haare nun kurz trug, geriet Tieck gänzlich aus der Fassung, und ungeniert strich er ihm durch den Backenbart. »Oh du guter William! Wie ein Traum, dass ich dich wiedersehe! Hätte ich dich doch bald nicht wiedererkannt, so hast du dich verändert. – Aber Mensch!, du hast dir ja den Zopf abgeschnitten! Darum hatte mir auch deine ganze Erscheinung so etwas Wildfremdes.«

»Lieber Alter«, sagte Schlegel, »nimmst du denn auf den Geist der Zeit gar keine Rücksicht?«

»*Geist der Zeit?*«, entgegnete Tieck und langte sich an den eigenen Zopf, wie um sich zu vergewissern, dass er noch am Platze war, »sollen wir dem Baal denn gerade das Beste opfern, was uns zu Patrioten, zu echten Menschen macht? Hätte mir einer gesagt, der Wilhelm ist ein Spieler geworden, er säuft, er zieht mit Bären im Lande um, alles, alles hätte ich eher geglaubt! Sieht er nicht von hinten aus, als wäre er unter die Seeräuber geraten und hätte Wolle lassen müssen? Wie ein Atheist auf seine alten Tage. Herr von Goethe, sagen Sie, sieht er nicht aus wie ein Franzose?«

Die Diener brachten Wein und Kanapees, und Staël verlangte nun den Grund des unerwarteten Besuchs zu erfahren. Man rückte die Sessel in einen Kreis, und Tieck beschrieb, in welche Notlage Heinrich von Kleist durch die Wirren des Krieges gekommen war, las den Hilferuf vor, den ihm Kleist zwei Monate zuvor aus Joux geschickt hatte, schilderte ihre Reise in die Schweiz und zuletzt, nicht ohne Witz, ihr Zerwürfnis mit dem schnöden Kutscher. »Wir sind also nach Coppet gekommen in der Hoffnung, Sie würden uns eine Kutsche und Pferde ausleihen, damit wir zügig Joux erreichen und Kleist auslösen können.«

Madame de Staël und Schlegel warfen einander einen vielsagenden Blick zu. Staël räusperte sich. »Sie hätten nichts Unklügeres tun können, als mit Ihrem Vorhaben ausgerechnet mich aufzusuchen«, erklärte sie. »Sie wissen, wie Bonaparte über mich denkt?«

»Er hasst Sie.«

»Ja, und mehr noch: Er fürchtet mich. Das gereicht mir zu Freude und Stolz und erschreckt mich zugleich. Aber es bedeutet auch, dass er mich nicht aus den Augen lässt. Die Spione seines bestialischen Polizeiministers Fouché überwachen mein Anwesen tags und nachts, und ich zweifle nicht daran, dass auch unter meiner Dienerschaft der eine oder andere in seinem Sold steht. – Der freundliche Lakai, der Ihnen gerade den Wein nachschenkt: Er könnte ebenso gut eines von Fouchés hinterlistigen Geschöpfen sein.«

Besagter Diener wurde leichenblass, aber noch bevor er seinen Protest stammeln konnte, setzte Staël lächelnd nach: »Keine Angst, François, ich weiß, das bist du nicht. Oder etwa doch?« Als der verschüchterte Diener allen nachgeschenkt und die Galerie wieder verlassen hatte, fuhr sie fort: »Es ist mir untersagt, mich weiter als vier Stunden von Coppet zu entfernen. Ich erlaubte mir eines Tages bei einer einfachen Spazierfahrt zehn Stunden zurückzulegen; augenblicklich waren die Gendarmen hinter mir her, und den Postmeistern wurde anbefohlen, mir keine Pferde zu geben. Und wie sie mich bewachen und verfolgen, so bewachen und verfolgen sie auch meine Gäste. Würden Sie sich nach Ihrem Aufenthalt hier wieder auf den Heimweg nach Deutschland machen, Sie würden nie bemerken, dass man Sie auf Schritt und Tritt beobachtet hat, und die Spitzel würden spätestens in Basel ihr Interesse verlieren – wenn Sie jedoch nach Frankreich weiterreisen, um einen vermeintlichen preußischen Spion aus einer der sichersten Festungen des Landes zu befreien, dann werden sie Ihre Pläne ohne Zweifel gründlich durchkreuzen.«

Das sonst so standhafte Lächeln war von Tiecks Lippen gewichen. Als er bemerkte, dass alle Augen auf ihm ruhten, stand er auf und ging zum Fenster.

»Lassen Sie mich ganz ehrlich sein, Monsieur Tieck«, sagte Staël, »ich fürchte beinahe, Sie können nichts für Heinrich von Kleist tun. Sie werden ihn seinem Schicksal überlassen müssen. Alles andere wäre äußerst töricht und könnte am Ende dazu führen, dass Sie im Château de Joux als Kleists Zellennachbar enden. Es tut mir leid.«

Tieck blieb stumm. Er hatte den anderen den Rücken zugekehrt und betrachtete die Silhouette der Berge vor der herannahenden Nacht.

»Fouché terrorisiert Europa mit ein paar hundert Mann mehr als Napoleon mit Hunderttausenden«, rief ihm Schlegel zu. »Leg dich in Gottes Namen nicht mit ihm an. Er hat während der Revolution halb Lyon massakriert. Kein Jakobiner, nicht einmal Marat oder Robespierre, hatte je so viel Blut an den Händen wie er. Das Leben eines Menschen gilt ihm nicht mehr als das einer Fliege auf dem Sims. Herrje, Fouché ist so skrupellos, dass Napoleon selbst ihn fürchtet!«

François trat erneut herein. Die Baronin erhob sich daraufhin von ihrem Sessel und legte die Stickarbeit zur Seite.

»Ihre Überlegungen müssen für heute Abend ruhen, meine Herren; nehmen Sie sie morgen wieder auf, oder vielleicht kommt Ihnen ja in der Nacht der rettende Einfall – jetzt aber ist es Zeit für Theater.«

»Wie!«, rief Goethe, »in diesen einsamen Gebirgen, zwischen diesen undurchdringlichen Wäldern hat die Schauspielkunst einen Weg gefunden und sich einen Tempel aufgebaut?«

»Nun, es ist nicht eben Monsieur Talma und die Comédie-Française«, erwiderte Staël, »vermutlich ist es sogar das genaue Gegenteil davon. Eine Gruppe wandernder Komödianten aus Piemont ist heute Mittag mit ihrem Thespiskarren hier eingetroffen – fünf Mimen, zwei Klepper und ein

Hund, die wahrscheinlich erfahren haben, dass ich vermögend bin, nicht ohne das Theater leben kann und in meiner Drangsal sogar mit ihren dürftigen Künsten vorliebnehme. Man wird genügsam im Exil. Ich lade Sie herzlich ein, sich auf das Abenteuer ihrer Schauspielerei einzulassen.«

»Was wird gegeben?«

»Ich habe mir Racines *Phädra* gewünscht und werde sicherlich noch bereuen, diesen Kulissenreißern ausgerechnet mein Lieblingsstück zum Fraß vorgeworfen zu haben.«

»Ha!«, rief Schlegel so unvermittelt aus, dass alle zusammenschreckten. »Ich habe den Einfall, den wir gesucht haben, und er ist, mit Verlaub, brillant. Kommen Sie näher, hier sind hinter allen Türen und Tapeten Ohren.« Nachdem sich alle, auch Tieck, um Schlegel versammelt hatten, flüsterte dieser: »Morgen brechen die Schauspieler wieder auf, und ich weiß zufälligerweise, dass sie nach Norden wollen. Wir zahlen ihnen ein paar Francs extra ... und dafür sollen sie Ludwig und Herrn von Goethe im Wagen verbergen, damit diese Coppet unbemerkt wieder verlassen können. – Geben Sie zu, Teuerste, das *ist* brillant!«

»Das werde ich nicht tun, zumindest nicht in Ihrer Gegenwart«, entgegnete Staël trocken. »Außerdem wollen die Herren letzten Endes nach Joux, und dorthin werden sie die Komödianten sicherlich nicht bringen. Nein, die Herren werden wohl etwas tiefer in die Tasche greifen und den Schauspielern den ganzen Karren samt Pferden abkaufen müssen. Und die Kleider gleich dazu, sich zu verkleiden.«

»Und zu zweit losreiten? Wer immer Coppet observiert, wird bemerken, dass die Gruppe unvollständig ist.«

»Ich werde die Herren Goethe und Tieck begleiten«, sagte Staël. »Dann sind wir zu dritt.«

»Sie scherzen!«, riefen Goethe und Schlegel wie aus einem Mund.

»Mitnichten. Ich will zu gerne wieder einmal Fuß auf französische Erde setzen, und wenn es nur die dröge Franche-Comté ist.«

»Baronin, das kann ich unmöglich verantworten«, wandte Goethe ein.

»Und ich noch minder«, pflichtete Schlegel bei. »Eben noch weisen Sie auf alle möglichen Gefahren hin und erwähnen den entsetzlichen Namen Fouchés, im nächsten Moment wollen Sie das alles selbst auf sich nehmen? Es wäre fahrlässig!«

»Was soll schon passieren? Das Exil ist eine Strafe, die jeder nach der Todesstrafe die härteste nennt. Ehe ich in Coppet am Nichtstun verrecke, will ich lieber riskieren, erneut Napoleons Zorn auf mich zu ziehen. Und wenn ich ihm bei diesem Ausflug einen preußischen Spion entreißen kann – umso besser. Es liegt eine Art körperlichen Vergnügens darin, einer ungerechten Gewalt Widerstand zu leisten.«

»Nein, Madame!«, rief Schlegel aus. Er war rot angelaufen. »Ich muss auf das Äußerste protestieren!«

»Machen Sie mir jetzt keine Szene, Wilhelm, Ihr Pensum für diese Woche ist erschöpft. Machen Sie uns lieber eine Freude und seien Sie mit von der Partie.«

»Sind Sie närrisch? Ich werde nichts dergleichen tun!«

»Natürlich werden Sie uns begleiten. Ich weiß es.«

»Immer noch diese Leichtfertigkeit! Wissen Sie denn nicht, dass ich dergleichen nicht hören kann noch mag?«

»Sie nennen die Schnelligkeit meiner Beobachtungen Leichtfertigkeit? Habe ich darum weniger recht, weil ich früher recht habe? Sie werden uns begleiten, weil Sie sich von Ihrem Freund Tieck nicht so bald wieder trennen wollen, und noch minder von Goethen, den Sie fast so sehr verehren wie mich. Wenden Sie sich nicht ab, es gibt keinen Grund, sich dessen zu schämen.«

Schlegel, dem diese Offenbarung seiner Hochachtung für Goethe tatsächlich unangenehm war, stand nun auf. Er lockerte seine Halsbinde. »Sparen Sie sich Ihren Atem, Madame, Sie werden mich nicht persuadieren.«

»Vor allem aber werden Sie uns begleiten«, fuhr Staël

fort, »weil es Ihnen das Herz verbrennen würde, mich allein mit zwei hübschen Herren auf Spazierritt zu wissen, derweil Sie staubige Folianten wälzen.«

»Sie irren, Madame. Aber ich danke Ihnen dafür, dass Sie mich an meine Bücher erinnern, deren Gesellschaft ich nun der Ihrigen vorziehen werde. Entschuldigen Sie mich bitte. Ich wünsche Ihnen allen eine gute Reise, rate Ihnen jedoch, Herr von Goethe, und dir, Ludwig, ein letztes Mal davon ab. Was hingegen Sie betrifft, Madame, wäre es für mich wahrscheinlich das Beste, wenn man Sie tatsächlich in einen Kerker sperrte, denn dann müsste ich nicht länger –« Hier hatte er die Galerie bereits verlassen, den Rest seiner Rede mit sich nehmend.

Staël sah ihm kopfschüttelnd nach. »Sich mit dem Karren der Komödianten aus Coppet davonzustehlen – das ist doch wirklich ein brillanter Vorschlag, nicht wahr?« Sie legte Goethe eine Hand auf den Arm. »Ich muss Ihnen für diese interessante Bekanntschaft danken. Ich glaube nicht, dass es einen geistreicheren Menschen gibt als Wilhelm. Er ist klüger als fast alle Leute, die ich kenne. Sie haben mir wahrlich den besten aller Lehrer empfohlen.«

»Es ist nicht zu leugnen«, entgegnete Goethe, »Schlegel weiß unendlich viel, und man erschrickt fast über seine außerordentlichen Kenntnisse und seine große Belesenheit.«

»Vielleicht sollten Sie das dem armen Kerl bei Gelegenheit einmal kundtun«, meinte Tieck.

»Eher will ich meine Zunge verschlucken«, erwiderte Staël und griff nach einem silbernen Glöckchen auf dem Beistelltisch, um einen Diener zu rufen. Sie ließ den Kopf der Schauspielgesellschaft zu sich bitten, um ihm das Angebot zu unterbreiten, das Gespann sowie einige Kleider für die Dauer von mindestens einer Woche auszuborgen, derweil er und seine Truppe bei guter Bezahlung in Coppet verweilen sollten.

Vor Anbruch des nächsten Tages traf man in den Stallungen wieder zusammen. Goethe und Tieck waren die Ersten. François hatte noch in der Nacht sämtliches Gepäck und zwei Körbe mit Proviant in den Stall gebracht, und die Reisenden trugen bereits die entliehene Garderobe der Schauspieler: ein paar übel riechende Lumpen, in denen sich insbesondere Goethe unwohl fühlte. Als sich die Stalltür öffnete, erstaunten die beiden nicht wenig, denn zu ihnen trat Schlegel, ebenfalls in der Montur eines der Schauspieler, ein schwarzes Barett auf dem Kopf und ein Felleisen unter dem Arm. Schlegel warf ihnen einen solchen Blick zu, dass sich beide des Kommentars enthielten, aber wenig später nahm ihn Tieck beiseite, um seine Freude darob auszudrücken, dass der Freund sie nun doch begleitete. »Glaub mir, sie sprach gestern in den höchsten Tönen von dir, sobald du fort warst«, vertraute er Schlegel an. »Und ihre Anspielung auf Goethe und mich war ebenso unziemlich wie abwegig, denn wir sind beide verheiratet, und mich verlockt die Baronin heute weniger denn je.«

Schlegel hielt Tieck mit beiden Armen und die schlaflosen Augen fest auf ihn gerichtet. »Das hast nicht *du* in der Hand, mein Freund. Wer sich in sie verliebt und wer nicht, das ist allein ihre Entscheidung. Ich spreche aus schmerzlicher Erfahrung. Nimm dich in Acht.«

In Begleitung des italienischen Schauspieldirektors erschien nun auch Madame. Sie trug eine schlichte graue Pelerine und wie immer ihren Turban. Schlegel bestand darauf, dass sie den Kopfputz augenblicklich abnehme, denn dieses ihr Markenzeichen würde sie zweifellos verraten. Staël fügte sich. Über Schlegels Anwesenheit schien sie nicht im Geringsten überrascht.

Der Prinzipal, ein kümmerlich armer Teufel, den man an seinem verschabten graulich-braunen Rocke und an seinen übel konditionierten Unterkleidern für einen Magister, wie sie auf Akademien zu vermodern pflegen, hätte halten sollen, schickte sich an, mithilfe eines Stallburschen die Pferde vor den Wagen zu spannen. Wie die Ausstattung der Wanderbühne machten auch die beiden Gäule mit Namen Colla und Sapone einen ärmlichen, ja ungesunden Eindruck. Sie waren nichts als ein Paar dürre, abgehärmte Mähren; Knochen, an denen man hätte Sachen aufhängen können; Mähnen und Haare ohne Wartung und Pflege zusammengeknetet: das wahre Bild des Elends im Tierreich.

Der Wagen der Schauspieler und zugleich ihre Bühne war ein grober Kasten auf zwei Achsen, drei Schritt hoch und mindestens fünf lang, aus einem Holz gezimmert, welches Sonne, Wetter, Schminke und Ruß inzwischen dunkel gefärbt hatten. Die beiden Flanken waren mit Bildern geschmückt, reichlich vom Holzwurm degustiert: auf der Seite eine arkadische Landschaft mit Schäferin, Hirte und Herde, auf der anderen, abgeschmackt genug, eine lachende und eine weinende Maske, darüber in großer Antiqua der Name des Prinzipals. In die Vorder- und Hinterfront sowie in die bukolische Szenerie waren große, gegenwärtig verriegelte Luken eingelassen. Auf dem Bock konnten bequem drei, nötigenfalls auch vier Reisende sitzen. Auch auf dem Dach des Wagens war noch Platz für Passagiere, aber der Prinzipal verglich die Fahrt droben mit dem Ritt auf einem Elefanten und riet davon ab. Um die perfekte Tarnung zu erzielen, wurde bis auf die persönliche Habe der Schauspieler nichts entladen. Nachdem die Bagage der Kleist-Befreier im Innern des Wagens verstaut war, kletterten die vier auf den Bock. Tieck ließ die Zügel knallen, und vollkommen ungerührt vom Wechsel ihres Kutschers trabten die beiden Klepper los. Durch das schlafende Dorf lenkte Tieck ihren Wagen auf die Chaussee nach Norden.

Man war noch keine halbe Stunde unterwegs, als Schlegel, nachdem der Wagen eine scharfe Kurve gefahren war und sich der Blick auf den zurückliegenden Weg bot, etwas auf der Straße ausmachte, das ihnen folgte. »Seht ihr das?«, fragte er seine Gefährten.

»Spitzel?«, fragte Staël.

Goethe kniff die Augen zusammen. »Ich sehe nichts als einen schwarzen Pudel.«

»Den meine ich. Warum jagt er uns nach?«

Tatsächlich rannte ein Pudel mit dunklem Fell der Kutsche nach, so schnell ihn seine kurzen Beine trugen, und je näher er dem Thespiskarren kam, desto lauter wurde sein Gebell. Tieck zügelte die Pferde.

»Ich erkenne ihn«, sagte Staël, »das ist der Hund der Schauspieler.«

Der Pudel ruhte nicht, bis er sie erreicht hatte, und ehe sich die Reisenden versahen, war er unter dem Wagen verschwunden. Die vier stiegen vom Bock, um der Sache auf den Grund zu gehen. Der Hund war in einen kleinen Korb gesprungen, der unterhalb des Wagens zwischen der vorderen und der hinteren Achse angebracht war, gerade so, dass das Tier bequem herausschauen konnte. Der Korb war mit einer groben Decke ausgekleidet. Eifrig hechelnd starrte sie der Pudel an.

»Das ist eben, was wir brauchten«, bemerkte Goethe, »ein blinder Passagier fehlte noch der Reisegesellschaft.«

Er wollte den Hund wieder aus dem Korb heben, doch augenblicklich hob dieser ein lautes Gekläff an, worauf Goethe seine Hände hastig zurückzog. »Wau! Wau! So lass das Bellen!«, schimpfte er. »Manche Töne sind mir Verdruss, doch am meisten hasse ich Hundegebell. Sei ruhig, Pudel!«

Man wusste nicht, wie man den Hund aus seinem Korb locken sollte, denn mit ihm weiterreisen wollte man auch nicht. Tieck kletterte aufs Dach des Wagens, um im Proviant der Wanderbühne nach einer Wurst zu suchen. Von dort oben sah er, dass noch jemand anderes dem Karren gefolgt war. Es war das jüngste Mitglied der Schauspieltruppe, ein Mädchen von etwa sechzehn Jahren; eine schöne, schlanke Gestalt, blond, mit allen Vorteilen, die Blondinen eigen sind. Sie trug lediglich ein einfaches weißes Kleid auf dem Leib, ein silbernes Kruzifix über dem Busen und einen Beutel über der Schulter. Der Marsch hatte sie deutlich mehr erschöpft als den Hund. Als sie zu der Gruppe trat, war ihr Gesicht hochrot. Der Pudel richtete sich in seinem Korb auf und wedelte mit dem Schwanz.

Die junge Italienerin machte vor Madame einen Knicks und entschuldigte sich vielmals für das Ärgernis; der Pudel sei ihr am Morgen, als sie bei den Stallungen in Coppet weder Pferde noch Karren vorgefunden hatten, entwischt und mit untrüglichem Gespür dem Gespann gefolgt. Jener Korb unter dem Wagen sei sein angestammter Platz; nur selten sei er außerhalb zu sehen. Stromian – denn so war der Name des Hundes – sei dem Wagen und den Pferden mehr als anhänglich; deswegen das Gebell und die Verfolgung, weil man ihm die Heimat geraubt. Sie selbst, sagte das Mädchen, sei dem Hund nachgelaufen, um ihn einzufangen und zurückzubringen, denn obwohl es eigentlich der Hund des Prinzipals sei, sei sie die Einzige, die sich so recht um ihn kümmere und sich, wenn das Essen knapp sei, mitunter etwas vom Mund abspare, damit er nicht Hungers leiden müsse.

Nach dieser Erklärung langte sie ihrerseits nach Stromian, um ihn aus dem Korb zu ziehen, doch er kroch in den hintersten Winkel und zappelte mit allen Gliedern. Also übte sie sich in guter Zurede, auf Italienisch. Die Widerrede des Pudels war ein herzbewegendes Winseln. Die Gefährten entfernten sich etwas, um das Zwiegespräch nicht zu stören.

»Ich korrigiere mich«, sagte Goethe, »das Jaulen von Hunden ist mir noch verdrießlicher als ihr Gebell.«

»Ich hoffe, Mademoiselle hat ihren Stromian alsbald herausdiskutiert«, sagte Schlegel.

»Was hülfe uns das?«, entgegnete Staël. »Wenn dem Kläffer wirklich so viel an diesem rollenden Requisitenkoffer liegt, wird er sich bei der erstbesten Gelegenheit wieder davonstehlen. Unschön, wenn er uns das nächste Mal vor den Mauern des Château de Joux anbellt.«

»Dann soll sie ihn in Coppet an eine Eiche ketten«, schlug Schlegel vor. »Oder gleich mit einem Stein um den Hals in den See werfen.«

»Pfui!«, schalt Tieck. »Nehmen wir ihn doch einfach mit, sag ich, und das Mädchen als seine Dompteuse obendrein.«

Schlegel schüttelte den Kopf. »Ausgeschlossen. Von allen unbeobachtet wollen wir reisen – und nehmen schon auf der ersten Meile zwei vollkommen Fremde auf?«

»Befürchten Sie etwa, Wilhelm, Fouché hätte diesen Pudel dressiert?«, fragte Staël.

»Ich schließe mich Herrn Tiecks Meinung an«, sagte Goethe. »Ein süßes Hundchen und ein süß Gesicht – eine bessere Tarnung können wir uns nicht wünschen. Nehmen wir sie mit.«

»Ich bin dagegen«, sagte Schlegel.

»Ich bin dafür«, sagte Staël, »und sei es nur, um nicht Ihrer Meinung zu sein.«

Goethe sollte dem Mädchen den Vorschlag unterbreiten. Der jungen Italienerin war es in der Zwischenzeit gelungen, den Pudel am Halsband zu packen und aus seinem Unterschlupf zu zerren. Der Hund krümmte sich und winselte über diese ungewohnte Behandlung und war nur schwer zu bändigen. »Ich bitte Sie, Monsieur«, sagte sie zu Goethe, »reißen Sie den Korb vom Chassis herunter, vielleicht lässt er sich wenigstens mit diesem Andenken beruhigen.«

»Das wird nicht nottun, mein Kind. Wir haben beschlossen, ihn mitreisen zu lassen. Und dich auch, wenn du es wünschst.«

»Aber nein, Monsieur. Ich gehe zurück zum Schloss. Ich will den Herrschaften nicht zur Last fallen.«

»Das tust du sicherlich nicht. Du kannst den Stromian hüten. Außerdem kennst du dich mit dem Karren aus, du wärst uns also eine Hilfe. Und dieses Gespann kehrt eh in einigen Tagen nach Coppet zurück, wo deine Leute warten.«

Erleichtert setzte sie den Pudel ab, der augenblicklich zurück in seinen Korb sprang.

»Eine Frage muss ich dir noch stellen«, sagte Goethe. »Hat sich jemand in Coppet ausdrücklich nach unserm Verbleib erkundigt? Oder ist dir jemand gefolgt?«

»Mir gefolgt? Weshalb, Monsieur?«, fragte das Mädchen und sah sich unwillkürlich um, als befände sich in diesem Moment jemand hinter ihr auf der Straße. »Nein, ich glaube nicht.«

»Gut. Wie heißt du, Kind?«

»Eleonore.«

»Steig auf, Eleonore. Wir sind in Eile.«

Goethe reichte dem Mädchen die Hand, worauf sie einen erneuten Knicks machte. Ihren Handrücken bedeckte ein Geflecht von blutigen Kratzern, die ihr der Pudel geschlagen hatte.

Drei Tage darauf war Joux erreicht. Die Tarnung ihres Thespiskarrens hätte nicht überzeugender sein können, denn auch nach Frankreich wurden sie eingelassen, ohne dass man ihre Pässe prüfte. Der französische Douanier visitierte nur kurz den Wagen und hob dann den Schlagbaum. Madame de Staël atmete tief ein, obwohl die Bergluft diesseits der Grenze kaum würziger schmeckte als die schweizerische.

In seinem Brief an Tieck hatte Kleist das Château in den düstersten Farben beschrieben, und zumindest hierin hatte er nicht übertrieben. Auf einen steilen Felsen hoch über dem Tal hatte man diese Festung teils gemauert, teils in den nackten Stein gehauen; unzugänglich von allen Seiten bis auf eine. Die Burg befand sich auf dem Gipfel des Hügels, umgeben von einer unübersehbaren Anzahl von Schutzwällen und Schanzen. Und hätte man des Kaisers

Heer aufgeboten – diese Festung war mit Gewalt nicht einzunehmen. Männer vom Format eines Mirabeau hatte man hier einst festgehalten, berichtete Staël, und Toussaint l'Ouverture war hinter diesen Mauern gestorben. Die Gefährten konnten nur mutmaßen, was sich Kleist, ein mäßig erfolgreicher Schriftsteller aus der brandenburgischen Provinz, hatte zuschulden kommen lassen, dass Napoleon ihn derart sicher verwahrt wissen wollte. Tieck räumte kleinmütig ein, dass der Gedanke naiv gewesen sei, Kleist allein mit einer größeren Summe Geldes aus seiner Haft befreien zu können.

Es wurde beschlossen, im Weiler La Cluse am Fuße des Felsens zu verbleiben und einen der Truppe hoch ins Château zu schicken, um die Lage zu erkunden. Aufgrund seines vollendeten Französischs und seiner gepflegten Erscheinung fiel die Wahl auf Schlegel, der das Ergebnis freilich nicht akzeptieren wollte. Mit vielen guten Worten und einigen Drohungen gelang es Staël, ihn umzustimmen, worauf er mit eingezogenen Schultern bergauf zur Festung stapfte.

Nach Ablauf dreier Stunden kehrte er zurück zu den anderen ins Dorf, und keine Aussage hätte die Gefährten mehr überraschen können als: »Er ist fort.«

»Wie fort, was fort?«, fragte Tieck. »Was soll das heißen?«

»Kleist ist fort«, antwortete Schlegel, derweil er sich mit einem weißen Taschentuch den Schweiß von der Stirn tupfte. Der Marsch den Berg hinauf und wieder herunter hatte ihn erhitzt. »Er sitzt nicht mehr im Château ein. Man hat ihn vor drei Tagen aus der Haft entlassen.«

»Was der tausend –! Er kann doch nicht plötzlich fort sein! Entlassen, sagst du, einfach so?«

»Es fanden sich wohl keine Beweise seiner Schuld. Man ließ mich vor zum Festungskommandanten, einem Monsieur de Bureau, welcher mir sehr freundlich über einer Tasse Tee erklärte, dass ihm aus Paris ein Schreiben zugegangen war, Heinrich von Kleist unverzüglich auf freien Fuß zu setzen. Was er also tat. Die beiden preußischen Kumpane Kleists freilich, die mit ihm bei Berlin aufgegriffen wurden, hatten weniger Glück: Sie hat man verlegt in ein Gefängnis in Châlons-sur-Marne, welches sie vor Kriegsende nicht verlassen dürfen.«

»Kleist frei!«, schimpfte Tieck. »Dem Herrgott sollen seine drei besten Erzengel verrecken!«

»Was fluchen Sie?«, fragte Staël. »War es nicht Ihr Wunsch, Kleist zu befreien?«

»Teufel, ja doch!«, erwiderte Tieck. »Doch nun hat er sich selbst befreit! Wie stehe ich denn jetzt vor Ihnen allen da, der ich Sie aufgescheucht und durch halb Europa gehetzt habe, nur um – ja, um was? –, nur um einen Befreiten zu befreien! Dabei las sich sein Brief so verzweifelt, so ohne Hoffnung auf Begnadigung!«

»Es wäre nicht das erste Mal, dass Kleist die Wahrheit beugt«, meinte Goethe. »Wir alle kennen seine Übertreibungen, die ja Teil seines Wesens sind. Sicherlich wollte er seinen Arrest bedeutender machen, als er es letzten Endes war.«

»Plagen Sie Ihr Gewissen also nicht allzu sehr, Monsieur Tieck«, sagte Staël aufmunternd. »Zumal ich unseren Ausflug bislang sehr genossen habe. Jeder Tag außerhalb meines goldnen Käfigs ist ein Genuss, vor allem in Ihrer aller Gesellschaft.«

Dass man Kleist nacheilen wollte, darüber musste nicht lange beratschlagt werden, denn wenn dieser nicht gerade ein Pferd gestohlen haben sollte, würde man ihn bald eingeholt haben. Man nahm an, Kleist würde über die Schweiz zurück nach Preußen wandern wollen, und schlug daher die Straße nach Neuchâtel ein. Baronin de Staël bestand darauf, bei der Gruppe zu bleiben, bis Kleist gefunden war – insbesondere jetzt, da ihre Neubegierde vollends geweckt –, und wo sie war, da wollte auch Schlegel sein. Auch Eleonore und ihr Stromian wollten den Wagen nun nicht mehr verlassen und umso mehr dafür sorgen, dass er wohlbehalten zurück nach Coppet kam. Als die Frage auf die Kosten kam, die der verlängerte Verleih des Wagens und das Tagegeld für die arbeitslosen Wanderschauspieler nach sich zogen, versprach Staël großzügig, für alles aufzukommen.

Der Spur von Kleist war leicht folgen. Land- und Dorfbewohner entlang des Weges sowie die Wirte in den Herbergen erinnerten sich an den Wanderer in abgetragenen Kleidern, und das einzige Merkmal, das dabei nicht auf Kleist zuzutreffen schien, war, dass ihn alle in ausnehmend fröhlicher Laune erlebt hatten. Verwunderlich war ferner, in welchem Tempo Kleist die Schweiz durchquerte – als flöhe er Rad und Galgen, ja als trüge er Siebenmeilenstiefel an den Füßen. Die Wanderbühne mit den beiden klapprigen Pferden eignete sich hingegen nur schlecht zur Jagd, sodass sich der Abstand zwischen dem Thespiswagen und Kleist nur langsam verringerte. »Es ist mir verdrießlich, dass wir wie Seiltänzer und Marktschreier reisen«, sagte Goethe. »Das Schneckentempo dieser rollenden Bühne lässt einen schier verzweifeln. Ich wünschte, wir säßen in einer richtigen Kutsche, oder besser noch, jeder auf seinem eignen Ross.«

Bei Bern lagen noch immer zwei ganze Tage zwischen ihnen. Hier war es auch, dass die Gefährten erstmals einen Hinweis bekamen, der sie beunruhigte – denn als sie einen Gastwirt nach Kleist fragten, entgegnete dieser: »Sie sind nicht die Einzigen, die diesem jungen Burschen folgen.« Auf Nachfrage eröffnete ihnen der Mann, dass drei Männer zu Pferde sich ebenfalls nach Kleist erkundigt hatten; offensichtlich Franzosen, zwei kräftige Burschen und ihr Anführer, der für diese Auskunft ein großes Trinkgeld hatte sehen lassen. Alle drei seien bewaffnet gewesen und hätten sehr entschlossen gewirkt. Offensichtlich wollte man den freigelassenen Gefangenen doch nicht ohne Weiteres zurück nach Preußen lassen.

Wer auch immer das mysteriöse Trio war, das Kleist folgte, Eile schien geboten. Tieck ließ die Peitsche über den Rücken von Colla und Sapone knallen, doch die Tiere zeigten sich davon wenig beeindruckt – als triebe sie ein Schweizer Uhrwerk an, das sich auch von den schmerzhaftesten Schlägen nicht dazu bewegen ließ, seine Räder zu beschleunigen.

4

REICHENAU

Einen Vorzug hatte es freilich, dass sich die drei Franzosen Kleist an die Fersen geheftet hatten, denn wer am Wegesrand den Gejagten nicht bemerkt hatte, dem waren doch selten seine Jäger entgangen – sodass unsere Gefährten nun statt einer zwei Spuren folgen konnten. Beide führten sie nach Nordwesten, doch keineswegs auf schnellstem Weg zurück nach Deutschland. Als Tieck am 5. Juni die Pferde zügelte, erhoben sich vor ihnen im Abendrot die Zinnen einer weiteren Festung, der Kyburg. Keiner wusste sich einen Reim darauf zu machen, weshalb Kleist, der doch ganz offensichtlich in Eile war, unvermittelt die Fernstraße verlassen hatte, um in den Hügeln des Thurgaus einen Abstecher zu einer mittelalterlichen Burg zu machen, die seit dem Franzoseneinfall verwaist war.

Sie ließen Pferde und Wagen im Garten vor dem Burggraben stehen, weil das stattliche Gefährt wohl auf die Brücke, nicht aber durch den Torbogen gepasst hätte, und gingen zu Fuß in die Burg. Die eichenen Türen standen offen. Als sie ins Innere der Burg traten, flatterte eine Schar Krähen von ihrem Platz am Rand eines Brunnens auf, kreiste kurz über dem Hof und ließ sich dann auf dem First des Wehrganges nieder, um die Eindringlinge von dort zu beobachten. Die Fenster der Burg waren sämtlich durch hölzerne Läden verschlossen, und wo diese fehlten, waren die Scheiben eingeschlagen. Auf dem Pflaster verstreut lagen altes Laub, zerschmetterte Dachschindeln, Losung von Tieren und allerlei sonstiger Unrat. Ein Mauervorsprung hatte offensichtlich als Steinbruch gedient, denn große Teile waren herausgeschlagen.

Während Tieck und Schlegel den Kopf in den Nacken legten, um mit offenen Münden den Blick über Mauern und Türme des Mittelalters schweifen zu lassen – hier, wo einst Rudolf, der erste Habsburger unter den deutschen Kaisern, gelebt hatte –, heftete Goethe die Augen auf den Boden und störte sich an Schmutz und Verfall. Ein alter Handkarren, der an den Stamm eines Ahornbaumes gelehnt war, fiel, als Goethe ihn berührte, krachend in sich zusammen. Stromian erleichterte sich an der Umfassung des Brunnens.

Da rief Leonore nach ihnen. Die junge Schauspielerin hatte in einem der Seitengebäude eine offene Tür entdeckt, die zu dem führte, was offensichtlich einstmals die Kapelle der Burg gewesen war: ein kleiner Raum und ein Chor mit einem steinernen Altar, darauf ein halber Laib Brot und einige Flaschen. Es roch wie in einem Stall, und tatsächlich lagen überall auf dem Boden Stroh und Schafsköttel. Was Leonore aber für bemerkenswert erachtet hatte, fand sich im kleinen Nebenchor der Kapelle: Hier waren einige Fliesen aufgestemmt und zur Seite gelegt worden, und von den Wänden hatte man den weißen Putz geschlagen, sodass dahinter nicht nur das Mauerwerk zum Vorschein gekommen war, sondern auch der ursprüngliche Schmuck der Wände; gotische Heiligenbilder oder, wie Goethe es ausdrückte, *Höhlenmalereien*. Die Arbeit war keinen Tag alt.

Noch während sie darüber rätselten, wer hier was gesucht hatte – und vor allem: ob er es gefunden –, schlug im Burghof Stromian an. Die fünf blickten einander an, denn Waffen trug keiner von ihnen, und die Burg hatte nur den einen Ausgang. Als sie aber Schafsgeblök hörten, das von den Mauern widerhallte, fiel die Beklommenheit augenblicklich von ihnen ab. Ein junger Schäfer führte seine Herde in den Burghof, ein Lamm über den Schultern tragend. Er blieb wie angewurzelt stehen, als die Eindringlinge aus der Kapelle traten, erwog einen Moment die Flucht und folgte dann doch seinen Schafen. Leonore beugte sich nieder, um Stromian in den Arm zu nehmen, und als der Schäfer das Kreuz an ihrer Halskette aufblitzen sah, fasste er vollends Zutrauen.

Nachdem er die Tiere in die Kapelle getrieben und das Lamm abgesetzt hatte, stellte sich der junge Schweizer den Fragen der Gefährten, und obwohl seine Antworten durch den heimischen Zungenschlag nahezu unverständlich waren, konnte Schlegel doch Folgendes herausdolmetschen: dass ein Mann, dessen Beschreibung unzweideutig auf Kleist passte, am frühen Morgen auf die Kyburg gekommen war und ihn, den Schäfer, der die herrenlose Burg seit einigen Monaten zum Nachtquartier für seine Herde zweckentfremdet hatte, um Erlaubnis gebeten hatte, den Boden in der Kapelle zu öffnen, und zwar in einer Angelegenheit, von der der Fortbestand des deutschen Volkes, vielleicht sogar der Christenheit abhänge. Dagegen seien dem Schäfer keine Einwände eingefallen, worauf Kleist also einiges Werkzeug hervorgeholt und eine gute Stunde auf den Boden eingehämmert habe. Hernach habe er sich der Wand gewidmet. Aber nachdem er einige Handbreit Putz abgeklopft hatte, habe er mit einem Mal innegehalten, sein Arbeitsgerät gereinigt und wieder verstaut und den Jungen nach dem Weg zur Insel Reichenau gefragt – ja, ganz recht, zur Insel Reichenau im Bodensee, ein und ein halber Tagesmarsch von hier. Doch damit nicht genug: Keine halbe Stunde nach Kleists Aufbruch seien drei Franzosen in die Kapelle eingedrungen – ohne sich zu bekreuzigen, man stelle sich vor!, auch er würde seine Tiere doch nur deshalb in diesen geweihten Raum lassen, weil sie das Sinnbild Jesu seien – und hätten sich nach dem Mann und seinem Reiseziel erkundigt. Da er, der Schäfer, aber argwöhnte, dass es böse, gottlose Menschen seien, Franzosen eben, und da auch er die Christenheit im Allgemeinen und den Verfolgten im Besonderen habe schützen wollen, habe er auf die Frage keinen Bescheid gegeben. Darauf habe einer der Männer eine Pistole gezogen und ihm an die Stirn gesetzt, die Antwort zu erzwingen.

Nun schien zumindest geklärt, weshalb die Franzosen, obschon beritten, Kleist noch nicht ergriffen hatten, sondern immer ein Stück zurückblieben: weil sie nicht hinter ihm her waren, sondern vielmehr hinter dem, was Kleist suchte; hinter etwas, das Kleist auf der Kyburg nicht gefunden, auf der Reichenau wohl aber zu finden gedachte. Die Gefährten dankten dem Schäfer für die Auskunft und eilten zurück zu ihrem Thespiskarren. Wenn sie die Nacht durch führen, sagte Tieck, und Colla und Sapone nicht schlapp machten, würden sie das Ufer des Bodensees am kommenden Abend erreicht haben.

Nebel lag über dem See, als sie in der Ortschaft Ermatingen eintrafen, sodass sie die gegenüberliegende Insel nur erahnen konnten. Der kleine Hafen war verlassen, und die Fährmeister oder die Fischer, die sie nach der Reichenau hätten rudern können, waren vermutlich längst zu Bett gegangen. Da jede Stunde über Kleists Schicksal entscheiden konnte, schlug Tieck vor, ein Boot zu stehlen oder vielmehr auszuleihen. Im Dunkel suchte man nach einem passenden Nachen und musste feststellen, dass alle Boote durch Vorhängeschlösser und schwere Ketten gegen ihre Entwendung gesichert waren. Sägen oder Dietriche waren nicht zur Hand, aber Goethe hatte eine Eingebung – hatte er doch seinerzeit bei seiner überstürzten Abreise aus Weimar vergessen, die Schlüssel, die Hofkammerrat Kirms ihm entliehen hatte, um zum Maschinisten hinabzusteigen, zurückzugeben, und erst in der Kutsche den Fauxpas bemerkt. Nun stand zu hoffen, dass einer der zahlreichen Schlüssel für die Türen des Weimarer Hoftheaters eines der Bootsschlösser öffnen würde. Während Staël und Leonore Wache standen, probierte Goethe Schlüssel und Schlösser durch. Weil ihn seine Sehkraft in der Dunkelheit bald im Stich ließ, gab er das Bund an Schlegel weiter. Schließlich schnappte eines der Schlösser auf. Man prüfte die Ruder und schob das Boot dann vom flachen Strand ins Wasser.

Leonore, die schon beim Anblick des nebligten Sees unruhig geworden war, bat darum, in Ermatingen beim Wagen, den Pferden und dem Hund bleiben zu dürfen. Sie fürchte sich vor dem Wasser, und auf Nachfrage der anderen erklärte sie auch, warum: »Eine weise Frau hat einmal in meine Zukunft geblickt und sah, dass ich im Wasser sterben würde.«

»Im Wasser?«, fragte Tieck. »Sagte sie, wo, oder wann, oder unter welchen Umständen?«

»Nichts davon konnte sie mir sagen. Sie hatte nur gesehen, wie Könige und Prinzen meinen Leichnam aus einem Gewässer ans Ufer zogen. Seitdem meide ich das Wasser, wo ich kann, und habe mir geschworen, nie einen Fuß auf ein Boot zu setzen. Selbst über Brücken gehe ich nur ungern und mit großer Eile.«

»Könige und Prinzen zogen dich aus dem Wasser?«, wiederholte Goethe. »Das tönt mehr nach dem Ende einer Ballade als nach dem deinigen.«

»Ich weiß, es klingt sehr fabelhaft, aber lieber lebe ich nach dieser strengen Regel, als das Schicksal herauszufordern.«

»Ich verstehe. Dann bleiben die Damen also hier, derweil wir hinüberrudern und nach dem Rechten sehen.«

»Das könnte Ihnen so passen«, entgegnete Staël, die mit einem kleinen Bündel vom Wagen zurückkehrte. Sie hatte sich ihre Pelerine gegen die Abendkälte übergeworfen. »Ich fahre nicht einmal quer durch dieses abscheuliche Land, um beim letzten Akt im Foyer zu bleiben. Ich komme mit.« Mit diesen Worten öffnete sie das Bündel. In den Stoff eingeschlagen lagen ein französisches Terzerol, ein Beutelchen mit Patronen, Pulver und eine Kugelzange. Mit erstaunlicher Fertigkeit lud sie ihre Pistole.

»Madame, ich protestiere!«, rief Schlegel. »Mehr noch: Ich verbiete Ihnen, uns zu begleiten!«

»Nicht einmal eine Nonne könnte mit all Ihren Verboten leben, Wilhelm«, erwiderte Staël und spuckte das Papier der Patrone aus. »Hat denn sonst niemand eine Waffe?«

Goethe schüttelte den Kopf. Tieck hatte lediglich sein Klappmesser vorzuweisen, das er auf die Reise mitgenommen hatte, um Wurst und Brot damit zu schneiden.

»Dann halten wir die Daumen, dass wir keine Waffen brauchen werden«, schloss Staël.

»Weshalb, mit Verlaub, führen Sie überhaupt ein Terzerol mit sich?«, fragte Goethe.

»Wer den mächtigsten Mann der Welt zum Feind hat, tut doch gut daran, auf das Äußerste vorbereitet zu sein.«

Während Tieck das Boot hielt, stieg die Baronin als Erste hinein und bekümmerte sich auch nicht, dass dabei ihre Füße nass wurden. Goethe folgte ihr, dann Schlegel mit einem hörbaren Seufzer. Tieck schob das Boot ins Wasser und ließ sich hineinhelfen. Dann legten sie die Ruder ein. Der See war glatt. Die Gestalten Leonores und ihres Pudels wurden bald vom vollmondhellen Nebel verschluckt. Goethe konnte nicht umhin, die Torheit der jungen Schauspielerin zu bedauern, ihr Leben und ihre Reisen nach der so offenkundig extemporierten Prophezeiung einer Zigeunerin ausgerichtet zu haben.

Nach einer Viertelstunde tauchte die Reichenau aus dem Nebel auf. Sie mussten noch einige Schläge rudern, um eine Uferstelle zu finden, die frei von Röhricht war. An welcher Ecke der Insel sie gelandet waren, konnten sie aufgrund der trüben Sicht nicht sagen. Nachdem sie das Boot an Land gezogen hatten, folgten sie einem Pfad, der sie auf einen Feldweg führte. Vorbei an Weingärten und Gemüseackern gelangten sie in die Inselmitte. Sie hatten keinerlei Anhaltspunkte, wo sie nach Kleist suchen sollten.

Ohne sich darauf zu verständigen, marschierten sie auf dem Feldweg weiter bis zu einer Siedlung im Schatten des alten Benediktinerklosters. Auch hier schlief alles, und nicht einmal ein Hofhund bellte, als sie durch das Dorf schlichen. Erst als sie die Mauern des Klosters passierten, vernahmen sie, durch zahlreiche Wände hindurch, ein helles Klopfen, als würde ein Steinmetz in seiner Werkstatt noch spät arbeiten. Sie umrundeten das Kloster auf der Suche nach einer Lücke oder einer offenen Pforte und fanden keine. Stattdessen erklommen sie einer nach dem anderen einen Nussbaum nahe der Mauer, sprangen von dessen Ästen auf die Mauerkrone und von dort hinunter ins Feld. Staël begehrte, als Letzte zu klettern, und stellte sich dabei geschickter an als erwartet; in jedem Fall geschickter als Schlegel, dessen elegante Garderobe für dergleichen Kletterpartien wenig geeignet war.

Sie waren im ehemaligen Kräutergarten des Klosters gelandet, der durch allerlei Unkraut verwildert war. Hinter Brennnesseln und Stachellattich gingen sie in die Hocke, im Falle, dass sie nicht allein hier waren. Vor ihnen lag ein Kirchhof und dahinter das Herz des tausendjährigen Klosters, das Marienmünster: eine gewaltige romanische Truhe, deren fernes Ende vom Nebel verschluckt war. Kirche wie Kloster waren menschen- und gottverlassen, denn als vier Jahre zuvor die deutschen Fürsten mit Napoleon um Gebiete links des Rheines gefeilscht hatten, waren als Erstes die Klöster enteignet und aufgelöst worden, um ihren Besitz den Fürsten zuzuschlagen – eine mehr als großzügige Entschädigung für das wenige Land, das ihnen auf der anderen Rheinseite von Frankreich genommen worden war. Die einzigen Mönche, die sich auf der Reichenau noch befanden, lagen unter den Grabsteinen vor ihnen. Und auch am Münster hatte der Zahn der Zeit genagt, wie man im dunstigen Mondlicht sehen konnte. Obwohl Kräutergarten und Friedhof leer schienen, schlug jedem der vier das Herz im Halse vor Aufregung.

Madame de Staël hatte bei der Mauer ein Efeublatt gepflückt und zwirbelte es nervös zwischen den Fingern. »Der Mond ist das Gestirn der Ruinen«, flüsterte sie.

»Ganz und gar zugrunde gerichtet haben sie Kirchen und Kapellen«, klagte Goethe. »Nichts als die vier nackten Wände haben sie stehen lassen.«

Schlegel wies mit dem Finger auf einen Eichbaum zur Rechten, zwischen Kirchenschiff und Mauer. »Täusche ich mich, oder ist dort jemand?«

»Mein Sohn, es ist ein Nebelstreif«, sagte Goethe.

»Nein, ist es nicht. Das ist ein Franzos, würde ich wetten.«

Schlegel hatte recht: Hinter dem Baumstamm bewegte sich eine Gestalt. Unwillkürlich murmelte Tieck den Anfang eines Studentenliedes, den man in Preußens glücklicheren Tagen zu singen pflegte – *Was kraucht dort in dem Busch herum, ich glaub, es ist Napolejum* –, erntete dafür aber keine Resonanz, geschweige denn Applaus.

Für einen Moment ruhte die Steinhauerei in der Kirche. Eine schauerliche Stille umgab die vier; ganz dumpf und fern hörten sie jetzt vom Festland her eine große Uhr zwölf schlagen. Dann hob das Hämmern wieder an, als hätte der verborgene Steinhauer Hammer und Eisen nur ruhen lassen, um dem Glockenschlag zu lauschen. Die Geräusche kamen aus dem gotischen Anbau der Kirche, dem Ostchor zu ihrer Linken – und tatsächlich: Hinter einem der spitzbogigen Fenster flackerte das Licht einer Kerze. Jetzt sahen sie auch die beiden anderen Männer des Trios: einer eng an der Wand zwischen den Pfeilern des Chores, der andere hinter einem Holzstoß, der der Kirche gegenüberlag. Zweifellos hatten sie sich derart aufgestellt, um ihre Beute zu schnappen, sobald diese aus dem Münster kam. Es waren tatsächlich zwei Kolosse.

»Mir ist nicht wohl dabei«, sagte Schlegel.

»Fürs Umkehren ist es wohl zu spät«, entgegnete Tieck.

»Sie sind bewaffnet. Es ist Krieg. Die schießen uns über den Haufen. Wollt ihr am Ende auf dieser Gemüseinsel krepieren? Wer weiß, was Kleist angerichtet hat.«

»Hören Sie sofort auf zu diskutieren, Wilhelm«, zischte Staël. »Sie riskieren ernsthaft, dass ich mich eines Besseren belehren lasse.«

Im Flüsterton verständigte man sich darauf, sich einzeln an die Franzosen heranzuschleichen und zuzuschlagen, bevor diese es taten. Staël, als Einzige mit einer Feuerwaffe ausgestattet, deren Hahn sie jetzt spannte, sollte den Mann unter der Eiche in Schach halten, Tieck würde jenen am Holzstoß übernehmen und Schlegel samt Goethe den im Schatten der Apsis. Schlegel wiederholte, dass ihm nicht wohl dabei sei, aber als Goethe einen Stein, der ehemals die Kräuterbeete umfriedet hatte, aus dem Boden löste, um nicht gänzlich unbewaffnet zu sein, tat er es ihm gleich. Tieck vertraute darauf, unterwegs einen Holzknüttel zu finden. Mit den besten Wünschen schied man voneinander.

Erst von Gebüschen, dann von Grabsteinen gedeckt, krochen Goethe und Schlegel an ihr Opfer heran. Goethe stolperte über einen vergessenen Spaten und nahm diesen statt des Steines als Schlagwaffe. Als sie sich nicht näher an den Franzosen herantrauten, verbargen sich die beiden hinter einem besonders großen Leichenstein. Das Anschleichen hatte sie angestrengt, aber sie getrauten sich kaum, laut zu atmen. Goethe lehnte sich mit dem Rücken gegen den Stein und starrte auf den Spaten in seiner Hand. Schlegel klopfte sich die Erde von den Knien. Dann las er die Inschrift des Grabmals. Unter einem Namen und einem lateinischen Diktum waren zwei Knochen über Kreuz in den Stein graviert.

»Mir ist nicht wohl dabei«, flüsterte Schlegel.

»Mir auch nicht.« Die Schaufel in Goethes Hand hatte zu beben begonnen. »Mir zittern alle Glieder!«

»Frieren Sie etwa?«

»Nicht doch. Es ist nur so, dass ich Friedhöfe nicht ausstehen kann.«

»Weshalb?«

»Mir ist das Grab mehr als der Tod verhasst. Wie haucht er mich aus diesen Steinen widrig an!«

»Wir sehen gleich geladenen Pistolen in den Lauf, und Sie fürchten die Gerippe unter uns?«

»So ist es nun einmal. Mit den Toten hab ich mich niemals gern befangen. Sprechen wir bitte über etwas anderes.«

»Sprechen wir lieber gar nicht.«

»Einverstanden.«

»Tauschen Sie Ihre Schaufel gegen meinen Stein?«

»Nein.«

Länger, als beiden lieb war, mussten sie noch warten, bis sich etwas tat. Doch dann verstummte das Klopfen in der Kirche endgültig. Goethe umklammerte den Stiel des Spatens noch fester. Schlegel wagte einen Blick über die Grabsteinkante. Auch der Franzose hatte sich zum Angriff bereit gemacht. Schlegel konnte in dessen linker Hand ein Messer ausmachen und in der rechten eine Pistole. Die ferne Glocke donnerte ein mächtiges Eins. Die Kerze hinter den Chorfenstern erlosch. Ein paar Atemzüge später öffnete sich quietschend eine kleine Tür im Querschiff, und eine Gestalt in einem Cape mit Kapuze trat heraus, auf dem Rücken einen Ranzen.

Noch bevor Goethe und Schlegel auf den Beinen waren, hörte man von der linken Seite Bewegung – ein paar Zweige krachten, dann ein Schlag von Holz auf Schädel, ein Ächzen und weiteres Geräusch. Goethes und Schlegels Franzose, der schon einige Schritte zum Querhaus gemacht hatte, rührte sich nicht von der Stelle, verwundert über das Ausbleiben seines Kameraden, und bevor er sich entschieden hatte, ob er diesem helfen oder Kleist nachjagen sollte – denn der hatte längst die Beine in die Hand genommen und hetzte über das Gebeinfeld davon –, krachte das Blatt des Spatens gegen seine Stirn. Dabei zerbrach der morsche Stiel des Werkzeuges, sodass Goethe nunmehr mit dem kurzen Ende dastand. Der Franzose taumelte ein, zwei Schritte zurück, drückte einen Handrücken gegen die Platzwunde auf seiner Stirn und knurrte ein »*Salaud!*« – doch dann war Schlegel bereits über ihm und schlug ihm den Stein gegen die Schläfe; erst schwach, geradezu behutsam, dann noch einmal mit Wucht, worauf der Franzose zu Boden ging, und dann noch einige Male. Goethe musste Schlegel laut zur Räson rufen, um ihm in seiner Schädelklopferei Einhalt zu gebieten. Schlegel entfernte sich einen Schritt vom reglosen Leib des gefällten Hünen, ließ aber seine wirkungsvolle Hiebwaffe, nun blutverschmiert, nicht aus der Hand.

Tieck war längst an ihnen vorbeigerannt, Kleist nach. Goethe und Schlegel folgten Tieck, und am Eichbaum, wo Madame de Staël den dritten Franzosen hatte niederhalten sollen, fanden sie alle vier: Kleist, Tieck und besagten Franzosen, besinnungslos am Boden liegend, sowie Staël, die mit Waffengewalt Kleist an der Flucht gehindert hatte. Kleist hatte die Hände erhoben, da Staël ihr Terzerol noch immer auf ihn gerichtet hielt.

»Ich musste ihn mit der Waffe überzeugen«, erklärte Staël, »denn mit guten Worten wollte er sich nicht halten lassen.«

»Scher dich zum Satan, wo du hingehörst!«, fauchte Kleist auf Französisch und funkelte nun auch die zwei hinzukommenden Männer böse an. »Wer seid ihr Lotterbuben, und mit welcher Berechtigung werde ich festgehalten? Dass euch die Pest in den Magen fahre!«

Goethe entgegnete auf Deutsch: »Mäßigen Sie Ihre Sprache, Herr von Kleist, Sie sind unter Freunden. Ich bin es, Goethe. Denken Sie sich den Bart fort von meinem Kinn, und Sie werden mich wiedererkennen.«

Kleist nahm die Kapuze ab, sodass man nun sein ganzes Gesicht sehen konnte. Auch er hatte sich seit Längerem nicht rasiert, der Schopf war in Unordnung und die Wangen eingefallen. Seine Kleider waren eingerissen, durchgescheuert und muffig und wie seine Hände über und über von grauem Staub bedeckt. »– – Goethe?«, sprach er ungläubig.

»Nicht nur der, sondern mit ihm noch die Herren Ludwig Tieck und Wilhelm Schlegel sowie –«

»Je, was der Teufel! Der deutsche Parnass um Mitternacht auf einem gottverlassenen Eiland im Bodensee! Was machen Sie hier, beim Gott des Himmels und der Erde?«

»Diese Frage würde ich ebenso gerne Ihnen stellen. Genüge es auf die Schnelle zu sagen, dass wir Sie ursprünglich aus dem Fort de Joux hatten befreien wollen und rechtzeitig gewahr wurden, dass man Sie trotz Ihrer Entlassung, nun ja, verfolgte. Rechtzeitig, sage ich, denn wer möchte sich ausmalen, zu welchem Endzweck diese Franzosen Pistolen und Dolche gebraucht hätten, hätten wir sie nicht überwältigt.«

»Aber warum haben Sie dieser Vettel nicht auch gleich eins übergezogen?«, fragte Kleist und wies auf Staël, die noch immer ihre Waffe in der Hand hielt.

Goethe räusperte sich. »Weil die werte Baronin auf unserer Seite steht.«

»Auf unserer Seite? *Französin*, und auf unserer Seite?«

»Ich bin Germaine de Staël-Holstein«, entgegnete diese in ungelenkem, aber dennoch verständlichem Deutsch, »und schon mein Rufname sollte Ihre Befürchtung entkräften, ich würde gegen Deutschland zu Felde ziehen.«

»Gut, dann wären alle Missverständnisse aus der Welt geräumt«, schloss Kleist. »Brechen wir auf.«

»Nicht so hastig!«, versetzte Goethe. »Interessiert Sie gar nicht zu erfahren, wer diese Männer sind?«

»Sind sie tot? Oder gebunden?«

»Weder noch. Obwohl das Exemplar, mit dem wir zwei es zu tun hatten, von Herrn Schlegel so schonungslos zerknüppelt wurde, dass es wahrscheinlich erst beim Posaunenstoße wieder erwacht.«

»Wenn die Gefahr besteht, dass die Halunken wieder zu Sinnen kommen, sollten wir aufbrechen, sage ich. Sicherlich wollen sie mich zum Nadelkissen machen.«

Kleists Einwand zum Trotz drehte man zumindest jenen Mann unter der Eiche – den Staël entgegen ihrer Weisung mit dem Pistolenknauf niedergestreckt hatte, weil die Gelegenheit eben günstig gewesen war – auf den Rücken, damit man seine Visage sehen konnte. Der Mann hatte dunkles Haar über einer hohen Stirn, leicht abstehende Ohren und etwas zu viel Speck um den Hals. Er war von kleinem Wuchs, nicht nur im Vergleich zu seinen beiden großen Begleitern. Tieck leerte die Westentaschen des Mannes. Zum Vorschein kamen einige französische und schweizerische Münzen sowie ein Papier, auf das ägyptische Hieroglyphen gedruckt waren, aber nichts, was auf Namen, Herkunft oder Auftrag des Mannes schließen ließ.

Goethe lief die ganze Untersuchung über um den Niedergeschlagenen herum, um dessen Gesicht mal von dieser, mal von jener Seite zu betrachten. »Der Kerl kommt mir bekannt vor.«

»Ein Allerweltsgesicht«, erwiderte Staël.

»Nein, es ist mehr als das. Ich bin der Meinung, ich sei ihm schon einmal begegnet. Hol's der Teufel, ich kenne diesen Mann!«

»Aber woher?«

»Wenn ich das nur sagen könnte. Das macht mich wahnsinnig. Mein Gehirn braucht einen Aderlass!«

»Gezücht der Otter!«, zischte Kleist und stieß den Körper mit dem Fuße. Indem er die Pistole des Mannes aufnahm, die jener hatte fallen lassen, fügte er hinzu: »Ich hätte gute Lust, ihn von seiner eignen Medizin kosten zu lassen.«

Man folgte nun Kleists Exempel und nahm auch die Waffen der beiden anderen Franzosen an sich. Dann brach man auf. Kleist ging einen anderen Weg voran hinaus aus dem Kloster, durch eine verborgene Tür, und wenig später befanden sie sich im zügigen Marsch zurück zum Südufer der Insel. Hin und wieder schaute der eine oder andere über die Schulter, aber von den Verfolgern keine Spur. Die Franzosen im Klostergarten würden wahrscheinlich erst am nächsten Morgen wieder auf die Beine kommen. Unterwegs erneuerte Goethe seine Frage, was Kleist auf der Insel und auf der Kyburg gesucht habe, worauf Kleist geradeheraus antwortete, er habe recherchieren wollen.

»Recherchieren? Wofür?«

»Für ein Schauspiel, das ich zu schreiben gedenke.«

»Recherchieren, in einer Klosterruine um Mitternacht? Potz! Was für ein Schauerstück soll das geben?«

»Es geht um die Schlacht von Sempach.«

»Was hat das Kloster Reichenau mit der Schlacht von Sempach zu schaffen?«, fragte Schlegel.

»Und wozu brauchen Sie dazu Hammer und Meißel?«, fragte Goethe. »Haben Sie keine Kladde, dass Sie Ihre Notizen wie ein Babylonier in Stein hauen müssen?«

Kleist zögerte die Antwort hinaus, worauf Goethe ihn ermahnte: »Halten Sie uns bitte nicht zum Narren, Herr von Kleist. Wir sind durch das halbe Reich und die Schweiz angereist und haben einiges auf uns genommen, Ihre Haut zu retten. Ich habe mir eigens einen Bart wachsen lassen, was nicht unbedingt zu meinem liebsten Zeitvertreib zählt. Jetzt haben wir, denke ich, ein Recht zu erfahren, was hinter der ganzen Heimlichkeit und den nächtlichen Steinmetzereien steckt. Weshalb hat man Sie als Spion interniert, um Sie dann mitten im Krieg wieder auf freien Fuß zu setzen?«

Kleist nickte. »Vergeben Sie mir die Ausflüchte«, erwiderte er, »aber gönnen Sie mir zumindest Aufschub bis morgen in der Früh. Dann will ich meine Gedanken und Erlebnisse so weit zurechtgelegt haben, dass ich Ihnen über dem Frühstück lückenlos alles berichten werde.«

Mit dieser Ankündigung gaben sich die Gefährten zufrieden. Kleist führte sie nun zur Anlegestelle seines Bootes, in dessen direkter Nachbarschaft ein zweites, größeres Boot vertäut war. Sie lösten die Taue und schoben beide Nachen auf den offenen See hinaus, um den Franzosen die Verfolgung zu erschweren.

Auf dem letzten Wegstück zum Ankerplatz der vier Retter nahm Kleist Goethe zur Seite, um ihn zu überreden, auch die Staëlin hier auf der Reichenau zurückzulassen. Französin sei Französin, sagte Kleist; das Blut, nicht die Einstellung sei letzten Endes entscheidend, kurz: Er traue der Baronin nicht und rate dringend dazu, seinem Vorschlag Folge zu leisten und die Staëlin auszusetzen. Goethe verwehrte sich gegen den Ausschluss der Madame und legte Kleist ausführlich dar, dass es unter den Franzosen kaum einen größeren Feind Bonapartes gäbe als Germaine de Staël, die jener am liebsten zermalmt sähe, und dass daher selbst von ihm, Goethe, mehr Übel zu befürchten sei als von ihr.

Hierauf lenkte Kleist ein. »Ich hoffe nur«, sagte er abschließend, »dass Sie sich im Falle der Staël in Ihrer Menschenkenntnis nicht um ein paar Nullen verrechnet haben.«

Beim Boot angekommen, wusch sich Kleist im See den Dreck von den Händen, um sich endlich bei allen, auch Staël, mit Handschlag für die heldenhafte, selbstlose Rettung zu bedanken. Tieck vor allen anderen hob Kleist bei seiner Danksagung hervor, sei dieser doch der Anstifter seiner Befreiung gewesen, und das, obwohl sich die beiden nie zuvor begegnet waren. Kleist bekräftigte die abschließenden Worte aus seinem Brief an Tieck, dass er nicht ruhen wolle, als bis er ihm, Tieck, einen derartigen Dienst gleichermaßen erwiesen hätte.

Mit kräftigen Ruderschlägen setzte man zurück über den See, landete, weil der Nebel sich inzwischen verzogen hatte, punktgenau in Ermatingen an, wo sich Leonore über die wohlbehaltene Rückkehr ihrer Begleiter freute, und verstaute und verschloss das Boot dort, wo man es gefunden hatte. Ohne Verzug wurde der Wagen wieder bestiegen und die Pferde aus ihrer Ruhe aufgeschreckt. Über die Konstanzer Straße verließ man das Dorf. Man fuhr, solange der Mond noch am Himmel stand, über die Grenze ins Badener Großherzogtum bis kurz vor die Stadtmauern von Konstanz. Hier, am Rande einer Obstwiese, wollte man ein paar Stunden schlafen. Kleist war, nachdem er einiges trocken Brot heruntergeschlungen hatte, als Erster auf einer Decke, die man ihm gereicht hatte, eingeschlummert. Die Müdigkeit aller anderen siegte schließlich auch über ihre Neugier, zu erfahren, was sich in Kleists Ranzen befinden mochte, den dieser seit dem Reichenauer Kloster nicht ein einziges Mal aus den Händen, geschweige denn aus den Augen gelassen hatte und den er noch im Schlaf fest umklammert hielt. Und so nahmen die fünf denn ihre Schlafplätze ein, die sich seit ihrer ersten Nacht hinter Coppet nicht geändert hatten: Leonore unter dem Wagen, dicht beim Korb Stromians; Tieck, der Weitsicht halber, auf dem Dach des Wagens; Madame de Staël darinnen, um auch auf Reisen ein Mindestmaß an *vie privée* zu genießen; Goethe und Schlegel schließlich, wie Kleist, auf Decken und Fellen dort, wo der Boden trocken und eben war, unweit von Colla und Sapone.

Noch vor Aufgang der Sonne, keine drei Stunden nach ihrem Zubettgehen, wurden die Gefährten durch das Gebell Stromians geweckt. Zuerst wollte man auf den Pudel schimpfen, dass er sie aus dem tiefsten Schlaf gerissen, aber dann erkannte man, dass er angeschlagen hatte, weil sich Heinrich von Kleist von der Gruppe entfernen wollte. Schon hatte Kleist die Stiefel an den Füßen und seinen Ranzen geschultert, erweitert um die geliehene Decke, bereit zum Aufbruch nach Konstanz – aber das Kläffen hatte seine Flucht vereitelt, und er sah ein, dass es töricht wäre, jetzt noch davonzurennen. Sofort waren seine Retter hellwach und auf den Beinen, um eine Flut von Vorwürfen über Kleist auszuschütten. Hatte er ihnen nicht in der Nacht noch versprochen, den Schleier am Morgen zu lüften? Dankte er ihnen so die Rettung aus der Gewalt der französischen Attentäter, indem er sich davonstahl wie ein Liebhaber vorm ersten Hahnenschrei?

Kleist hatte seine liebe Mühe, die Gemüter zu beruhigen. »Meine Dankbarkeit Ihnen allen gegenüber ist und bleibt unermesslich«, erklärte er, »aber just weil ich Ihnen dankbar bin, möchte ich Sie vor Bösem beschützen. Und das tue ich am besten, indem ich alleine weiterreise. Ja, wenn ich Sie jetzt verlasse, schütze ich nicht nur Sie, sondern auch mich und vor allem den Inhalt meines Ranzens. Die Vorfälle auf der Reichenau haben bewiesen, wie brandgefährlich meine Fracht ist. – Wissen Sie inzwischen, Herr Geheimrat, wer der Mann war, der Ihnen so bekannt vorkam?«

»Nein, sosehr ich mein Gehirn auch umstülpe wie eine leere Hosentasche, es will mir nicht einfallen. Vermutlich habe ich mich auch getäuscht. Aber lenken Sie nicht ab: Was hat es mit Ihrer epochalen Fracht auf sich?«

»Ich darf es Ihnen nicht sagen.«

»Ach nein? Wer verbietet es Ihnen?«

»Mein Gewissen. Ich möchte niemanden mit dieser Kenntnis in Gefahr bringen. Allein muss ich in diesem Kriege stehen.«

»Herr von Kleist, machen Sie der Geheimniskrämerei ein Ende«, entgegnete Tieck ungehalten. »Wenn sich in Ihrem Ranzen nicht das Haupt der Medusa befindet, wüsste ich nicht, weshalb wir nicht hineinsehen sollten.«

Kleist zögerte. Er sah sich umringt und überstimmt.

»Was soll schon darin sein, dass es so vertraulich ist?«, fragte Goethe. »Das Halsband Marie Antoinettes?«

»Mehr«, erwiderte Kleist kopfschüttelnd. »Viel mehr. Unbeschreiblich viel mehr.«

Nach diesen Worten senkte sich Stille über die Runde. Kleist begriff, dass er nun, nachdem er die Münder vollends wässrig gemacht hatte, nicht zurückkonnte. Er setzte den Ranzen zu seinen Füßen ab, öffnete die Lederriemen und entnahm eine große Holzkiste von einer knappen Elle Kantenlänge. Die Kiste war alt und verzogen, mit Flecken von Feuchtigkeit und Dreck. An ihrer Front befand sich ein Schloss, das Kleist offensichtlich mit Hammer und Eisen aufgebrochen hatte. Nun öffnete Kleist die Kiste. Sie war mit grobem Leinen ausgeschlagen. Mit spitzen Fingern hob er heraus, was sich darinnen befand: eine goldene Krone, geschmiedet aus acht einzelnen miteinander verbundenen Platten, überspannt von einem Bügel, auf der Stirn ein Kreuz, über und über besetzt mit Karfunkeln und Perlen. Ebenjetzt ging hinter den Obstbäumen die Sonne auf, und ihr klarer Strahl durchdrang die Edelsteine, warf grünes, blaues und rotes Licht auf die Gesichter und Kleider der umstehenden Betrachter und entfachte das Gold, als käme es frisch aus dem Schmelzofen. Die Krone strahlte, und mit ihr strahlte Kleist, beseelt von den fassungslos ehrfürchtigen Mienen der anderen. Parzival, der Welt den Gral präsentierend, hätte nicht mehr Eindruck machen können als Kleist in diesem Moment.

»Bei Gott! Das ist –«, stammelte Schlegel.

»Das ist, so wahr ich lebe –«, sagte Tieck und kam doch nicht weiter.

»Es ist die Reichskrone«, sagte Kleist mit fester Stimme.

»Wie? Was? Zum Teufel!«

»Ward, seit die Welt steht, so etwas –?«

»Schaut her, bei Gott!«, rief Schlegel und zerrte Staël und Leonore am Arm.

»Bei allen Heiligen des Kalenders –!«, brach es aus Tieck hervor. »Wenn ich schlafe, so gebe ich dir die Erlaubnis, mich aufzuwecken.«

»Wenn ich nicht träume, so wachen wir!«, erwiderte Schlegel.

»Es ist kein Traum, meine Freunde«, entgegnete Kleist. »Dies ist sie: die Krone des Heiligen Römischen Reiches deutscher Nation.«

»Das kann nicht die Reichskrone sein«, sagte Goethe. »Das ist eine Fälschung. Eine exzellente Fälschung, aber eine Fälschung nichtsdestoweniger. Eine Kopie. Katzengold und buntes Glas. – Herr von Kleist, bestätigen Sie bitte, dass es sich um eine Kopie handelt, augenblicklich, bevor die Herren Schlegel und Tieck ihren Verstand verlieren.«

»Es ist keine Kopie. Es ist das Original. Sehen Sie genau hin, Herr Geheimrat: Dies ist keine Kopie. Oder schließen Sie die Augen: Sie werden es fühlen.«

»Aber die Reichskrone liegt in der Hofburg!«

»In der Wiener Schatzkammer liegt nichts als ein leeres Futteral. Bei dem Licht der Sonne, ich will Ihnen diesen Schwur gerne leisten: Dies ist die Nürnberger Krone, die Krone der römisch-deutschen Kaiser seit der Krönung Ottos des Großen; *Karlskrone* genannt nach dem größten unter ihnen. Obschon die Umstände so außerordentlich sind, dass Ihnen erlaubt sei, daran zu zweifeln: *Dies ist das Reich.*«

Die acht Platten, aus denen die Krone bestand, durch Scharniere miteinander verbunden, hatten jeweils die Form eines Torbogens. Die vordere und hintere Platte sowie die beiden seitlichen Platten waren ausschließlich mit Perlen und Edelsteinen besetzt, die kunstvoll in geometrischen Figuren angeordnet waren und dabei so dicht, dass man das Gold darunter kaum mehr sehen konnte. Es mussten gut zweihundert, wo nicht dreihundert Steine im Ganzen sein. Die Smaragde, Rubine und Saphire waren in Lücken eingefasst, sodass das Sonnenlicht durch sie hindurchscheinen konnte. Drei der dazwischenliegenden Platten, etwas kleiner als die juwelbesetzten, waren mit Abbildungen alttestamentarischer Könige versehen, und eine Inschrift nannte ihre Namen: Salomo, David und Ezechias, dazu der Prophet Jesaja. Die vierte Platte aber zeigte Christus selbst, auf einem Thron, von zwei Engeln flankiert, und *Per me reges regnant – Durch mich regieren die Könige –* stand darüber geschrieben. Über der Stirnplatte saß das steinbesetzte Kreuz, in dessen Rückseite der gekreuzigte Heiland graviert war. Ein Bügel spannte sich vom Stirnkreuz bis zur Nackenplatte, darauf in Buchstaben aus Perlen die Inschrift Konrads II.: *Chuonradus Dei Gratia Romanorum Augustus Imperator.*

»Bei Gott, das ist noch die seltsamste von allen meinen Begebenheiten«, lispelte Tieck. »Herr von Kleist – Heinrich – Freund! – wenn du ein Mensch bist und mich selig machen willst, erlaube mir, das Kleinod zu berühren!«

Großzügig übergab Kleist die Krone an Tieck, dass dieser sie mit zitternden Fingern halten konnte. »Das Gewicht eines ganzen Kontinents, und doch wiegt sie nicht mehr als ein Neugeborenes ... – Herr im Himmel! Mir ist zumute, als wenn wir die Figuren aus einem dichterischen Märchen wären! Was hat dieses Artefakt nicht alles gesehen! Canossa ... die Kreuzzüge ... die Kriege in Italien und jene gegen die Türken ... Luthers Widerruf in Worms ... Walther von der Vogelweide hat sie einst besungen! Hundert gegen eins, ich werde toll.«

»Ja, das Kleinod ist durch manche Hand gegangen«, bemerkte Goethe.

Zwei Tränen flossen aus Tiecks Augen, als er die Krone an Schlegel weiterreichte, der, kaum dass er sie in der Hand hielt, atemlos die großen deutschen Herrscher von Barbarossa über Rudolf bis Joseph II. aufzählte, auf deren Haupt diese Krone leibhaftig gesessen hatte. Nicht im Traum hätte sich einer der Anwesenden angemaßt, sich mit der Reichskrone, und sei es nur im Scherz und einen Wimpernschlag lang, selbst zu krönen.

»Ich flehe Sie an, Wilhelm, beruhigen Sie sich!«, forderte Staël. »Legen Sie das Ding weg und atmen Sie langsamer, sonst fallen Sie mir noch um, und ich habe kein Riechsalz dabei!«

»Ich gehorche, Madame, aber nennen Sie sie bitte nie wieder *Ding*.« Schlegel gab die Krone weiter an Goethe.

»Wollen Sie dann mir und Eleonore, die wir etwas verwirrt dieses Schauspiel mitverfolgen müssen, erklären, was es mit dieser Krone auf sich hat?«, fragte Staël. »Es ist die Krone der Deutschen, habe ich das recht verstanden?«

»Es ist mehr als nur der Deutschen Krone«, erwiderte Schlegel. »Es ist ... es ist unerklärlich.«

»Versuchen Sie es.«

»Wie um alles in der Welt soll ich einer Französin begreiflich machen, was uns Deutschen die Karlskrone bedeutet? Nehmen wir an ... Sie fänden das Schwert der Jeanne d'Arc ...«

»Und ihre Rüstung«, ergänzte Tieck.

»... das Schwert und ihre Rüstung«, fuhr Schlegel fort, »dazu die Phiole mit dem heiligen Salböl der Merowinger, eingeschlagen in die Erklärung der Menschen- und Bürgerrechte ...«

»Und in den Teppich von Bayeux!«

»... in die Erklärung und den Teppich, genau: Nicht einmal dieses Paket, teuerste Freundin, wäre den Franzosen, was uns Deutschen die Reichskrone.«

»Es ist das wichtigste und kostbarste Objekt des Deutschen Reiches, wo nicht der Welt«, sagte Tieck. »Ihre Bedeutung ist einzigartig.«

»Der heilige Gral der Politik«, fügte Schlegel hinzu.

»Keine Krone der Welt ist ihr gleichwertig. Die englische nicht und erst recht nicht die französische, nicht die spanische und nicht die Zarenkrone, nicht die Erikskrone, nicht die Stephanskrone und auch nicht die Wenzelskrone.«

»Die Dornenkrone des Erlösers ausgenommen.«

»Nach ihm, dem Erlöser, ist der römische Kaiser der höchste Fürst der Christenheit. Der Beschützer von Papst und Christentum. Der alleinige Stellvertreter des Allbeherrschers Christus.«

»Die Vergoldung ist ziemlich abgebraucht«, sagte Goethe und wies auf eine Kratzspur im Goldblech.

Die Wanderschaft der Krone durch aller Hände war abgeschlossen. Kleist nahm das Reichskleinod wieder an sich, bettete es in das Futteral und schloss den Deckel. Als beherberge die Holzkiste eine Spieluhr, deren betörende Melodie nun, nach dem Schließen des Deckels, verstummte, erwachten auch Schlegel und Tieck aus ihrer Verzückung. Wie am Ende einer magnetischen Therapie mussten sie ein paar Male blinzeln, um in die banale Gegenwart zurückzufinden. Die Krone war verborgen, und die Sonne stand hoch genug, alles hell zu erleuchten: Der Zauber war verflogen.

Goethe sprach als Erster wieder: »Ich bin sicher nicht der Einzige, der erfahren möchte, wie Sie in den Besitz dieser Krone kommen. Sie haben sie aus den Mauern des Marienmünsters gehämmert?«

»Aus dem Boden, um genau zu sein«, antwortete Kleist. »Sie lag im Chor unter der Grabplatte Karls III., des großen Karls Urenkel.«

»Wie kommt die Nürnberger Krone in das Grab eines lange verstorbenen Kaisers in einem verwaisten Benediktinerkloster auf einer Insel im Bodensee? Und wie in drei Teufels Namen kommen Sie dorthin?«

»Hört nur, hört! Es ist die wunderlichste Geschichte von der Welt!« Da Kleist ankündigte, sein Bericht würde etwas länger dauern, suchten sich die Gefährten einen sonnigten Platz, um dort, während Kleist sprach, das Frühstück einzunehmen.

»Seit ihrer Schöpfung um das Jahr 1000«, hob Kleist an, »wurde die Krone, wie ihr wisst, an mannigfaltigen Orten gelagert, in Vesten und Schatzkammern zwischen Rhein und Moldau – doch am längsten, beinahe vierhundert Jahre lang, zu Nürnberg, im Heilig-Geist-Spital, von wo sie selbst dann nicht entfernt wurde, als sich die Reichsstadt zum lutherischen Glauben bekannte. Als der Krieg gegen das revolutionäre Frankreich aber seine so schrecklich falsche Wendung nahm und die welschen Horden über den

Rhein tief ins Deutsche Reich vordrangen, glaubte man die Krone und mit ihr alle Reichskleinodien in Nürnberg nicht mehr sicher. Die Sansculotten hatten ihren eigenen Kronschatz in der Basilika von Saint-Denis vernichtet, was stand da wohl erst für die Insignien anderer, feindlicher Nationen zu befürchten? Als im Sommer 96 General Jourdan im Anmarsch auf die Stadt war, da beschloss man mit Billigung des kaiserlichen Kronkommissars Aloys Freiherr von Hügel, den Reichsschatz zu flüchten, und so brachte ein Nürnberger Obrist, seines Zeichens Bruder des Bürgermeisters, die Kleinodien – die Krone, den Reichsapfel und das kaiserliche Krönungsornat – in Nacht und Nebel, unter dem Deckmantel einer Fuhre Mist, nach Regensburg, dem Sitz des immerwährenden Reichstages. Die restlichen Stücke des Reichsschatzes, also die heilige Lanze, das Reichs- und das Zeremonienschwert, folgten rasch nach, verbunden mit dem Gesuch der Nürnberger, sie sollten, sobald sich der französische Sturm verzogen hatte, ins Heilig-Geist-Spital retourniert werden.

Die Kleinodien wurden nun in Regensburg in den Keller des Freisinger Hofs gebracht, wo die Fürsten von Thurn und Taxis ihr Quartier hatten und wo bereits das Archiv des Kronkommissars lagerte. Dort blieben sie mehrere Jahre so sicher wie in Abrahams Schoß; nur ein einziges Mal, als in der benachbarten Wohnung eines Kutschers ein Brand wütete, mussten sie evakuiert werden.

Der erste Krieg gegen Frankreich war kaum verloren, da ward auch schon ein zweiter vom Zaune gebrochen, und da dieser ähnlich unglücklich verlief wie jener zuvor oder wie alle folgenden, ward Baiern erneut von den Franzmännern überschwemmt. Freiherr von Hügel, dem der Boden unter den Füßen nun endgültig zu heiß wurde, beschloss, mit den kaiserlichen Insignien, in Kisten verpackt, Regensburg zu verlassen, und er bestieg ein Schiff, die Donau hinab nach Wien zu fahren, woselbst sie dann, im Oktober des Jahres 1800, dem Schatzmeister der Hofburg übergeben wurden, der – ohne dem Freiherrn für seinen Streich, den Nürnbergern ihren Reichsschatz so keck entführt zu haben, sonderlich zu danken – ihren Empfang quittierte und sie, ohne Inventur, vorerst in einem Winkel des Mautgebäudes speicherte, bevor sie dann endlich in die Schatzkammer der Hofburg gebracht wurden. Nürnberg, welches seine Kleinodien schmerzhaft vermisste, ließ nach dem Lunéviller Frieden anfragen, wann Wien denn gedenke, den Schatz zurückzugeben – aber da nun die Preußen, denen die Kaiserlichen durchaus zutrauten, sich der Krone widerrechtlich zu bemächtigen, schon das benachbarte Ansbacher Gebiet in Beschlag genommen hatten und da der nunmehr dritte erfolglose Krieg gegen Frankreich ausgebrochen war, wurde die Reichsstadt auf unbestimmte Zeit vertröstet. Doch mit Franz' II. unseligem Schritt, das Reich komplett abzuschaffen, alle vom Kurfürsten bis zum Reichsdiener ihrer Pflichten zu entbinden und die Organe des Reiches aufzulösen, sah schließlich auch Nürnberg seine Aufgabe als Schatzkästlein des Reiches besiegelt und musste alle Hoffnungen fahren lassen, je wieder Heimat der Krone zu sein. Seitdem also ruhen die Kleinodien, so schmählich ihrer Funktion beraubt, in der Wiener Schatzkammer.«

»Und welchem Meisterdieb ist es gelungen«, fragte Goethe, »unbemerkt in die Hofburg einzubrechen und bis zur Schatzkammer vorzudringen, um der Krone habhaft zu werden?«

»Niemandem! Nicht einmal Rinaldo Rinaldini gelänge, und hätte er seine Seele dem Teufel überschrieben, ein solches Husarenstück! Das lederne Futteral der Reichskrone, welches sich in der Schatzkammer befindet, enthält in Wirklichkeit – einen Backstein!«

»Haben Sie *Backstein* gesagt?«

»Das habe ich, bei meiner Seele! Ein Ziegel, der in etwa das Gewicht der Krone hat. – Wie kommt der Stein ins Futteral, wollen Sie wissen, und viel wichtiger, wie kommt die Krone heraus? Wohlan, folgen Sie mir zurück in meinem Bericht, nach Regensburg. Sie erinnern sich an den Brand, den ich schilderte, im Hause neben dem Thurn und Taxis'schen Palais? Nun, dieser Brand einer Kutscherswohnung entstand nicht etwa durch einen Unfall, sondern wurde vielmehr von Menschenhand gelegt. Ein Diener des Freiherrn von Hügel, der einerseits, anders als sein Herr, nicht viel für die Österreicher übrighatte und der andererseits schnell zu Wohlstand gelangen wollte, hatte den Plan, ein Stück des Reichsschatzes zu entwenden und zu Geld zu machen. Als der von ihm gelegte Brand also wütet und Hügel und einige weitere Männer die Insignien aus dem Keller retten, entnimmt dieser Strolch in einem unbeobachteten Moment, von Nacht und Qualm beschirmt, dem Futteral die Krone und gibt statt ihrer, damit der Diebstahl nicht sofort auffällt, besagten Backstein hinein. Einige Wochen später bittet er den Freiherrn unter Vorwand seiner in der Tat schwächlichen Gesundheit um Demission, und mit den besten Zeugnissen und einem Bonus – insbesonders, beim Styxfluss!, für seinen tapfern Einsatz in der Nacht des Brandes! – macht sich der Kronenräuber samt Beute aus dem Staub.«

»Diese Geschichte ist wenig glaubwürdig«, sagte Goethe.

»Man kann nicht stets das Glaubwürdige glauben, Herr von Goethe«, meinte Tieck.

»Weiß der Kaiser, dass seine Krone fort ist?«, fragte Staël.

»Ich habe keine Ahnung, aber irgendwann einmal, sei es auf der Donau, sei es im Mauthaus oder in der Schatzkammer, muss doch jemand einen Blick ins Futteral geworfen – und den Schreck seines Lebens bekommen haben. Kein Wunder, dass man der Nürnberger Bitte um Rückgabe der Krone abschlägigen Bescheid erteilen musste! Und wer weiß, vielleicht hat im letzten Jahr der Kaiser auf die römisch-deutsche Krone auch nur deshalb verzichtet, weil er keine mehr hatte, die er hätte aufsetzen können! Ein roter Ziegel auf dem Scheitel ist doch, sosehr Franz ihn auch verdient hat, wahrlich ein schlechter Ersatz! Und wer, raten Sie einmal, war einer der Ersten, die Franz rieten, die Kaiserkrone niederzulegen? Natürlich kein Geringerer als Aloys von Hügel, unser geprellter Freiherr, der vermutlich den zu erwartenden Spott von seiner Person damit abwenden wollte.«

»Und der Spitzbube von Diener?«

»Flieht Baiern, der Schelm, und sucht Unterschlupf im Würzburger Hochstift, immer im Wissen, dass sein Diebesgut ihn entweder Kopf und Kragen kosten oder zu einem sehr reichen Mann machen wird. Da seine Sympathien Preußen gehören und nicht Österreich, nimmt er durch einen Unterhändler Kontakt mit der Regierung in Berlin auf und bietet die Krone zum Verkauf an. Und hier komme ich ins Spiel: Das Angebot wird dem Minister der Finanzen weitergeleitet, Herrn von Struensee, denn sein Ressort soll entscheiden, ob der Mann ein Scharlatan oder, falls nicht, ob die geforderte Summe angemessen ist. Denn dass Interesse an der Krone besteht, zu welchem Endzweck auch immer, daran besteht kein Zweifel. Minister Struensee, in dessen Diensten ich damals stehe, schickt also mich, dem er das Geschick und die nötige Courage wohl zutraut, unter der allerstrengsten Geheimhaltung den Kauf der Krone auszuhandeln. Im Herbst 1800 – exakt zu jener Zeit, als der geprellte Kronkommissar ohne Krone donauabwärts nach Wien segelt – finde ich mich also in einer Kutsche wieder, ebenfalls auf dem Wege nach Wien, und ein versiegelter Brief, den ich, wie aufgetragen, erst in Dresden öffnen darf, enthüllt alle Details meines Auftrages sowie das neue Reiseziel: Würzburg. Ich lege mir eigens eine neue Identität zu, die mich für die Dauer der Reise schützen soll; gebe mich für einen Mathematikstudenten von der Insel Rügen aus, für den Sohn eines invaliden schwedischen Kapitäns. In Würzburg verweile ich länger, als mir lieb ist, treffe über vielerlei Umwege den Unterhändler des Kronenräubers, verhandele mehrmals mit ihm, über Wochen hinweg, und werde am Ende doch nicht mit ihm einig, denn die geforderte Summe liegt deutlich über dem, was Struensee in dieser kriegerischen Zeit zu zahlen bereit ist. Unverrichteter Dinge kehre ich also von meiner Würzburger Reise zurück, kann mich aber einer grimmigen Befriedigung nicht erwehren, dass der Galgenstrick nun, scheint's, auf seiner Sore sitzen bleiben wird. Weder ihn noch die Krone bekam ich während meiner Unterhandlungen auch nur einmal zu Gesicht.

Sechs Jahre später hat der Schubiak die Krone noch immer nicht losgeschlagen und sieht sich von der Zeit übertölpelt. Das Reich erlischt, und Preußen verliert in jenen Schreckenstagen seine Waffengänge gegen Napoleon – und mehr noch: Die alte Krankheit zerfrisst ihn. Es mangelt ihm – ausgerechnet ihm, der die größte Krone der Christenheit sein Eigen nennt! – an Barschaft für Ärzte und Medizin, und er spürt, dass ihm nicht viele Tage auf Erden mehr beschieden sind. Die Krone ist an einem sicheren Ort versteckt, und er möchte nicht sterben, ohne dieses Versteck preisgegeben zu haben. Also setzt er ein neues Schreiben an das preußische Finanzministerium auf, in welchem er Anweisungen gibt, wo die Krone zu finden, und bittet im Gegenzug nicht länger um Millionen von Louisdors, sondern lediglich darum, man möge für sein Begräbnis und einen schlichten Leichenstein aufkommen. Und als wäre dies sein letztes Geständnis, stirbt er wenig später.

Der Brief braucht eine gute Weile, bis er durch den Krieg nach Königsberg gelangt. Minister von Angern, der inzwischen auf Struensee gefolgt ist, beschließt, schnell zu handeln, denn nicht nur er hat den Brief gelesen, und wer kann sagen, wie loyal seine Mitarbeiter sind, jetzt, wo Preußens Schicksal auf Messers Schneide steht? Der Minister bittet einen engen Vertrauten, Carl von Gauvain, sofort zum Versteck der Krone aufzubrechen. Gauvain sammelt drei Freunde um sich, ihn auf der gefahrvollen Reise zu begleiten: die Offiziere Wilhelm von Ehrenberg und Ernst von Pfuel – und mich, Heinrich von Kleist, wieder in Diensten des Finanzministeriums. Denn Gauvain weiß, dass ich Jahre zuvor bereits mit der Angelegenheit zu tun hatte. Trotz unseres Drängens behält Gauvain den Versteckplatz der Krone für sich. Doch die Unternehmung, im Januar dieses Jahres begonnen, steht unter einem bösen Stern, denn schon bei Berlin geraten wir in die Fänge französischer Truppen, und nur Pfuel entgeht glücklich der Arretierung. Dass unsere Haft kein Zufall ist, davon ist auszugehen: Irgendjemand im Ministerium musste unsere Mission den Franzosen preisgegeben haben, kommt doch die Ordre, uns festzusetzen, vom Generalgouverneur höchstpersönlich. Der französische Vorwurf der Spionage ist nur ein Scheingrund; tatsächlich werden wir vom ersten Tag an darüber ausgefragt, mit welchem Auftrag uns Minister von Angern betraut hatte. Doch wir schweigen wie die Kartäuser: Ehrenberg und ich, weil wir nichts Genaues wissen, und Gauvain, weil er es dem Minister geschworen hat. Was für eine Katastrophe, wenn die deutsche Krone in französischen Besitz käme!

Ungehalten über unser Schweigen, aber vollkommen unwillens, uns auf freien Fuß zu setzen, bringt man uns, wie Sie bereits aus meinem Brief wissen, nach Joux, in der Hoffnung, die Kerkerhaft werde unsern Widerstand schon zermürben. Gauvain, in dem man das Haupt unsrer Entreprise erkennt, sperrt man – über die Bosheit! – in die Zelle des Negerhauptmanns Toussaint, worin selbiger verendet ist, um sein, Gauvains, Schweigen zu brechen. Doch unser tapferer Freund bleibt standhaft, welchen Schikanen auch immer er ausgesetzt ist; selbst sein Gichtleiden erträgt er in diesem eisigen Loch. Ich sorge mich um ihn und um die Krone, gesetzt den Fall, jemand kommt uns aufgrund unseres erzwungenen Nichtstuns zuvor, aber in einem der wenigen Momente, in dem wir uns im Hof der Festung begegnen, versichert mir Gauvain, die Krone sei sicher *im Kirchenchor begraben, in ihrer Heimat im Thurgau.*«

»*In ihrer Heimat im Thurgau?*«

»Jawohl, das waren exakt seine Worte. Als nun vor einer Woche sich die Tür zu meiner Zelle öffnet und der Festungskommandant mir mitteilt, aus Paris sei ihm die Anweisung zugegangen, mich mangels belastender Indizien unverzüglich aus der Haft zu entlassen, steht augenblicklich mein Entschluss, die Krone anhand der Hinweise Gauvains auf eigene Faust zu finden und in Sicherheit zu bringen.«

»Wenig konnten Sie ahnen«, sagte Schlegel grimmig, »dass diese drei Schelme nur darauf warteten, zur Kaiserkrone geführt zu werden; ja dass wahrscheinlich sie selbst es waren, die Monsieur de Bureau den Entlassungsbescheid aus Paris zustellten.«

»Ebenso wenig, wie diese ahnten, dass man ihnen ihrerseits auf den Fersen war«, entgegnete Kleist. »Die Krone war also in einer Kirche im Thurgau versteckt, in ihrer *Heimat*, und ich war mir sicher, dass von der Kyburg die Rede war, denn dorthin hatte Rudolf von Habsburg, sobald er Kaiser war, die Reichskleinodien bringen und verwahren lassen: im Nebenchor der Kapelle in einer ehernen Truhe. Ich brach also im Eilschritt zur Kyburg auf. Die ehemalige Reichskammer war, wie ich bei meiner Ankunft entdecken musste, zum Nachtlager eines Hirtenjungen geworden, und es gab keinerlei Anhaltspunkte, wo hier eine Krone hätte versteckt sein können. Da Gauvain *vergraben* gesagt hatte, holte ich mir aus dem Burghof, wo ich welches ausgemacht hatte, Steinhauerwerkzeug, um damit, allerdings ohne einen rechten Plan, den Boden der Kapelle freizulegen – ein vergebliches Unterfangen, und vergeblich auch mein Versuch, die Wände auf der Suche nach einer verborgenen Kammer aufzuklopfen.

Mein Mut begann bereits wieder zu sinken, da fiel mein Blick auf die gotischen Heiligen, die zwischen Mauerwerk und Putz verborgen gewesen waren und die mich an die Illustrationen in alten Handschriften erinnerten. Da ging mir ein Licht auf: Nicht die Kyburg war die Heimat der Krone, sondern das Reichenauer Kloster! Auf der Kyburg war die Reichskrone zwar gelagert worden, auf der Reichenau aber war sie entstanden, denn nicht nur in der Buchmalerei, sondern auch in der Goldschmiedekunst waren die wackeren Benediktiner der Insel ihrer Zeit voraus gewesen. Und war nicht auch die Reichenau einst Teil des Thurgaus?

Als ich nun ins Marienmünster eingedrungen war, musste ich nicht lange suchen: Karl III. ist der einzige Kaiser, der auf der Reichenau begraben liegt, und so viel Sinn für Geschichte traute ich dem Dieb wohl zu, dass er die Krone diesem zur Seite legte. Ich schlug Karls Grabplatte auf und fand, was ich suchte.«

»Und so, den höchsten Schatz aus Moder fromm entwendend, brachten Sie die Krone an sich und in die freie Luft«, schloss Goethe.

»Ja. Nur schade, dass das Auge modert, das diese Herrlichkeit erblicken soll.«

»Die Grabräuber Karls des Großen starben, kaum dass sie die Gruft verlassen hatten«, sagte Tieck, »und auch unsern Kronendieb hat es dahingerafft. Haben Sie denn keine Furcht, dass Ihnen nach dieser Graböffnung Ähnliches widerfährt?«

»Für mein Vaterland lüde ich selbst den Fluch alter Kaiser auf mich.«

»Nun gut«, sprach Goethe, »nun kennen wir die Krone. Nun wissen wir alles, was der Krone geschehen, was nicht. Was gibt's jetzt weiter?«

»Ich verfahre wie geplant«, erwiderte Kleist und trommelte mit den Fingern auf das hölzerne Futteral. »Ich bringe die Krone, wie uns vom Minister aufgetragen wurde, durch feindliche Linien nach Memel, schnell wie Merkur, um sie daselbst, demütigst, meinem König und meiner Königin zu Füßen zu legen. Mit meinem Haupt steh ich dafür ein!«

»Sie wollen«, wiederholte Goethe ungläubig, »mit einer Kiste voll Gold und Perlen einmal quer durch das Reich wandern, einmal quer durch den Krieg der drei mächtigsten Heere Europas, durch Hundert- und Aberhunderttausende von Soldaten? Warum warten Sie nicht, bis wieder Frieden ist, bevor Sie nach Preußen aufbrechen?«

Kleist lachte bitter auf: »Weil es dann vielleicht kein Preußen mehr gibt und keinen König, dem ich die Krone überreichen könnte. Nein, Preußen, der letzte Pfeiler Deutschlands, darf nicht sinken, wenn nicht das ganze Haus in sich zusammenfallen soll. Jeder Tag zählt im Kampf gegen Frankreichs Armeen. Ein so mächtiges Symbol wie die Krone des Heiligen Römischen Reiches wird neuen Mut stiften im Ringen gegen den Despoten, weit über die Grenzen Preußens hinaus: Einen Krieg, bei Gott!, will ich entflammen, der in Deutschland um sich greifen und auf zum Himmel lodernd schlagen soll! Friedrich Wilhelm von Preußen wird das Reich, das zertrümmert ward, wiederherstellen, nach einjähriger Unterbrechung; er wird die deutschen Völker, *alle* deutschen Völker, unter dem Banner der Reichskrone wieder vereinen; Baiern und Württemberger werden beschämt die Reihen der Franzosen verlassen, in denen sie jetzt noch gegen ihre deutschen Brüder kämpfen, und ein jedweder, der Deutschland sein Vaterland und Gott seinen Herrn nennt, wird in einer gigantischen *levée en masse* zu den Waffen greifen und die Bonapartisten zurück über den Rhein und in ihr Schlangennest Paris treiben, worin sie gebrütet; und wenn wir uns klug mit Europens andern Völkern verbünden, werden wir die Schlangen ganz austilgen, das Felsenloch verkeilen, mit Dampf sie in ihrem Nest ersticken und die Leichen liegen lassen, dass von fernher der Gestank die

Gattung schreckt und keine wieder in einem Erdenalter dort ein Ei legt, denn die Welt hat keine Ruhe vor dieser Mordbrut, eh das Raubnest nicht ganz zerstört und nichts als eine schwarze Fahne von seinem Trümmerhaufen weht! Von diesem Tag an soll das Deutsche Reich wieder vorhanden sein!«

»Tausendsackerment!«, rief Tieck, auf die Beine springend, »Ihre Rede imponiert!«

»Das wohl, bei Gott«, pflichtete Schlegel bei, der sitzen geblieben war. »Sie scheinen in Ihrem *furor teutonicus* nur eines vergessen zu haben, Herr von Kleist: Diese Krone gehört nicht Friedrich Wilhelm, sondern Franz von Österreich. Ihm sollten Sie die Krone nach Wien bringen, nicht Friedrich Wilhelm nach Memel.«

»Franz II., der alte Kaiser der Deutschen? Der Kaiser von Österreich, der das Deutsche Reich im Jahre 1806 zertrümmert hat? Warum sollte ich sie ihm bringen – ihm, der sie doch niedergelegt hat?«

»Weil sie seit der Krönung in Frankfurt sein Eigentum ist.«

»Diese Krone gehört dem deutschen Kaiser. Franz hat diese Kaiserwürde freiwillig niedergelegt, daher ist sein Anrecht auf die Krone erloschen. Er hat sich ein eigenes kleines Kaiserreich geschaffen, dessen Krone er meinethalben tragen soll: das Kaiserreich Österreich. Darin mag er glücklich sein, aber Deutschland, nein – Deutschland darf und wird künftig kein Habsburger führen, sondern ein Hohenzoller.« Mit diesen Worten nahm Kleist zwei abgegriffene kleine Kupferstiche aus seiner Weste. Der eine war eine Karikatur von Napoleon, äußerst hässlich dargestellt, auf einer Ratte reitend. Auf dem anderen waren, einander gegenüber in zwei Medaillons, Friedrich Wilhelm III. und Königin Luise abgebildet.

Tieck musste milde lächeln, und auf den fragenden Blick der Staël erklärte er: »Ah, ja. Welcher Preuße muss sich nicht am Anblick seines jungen Königs und der schönen

Königin erfreuen? Und Luise – ist sie ihrem Gatten nicht das, was Thusnelda einst dem Arminius?«

»Ja, sie ist es, die das, was noch nicht zusammengestürzt ist, hält«, pflichtete Kleist bei. »Vergebung, Madame, aber es ist schwer, einem Unwissenden die Majestät und Grazie dieser Frau zu erklären.«

»Oh, ich kenne sie«, entgegnete Staël, »wir sind einander in Berlin begegnet. Die Königin ist reizend; ohne jede Schmeichelei muss ich sagen, dass sie die schönste Frau ist, die ich je gesehen habe. Sie hat mich, als sie auf mich zuschritt, wirklich geblendet.«

Kleist, als er vernahm, dass die Baronin Königin Luise nicht nur begegnet war, sondern auch derartig wohlmeinend von ihr dachte, erwiderte freundlich: »Wohl gesprochen! Und was Ihre Johanna der Stadt Orléans war, das soll unsere Luise Berlin sein. – Franz von Österreich hat tapfer gegen Bonaparte gekämpft, aber er war der Aufgabe nicht gewachsen.« Er wies auf das Antlitz Friedrich Wilhelms: »Dagegen, hoff ich, übernimmt nun er, als Deutschlands Oberherrscher, die Verpflichtung, das Vaterland von dem Tyrannenvolk zu säubern.«

Nun regte sich endlich Goethe, der Kleists Rede schweigend, aber mit zunehmender Unruhe verfolgt hatte. »Genug, genug der blumigen Appelle! Verzeihen Sie mir mein Geradezu, Herr von Kleist, aber – – – wovon in Gottes Namen reden Sie? Das Vaterland von dem Tyrannenvolk säubern, sagen Sie? *Levée en masse*, sagen Sie? Welche Massen sollen denn mit dem Ruf der Krone mobilisiert werden? Barbarossas schlafende Heerscharen im Kyffhäuser? Preußen ist vielmehr auf der *Fuite en masse*, und Friedrich Wilhelm kann froh sein, wenn er diesen Kampf mit heiler Haut übersteht; er ist unendlich weit davon entfernt, Napoleon zu vertilgen! Von seinem Kriegsschiff Preußen ist Friedrich Wilhelm allein das Beiboot geblieben; er steht im hinterletzten Winkel seines Landes, derweil Napoleon Preußen, ob wir es wollen oder nicht, fest im Griff hat. Napoleon hat Gott im Rücken, Friedrich Wilhelm nur Russland.«

»Deshalb sollte die Krone nach Wien«, sagte Schlegel.

»Zugegeben, Herr Geheimrat«, entgegnete Kleist, ohne auf den wiederholten Einwand Schlegels einzugehen, »Preußen befindet sich so kurz vor seiner Vernichtung wie zuletzt nach der Schlacht von Kunersdorf. Aber hat nicht der große Friedrich damals das Blatt noch gewendet und gegen eine Übermacht gesiegt? Warum sollte es dann seinem Großneffen nicht gelingen? Unterschätzen Sie nicht die preußische Tapferkeit!«

»Zwischen Tapferkeit und Größenwahn gibt es einen Unterschied.«

»Die Festung Kolberg hält seit Monaten dem französischen Ansturm stand. Männer wie Rittmeister Schill und seine tapferen Freischärler sind ein steter Dorn im feindlichen Heer. Bei Preußisch-Eylau haben wir ihnen Einhalt geboten: Seit Monaten hat das französische Heer keine Schlacht mehr für sich entscheiden können. Napoleon hat Preußen bereits den Frieden angeboten, weil er ahnt, dass er den Krieg nicht gewinnen kann, und Friedrich Wilhelm tat wohl daran, sich auf diesen Kuhhandel nicht einzulassen. Mit mächtigen Verbündeten wie Russland und neuerdings auch England und Schweden – warum sollte sich da das Kriegsglück nicht vollends gegen Napoleon wenden? Warum soll es undenkbar sein – wenn es auch schwer sein mag –, wenn wir vereint nach alter Sitte wären, den Korsen in einer muntern Schlacht aus unserm deutschen Land hinwegzujagen?«

»Der Mann ist euch zu groß! Gegen einen Gott gibt es nichts als – einen Gott! Ich bitte Sie, Herr von Kleist: Sie riskieren Ihr Leben für eine fixe Idee, und dafür haben wir Sie nicht gerettet!«

»Mit Verlaub, Herr Geheimrat: Ich glaube gerne, dass Sie sich mit Ihrem Rheinbunddasein zufriedengeben – war Ihr Herzog doch der Erste, der vom Bund mit Preußen abfiel –, aber ich sterbe lieber tausend Mal im Kampf für Preußen, als auch nur einen Tag des Korsenkaisers Untergebener zu sein.« Kleist richtete sich auf. Er nahm das Futteral der Krone in den Arm. »Ich werde meinem König die Krone bringen. Es ist mein unbeugsamer Wille. Nur der Tod verhindert, dass er sie morgen in den Händen hält. Und wenn ich unterwegs falle, dann soll es so sein, kurz: Kann ich nicht mit Ruhm im Vaterlande erscheinen, geschieht es nie. Das ist entschieden, wie die Natur meiner Seele. – Und nun, da ihr meine Mitwisser geworden seid: Wer von euch will mit mir kommen und die Krone begleiten und beschützen? Ich lade jeden guten Deutschen dazu ein.«

»Ich bin dabei!«, rief Tieck. »Ich will Preußen retten und Deutschland vereinen! Was für ein Abenteuer! – Wilhelm, Alter, schlag ein!«

Schlegel zog die Stirn in Falten. »Ich wollte nicht nach Joux, welches nur zwei Tage von Coppet entfernt liegt. Und jetzt soll ich auf einmal nach Memel wollen, nach *Ultima Thule*, mindestens zwei Monde entfernt?«

»Sie werden einmal mehr mitkommen, Wilhelm, weil ich mitkomme«, sagte Staël.

»Sie?«

»Aber natürlich. Sie wissen, dass mir mindestens ebenso viel daran gelegen ist, Napoleon zu stürzen, und dass ich, ungeachtet Ihrer Unperson im Speziellen, große Sympathien für die Deutschen im Allgemeinen hege. Ich wüsste keinen willkommneren Anlass, Deutschland ein wenig besser kennenzulernen, als über Land zu reisen in der Gesellschaft so kluger Denker, wie Sie alle es sind. Weshalb sollte ich freiwillig in meinen Schweizer Kerker heimkehren?«

»Die Krone gehört nach Wien«, erwiderte Schlegel trotzig, »aber natürlich werde ich mich meiner Pflicht als deutscher Patriot nicht entziehen. Was soll aus Deutschland werden, wenn es sich nicht in seiner Gesamtheit erhebt, um dieses Gezücht zu vernichten? Ich komme mit – nicht Ihretwegen, Madame, sondern der Krone wegen. Die Leihkosten für unser Gefährt allerdings werden Sie in den Ruin treiben.«

»Ich glaube nicht«, sprach nun Leonore, »dass sich mein Schauspieldirektor und seine Mimen im Schloss von Coppet derweil unwohl fühlen. Ich und mein Stromian würden gerne, wenn die Einladung auch uns mit einbezog, dem Wagen weiterhin die Treue halten und darauf achten, dass er unversehrt wieder heimkommt.«

Nun kamen aller Augen auf Goethe zu ruhen, der sich doch so vehement gegen Kleists Vorhaben ausgesprochen hatte. »Sie werden mich auch mit Ihrer Mehrheit nicht umstimmen«, sagte er. »Ich halte, Herr von Kleist, Ihren Entschluss, Preußen kraft eines mittelalterlichen Relikts vor dem größten und glücklichsten Feldherrn der Menschheit zu retten, nach wie vor für ein, wenn auch tapferes, Hirngespinst. Auch mir liegt Deutschland warm am Herzen, und auch ich bin nicht unbedingt zufrieden mit meinem, wie Sie es ausdrücken, *Rheinbunddasein*, aber ich füge mich darein, weil ich glaube, das politisch Machbare vom Unmöglichen distinguieren zu können. Dennoch« – und nach diesem Wort atmete Goethe einmal tief ein und wieder aus –, »dennoch will ich wieder heim, und Weimar liegt nun einmal auf dem Weg von Konstanz nach Memel. Daher werde ich diese illustre Sozietät weiterhin begleiten, wenn Sie mir – einem Rheinbündler, einem Vasallen Napoleons also! – einen Platz auf dem Bock gönnen.«

Die Clique brach daraufhin in lauten Jubel aus, und Kleist reichte Goethe freudig die Hand, ganz so, als hätte er beim ersten Teil von Goethes Rede gar nicht zugehört.

»Nun, so lasst uns denn nicht zaudern, sondern hastig aufbrechen«, sagte Tieck. »Vergessen wir nicht, dass die Franzosen wahrscheinlich längst von ihrem Nickerchen erwacht sind und nach einer Möglichkeit suchen, die Reichenau trockenen Fußes wieder zu verlassen.«

Die Pferde waren schnell eingespannt, die Decken und die Reste des Frühstücks schnell verstaut. Schon wollten sich alle einen Platz auf dem Fuhrwerk suchen, als Kleist die Reisegefährten noch einmal um sich sammelte. Er öffnete erneut die Kiste, in der sich die Nürnberger Krone befand, und bat sie, zweierlei darauf zu schwören: *primo*, dass sie das Wissen um die Krone für sich behalten und mit ins Grab nehmen wollten, und *secundo*, dass sie die Krone nie an sich reißen würden, sosehr das Gold sie auch verlocke. Den Gefährten wollte dieses schwülstige Gelöbnis nicht behagen, und sie erklärten, dass sich das von Kleist geforderte Verhalten von selbst verstehe, aber Kleist gab sich auch mit diesem Ehrenwort nicht zufrieden, bestand auf dem Schwur und wollte, ehe er nicht geleistet, die Kutsche nicht besteigen. »Bequemt euch zu schwören«, beharrte er. »Im Ernste, auf die Krone, im Ernste.«

Schließlich legten alle einschließlich Kleist ihre rechte Hand auf eine der acht Platten der Krone – Schlegel auf den Erlöser, Tieck auf Salomo, Staël auf David, Goethe auf Ezechias und Jesaja, Leonore und Kleist auf die edelsteinbesetzten Platten dazwischen –, und im Chor wiederholten sie die Worte, die Kleist ihnen vorsprach. Und sosehr sich mancher vorher geziert hatte, konnte sich doch keiner, nicht einmal Goethe, dem die Krone nichts mehr bedeutete, oder Staël, der sie nie etwas bedeutet hatte, des feierlichen Gefühls erwehren, dass dieser gemeinsame Eid die sechs Schwörenden auf eine unerklärliche, weihevolle Art miteinander verband.

Tieck griff nach den Zügeln, und mit neuer Kraft zogen die Pferde, als hätten auch sie ihre Hufe auf die Krone gesetzt, den Wagen von der Obstwiese zurück auf den Weg. Wenig später waren sie durch Konstanz hindurch und über die Rheinbrücke, sodass die Schweiz endgültig hinter und eine lange Reise vor ihnen lag. Alle Reisenden waren guter Dinge, aber keiner so sehr wie Kleist, der sich ungemein darüber freute, die Reichskrone auf diese Weise an ihr Ziel zu bringen: In einem Fischwagen hatte man die Krone einst, nach den Hussitenkriegen, nach Nürnberg gebracht, in einem Mistwagen wieder heraus: Nun war sie in einem Theaterwagen auf dem Weg zu ihrem neuen Herrn.

5

HELSINGÖR

Leonore half Kleist, ein Versteck für die Reichskrone und ihr Futteral zu finden. An der Stirnseite des Wagens, in der Wand zum Bock, gab es innen eine Leiste, die, einst entfernt, den Durchgriff erlaubte in den hohlen Kutschbock dahinter. In dieser unzugänglichen Truhe pflegten der Prinzipal die Kasse und die Schauspieler ihre Papiere zu verbergen; jetzt wurde sie Hort der Krone. Kleist beruhigte das Gefühl, die Krone allezeit, während er auf dem Kutschbock saß, unter seinem Hintern zu wissen. Nachdem der Thespiskarren zum Kronwagen geworden war, durften sich seine Begleiter nach Kleists Dafürhalten nun auch *Kronkavaliere* nennen, und er sah es für ein gutes Omen, dass sie vier Männer waren – standen doch ebenso viele Kronkavaliere beim Krönungszug der deutschen Kaiser mit ihrem Leben für das Wohl der Krone ein. Die Frauen fielen für Kleist nicht ins Gewicht.

Bald hatten sie Baden hinter sich gelassen und rollten durch das Württemberger Königreich. Kleist schlug eine Route steil nordwärts vor, parallel zur württembergisch-bairischen Grenze, dann über Würzburg und Thüringen nach Brandenburg hinein und weiter nach Pommern. Bayern, den treuesten Vasallen Napoleons, wollte Kleist um jeden Preis meiden; ebenso gut könne man den Rhein nach Frankreich überqueren, denn wenn man sich partout dem Feind ausliefern wolle, sei der Unterschied zwischen Franzosen und Baiern, zwischen Herren und Dienern gering. Als die Gefährten erstmals württembergische

Erde unter den Rädern hatten, spuckte Kleist aber auch auf diese, auf das andere Königreich von Napoleons Gnaden: Die württembergische Königskrone, meinte Kleist, sei wie die bairische der Judaslohn für den Verrat am Deutschen Reich gewesen, und beide Kronen besäßen, da sie aus den Händen eines ungesalbten Emporkömmlings kamen, keinen Wert. Obwohl die Schlachtfelder fern waren, spürte man den Krieg auch hier. Die Reisenden begegneten französischen wie königlich-württembergischen Verbänden auf dem Marsch nach Preußen und waren immer dankbar, wenn sie den Truppen ausweichen konnten oder zumindest so unscheinbar blieben, dass man sie nicht kontrollierte.

Um nicht unnötig aufzufallen, wurde Deutsch nun statt Französisch die *lingua franca* der Gefährten. Die Aussprache der Baronin blieb freilich mit einem bleiernen Akzent und zahlreichen sprachlichen Mängeln behaftet. Insbesondere der Wunsch, ihre Rede mit Idiomen zu verfeinern, die ins Deutsche übersetzt keinen Sinn mehr ergaben, führte in mancher Unterhaltung zu Verwirrung oder Amüsement. Es verdross Staël ferner, dass vermöge ihrer grammatikalischen Zusammensetzung der Kern einer deutschen Phrase erst zum Schluss derselben deutlich würde, was zur Folge habe, dass man das Vergnügen des *Unterbrechens*, welches eine jede französische Unterhaltung so ungemein belebe und beschleunige, in Deutschland gar nicht kenne – weil man eben abwarten müsse, bis der andere ausgesprochen habe, um zu begreifen, was er denn sagen wolle. Das Deutsche eigne sich für die Bestimmtheit und Schnelligkeit der Unterhaltung weit weniger als das Französische, schloss sie – was Schlegel dazu veranlasste, darauf hinzuweisen, dass sich das Deutsche mitnichten hinter dem Französischen zu verstecken brauche, solange man es nur perfekt beherrsche. Mit bewundernswertem Eifer studierte Staël fortan das Deutsche, um es besser zu sprechen, und sprach es oft, um es besser zu studieren.

Leonore hingegen sprach von Anbeginn fehlerfrei, so

dass sie, auch dank ihrer blonden Haare, durchaus für eine Deutsche hätte gehalten werden können. Überhaupt deutete wenig auf ihre italienische Herkunft hin, von einem tiefen, geradezu abergläubischen und für Schauspieler mehr als unüblichen Katholizismus einmal abgesehen, der bis auf Tieck alle befremdete. Stets kniete sie, wenn man in der Nähe eines Flurkreuzes pausierte und sie sich unbeobachtet fühlte, davor nieder und sprach ein Gebet – ein Anblick wie ein erbaulicher Kupferstich aus einem Taschenbuch für Damen, an dem Tieck sich nicht sattsehen konnte. Keiner bezweifelte, dass Leonore zuweilen auch gern eine Kirche aufgesucht hätte, um die Beichte abzulegen, aber die Zeit war knapp, und ihr Kronwagen mied die Städte.

Die Schule ihres Glaubens war fraglos das Waisenhaus der Benediktiner im piemontesischen Alessandria gewesen, in welchem sie aufgewachsen war. Vater und Mutter hatte Leonore nie kennengelernt. Einer ärmlichen, aber dennoch unbeschwerten Kindheit bei den Mönchen war eine unschöne Jugend gefolgt, als ein Ehepaar sie an Kindes statt zu sich aufs Land nahm, wo der Mann eine Fassbinderei hatte. Denn der Küfer und seine Frau hatten mehr eine Magd denn eine Tochter gesucht, und dementsprechend war Leonores Zeit dort von wenig Liebe und viel Arbeit geprägt gewesen. Den Spaß hatte sich Leonore jedoch nicht vollends verbieten lassen, und jede freie Minute hatte sie, oft in der Gemeinschaft anderer Heranwachsender aus dem Dorf, dem Gesang und dem Tanz gewidmet.

Als nun Prinzipal Velluti – der Mann, auf dessen Wagen man jetzt Württemberg durchquerte – mit seinen Mimen durch das Dorf gekommen war, war Eleonore sofort für das Theater entbrannt, hatte sich zu einer Vorstellung davongeschlichen und die Schauspieler ihrerseits mit ihrem Tanz beeindruckt. Jüngst war dem Direttore seine jugendliche Naive abhandengekommen, hatte sie sich doch allzu jugendlich-naiv einem hübschen Bürgerssohn hingegeben und ein Kind machen lassen, weswegen man noch am selben Abend übereingekommen war, Eleonore in die Velluti'sche Gesellschaft aufzunehmen. Ohne ein Lebewohl hatte sie das Dorf und ihre Pflegefamilie verlassen, um von nun an für warme Mahlzeiten oder bare Münze zu spielen, zu tanzen und zu singen.

Seit einem Jahr war sie nun mit den Schauspielern unterwegs, im Piemont, in der Provence und in der Schweiz, wobei die Gesellschaft lieber an Höfen spielte oder in den Häusern reicher Kaufleute als auf dem Land, wo das Publikum zugleich ärmer und unbarmherziger war. Das Programm bestand fast ausschließlich aus der französischen Trinität von Corneille, Racine und Voltaire, dazu – wenn das Parterre nach etwas Leichterem verlangte – Molière und zahlreiche namenlose französische Schäferspiele. In dem wohl erfolgreichsten Stück der Gesellschaft spielte der Pudel Stromian die Hauptrolle als eines Ritters treuer Jagdhund, welcher den Mörder seines Herrn überführt.

Leonore hatte seit ihrer ersten Begegnung mit der fahrenden Bühne manche Ernüchterung erleben müssen, insbesondere die, dass Signore Velluti eine Vertraulichkeit mit seinen weiblichen Darstellerinnen pflegte, die im fahrenden Volk vielleicht üblich war, ihr aber sehr missfiel. Seine unzüchtigen Berührungen, auf der Bühne und realiter, waren in den letzten Monaten immer schwieriger abzuwehren gewesen. Die anderen Akteurs der Truppe litten vor allem an den drei großen Wehs der Menschheit – Wein, Würfel und Weiber –, was einerseits dazu führte, dass sie sich an den Einnahmen der Gesellschaft vergriffen, um ihre Spielschulden zu zahlen, und andererseits so manche Vorstellung im Rausch nach sich zog, kurz: Leonores Komödianten schienen das schlechte Renommee, das ihresgleichen vorauseilte, immerfort bestätigen zu wollen, weswegen sie dankbar war für die artige Gesellschaft, mit der sie jetzt reiste.

Welch geringe Wertschätzung man fahrenden Schauspielern in der Tat entgegenbrachte, erfuhr die Gruppe dieser Tage am eigenen Leibe. Landarbeiter und Dorfbewohner schauten auf, wenn sich der Thespiskarren an ihnen vorbei über die Landstraßen wälzte, hielten mit ihrem Handwerk inne, sprachen und rührten sich nicht, verfolgten nur mit Blicken das Fuhrwerk und seine Insassen in einer Mischung aus Faszination und Abscheu, wie man einen zum Tode Verurteilten auf dem Schinderkarren beobachtet. Über Schauspieler dachten sie nicht anders als über Diebe, Huren und Henker. Ein reisender Komödiant sei ein elenderes Geschöpf als alle reisenden Handwerksburschen, stellte Goethe fest, als sie einen weiteren gaffenden Weiler hinter sich gelassen hatten. Aufmerksamkeit war ihnen immer gewiss, Achtung selten.

Nur von Soldaten stand keine Missachtung zu befürchten. Am dritten Morgen nach Konstanz, kurz vor der Ortschaft Hochdorf, kam ihnen eine Einheit der württembergischen Armee entgegen, eine berittene Kompanie. Kleist lenkte den Wagen an den Straßenrand, und dort warteten sie, bis die Kolonne von Pferden und Männern an ihnen vorbeigezogen war. Die Ulanen äußerten im Vorbeireiten freundliche Grüße, die vornehmlich an Leonore gerichtet waren, vornehmlich aber von Staël erwidert wurden. Als der Tross vorüber war, atmeten die Kronkavaliere auf. Kleist ließ die Zügel knallen, und weiter ging die Fahrt.

Wie groß war aber der Schreck der Reisenden, als fünf Minuten später ein Offizier im Galopp dem Theaterwagen nachsetzte, ihn überholte und zum Anhalten zwang. Kleist gehorchte. Der Mann, ein stattlicher Kerl in blauer Uniform mit roten Aufschlägen, weißen Hosen in hohen, blank gewichsten Stiefeln und einem Helm mit schwarzem Federbusch, stellte sich ihnen vor als ein Korporal Holzenbein von der 5. Schwadron des Regiments Chevauxlegers und wünschte, den Leiter der Gesellschaft zu sprechen.

Weil er dabei, wohl wegen dessen weißen Barts, Goethe ins Auge fasste, antwortete auch dieser: »Das bin ich.«
»Sie sind der Prinzipal?«
»Ja.«
»Namens?«
»Em, Simpel. Sebastian Simpel. Und seine Gesellschaft. Die Simpel'sche Gesellschaft.« Mit einer verhuschten Geste stellte Goethe die anderen vor.

»Auf dem Wagen steht ein anderer Name«, sagte der Korporal und wies auf den großen Schriftzug unter der lachenden und der weinenden Maske: »*Velluti.*«
»Ja. Ja. Mein glückloser Vorgänger. Gott hab ihn selig.«
»Sie sind Schauspieler.«
»Genau.«
»Dann möchte ich Sie im Namen meines Vorgesetzten bitten, der Eskadron heute Abend ein Stück zu spielen.«
»Wie meinen?«
»Der ehrenwerte Rittmeister von Mörner hatte gerade, als wir Ihren Wagen passierten, den Geistesblitz, Sie für heute Abend zu uns ins Lager nach Waldsee einzuladen, eine gute Stunde Wegs, damit Sie uns dort mit Ihrer Kunst erfreuen. Er hofft, dass dergleichen Zerstreuung die Moral des Haufens erhebt, denn es verdrießt die Männer, dass der Krieg gegen die Preußen ganz ohne sie stattfindet. Und nach einigen Tagen im Sattel wollen sie mehr als nur ein Süppchen löffeln und ein Pfeifchen schmauchen.«
»Verstehe. Nun, em, ich fürchte, ich muss, wiewohl mit großem Bedauern, absagen.«
»Weshalb?«
»Unsere Schaubühne, wissen Sie, ist zu unvollkommen, als dass wir Ihnen damit Ihre kostbare Zeit rauben wollen. Für die einfachen Leute auf dem Land genügt unser Dilettantismus, aber für eine Eskadron der königlich württembergischen –«
»Oh, Sie werden vor einfachen Leuten spielen, sorgen Sie sich darum nicht. Und ich bin mir sicher, dass Sie, was

die Talente Ihrer Mitspieler betrifft, das Licht zu Unrecht unter den Scheffel stellen.«

»Nein. Wir sind wirklich *sehr* schlechte Schauspieler.«

»Miserabel«, bemerkte Tieck, und Kleist, der sich mit beiden Händen am Kutschbock festklammerte, darunter die Krone gelagert war, nickte bestätigend.

Doch der Korporal schien sich mit Goethes Entschuldigung nicht abfinden zu wollen, weshalb Goethe hinzufügte: »Außerdem ist die Gruppe gar nicht vollständig. Einige von uns sind, em, erkrankt.«

»Wer?«

»Keiner der Anwesenden. Die Kranken sind nicht dabei ... weil sie ... krank sind.«

»Aber Sie fahren doch übers Land, um zu spielen. Also muss es doch ein Stück geben, für das Ihre derzeitige Besetzung ausreicht.«

»Ja, em, tatsächlich fahren wir übers Land«, sagte Goethe und hustete, um Zeit zu gewinnen, »weil wir Verpflichtungen eingegangen sind. Andernorts. Wir müssen uns eilen, rechtzeitig, em, dorthin zu kommen, und ein Abend in Ihrem Lager würde unsren Verpflichtungen andernorts entgegentreten.«

»*Andernorts?* Wohin ziehen Sie denn – unvollständig –, dass Sie es so furchtbar eilig haben?« Jetzt zog der Korporal seine Handschuhe aus und legte sie quer über den Sattel. »Dürfte ich überhaupt einmal Ihre Passierscheine sehen, Herr Simpel? Der Kontrolle halber?«

Goethe blieb die Antwort im Halse stecken. Aus heiterem Himmel ergriff Staël das Wort: »Was für ein Stück wünschen die Chevauxlegers denn zu sehen?«, fragte sie lächelnd und wickelte dabei wie ein zehnjähriges Mädchen eine ihrer schwarzen Locken um den Finger.

Der Offizier erwiderte das Lächeln. »Darüber haben wir noch nicht nachgedacht. Was haben Sie denn im Angebot?«

»Liebe, Blut und Rhetorik.«

»Dann etwas von jedem, denke ich. Aber letzten Endes überlasse ich die Auswahl des Stückes ganz Ihnen. – Dann verstehe ich Ihre Anfrage zu Recht als eine Zusage?«

»Zu Recht, Herr Korporal«, antwortete Staël. »Wir wollen uns doch nicht um das Vergnügen bringen, vor einem Parterre ausschließlich von tapferen Kavalleristen zu spielen.«

Goethe nickte und brummte eine unverständliche Zustimmung in seinen Bart.

»Verzeihen und vergessen Sie gütigst meine Aufforderung, Ihre Pässe vorzulegen. Aber es ist nun einmal Krieg, und wer kann schon wissen, welch raffinierte Maskerade sich die Spione aus Preußen als Nächstes einfallen lassen!«

»Ha, ha, ha!«

Mithilfe des Korporals wurde der Wagen gewendet, und es ging den Weg zurück, den sie gekommen waren, der Kompanie nach. Der Korporal ritt voran, in einem Abstand, der groß genug war, dass die Gefährten in leisen Tönen miteinander sprechen konnten.

»Was haben Sie sich dabei nur gedacht, Madame!«, zischte Schlegel. »Spätestens heute Abend werden wir in der Gesellschaft von Hunderten von Soldaten als Hochstapler entlarvt!«

»So habe ich uns immerhin einen Aufschub bis heute Abend erwirkt, Sie ewiger Kritikaster«, entgegnete sie, »derweil Sie brütend im Winkel sitzen und darauf warten, dass Ihnen Federn wachsen! Was hätten Sie ihm denn auf die Frage nach unsern Pässen geantwortet?«

»Und wie ziehen wir unsern Kopf jetzt aus dieser Schlinge?«

»Wo sind unsere Pistolen?«, fragte Kleist und fixierte mit zusammengekniffenen Augen den Rücken des Korporals. »Der Abstand ist gering genug. Ich brenne dem Französling ein zusätzliches Knopfloch in die Weste.«

»Die Waffen sind hinten im Wagen«, erwiderte Staël,

»davon abgesehen, dass ich nicht dulde, dass Sie diesen Burschen hinterrücks erschießen.«

»Und Sie vergessen den Lärm«, fügte Tieck hinzu. »Augenblicks wäre sein ganzes Regiment uns auf den Fersen, und unsre beiden Rosinanten sind schwerlich für eine schnelle Flucht geeignet.«

»Dann sind wir verloren«, resümierte Schlegel. »Sie legen uns in Ketten und schaffen uns nach Hohenasperg.«

»Schlimmer!«, rief Kleist aus, »sie werden die Krone entdecken und – treue Lakaien, die sie sind – Napoleon ausliefern!«

»Was sollte Napoleon mit der Krone?«

»Ganz einfach – sich zum Kaiser Europas krönen! Nur Kaiser der Franzosen zu sein wird diesem maßlosen Kerl auf Dauer nicht genügen. Er will Kaiser des Okzidents werden! Und keine andere Krone verkörpert die Ganzheit Europas so sehr wie die der römischen Kaiser. Es ist immerhin die Krone Karls der Großen, welcher zwar der größte deutsche, zugleich aber auch der größte französische König war! Als Bonaparte in Aachen war, huldigten ihm die Speichellecker dort als Neubegründer eines einigen Abendlandes vom Atlantik bis zur Baltischen See, als Reinkarnation von Charlemagne, als Karolinger aus der Asche – und das sollte einem wie Bonaparte nicht zu Kopf gestiegen sein? Seit der Zeit hat der Korse stets nach unsrer Krone geschielt wie eine Katze nach dem Knochen, an dem der Hund nagt. Ein Jahrtausend nach Karl und zwei Jahrtausende nach Alexander soll es nun *Napoleon der Große* heißen. – Weshalb sonst, meinen Sie, setzt man Gauvain, Ehrenberg und mich fest? Weshalb sonst verführt man mich, die Krone zu suchen, derweil drei Bluthunde sich an meine Fährte heften? Verwundern sollte mich angesichts der Wichtigkeit dieser Schatzsuche vielmehr, dass mir Fouché keine Hundertschaft auf den Hals gehetzt hat!«

»Sie haben zu dem Gemälde einen düsteren Farbentopf gewählt«, sagte Goethe.

»In meiner ganzen Schattierung, aus der ich malen könnte, ist kein Ton so gelbbraun-gallenschwarz wie unsere Zukunft, wenn die Reichskrone in Napoleons Fänge geriete. Dann gibt es keine Staaten mehr – im Übrigen auch keinen Rheinbund, Herr Geheimrat –, sondern nur noch ein einziges Frankenreich. Es wäre schrecklich, wenn dieser Wüterich sein Reich gründete. Nur ein sehr kleiner Teil der Menschen begreift, was für ein Verderben es ist, unter seine Herrschaft zu kommen. Wir sind die unterjochten Völker der Römer. Es ist auf eine Ausplünderung von Europa abgesehen, um Frankreich reich zu machen. Deshalb darf Napoleon diese Reliquie um keinen Preis der Welt bekommen.«

»Ich stimme Herrn von Kleist zu«, sagte Tieck.

»Ich auch«, sagte Schlegel. »Aber was tun?«

Kleist schlug vor abzuwarten, bis man in Waldsee angekommen sei. Dort wolle er eine gute Gelegenheit abwarten, um mit der Krone zu türmen. Aber dieser Plan zerschlug sich bereits bei der Einfahrt ins Lager, denn dieses war so gut befestigt und bewacht, dass an ein unbemerktes Entkommen überhaupt nicht zu denken war. Korporal Holzenbein und dem Theaterwagen schlug seitens der Ulanen großer Jubel entgegen, so sehr freute sich der Haufe auf die abendliche Darbietung. Der Offizier führte die Gefährten zu einem abgelegenen Plätzchen, durch einige Bäume vom Rest des Lagers getrennt, und erkundigte sich, ob die Damen und Herren Schauspieler noch irgendwelche Wünsche hätten. Er schlug vor, für die Aufführung das letzte Licht des Tages zu nutzen, und wollte den Einheiten Bescheid geben, sich beim Glockenschlag sechs auf der Wiese vor der Wanderbühne einzufinden. Dann verabschiedete er sich. Madame de Staël und Leonore gab er sogar einen Handkuss. Ein Soldat fütterte und pflegte Colla und Sapone, ein anderer brachte Speisen und Wasser mit herzlichen Empfehlungen des Rittmeisters. Von der nahen Ortschaft Waldsee klang eine Kirchenglocke zu ihnen herüber. Es war Glock neun. Um eine Aufführung für die 5. Schwadron des Regiments Chevauxlegers auf die Beine zu stellen, blieben den Gefährten also noch neun dürftige Stunden.

»Jetzt ist guter Rat Goldes wert«, sprach Goethe, »denn von uns sechsen ist lediglich Leonore eine wahrhaftige Schauspielerin.«

»Unterschätzen Sie nicht die Fähigkeiten von uns Laien«, wandte Tieck ein. »Ich glaube, ja ich bin fast überzeugt, dass wir mit diesen Mitgliedern eine poetische Komödie vortrefflich ausführen können. Wilhelm berichtete mir, dass er selten eine so ergreifende Hermione gesehen habe wie jene, die Frau von Staël auf ihrer kleinen Bühne in Coppet zum Besten gab. Von ihm selbst weiß ich aus unserer Jenaer Zeit, was für verborgene mimische Begabungen in ihm schlummern. Sie, Herr von Goethe, haben sich bereits auf den Liebhaberbühnen von Ettersburg und Tiefurt einen Namen gemacht. Und was mich betrifft: Der Zauber eines Gelüstes, einmal ein Talent zu prüfen, dem ich einmal in einer törichten Periode mein Leben widmen wollte, verlockt mich nicht eben wenig.«

»Ich bin auch nicht übel«, sagte Kleist, der in Tiecks Aufzählung fehlte. »Ich habe sogar Unterricht in Deklamation genommen, in Leipzig.«

»Ich bin mir sicher, Herr von Kleist, Sie stehen uns in nichts nach«, entgegnete Tieck. »Daher sage ich: Machen wir das Beste daraus. Vereinen wir unser Talent, wie schwach auch immer es sein mag, und geben der Kavallerie das Stück, auf das sie so sehnsüchtig wartet.«

»Wahrscheinlich haben Sie recht«, stimmte Goethe zu. »Lasst uns so ein Schauspiel geben. Dem Talente offene Bahn! Irgendwie werden wir dieses Schiff schon schaukeln.«

»Ich wette mein Leben, dass es funktioniert«, sagte Kleist.

»Ich auch«, sagte Tieck.

»Sie wetten auch Ihr Leben?«
»Nein, ich wette auch *Ihr* Leben.«
Ehe man beratschlagte, was man spielen solle, wurde vereinbart, die Wanderbühne zu inspizieren, die ihnen bislang nur als Kutsche gedient hatte, und insbesondere die vorrätigen Requisiten und Kostüme durchzusehen. Bevor man über bestimmte Stücke nachdachte, musste man doch wissen, ob die Ausstattung überhaupt hinreichte, sie aufzuführen. Mit Leonores Hilfe wurde der Theaterwagen geöffnet: Die rechte Seite wurde in ihrer Gänze heruntergeklappt und aufgebockt, sodass sie als Proszenium diente und die Größe der Bühne verdoppelte. Diese Öffnung gab den Blick auf den Innenraum des Wagens frei, den bislang nur Madame de Staël besser kannte, diente er doch nachts als ihr Schlafplatz. Er war bis obenhin angefüllt mit Kisten, Körben und Kleiderständern. Dahinter war auf die Wand das Mobiliar eines Bauernhauses aufgemalt, und wenn man die Luken und Läden in der linken Seite öffnete, hatte man zwei passende Fenster und eine Tür in der Mitte. Weitere Öffnungen befanden sich in den anderen Seiten – je ein Türchen in Vorder- und Hinterfront, im Boden und im Dach der Bühne –, sodass man sich die Tür-auf-Tür-zu-Possenspiele lebhaft vorstellen konnte, die sich darin abspielten. Unter der Decke waren die Prospekte aufgehängt: drei bemalte Leinwände, die man nach unten entrollen konnte. An den Seiten rahmten zwei Vorhänge die Bühne ein, die aber bei Weitem nicht groß genug waren, sich in der Mitte zu schließen.

Unter Leonores Anleitung wurden alle Behältnisse entleert, um die darin befindlichen Requisiten zu sichten. Die Gegenstände waren mehrheitlich in beklagenswerter Verfassung. Man fand einen Helm und eine Krone aus Blech, drei intakte Degen und einen zerbrochenen, eine Hellebarde, eine Armbrust, einen Langbogen und Pfeile im Köcher, einen Trickdolch und etliche stumpfe Messer; Ketten und Seile; eine Schaufel, eine Heugabel und diverses

Handwerkszeug; an Musikinstrumenten eine Violine, eine Schalmei und eine Maultrommel; für die Schäferspiele einen Hirtenstab, ausgestopfte Lämmchen, Wasserfälle von Zindel und pappene Rosenstöcke; item Seidenblumen, einzeln und im Strauß, einen Lorbeerkranz und einen Palmenzweig; eine Schreibfeder und ein leeres Tintenfass, Bücher, Brieftaschen, eine Geldbörse aus Leder mit falschen Münzen, ein Schmuckkästchen mit Ringen und Ketten von buntem Glas sowie einem Kruzifix; zahlreiche Perücken und Hüte, eine zerschlagene Tonpfeife, ein paar Fläschchen mit lange vertrockneten Flüssigkeiten darin, die wohl Gift hatten darstellen sollen; etwas Stroh in Tücher gewickelt, das täuschend echt einen Säugling abgegeben hätte, wenn die Halme nicht zu allen Seiten herausgefallen wären; Krüge, Becher und Teller aus Zinn, einen großen Kochlöffel, einen Spazierstock, dessen Griff als Delfin ausgearbeitet war, einen Sonnenschirm, mehrere Fächer, ein Geweih und zuletzt einen Totenschädel.

»Ein Kehrichtfass und eine Rumpelkammer«, seufzte Goethe. »Ein guter Schauspieler macht uns bald eine elende, unschickliche Dekoration vergessen, aber wir? In diesem Trödelkram? – Welche Kulissen hat uns Meister Velluti zu bieten, Leonore?«

Das Mädchen rollte nacheinander die drei Prospekte herunter. Das erste stellte eine arkadische Landschaft mit einem Wald in der Ferne dar. Als der zweite herabgezogen war, stand Goethe in einem hochgewölbten, engen gotischen Zimmer; einen Moment später, vor dem dritten, im Garten eines Schlosses aus den Zeiten Ludwigs XV. Goethe trat ein bisschen näher an die Kulisse heran, um die brüchige Farbe zu betrachten, und steckte den Finger in eines der winzigen Fenster, wo vermutlich ein Schauspieler ein Loch in die Leinwand gebohrt hatte, um von dahinter ungesehen das Publikum betrachten zu können. »Vielleicht verzichten wir auf die Prospekte und überlassen es dem Zuschauer, sich auf der öden Bühne nach Belieben Paradies und Paläste zu imaginieren«, schlug er vor. »Vermutlich ist die Theatergarderobe in diesen Kasten?«

Nun ging es gleichermaßen an die Kostüme, die teils in Truhen verwahrt waren, teils von Nägeln an den Wänden hingen. In einem so schlechten Zustande auch die gekleckesten Dekorationen waren, so wenig scheinbar auch türkische und heidnische Kleider, alte Karikaturröcke für Männer und Frauen, Kutten für Zauberer, Juden und Pfaffen sein mochten, so war die Auswahl doch zumindest groß.

Eine halbe Stunde später hatten sich die Gefährten ein Bild vom Inventar der Italiener verschafft, aber die verhoffte Inspiration war ausgeblieben. »Mit diesem Plunder ist alles und nichts zu spielen«, schloss Staël. Leonore breitete vor ihnen die abgegriffenen und bis zur Unkenntlichkeit gekürzten und annotierten Textbücher ihrer Gesellschaft aus; samt und sonders französische Stücke in französischer Sprache. Staël freute sich zwar über den Anblick insbesondere der bedeutenden Tragödien ihrer drei großen Nationaldichter, aber zunutze waren diese Dialoge zu nichts, denn wie Kleist richtig bemerkte, wurde erwartet, dass sie auf Deutsch spielten.

»Das Kürzeste wäre«, versetzte Goethe, »wir extemporierten ein Stück. Nehme jeder eine Rolle, die seinem Charakter am angemessensten ist, und wir wollen sehen, wie es uns gelingt. Wir spielen eine deutsche Commedia dell'Arte. Der eine stellt einen Betrunkenen vor, der andere einen pommerischen Edelmann, einer einen niedersächsischen Schiffer, der andre einen Juden und so fort.«

»Und so eine Hanswurstiade soll Anklang finden?«, fragte Schlegel.

»Was werden die Kavalleristen schon von uns erwarten? Höchstens eine Haupt- und Staatsaktion. Leiste deinen Zeitgenossen, was sie loben, nicht was sie bedürfen.«

»Ich staune, ausgerechnet in Ihnen einen Verteidiger der trivialen Schaubühne zu finden«, warf Tieck ein. »Es sind

Soldaten, sicherlich. Aber auch diese Menschenklasse muss gebildet werden.«

»*Bien sûr*, ich würde auch lieber Euripides spielen – aber ich meine, dass wir angesichts der fehlenden Texte, der knappen Zeit und der dräuenden Verhaftung keine Diskussion über die ästhetische Erziehung des Menschen führen sollten.«

»Was für eine Art Stück würden Sie denn spielen?«, fragte Staël Tieck.

»Familiengeschichten«, schlug Tieck mit einer beiläufigen Geste vor. »Lebensrettungen. Sittlichkeit und deutsche Gesinnung. Religiös erhebende, wohltuende geheime Gesellschaften. Hussiten und Kinder, Narren und Schafe.«

»Und welche Tragiko-Komiko-Historiko-Pastorale vereint all diese Inhalte?«

»Ich weiß es nicht. Es müsste zudem ein Stück sein, dessen Handlung wir alle gut kennen, sodass wir in der Lage wären, auch ohne Textbuch, die Dialoge improvisierend, Szene für Szene unterhaltsam aneinanderzureihen, dass es im Ganzen einen Sinn ergibt. Aber welchen Autoren wählen wir?«

»Klopstock!«, sagte Goethe.

»Lessing«, sagte Schlegel.

»Wieland«, sagte Tieck.

»Kleist«, sagte Kleist. »Nein, warten Sie, ich ziehe den Vorschlag zurück, wenn ich denn in dieser Runde der Einzige bleibe, der sich selbst nennt.«

»Was ist mit Schiller?«, fragte Staël. »Soldaten lieben Schiller.«

»Nein, nicht er, ich bitte Sie«, antwortete Goethe mit gequälter Miene. »Ich bin, was ihn betrifft, noch immer etwas dünnhäutig.«

»Und was ist mit Goethe, wo wir schon dabei sind?«, fragte Tieck, indem er aufsprang. »Den *Götz*! Jenes Lieblingswerk meiner Kindheit und Jugend! Welche Tränen vergoss ich um den biedern Götz, den edlen weichen Weislingen, vorzüglich über den herrlichen Georg! Ein Buch so ewig wie die Natur und Erde selbst und mehr als ausreichend Gefechte für den Geschmack eines Parterres in Waffen!«

»Und deutlich mehr Szenenwechsel, als uns mit Arkadien, Alchemistenküche und Versailles zur Verfügung stehen«, wandte Goethe ein und wies auf die drei Prospekte. »Dazu die vielen Kämpfe, die uns Unkundige gerade vor dem darin bewanderten Publikum bloßstellen würden – haben Sie vielen Dank für Ihre Schwärmerei, Herr Tieck, aber ich fürchte, mein *Götz* ist keine gute Idee.«

»Überhaupt haben Sie für mein Dafürhalten«, versetzte Staël, »viel zu schnell und unbillig die *hautes tragédies* der Franzosen übergangen, die doch wohl jedem bekannt sein dürften. Es lässt sich, dünkt mich, nicht leugnen, dass unter allen Nationen die französische die meiste Gewandtheit in der Zusammenstellung der theatralischen Effekte besitze. Unsere Bühne ist entschieden die erste Europas.«

»Keine Franzosen!«, rief Kleist aus.

»Herr von Kleist hat meine Zustimmung«, sagte Schlegel. »Wenn Racine gegeben wird, werden Sie mich heute Abend höchstens als Lichtputzer erleben.«

Staël entgegnete: »Auch ohne Racine eine Aufgabe, die Ihrer würdig erscheint.«

Vom nahen Kirchturm klangen nun zehn Glockenschläge zu ihnen herüber. Goethe rang die Hände. »Kinder, wir müssen uns schnell auf ein Stück einigen, sonst führen wir diesen poetologischen Diskurs noch im Karzer fort.«

»Wie wäre es mit einem Kompromiss?«, fragte Staël. »Ein englisches Stück. Der englische Geist hält die Mitte zwischen dem deutschen und dem französischen Geist und ist ein Bindeglied zwischen beiden.«

»Shakespeare«, sprach Schlegel mit leuchtenden Augen.

»Mordelement!«, schrie Tieck und schlug sich mit der flachen Hand auf die Stirn. »Natürlich! Shakespeare! Wie töricht, dass wir nicht früher darauf gekommen sind! Wie konnten wir nur den Olymp durchsuchen und Zeus dabei übersehen! Wahrscheinlich, weil er so hoch aufragt, dass wir nur seine Beine sahen und sie für Baumstämme hielten!«

»So ist es beschlossen?«, fragte Staël. »Ein Schauspiel des unsterblichen Briten? Wird das deutschen Soldaten zusagen?«

Goethe nickte. »Shakespeares Dichtungen sind ein großes Ragout, worin jede Zunge ihren Bissen findet. Außerdem ist er von den Deutschen mehr als von allen andern Nationen, ja vielleicht mehr als von seiner eignen, erkannt.«

»Und welches Kleinod wählen wir aus der Schatzkiste seiner Werke?«

»Die Antwort auf diese Frage ist wohl eindeutig«, sagte Schlegel.

»*Hamlet*«, riefen alle im Chor, mit Ausnahme von Schlegel, der »*Heinrich der Vierte*« sagte und von den anderen dafür befremdete Blicke erntete.

»*Hamlet* also!«, jubelte Tieck. »Dieses schöne Gedicht, das Schlegel so meisterhaft und einfach übersetzt hat! Wem wird dies Meisterstück fremd sein!«

»Die Qualität meiner Übersetzung dahingestellt, aber ist der oft gespielte *Hamlet* nicht allzu sehr nach dem Geschmack der Masse?«, fragte Schlegel.

»Man soll sich nicht eigensinnig gegen das Edle und Wundervolle verschließen, weil es, wie so vieles, vom Haufen gemissbraucht wird«, entgegnete Tieck.

»Und schließlich spielen wir für die Masse!«, fügte Goethe hinzu. »Die Masse können wir nur durch Masse zwingen.«

Hierauf sammelten Leonore und Schlegel an Papier zusammen, was sie im Fundus finden konnten, damit Letzterer auf Zuruf der anderen den Ablauf der Handlung Szene für Szene niederschrieb. Die Hauptstellen wusste ein jeder auswendig und rezitierte sie gern, aber bei den unbedeutenderen Szenen war man vollkommen auf das Gedächtnis Schlegels angewiesen – und auf jenes von Tieck, denn obwohl Ersterer die Verse des Shakespeare übersetzt hatte, schienen sie diesem schier durch die Adern zu fließen. Immer wieder musste man Tieck unterbrechen, wenn er zu einem neuen Monolog anhob, war doch ihr vordringliches Anliegen, die Handlung festzuhalten und nicht den tatsächlichen Wortlaut. Zwischendurch schlug die Glocke elf. »Verdammtes Läuten!«, schimpfte Goethe.

Wiewohl es schon gegen Mittag ging, stand ihnen der heikelste Gegenstand noch bevor: die Aufteilung der Rollen. Denn um alle zufriedenzustellen, hätte der Dänenprinz noch mindestens zweier Brüder bedurft. Aufgrund seines Alters und seines würdigen weißen Bartes bot Goethe von sich aus an, den König Claudius auf sich zu nehmen – ein Entschluss, der von allen begrüßt wurde. Madame de Staël räumte ein, dass sie zu gerne einmal die Ophelia gespielt hätte, dass sie sich aber angesichts der Jugend und der jungfräulichen Erscheinung ihrer Mitbewerberin keine Illusionen mache und daher, falls Goethe sie zur Frau wolle, die Königin Gertrude zu geben bereit sei. Damit fiel die Rolle Ophelias der Leonore zu, und ein so hübsches Mädchen zum Liebchen zu haben, und sei es nur auf der Bühne, war augenscheinlich ein weiterer Grund für Tieck, Schlegel und Kleist, sich um die Titelrolle zu bemühen.

Kleist fühlte sich aufgrund seiner charakterlichen Verwandtschaft prädestiniert, den Hamlet zu spielen. Außerdem sei er der jüngste der Männer. Schlegel führte ins Feld, dass außer Shakespeare kein Mensch mehr mit diesem Stück zu schaffen gehabt habe als er und dass es daher eine Selbstverständlichkeit sei, ihm die Rolle zu überlassen. Tieck schließlich suchte damit zu überzeugen, dass seine Haare die hellsten waren.

»Was hat denn das mit irgendetwas zu tun?«, fragte Schlegel.

»Hamlet ist blond«, erwiderte Tieck.

»Das heiß ich weit gesucht«, sagte Kleist.

»Als Däne, als Nordländer ist er blond von Hause aus und hat blaue Augen.«

»Sollte Shakespeare daran gedacht haben?«

»Meine Herren«, rief Goethe entnervt, »Sie wollen nicht ernsthaft einen Disput über Hamlets Haarfarbe führen!«

»Sie sind Prinzipal und König«, sagte Staël, »machen Sie dem Vorsprechen ein Ende und entscheiden Sie, wer den Prinzen spielen soll.«

Goethe sah einmal in jedes der drei Gesichter und verkündete dann: »Ich wähle Herrn Tieck, aber sicherlich nicht wegen seiner Haare, sondern wegen seiner Kenntnis des Gedichts, von der er uns eben schon eine Kostprobe gegeben hat.« Dann entschuldigte er sich bei Schlegel und Kleist, die ihren Unmut äußerten: »Es tut mir leid, meine Herren, aber es ist glücklicherweise mitnichten so, dass dieses Stück außer dem Hamlet keine weiteren reizvollen Rollen zu bieten hätte.«

Vorrangig galt es nun, die Widersacher Hamlets zu besetzen, den Laertes und den Polonius. Beide Männer, Kleist und Schlegel, wollten den Laertes spielen und keiner den Polonius. Goethe befand, dass Kleist zu viel Leidenschaft für einen Polonius besaß und Schlegel zu viel Gravität für einen Laertes, weswegen Kleist die gewünschte Rolle erhielt. Schlegel, wiewohl er Goethes Entscheid nicht anfocht, schäumte, dass ausgerechnet ihm, der das Stück übertragen hatte, nun die Niete Polonius zufiel; der Antipathieträger, die Witzfigur, der Hampelmann, der lange vor allen anderen im dritten Akt abgestochen wurde. Zum Trost sollte Schlegel nach Polonius' Tod noch die Rolle des Totengräbers spielen, aber das brachte ihn nur noch weiter auf, und pikiert entgegnete er, man könne ihm ebenso gut die Rolle des toten Hofnarren anbieten. Als Schlegel schließlich seine Drohung wiederholte, bei der Vorstellung nur die Lichter zu putzen, nahm ihn Goethe zur Seite und ging mit ihm einige Schritte, um ihm zu erklären, dass er ihn, Schlegel, nicht etwa von den größeren Rollen ausgenommen habe, weil er ihn für das kleinste Talent halte, ganz im Gegenteil, sondern allein deshalb, weil er, Schlegel, das Stück wie kein Zweiter kenne und es daher dringend nötig sei, dass er, quasi als Dramaturg und Einhelfer, ein waches Auge auf die Gesamtheit des Stückes habe und seinen Mitspielern bei Vergesslichkeit weiterhelfe – eine Aufgabe, der er, Schlegel, sicherlich nicht nachkommen könne, wenn er eine der großen Rollen spiele. Wenn er, Schlegel, nicht allezeit alle Fäden in der Hand behalte, würden die Marionetten auf der Bühne sich in Windeseile ineinander verknotet haben oder, noch schlimmer, ganz in sich zusammenfallen. Mit dieser Rede gelang es Goethe, Schlegels Furor zu löschen.

Zurück in der Runde, bat Goethe Schlegel um dessen Aufzeichnungen, um notwendige Kürzungen am *Hamlet* durchzuführen, denn das Stück war in fünf Akten geschrieben und von der Art, die gar kein Ende nimmt. Wieder zeigte sich Schlegel entrüstet: »Gott bewahre mich vor solchen Verkürzungen, die zugleich Sinn und Wirkung aufheben!«

»Wollen Sie allen Ernstes mit den Einschränkungen, denen wir unterlegen, das längste aller Shakespeare-Stücke ungekürzt geben?«, fragte Goethe. »Da wird man sich wohl ennuyieren! Kommen Sie, Herr Schlegel, helfen Sie uns; diese Abbreviatur ist doch leicht gemacht.«

»Gut, sprechen Sie: Wo wollen Sie die Knochensäge ansetzen?«

»Ich unterscheide in der Komposition dieses Stücks zweierlei: Das erste sind die großen innern Verhältnisse der Personen und der Begebenheiten, die mächtigen Wirkungen, die aus den Charakteren und Handlungen der Hauptfiguren entstehen, und diese sind einzeln vortrefflich und die Folge, in der sie aufgestellt sind, unverbesserlich. Sie können durch keine Art von Behandlung zerstört, ja kaum verunstaltet werden. Diese sind's, die jedermann zu sehen verlangt, die niemand anzutasten wagt, die sich tief in die Seele eindrücken; das königliche Kammerspiel, *si l'on veut*, von dem auch ich die Finger lasse. – Das zweite sind die äußeren Verhältnisse, wo Kürzungen durchaus möglich sind. Zu diesen äußern Verhältnissen zähle ich die Unruhen in Norwegen, den Krieg mit dem jungen Fortinbras, die Gesandtschaft an den alten Oheim, den geschlichteten Zwist, den Zug des jungen Fortinbras nach Polen und seine Rückkehr am Ende; ingleichen die Rückkehr des Horatio von Wittenberg, die Lust Hamlets, dahin zu gehen, die Reise des Laertes nach Frankreich, seine Rückkunft, die Verschickung Hamlets nach England, seine Gefangenschaft beim Seeräuber, der Tod der beiden Hofleute auf den Uriasbrief: Alles dieses sind Umstände und Begebenheiten, die einen Roman weit und breit machen können – für die es uns an Zeit und Darstellern aber mangelt!«

Diese Rede fand den Beifall aller, selbst Schlegels, und so machte man sich gemeinsam daran, allen Ballast von Bord zu werfen, vornehmlich den gesamten Strang um Fortinbras, Hamlets Wittenberger Freunde Rosenkranz und Güldenstern sowie die zahlreichen Wach- und Hofleute zu Helsingör. Auch die Schauspieltruppe, die ihre Auftritte im zweiten und dritten Akt hatte, wurde gestrichen, ein Umstand, den Tieck sehr bedauerte, hatte er sich doch an der ironischen Perspektive erfreut, Schauspieler zu spielen, die Schauspieler spielen.

Während die Gruppe das Stück bearbeitete, frug Staël, die das Stück vor allem aus der französischen Version mit dem unsterblichen Talma in der Titelrolle kannte, ob man es nicht mit dem französischen Ende spielen wolle, in welchem Hamlet vor Laertes Abbitte für die Tötung des Polonius leistet und im Gegenzug die Hand der Ophelia erhält, welche nicht wirklich ertrunken ist, worauf die beiden Männer gemeinsam den hinterhältigen Claudius töten, nicht aber die reumütige Gertrude. Ihre deutschen Gefährten hörten diesen Vorschlag mit offenen Mündern an.

»Was schneiden Sie eine Physiognomie wie Schafe bei Gewitter?«, fragte Staël. »Ich denke dabei vor allem an unser Publikum, denen ein glückliches Ende einschließlich Hochzeit der Hauptfiguren, wie etwa in *Romeo und Julia*, durchaus gefallen würde.«

»Herrje, wovon zum Geier reden Sie?«, polterte Kleist. »*Romeo und Julia* hat kein glückliches Ende!«

»In Frankreich schon.«

»Aber wir sind in Deutschland! Hierzulande enden die Dinge mutig.«

»Blutig, meinen Sie sicherlich.«

»Nein, Herr von Kleist hat recht«, sagte Goethe. »Ohne die vier Leichen kann das Stück nicht schließen. Es darf niemand übrig bleiben.«

Obgleich bei der neuen Bearbeitung *Hamlets* etwelche Personen weggefallen waren, so blieb die Anzahl derselben doch immer noch groß genug, und fast wollte die Gesellschaft nicht hinreichen. Ein Mann fehlte, den Intimus des Helden, Horatio, darzustellen. Da es mit Ausnahme des Begräbnisses und des Fechtkampfs keine Szene gab, in der Horatio und Laertes gleichzeitig spielten, kam man darin überein, diese Rolle zusätzlich Kleist zu überlassen, der versprach, getreulich beide Charaktere, Hamlets Freund und dessen Gegner, voneinander abzusetzen.

Nur wegen des Königs und des Geistes war man in einiger Verlegenheit. Für beide Rollen war nur Goethe da. Einen Toten zu spielen war so ganz und gar nicht nach Goethes Geschmack, aber da der Geist nun einmal der Bruder des Königs war, war die Ähnlichkeit der beiden sogar wünschenswert. Tieck ergötzte sich daran, Goethe zum Vater und Staël zur Mutter zu wissen, und äußerte den Wunsch, es wäre im wahren Leben ebenso.

Es hatte längst zwölf geschlagen, als man endlich mit den eigentlichen Proben beginnen konnte. Szene an Szene reihte man aneinander und bearbeitete sie grob, erst mit der Axt, dann mit dem Hobel und schließlich mit der Feile. Jeder der Gefährten erinnerte sich zu jeder Szene an ein bestimmtes, meist unbedeutendes Detail, sodass die Verwirrung bald perfekt war. Die abendliche Aufführung schien mehr denn je ein unerreichbares Ziel. Die Probe wurde durch die Erörterung neuer Fluchtpläne unterbrochen, die allesamt wenig Erfolg versprachen. Leonore, die sich am meisten vor der Haft fürchtete, schlug sogar vor, man möge freiwillig vor den Rittmeister der Kompanie treten und alles gestehen. Goethe machte der allgemeinen Mutlosigkeit ein Ende, indem er ein Machtwort sprach und Schlegel die Gliederung der Szenen überließ. Der Rest sollte derweil an nichts anderes denken als an Helsingör.

Ohne Schlegel hätte man die Aufgabe, dem *Hamlet* Form zu geben, in der Tat nicht gemeistert. Lediglich sein Versuch, allen Darstellern die originalen Verse aufzuzwingen, musste fehlschlagen, sodass er und Tieck die Einzigen blieben, die Blankvers sprachen. Goethe erinnerte sich beim Proben an einige Verse aus der älteren, ihm vertrauteren Übersetzung von Wieland. Madame tat sich mitunter schwer, ein englisches Gedicht über Dänen, das sie nur in der französischen Übersetzung kannte, auf Deutsch zu spielen. Mühselig legte sie sich deutsche Sätze zurecht und schrieb sie nieder, während sie mit der anderen Hand Grashalme zerrieb, um ihre Nervosität zu bekämpfen.

Für Fragen der Inszenierung blieb keine Zeit. Jeder war dankbar, wenn er nur wusste, wann er wo zu stehen hatte, wann er auf- und wann abzugehen hatte. Die wichtigsten Requisiten wurden aus dem Fundus genommen und eingebunden: der Schädel für den Totengräber, die Krone für Claudius, ein Kelch für Gertrude, ein Buch für Ophelia, die Degen für Hamlet und Laertes. Im Umgang mit dem Degen erwies sich Tieck als veritable Katastrophe: Er hielt die Waffe starr in der Hand, wie man eine Kerze halten würde, und durch die Gicht in seinen Gliedern wirkten seine Bewegungen im Zweikampf eckig und plump. Laertes hätte ihn mit einem Buttermesser besiegt. Tieck spürte das Missfallen seiner Genossen und bot an, beim nächsten Mal einen humpelnden Buckligen wie Richard III. zu spielen. Die Gefährten konnten von Glück sagen, dass ihre Bühne durch eine Reihe von Bäumen vorm Biwak verdeckt wurde, denn wer ihre dilettantische Probe beobachtet hätte, hätte sie in der Tat schnell als Scharlatane demaskiert.

Wer tot war, kümmerte sich um den Aufbau der Bühne. Die Vorderkante und die Seiten der Bühne wurden mit Lampen bestückt. Als Kulisse entschied man sich für das französische Schloss. Die offene Bodenklappe sollte Opheliens Grab darstellen. Schlegel schrieb die Szenenabfolge doppelt ins Reine und nagelte je einen Bogen an beide Aufgänge, sodass die Schauspieler einen Wegweiser hatten, an dem sie entlangimprovisieren konnten. Als man mit der Bühne halbwegs zufrieden war, läutete es vier.

»Diese Hetze«, schimpfte Goethe, »und das verfluchte Bim-Baum-Bimmel! Ich werde froh sein, wenn das Stück gegeben ist; es macht uns mehr Umstände, als ich geglaubt habe. – Um Vergebung, was ist in den Kasten da?«

»In diesem Kasten sind sprudelnde Quellen«, erwiderte Kleist, der zur bescheidenen Bühnenmaschinerie des Theaters vorgedrungen war, mit denen man das Gemurmel eines Bächleins sowie Wind und Wetter nachahmen konnte. Er holte eine Blechplatte aus der Kiste und hämmerte darauf. »Wie klingt das?«

»Es klingt, wie wenn man auf Blech hämmerte. Ein wunderbarer falscher Ton.«

»Es klingt nicht wie Donnerschläge?«

»Nein.«

»Wie bedauerlich.«

»Helfen Sie mir auf die Sprünge: Wo genau im *Hamlet* donnert es?«

»Meteorologisch nirgendwo«, antwortete Kleist und kurbelte an der Windmaschine. »Aber metaphorisch.«

Weniger als zwei Stunden vor der Aufführung war es höchste Zeit, für jede Figur ein Kostüm zu finden. Kleist nahm sich für Horatio einen Mantel, ein Kollett und einen Federhut genuesischen Zuschnitts, und wenn er den Mantel ablegte, ein Wams anzog und einen anderen Hut aufsetzte, war er in Windeseile Laertes. Leonore trug ein einfaches Kleid, das wohl einmal für eine Colombina geschneidert worden sein mochte. Das kostbarste Stück der Sammlung, ein Kleid aus Samt mit feinen Stickereien und Posamenten, verwandelte die Baronin in eine Königin. Schlegel nahm eine lange, schwarze Robe und sein eigenes Barett, wodurch sein Polonius so ehrwürdig ausschaute wie weiland Magister Luther. In diesen Rüstungen aus Samt und Leinen fühlten sich alle ihren Rollen etwas näher und mithin weniger beklommen.

»Ja!«, rief Tieck, »nichts ist gleichgültig, was der Mensch von außen trägt; es ist wie ein Zauber, wie eine Schleife, ein Hut, ein Degen, ein Orden und Perücke auf ihn wirken: In Stiefeln denkt man anders als in Schuhen, in Seide anders als in Tuch. – Das schwarze Kleid her! Den Busenstreif! Die Weste!« Flugs band sich Tieck noch eine Schärpe um den Leib und schlüpfte in Schnürstiefel. Ein runder Hut mit einem bunten Band und einer großen Feder machte die Maskerade vollkommen.

Goethe war als Einziger unzufrieden mit seiner Garderobe: die Krone aus Blech, die weißen Beinkleider, eine fadenscheinige Weste und ein Krönungsgewand aus falschem Hermelin mit aufgesticktem Flittergold.

»Was haben Sie nur?«, fragte Tieck. »Das Kostüm ist recht hübsch und täuschend. Jeder Zoll ein König!«

»Ich behauptete, das Kostüm sei nur zwei Fingerbreit vom Hanswurst«, entgegnete Goethe, indem er an sich herabsah. »Ein geflickter Lumpenkönig! Man weiß nicht, wo man anfangen soll: Der Umhang sieht aus wie das glänzende Kleid eines Fisches, den man abgeschuppt hat. Die Weste ist löchriger als Brüsseler Spitze. Und den Pelz trau ich mich gar nicht erst zu schütteln, in der Angst, Zikaden, Käfer und Farfarellen führen heraus. Dass Hamlet solche Majestät nicht respektiert, erscheint mir nur folgerichtig.«

Für das Gespenst reichte ihm Kleist Ketten, beim Auftritt damit zu rasseln, aber Goethe lehnte sie dankend ab mit der Begründung, man spiele nicht irgendein Schauerstück von Kotzebue oder Iffland. Goethe wollte sich lediglich ein weißes Büßerhemd überwerfen und einen Helm aufsetzen, den Rest sollte die Maske richten. Er musste sich also gefallen lassen, dass sein Haupt gesalbt, sein Gesicht bestrichen, seine Augenbrauen bepinselt und seine Lippen betupft wurden, bis er als ein Ebenbild des dürren Todes vor ihnen stand und seinem bleichen Spiegelbild gegenüber einräumen musste: »Du gleichst dem Geist.«

Obwohl es noch fast eine Stunde hin war zum Vorstellungsbeginn, versammelten sich die ersten Ulanen schon jetzt auf der Wiese vor dem Wandertheater. Die meisten hatten Pferdedecken mitgebracht, sich darauf niederzulassen, und in geselliger Stimmung schwatzte man und vertrieb sich die Zeit mit einem Pfeifchen oder einem Würfelspiel. Die Schauspieler taten gut daran, hinter dem Wagen verborgen zu bleiben. Als Goethe und Leonore einmal auftraten, um die Lichter der Bühne zu entzünden, scholl ihnen Klatschen und Gejohle entgegen.

»Sie sitzen da mit hohen Augenbrauen«, berichtete Goethe den anderen, »und jedermann erwartet sich ein Fest.«

»Hoffentlich goutieren sie ein Stück aus England«, sagte Staël.

»Fragt doch der Soldat nicht, woher es kommt.«

Nun kam auch die Truppenführung hinzu. Korporal Holzenbein stellte den Schauspielern Rittmeister von Mörner vor, der einige Worte vorab sagen wollte. Die Kompanie war mittlerweile vollständig versammelt, gut einhundertzwanzig Mann.

Während der Rittmeister sprach – Auskunft über ein anstehendes Manöver, Neuigkeiten vom Krieg und die Ankündigung der Simpel'schen Schauspielgesellschaft –, gingen die Gefährten ein letztes Mal den Ablauf durch. Dabei wurde offenkundig, wie viel Unklarheit noch herrschte, aber jetzt war es beileibe zu spät, etwas daran zu ändern. Hinzu kam bei einigen Lampenfieber. »Auf die Bühne trete ich noch jetzt mit schauderndem Gefühl«, sagte Goethe, als Geist buchstäblich leichenblass, »als wenn ich sie zum ersten Mal beträte. Hoffentlich gewöhnt sich mein Geist hierher!«

Kleist, der unruhig in den Truhen gewühlt hatte, trat zu der Gruppe, die auf der Reichenau erbeuteten Pistolen in der Hand. »Um Himmels willen, Kleist!«, zischte Goethe. »Stecken Sie sofort die Waffen weg! Oder wollen Sie, dass man uns gleich festnimmt?«

»Ich finde die Patronen nicht.«

»Wozu brauchen Sie jetzt Patronen?«

»Ich wollte die Pistolen laden, dass wir uns den Weg freischießen, falls unsere Komödie misslingt, aber die Patronen sind nicht aufzufinden. Weiß jemand von Ihnen, wo sie sein könnten?«

»Mit diesen drei Schießeisen werden wir schwerlich einer ganzen Eskadron die Stirn bieten, also vergessen Sie gütigst die Patronen, und vergraben Sie die verdammten Pistolen, bevor der Korporal um die Ecke schaut!«

Die Ansprache des Rittmeisters war nun beendet, und die Soldaten setzten sich wieder. Die Gefährten reichten einander die Hände; eine Geste, dem anderen Glück zu wünschen, die sich aber unter den gegebenen Umständen wie ein Abschied ausnahm.

»Vertrauen wir Gott, jeder sich selbst und dem andern, so wird sich's wohl fügen«, sagte Goethe und setzte den Helm auf. »Frisch gewagt und frisch hinaus!«

»Lassen wir der Galeere ihren Lauf«, erwiderte Tieck, »mag sie sehen, wie sie mit Wind und Wellen zurechtkommt.«

Als Kleist in der Gestalt des Horatio auf die Bühne trat, wurde es augenblicklich still auf dem Rasen. Auch Kleist schwieg. Er schwieg so lange, bis Leonore begann, heftig die Windmaschine zu drehen, um den Eindruck einer bitterkalten Nacht zu erwecken. Da man die Wachleute von Helsingör gestrichen hatte, musste Horatio monologisieren, was er denn hier zu nachtschlafender Zeit auf der Terrasse vor dem Schloss zu suchen habe, bis endlich Goethe als Geist hinzutrat. Dessen erste Sätze waren vollkommen unverständlich, hatte er doch nie mit Helm geprobt, in dem jetzt jedes seiner Wörter scheppernd stecken blieb. Das Genuschel der untoten Seele fand erst ein Ende, als Goethe das Visier hob. Gleich im Anschluss den König zu spielen war für Goethe ein Ding der Unmöglichkeit; der Umzug dauerte so lange, dass er viel zu spät auftrat – Tieck füllte die Lücke, indem er seinen Monolog *Oh schmölze doch dies allzu feste Fleisch* an den Anfang der Szene verlegte – und die weiße Schminke nicht vollständig entfernt hatte. Auch Kleist plagte sein Kostüm: Das Dutzend Häkchen, mit dem der Wams des Laertes schloss, war im Halbdunkel nur mit Leonores Hilfe zu bewältigen. Im Laufe des Stückes verlegte und vertauschte Kleist die Kleider, sodass er bald einen Tragelaphen aus Laertes und Horatio spielte – mit dem Mantel des einen und dem Hut des anderen –, was aber insofern ohnehin einerlei war, als er auch die Charaktere der beiden zu einem großen Laertio vermengte. Schlegels und Tiecks Blankvers entfernte die Figuren des Polonius und des Hamlet seltsam von den anderen. Schlegel spielte seinen Polonius so ernsthaft, dass es ins Lächerliche kippte, aber als Spielleiter, Inspizient und Souffleur war er unverzichtbar.

Die Aufführung glich der Überquerung eines Flusses im Winter, in welchem man von einer Eisscholle zur nächsten springen muss, und hätte es nicht Schlegels stützende Hand gegeben, so mancher wäre ins kalte Wasser gefallen und ersoffen. Trotz aller Fehler, aller Auslassungen, aller unzeitigen Auf- und Abtritte kam das Stück nie ins Stocken. Der Tod des Polonius wurde bedauert, der der Ophelia betrauert. Als Staël die tote Ophelia auf die Bühne trug und tränenreich von den Umständen ihres Todes sprach, schienen für einen Augenblick selbst die Grillen und die Drosseln in den nahen Bäumen zu schweigen.

Das Finale endete, wie befürchtet, in kapitaler Unordnung. Tieck focht so schlecht, dass es den Anschein erwecken musste, sein Hamlet mokiere sich nur noch mehr über den wütenden Laertes. Im weiteren Verlauf war Tieck so nervös, dass er König Goethe die Lippe blutig schlug, als er ihm den Giftbecher aufzwang. Tieck wurde erst wieder ruhig, als um ihm herum alles gestorben war. Mangels Ansprechpartner – denn Kleist-Laertes-Horatio war ja ebenfalls tot – sprach er einen kurzen Sterbemonolog. Dann folgte Schweigen. Noch während Hamlet seine Seele aushauchte, begann die Turmuhr zu läuten, die man den Tag über so verflucht hatte. Niemand rührte sich, weder auf der Bühne noch im Parterre. Niemand sprach.

»Ich schnappe mir die Krone und ein Pferd«, flüsterte Kleist Tieck zu, welcher auf ihn gefallen war. »Haltet sie nur eine Minute zurück. Für Gott und Preußen!«

Aber die Soldaten hatten nur darauf gewartet, bis der achte, der letzte Glockenschlag verklungen war. Dann brach der Applaus los, durchsetzt von Bravorufen. Die Aufführung ward trotz aller Mängel zu einem glücklichen Ende geführt. Die vier fürstlichen Leichen sprangen behände in die Höhe und umarmten sich vor Freuden. Polonius und Ophelia kamen auch aus ihren Gräbern hervor und hörten noch mit lebhaftem Vergnügen, wie Rittmeister von Mörner der Gesellschaft im Namen seiner Truppe für den kurzweiligen Abend dankte.

Der Rest des Abends verging wie im Rausch. Weil ihnen so viele Kavalleristen den Dank für die vergnügliche Darbietung persönlich aussprechen wollten, kamen die Darsteller lange Zeit nicht aus ihren Gewändern. Jede der

Rollen wurde gelobt; vornehmlich aber Leonore für ihre Grazie sowie der »polternde Alte« Polonius, dessen früher Tod das Stück um einige Lacher gebracht habe. Man würdigte aber auch Staëls Eifer, die Königin mit einem dänischen Akzent zu sprechen.

Als sich das Publikum zurückgezogen hatte und die Lichter gelöscht waren, wurde der Gesellschaft bewusst, dass man den ganzen Tag über kaum gegessen hatte, und hungrig machte man sich über das her, was der Korporal ihnen an Speisen hatte zukommen lassen. Die Münder voll und die Kehlen heiser, wurde wenig gesprochen. Hinter der Bühne sah es aus, als wären sie von den Kosaken geplündert worden: Die Trümmer eines augenblicklichen, leichten und falschen Putzes lagen zerstreut in wilder Unordnung durcheinander. Man tat das Nötigste, die Kostüme und Requisiten zu verstauen und damit vor Nacht und Frühtau zu schützen. Dann begaben sich alle auf ihre Lager. »Schlafen! Schlafen!«, stöhnte Tieck, als er sich in seine Decke rollte. »Nichts weiter!«

Am nächsten Morgen fand die Gesellschaft über dem Frühstück die Muße, Rückschau zu halten auf die Aufführung vom Vortag. »Man soll ja keinem Schauspieler übel nehmen, wenn er bei seinen Debüts vorsichtig und eigensinnig ist«, sprach Goethe, »aber das war bei keinem von uns der Fall. Wir haben gut debütiert.«

Mit einer unglaublichen Lebhaftigkeit ward ein Verdienst nach dem andern, eine Stelle nach der andern herausgehoben. Mehr noch als an den Vorzügen ihrer Darstellung erfreute man sich freilich an den zahlreichen Fehlern, an den Missverständnissen, Versprechern und Auslassungen und an den kunstvollen Methoden, diese wieder auszuwetzen. Am Ende bedauerte man – bei aller Erleichterung darüber, die Klippe so erfolgreich umschifft zu haben und nicht entlarvt worden zu sein –, dass diese illustre Premiere ihres *Hamlet* gleichzeitig seine Dernière war.

Die Gesellschaft verstummte, als Rittmeister von Mörner in Begleitung seines Korporals auf sie zuschritt. Der Offizier entbot den Aktricen und Akteuren einen guten Morgen und überreichte Goethe eine Börse mit einigen Münzen. Über eine Bezahlung hatte man am Vortag überhaupt nicht gesprochen – die Freiheit schien den Gefährten ausreichender Lohn für eine gelungene Aufführung –, umso mehr freute man sich daher über den unverhofften Mimensold.

»Und es kommt noch besser«, sagte der Rittmeister, »denn ich habe ein Folgeengagement für Ihre Gruppe. Ein alter Freund von mir, Kommandant der Infanterie, biwakiert mit seinen Männern einen Tag von hier, bei Oberholzheim, und ich wünsche, dass Sie Ihren *Hamlet* dort noch einmal geben; Ihre bewegliche Welt ist ja an jeder Stelle behände genug aufgebaut. Korporal Holzenbein berichtete mir zwar, dass Sie andernorts Verpflichtungen haben, aber für diesen einen Abend werden Sie sich sicherlich noch dispensieren können, gewissermaßen als Dienst am Vaterland. Das Regiment bricht nächstens nach Preußen auf; es wäre den Männern das letzte bisschen Kultur für eine lange Zeit.«

Den Gefährten blieb das Frühstück im Halse stecken. Bevor Goethe etwas erwidern konnte, hob der Rittmeister wieder an: »Zwar ist Hauptmann von Gerstenberg im Gegensatz zu mir kein so inniger Freund Thaliens und Melpomenens – um ganz ehrlich zu sein, hat er sich oft verächtlich gegen die Schaubühne und ihre Jünger geäußert –, aber umso bedauernswerter wäre es, wenn wir ihn und seine Kompanie um diese schöne *tragédie de famille à la danoise* brächten. Zahlen muss er dafür nichts; ich erlaube mir, den alten Knochen – vergeben Sie mir die Wortwahl! – zu dieser Lustbarkeit einzuladen. Ihren zusätzlichen Lohn finden Sie ebenfalls in der Börse; bitte prüfen Sie es nach, denn falls ich Sie unter Wert bezahlt haben sollte – ich bin mit diesen Dingen nicht vertraut –, werde ich selbstverständlich noch einige Dukaten drauflegen.«

»Aber –«

»Eine Eskorte von vier Mann wird Sie dorthin begleiten.«

»Das ist gewiss nicht nötig, wir finden –«

»*Pas d'objection*, Monsieur Simpel, ich bestehe darauf! Und bei dieser Gesellschaft« – er schenkte Staël und Leonore ein Lächeln – »bin ich mir sicher, dass, wenn ich die hundertzwanzig Mann meiner Eskadron frage, sich mindestens hunderteinundzwanzig Freiwillige dafür finden! Packen Sie Ihren Wunderkasten; in einer Stunde geht es los, dann sind Sie noch vor Sonnenuntergang im Lager, Gott befohlen!«

Mittags hatte man die halbe Wegstrecke zurückgelegt und Biberach erreicht. Hier wurde pausiert. Die Pferde wurden ausgespannt, Leonore füllte am Brunnen einen Krug mit Wasser, Tieck kaufte in einer Schlachterei Würste für die Brotzeit. Die vier höflichen Soldaten, die sich freiwillig als Eskorte gemeldet hatten, wichen keinen Wimpernschlag von ihrer Seite, sodass an Desertion nicht zu denken war. Kleist wäre am liebsten zu einem Büchsenmacher gegangen, um neue Patronen zu besorgen, aber damit hätte er nur den Verdacht der Kavallerie auf sich gezogen. Einer Eingebung folgend, betrat er stattdessen eine Druckerei, die der Schlachterei gegenüberlag. Zehn Minuten später kehrte er zurück, über das ganze Gesicht strahlend. Auf die Frage, was ihn so heiter stimme, klopfte er sich auf die Brust.

»Sie ahnen nicht, welches Vademekum ich uns gerade erstanden habe«, sagte er. »Jubeln Sie bitte innerlich, damit wir nicht auffallen.« Mit diesen Worten zog er ein Buch gerade so weit über das Revers, dass man den Titel lesen konnte. Es war der dritte Band der *Dramatischen Werke* Shakespeares in der Übersetzung August Wilhelm Schlegels: *Hamlet*. »Ich habe dafür tief in die Tasche greifen müssen. Aber nun sind wir für unsere erzwungene zwote Vorstellung bei der Infanterie nicht länger auf unser gutes Gedächtnis angewiesen.«

Kleists Genossen konnten ihre Begeisterung tatsächlich nur schwer im Zaum halten. Schlegel bat als Erster um das Buch und strich zärtlich über die vertrauten Seiten. »Herr von Kleist, Sie sind ein Genie.«

»Ich kann niemals ohne den Schauer einer Andacht diese geweihten Blätter aufschlagen«, sagte Tieck, der es als Nächster hatte. »Welche Tragödie! Schon in den ersten Auftritten diese Wahrheit und Natur!« Er ärgerte sich nachträglich über die vielen Passagen, die ihm gestern nicht oder nur fehlerhaft eingefallen waren.

»Haben Sie deshalb die Druckerei aufgesucht?«, fragte Staël.

»Nein«, antwortete Kleist, »der Gedanke, nach dem *Hamlet* zu fragen, kam mir erst, als ich die eindrucksvolle Bibliothek der Offizin sah. Eigentlich war ich dort, um uns Blei für unsere Waffen zu besorgen.«

»Blei?«

»Sie haben nebst Ihrem persönlichen Terzerol eine Kugelzange im Gepäck, Gnädigste. Als gerade keiner schaute, tat ich einen Griff in den Setzkasten.« Aus seiner Hosentasche holte er eine Handvoll Lettern hervor. »Damit werden wir uns neue Kugeln gießen, die wir so bitter nötig haben.«

»Der arme Setzer! Nun bleiben seine Bücher lückenhaft?«, fragte Staël.

»Seien Sie unbesorgt, ich habe mich nur beim *X* und beim *Y* bedient, die niemand vermissen wird.«

»Es sei denn, er druckt die *Kyrupädie* von Xenophon.«

Als die ärgste Mittagshitze vorüber war, wurde die Reise fortgesetzt, und in der Abenddämmerung war das Biwak der Infanterie erreicht; gut drei Dutzend Zelte in der Nachbarschaft eines Bächleins, zwei Vaterunser weit von Oberholzheim. Wie es die Rede des Rittmeisters hatte befürchten lassen, war ihnen kein warmes Willkommen beschert. Lange Zeit mussten sie vor dem Lager warten, bis Hauptmann von Gerstenberg gefunden und zu ihnen gebracht wurde. Er würdigte sie keines Grußes und wies sie an, umgehend weiterzufahren; in seiner Kompanie habe man für wandernde Schmieren keine Verwendung. Schon glaubten sich die Gefährten der unlieben Verpflichtung entbunden, da bat einer der Ulanen aus ihrer Eskorte um das Wort. Er trat vor den Kommandanten und schilderte ihm leise die Vorzüge der Gruppe und ihrer Darbietung. Zehn Minuten später war Hauptmann von Gerstenberg überredet. Er befahl seinem Fähnrich, einen Lagerplatz für die Schauspieler zu finden, wies sie aber sogleich darauf hin, dass sie erst in zwei Tagen spielen könnten, denn heute war es schon zu spät und für morgen eine Übung angesetzt. Im Glauben, etwas Gutes für den Prinzipal und seine Mimen getan zu haben, nahmen die Chevauxlegers Abschied. Unter Anleitung des Fähnrichs wurde die Gesellschaft auf eine Wiese am Wasser gelenkt. Dann wurde sie sich selbst überlassen. Der Tau stand jetzt schon so dicht auf den Halmen, dass aller Füße umgehend nass waren. Aber bei allem Grund zur Klage hatte der unfreundliche Empfang doch ein Gutes: Zum Lernen, Proben und Vervollkommnen ihres *Hamlet* blieben ihnen jetzt zwei volle Tage.

»Wie glücklich können wir Deutsche sein, dass uns Schlegel diese und andere Werke des Briten so durchaus meisterhaft übersetzt hat«, jubelte Tieck am nächsten Morgen, als er, sein Frühstück, eine erhitzte Brotschnitte in Butter getränkt, in der einen Hand, mit der anderen Kleists kostbaren Fund aufschlug. »Verse wie geschlagene Sahne! Man sagt nicht zu viel, wenn man behauptet, der Umwandler habe sich hierin als wahrer Dichter gezeigt.«

»Ja, meine Übersetzung hat das deutsche Theater umgestaltet«, pflichtete Schlegel bei. »Vergleiche nur Schillers

Jamben im *Wallenstein* mit denen im *Don Karlos*, um zu sehen, wie sehr er in meine Schule gegangen ist. Seit Luthers Übersetzung der Bibel hat kein Werk ... – gib acht, Lieber, auf deine fettigen Finger!«

»Schon in der Kindheit hatte mir das wunderliche politische Märchen vom Hamlet gefallen«, sagte Tieck und leckte sich die Butter von den Fingern. »Als ich noch ein Bub war, lieh mir ein Mitschüler einst sein Exemplar. Durch den feuchtkalten Abend eilte ich mit meiner Beute von der Schule heim, konnte meine Ungeduld aber nicht bis zum heimischen Ofen zügeln. Im dämmrigen Schein einer Öllaterne wollte ich zumindest einen Blick auf das Verzeichnis der Personen werfen. Nun jedoch war mein Interesse vollends geweckt, und als ich erst die Begegnung mit dem Geist gelesen hatte, konnte ich das Buch nicht mehr niederlegen. Ein feiner Schlagregen hatte begonnen, aber das scherte mich nicht, denn ich war längst anderswo, in Dänemark. Erst mit Hamlets Tod erwachte ich wieder, am ganzen Leib vor Kälte zitternd. Aber weder der anschließende Katarrh noch die Prügel meines Vaters reuten mich.«

Nach diesem Prolog klopfte Goethe mit einem Schlüssel auf Holz, und die Leseprobe begann. Die sechs Darsteller scharten sich um das Buch und lasen Vers für Vers in ihren jeweiligen Rollen. Das Schauspiel dauerte sehr lange. Bei aller Begeisterung für Shakespeares und Schlegels schöne Sprache stellte sich nach vollendeter Lesung also die Frage, ob man nicht nur Figuren und Szenen streichen sollte – wie bereits bei der Premiere geschehen –, sondern auch zahlreiche Verse.

»Shakespeare neigt zur Länge«, sagte Staël und streckte sich. »In dieser Hinsicht ist es besser, seine Stücke zu lesen, als sie aufgeführt zu sehen.«

»Nun hat sich seit vielen Jahren das Vorurteil in Deutschland eingeschlichen«, sagte Goethe, »dass man Shakespeare auf der deutschen Bühne Wort für Wort aufführen müsse, und wenn Schauspieler und Zuschauer daran erwürgen sollten. Sie sind hoffentlich mit mir einer Meinung, dass wir es anders halten?«

»Mitnichten!«, widersprach Schlegel. »Wer an Schönheit würgt, hat nicht verdient, sie zu erleben, oder mehr, soll getrost daran ersticken! Shakespeare will studiert werden, nicht geplündert! Er ist kein Kuchen, aus dem man sich die Rosinen herauspickt!«

Staël schüttelte verständnislos den Kopf. »Das ist der große Fehler der deutschen Autoren, dass sie sich nicht ums Publikum kümmern. Keine Ungeduld von Lesern oder Zuschauern nötigt sie, schleppende Stellen aus ihren Werken zu streichen. Ihr armes Publikum, Wilhelm! Wenn der Deutsche ein Schauspiel besucht, so geschieht es meistens auf Kosten der Stunden.«

»Sie spricht wahr, Alter«, sagte Tieck. »Etwas mundgerechter muss dieser Däne noch werden, weil sonst das Stück gar kein Ende hätte.«

»*Et tu, Brute*?! Du fällst mir in den Rücken?«

»Liebster, wie könnte ich deine meisterhafte Übersetzung schulmeistern oder korrigieren wollen? Es ist ja nur die Rede von Lesarten, von kleinen Vergehen. Wir spielen nun einmal vor Banausen!«

Gemeinsam nahm man also das Werk der Kürzung in Angriff, und wenngleich viele Opfer bedauert wurden, hatte man doch zum Schluss das Gefühl, eine Fassung des *Hamlet* geschaffen zu haben, die sowohl dem Original als auch den Soldaten gerecht wurde.

Kleist kam noch einmal auf seine Doppelbesetzung zu sprechen, die ihm nicht lieb war. Er hätte den Horatio zu gerne abgegeben, um sich ganz auf den Laertes zu konzentrieren. Doch die Rollen der anderen erlaubten es keinem, Horatio auf sich zu nehmen, und streichen wollte man ihn auch nicht, diesen einzigen Vertrauten, der Hamlet noch geblieben war. Leonore schlug schließlich vor, die Rolle dem einzigen Mitglied des Ensembles anzuvertrauen, das bislang unbeschäftigt war: Stromian. »Er ist zwar nur ein

Hund«, beantwortete sie die perplexen Blicke der anderen, »aber er ist sehr gelehrig und hat schon in manchem unserer Stücke reüssiert.«

»Ich kann nicht wissen, welche Wirkung redende Tiere auf der Bühne machen würden«, sagte Staël, »aber ich bin mir sicher, wir tun uns und Shakespeare damit keinen Gefallen.«

»Warum nicht?«, fragte Tieck. »Tiere haben oft mehr Verstand als die Menschen. Ich mag lieber ein gutes Pferd sehen als so manchen Menschen in den neueren Stücken.«

»Das geht nicht!«, rief Schlegel aus.

»Auf dem deutschen Theater geht alles«, erwiderte Goethe. »Ihr wisst, auf unsern deutschen Bühnen probiert ein jeder, was er mag. Gönnen wir unserm Stromian doch zumindest ein Vorsprechen, oder vielmehr: ein Vorbellen.«

Man wählte die erste Szene, in der Hamlet und Horatio aufeinandertreffen. Leonore flüsterte dem Pudel einige Anweisungen ins Ohr – und schon trottete er selbstbewusst auf Tieck zu. Eigentlich hätte Horatio nun von der Begegnung mit dem Gespenst des Vaters berichten sollen. Stromian bellte nur kurz, worauf Tieck erwiderte: *Sahst wen? Den König, meinen Vater?* Und so ging der Dialog fort, während sie einige Schritte miteinander gingen; Stromian bellte, und Tieck sprach, und es tat gar nicht not, den Ersteren zu verstehen, denn man war als Zuschauer ja nachts vor dem Schloss dabei gewesen und interessierte sich nun vor allem für die Reaktion des Letzteren. Auch Tieck machte seine Sache gut, davon abgesehen, dass er ein paarmal laut auflachen musste, weil der Hunde-Horatio doch allzu drollig war, insbesonders, wenn er wie ein Tanzbär auf den Hinterläufen ging.

»Heut bin ich wieder Prinzipal«, sagte Goethe am Ende der Szene, »und ich bestimme, dass Stromian unser neuer Horatio wird.«

»Du toller Hund!«, lachte Kleist. »Ich sehe schon den Theaterzettel: *Heute zum ersten Mal mit Vergunst: der*

Hamlet, *Hundekomödie; Akteurs: Helden und Köter und Frauen.*«

Hatte Schlegel schon gestöhnt, als man in seiner Übersetzung die überflüssigen Zeilen mit Tinte und Feder strich, so jaulte er regelrecht auf, als Goethe die Seiten aus dem Buch herausriss, damit jeder seinen Text für sich büffeln konnte. Den Rest des Tages brachte man also mit dem Loseblatt-Textbuch zu, wobei sich jeder einen anderen Platz zum Lernen suchte. Tieck ging zum Bach und steckte die Füße ins Wasser. Goethe, Leonore und Stromian lernten im Schatten des Thespiskarrens, Kleist unter einem Baum. Schlegel schritt als Einziger beim Repetieren auf und ab, das Buch in der Hand wie ein Melancholiker, und hatte bald eine rote Stirn von der Junisonne. Staël hatte unter einem Sonnenschirm aus dem Fundus Schutz gefunden. Selbst beim Studium des Textes bewegte sich ihr ganzes Wesen in einer rastlosen Stille; sie konnte nicht sein, ohne einen Bindfaden in den Händen zu drehen, ein Tuch zu kneten, Papier oder Hölzchen zu kauen. Erst gegen Abend kam man wieder zusammen, um einander abzufragen.

Am darauffolgenden Tag fügte man die Teile wieder zusammen und behob die zahlreichen Fehler der Premiere. Die Gesellschaft staunte, wie wunderbar sich alles fügte, und man war sich sicher, am Abend den Erfolg der Premiere wiederholen, wo nicht überflügeln zu können. Kleist nutzte die Zeit von Laertes' Abwesenheit, um über einem kleinen Feuerchen die Bleiletter einzuschmelzen und daraus Kugeln zu gießen. Dann wies er Tieck in die Grundzüge der Fechtkunst ein.

Auf einem flachen Stück am Bach kreuzten sie die Klingen. Kleist hatte die Knöpfe der Rapiere mit Kreide bestrichen, sodass sie die Treffer anhand der Kreidestriche auf ihren Röcken zählen konnten. Tieck war redlich bemüht, aber wenig talentiert. Bald war sein Rock von Strichen bedeckt wie eine Kerkerwand, auf der der Gefangene seine

Tage zählt, derweil Kleist vollkommen kreidefrei geblieben war. Was Tieck aber an Fertigkeit fehlte, das machte er durch Schlagfertigkeit wieder wett, und jeden Treffer Kleists kommentierte er so grillenhaft, dass Leonore, die den beiden Männern bei ihren Übungen zusah, oft lachen musste. Schließlich studierten die Fechter einen festen Ablauf von Stößen und Paraden ein, der für die Szene genügen sollte. Tieck bedankte sich vielmals bei seinem Lehrmeister und äußerte den Wunsch, den Unterricht beizeiten fortzuführen, und signierte Kleists Rücken, als dieser sich umwandte, mit einem kreidenen *T*.

Am Nachmittag probte Kleist mit Goethe die Szene, in welcher Claudius und Laertes den Mord an Hamlet beschließen. Einige Füsiliere schlenderten vorbei und blieben stehen, um dem Dialog der beiden zu lauschen. Goethe ersuchte sie, sich bis zur abendlichen Vorstellung zu gedulden. »Sie müssen uns«, sagte er, »erst von der besten Seite kennenlernen, ehe wir zugeben, dass Sie uns in die Karten sehen.«

Kleist lüftete den Hut des Laertes. »Erlauben Sie mir eine kurze Pause.«

»Es ist auch wirklich zu heiß«, sagte Goethe und setzte sich ins Gras.

Kleist blieb stehen und starrte abwesend auf seinen Hut, als versuche er, sich an etwas zu erinnern, das ihm entfallen war. Eine Weile schwiegen die beiden Männer. Die Luft war erfüllt vom Brummen der Hummeln im Klee. Goethe schloss die Augen.

»Es tut mir ehrlich leid um Schiller«, sagte Kleist unversehens.

»Ja«, seufzte Goethe. »Nun, wenigstens zollt ihm die Nachwelt den Ruhm, den er verdient.«

»Nachruhm!«, schnaubte Kleist verächtlich. »Was ist das für ein seltsames Ding, das man erst genießen kann, wenn man nicht mehr ist? Oh über den Irrtum, der die Menschen um zwei Leben betrügt, der sie selbst nach dem

Tode noch äfft! Der einzige Trost bleibt doch, dass Schiller fleißig war in der Zeit, die ihm auf Erden beschieden, und, so hoffe ich, auch ein wenig glücklich.« Einen Augenblick hielt Kleist inne, und Goethe spürte förmlich, wie er sich seine Worte zurechtlegte, bevor er wieder sprach: »Sie tragen, Herr Geheimrat, Ihr Herz zwar nicht so auf der Zunge, wie ich es tue, weil Sie wahrscheinlich denken, nicht alles, was gefühlt wird, sollte auch gesagt werden; das mag jeder halten, wie es ihn richtig dünkt – – aber ich weiß, dass Sie den Tod Ihres Freundes noch immer nicht überwunden haben. Und ich spüre, wie Ihnen zu Ihrer Ganzheit seitdem etwas fehlt. Nun hören Sie mich an, denn ich will Ihnen ein Angebot machen, von dem ich sehr hoffe, dass es Ihnen nicht unverschämt erscheint. *Ich könnte diese Lücke schließen, Herr von Goethe* – unterbrechen Sie mich nicht, ich flehe Sie an! –, *ich könnte der neue Schiller an Ihrer Seite sein*, wenngleich ich zweifellos noch wachsen muss, um seine Schuhe auszufüllen. Aber viele Männer haben geringfügig angefangen und königlich ihre Laufbahn beschlossen. Shakespeare war ein Pferdejunge, und jetzt ist er die Bewunderung der Nachwelt. Ich weiß, dass ich Ihnen nicht vollkommen gleichgültig bin; ich weiß, dass Sie mir seit geraumer Zeit die Ehre erweisen, meine Dichtung mit Interesse zu verfolgen – und Sie wissen, wie sehr ich Sie verehre, und Sie wissen, dass es in Deutschland keinen gibt, der Friedrich von Schiller vergleichbarer wäre als ich, erst recht nicht unter der neuromantischen Schule. Erinnern Sie sich daran, wie Schiller über die Romantiker gewettert hat und wie sie ihrerseits über ihn spotten; jetzt, da er sich nicht mehr wehren und ein Geck wie Schlegel unbestraft behaupten kann, Schiller sei bei ihm in die Schule gegangen! Wenn Sie also einen Nachfolger für Schiller suchen – einen Ideengeber und einen Lektor, einen Plauderer und einen Freund –, ist Ihre Auswahl klein. Seien Sie mein Aischylos, Herr Geheimrat, dann werde ich Ihr gehorsamer Schüler Sophokles sein;

und wie Christopher Marlowe nie seinen Freund Shakespeare überragen konnte, so werde auch ich, seien Sie dessen vollkommen unbesorgt, immer im Schatten Ihres Genies bleiben – mit dem ich mich übrigens auf keine Weise zu vergleichen wage. Sie müssen, Sie *sollen* nicht jetzt antworten; Sie können damit getrost warten, bis der Krieg vorüber, und wenn Sie es vorziehen, können Sie mir die Antwort auf ewig schuldig bleiben – ich will nur dieses eine Samenkorn in Ihren Geist gepflanzt wissen und darauf hoffen können, dass es aufbricht und gedeiht, auch wenn es wahrscheinlicher sein mag, in diesem Bett von Klee ein Vierblatt zu finden. – Vergeben Sie mir gnädigst diesen Überfall, aber neben dem Sieg Preußens und dem Sturz Napoleons gibt es nichts, was meine Seele dermaßen bewegt.« Kleist setzte den Hut wieder auf, die Probe konnte oder wollte er nicht fortsetzen. »Ich bin ein Kaiser, wenn Sie mir sagen, dass ich Ihnen etwas wert bin«, sagte er. Dann lief er zurück zum Wagen.

Kein Offizier der Kompanie hatte sich seit ihrer Ankunft sehen lassen. Erst zwei Stunden vor der Vorstellung suchte sie der ihnen schon bekannte Fähnrich auf, um den Abend zu organisieren. Dabei interessierten ihn weder Titel noch Inhalt des Stückes, das aufgeführt werden sollte; er richtete vielmehr die Order des Hauptmanns aus, vor dem eigentlichen Schauspiel ein kurzes Lehrstück zu geben, worin einige Hinweise zum Lagerleben und zur Pflege der Gesundheit im Felde vermittelt werden sollten. Denn obwohl sich die Kompanie schon am nächsten Tag in Marsch setzen werde, um in Schlesien die letzten preußischen Festungen zu knacken, seien immer noch zahlreiche Soldaten, insbesondere unter den Rekruten, unvermögend oder unwillens, die Grundregeln des Biwakierens zu begreifen. Drill und Zucht hätten diesbezüglich wenig vermocht, also wolle es Hauptmann von Gerstenberg einmal mit darstellendem Spiel versuchen. Der Fähnrich führte eine Handvoll Papiere mit sich, auf denen die einzelnen Instruktionen verzeichnet waren; die Art ihrer Darstellung freilich sollte den Schauspielern überlassen bleiben. Obwohl dieses Anliegen ein Faustschlag ins Gesicht ihrer ästhetischen Ansprüche war, traute sich keiner der Akteure, es abzulehnen. Zu viel stand auf dem Spiel.

»Sie ähneln Napoleon«, sagte der Fähnrich zu Tieck, dem er die Anweisungen überreichte.

»Vielleisch bin isch es auch«, antwortete Tieck, »und prüf 'eimlich die Sustand von unsere Verbündete.« Der Fähnrich lächelte nicht und ging.

Den Gefährten blieb kaum Zeit, dies ungewünschte militärisch-hygienische Vorspiel in Szene zu setzen. Man verteilte die Lektionen auf drei Gruppen und suchte schnell passende Kostüme zusammen, wobei sich Tieck, Kleist und Schlegel ein und dieselbe Uniform teilen mussten. Wenig später mussten die Bühne hergerichtet und die Lampen entzündet werden, derweil auf der Wiese davor Stühle für die Offiziere aufgereiht wurden. Anders als bei den Chevauxlegers versammelten sich die hiesigen Infanteristen nicht freiwillig und allmählich, sondern wurden im Gleichschritt auf den Platz getrieben, wo sie in Reih und Glied Aufstellung nahmen. Offensichtlich hatten nur die Offiziere ein Anrecht darauf, sich setzen zu dürfen.

Par le diable!«, zeterte Staël. »Sollen wir nun ein Stück spielen oder eine Parade abnehmen?« Kleist befürchtete bereits das Schlimmste für ihre Vorstellung und raufte sich die Haare – »Niemand erträgt den ganzen *Hamlet* im Stehen!« –, aber Schlegel beruhigte ihn, indem er ihn daran erinnerte, dass auch das Parterre im Globe Theatre zu stehen pflegte. Goethe wartete auf eine Ankündigung, bevor er die Bühne betrat. Sie blieb aus. Statt ihrer kam nach einer Weile der Fähnrich zu ihnen mit den Worten: »Wo bleiben Sie denn?«

Goethe und Tieck bestritten den ersten Aufzug, in welchem ein tölpelhafter Soldat – Tieck – von seinem Vorgesetzten – Goethe – zurechtgewiesen wird, wo und wie er sein Zelt aufzubauen habe – in trockenen Gegenden mit ausreichendem Luftzug, entfernt von Morästen und stehenden Gewässern, aber nahe einer Wasserquelle –, dass es ferner wichtig sei, vom Nachbarzelt Abstand zu halten, und dass man den Lagerplatz am besten von unreiner Luft befreie, indem man Essig auf glühende Steine gieße. Wofern kein Essig zur Hand sei, könne man auch Schießpulver verpuffen lassen oder Schwefel anzünden, ingleichen Pech, Teer, Holz, Wacholderbüsche, Tobak oder Papier. Die Schlachtung von Tieren und der Stuhlgang seien schließlich außerhalb des Lagers zu verrichten. Letzteres Stichwort nutzte Tieck für seinen Abgang. Goethe folgte ihm. Das Publikum blieb stumm.

Im zweiten Aufzug gab Kleist den Soldaten und Leonore die Ratschläge – verkleidet als Hygeia, die Göttin der Gesundheit. Krankheiten könne man vermeiden, verkündete sie, indem man den Speichel nicht heruntergeschluckte, sondern auswarf, und indem man in unreiner Luft nicht nüchtern ausging, sondern erst nach einem Becher Bier oder Branntwein, um die Dämpfe abzutöten. Unreines Wasser sei durch die Beigabe von Essig genießbar zu machen; wofern kein Essig zur Hand sei, könne man auch einen glühenden Nagel darin ablöschen oder geröstetes Brot hineinlegen. Im Zweifelsfall solle man Bier statt Wasser trinken. Auf den Hinweis der Göttin, Tobaksrauch würde schädliche Luft aus Kopf, Mund und Hals abziehen, entzündete Kleist seine Pfeife und ging rauchend ab. Im Publikum wurden erste Gespräche im Flüsterton begonnen.

Im pikanten dritten und letzten Aufzug ging es um das Thema der Geschlechtervermischung, insbesondere um die Gefahr, sich mit der Franzosen- oder Neapolitanerkrankheit anzustecken. Staël war mutig genug, ein Freudenmädchen zu geben, und Schlegel hatte sich erfolgreich um die Rolle ihres Freiers bemüht. Wenngleich alles nur angedeutet blieb, beschämte und verwirrte Schlegel die plötzliche und nie zuvor erlebte Nähe auf der Bühne, und der Aufzug geriet noch mehr als die vorangegangenen ins Stocken. Der von Schlegel gespielte Soldat infizierte sich mit der schmerzhaften Venusseuche, und weil er sich danach die Augen rieb, ohne sich zuvor die Hände gewaschen zu haben, wurde er blind. Nun trat, quasi als *deus ex machina*, Napoleon auf die Bühne – oder vielmehr Tieck mit einem Zweispitz, denn man wollte endlich Kapital aus seiner Ähnlichkeit mit dem Kaiser schlagen –, um den Unglücklichen durch Handauflegen von seiner Krankheit zu heilen und ihm zu raten, sich künftig nach dem Tun gründlich mit Essig zu waschen. Wofern kein Essig zur Hand sei, solle er gleich ein entsprechendes Suspensorium benutzen.

Aber nicht einmal der Doppelgänger des Kaisers hatte den Haufen beeindruckt: Als die unselige Pflichtveranstaltung endlich beendet war, war das Publikum so unruhig geworden, dass die Aufführung des *Hamlet* überflüssig geworden schien. Die versammelte Infanterie plauderte, pöbelte und lachte, und Hauptmann von Gerstenberg und seine Offiziere, die in der ersten Reihe auf ihren Stühlen saßen, taten nichts, den Lärm zu unterbinden. Da sie aber sitzen blieben, wurde ersichtlich, dass sie trotz des allgemeinen Desinteresses auch das Hauptstück sehen wollten. Den Gefährten blieb also nichts, als schnell in ihre dänischen Kostüme zu wechseln und zu hoffen, dass die fünf Akte ohne größeres Desaster über die Bühne gingen. Der Vorhang rauschte hinauf, und man erlaube mir, ihn hier fallen zu lassen.

Nach dem blutigen Finale im Saal des Schlosses Helsingör fielen sie sich hinter der Bühne in die Arme, den Tränen nahe. Denn was ihr *Hamlet* an diesem Abend erreicht hatte, grenzte an ein Wunder. Bange vor der Gleichgültigkeit ihrer Zuschauerschaft waren sie auf die Bretter getreten. Aber sie hielten und trugen sich wechselweise, feuerten einander an und waren in ihrem ganzen Spiele sehr bestimmt und genau. Und wie einst Tieck als lesender Knabe mit den ersten Worten die Welt um sich herum vergessen hatte, verstummten auch die Soldaten in dem Moment, da Hamlets Vater auftrat. Von da an blieben sie gebannt und sprachlos und bangten, lachten und weinten mit den Figuren auf der Bühne. Zwei volle Stunden lang war es der Theatergruppe gelungen, die Herzen aller Hörer zu zwingen und eine niedere Menschenklasse in Anhänger des Wahren, Guten und Schönen zu verwandeln.

Man wollte, man musste diesen Triumph feiern – diesen Triumph ihrer Schauspielkunst, den Triumph Shakespeares, ja den Triumph des Theaters selbst –, allein es mangelte an Wein, damit anzustoßen. Und das war noch das geringste Übel, denn ihr Frohmut wurde jäh unterbrochen, als abermals der Fähnrich auftauchte, diesmal in Begleitung zweier Füsiliere, auf Kleist zeigte und sagte: »Der Kommandant wünscht Sie zu sprechen.« Kleist sah sich in der Runde um, aber natürlich konnte ihm niemand Aufschluss über diese unerwartete Vorladung geben. »Augenblicklich«, fügte der strenge Fähnrich hinzu.

»Selbstverständlich«, entgegnete Kleist. »Erlauben Sie, dass ich meinen Hut hole.«

Aus dem Fundus griff Kleist aufs Geratewohl einen Hut und eine der französischen Pistolen, die er noch am Vormittag mit X und Y geladen hatte. Dann folgte er, eingerahmt von den Füsilieren, dem Fähnrich zum Zelt des Hauptmanns. Die Waffe hatte er unter dem Mantel in den Hosenbund gesteckt. Er ging, ohne sich umzusehen, aber er spürte im Rücken die Blicke seiner Genossen.

Hauptmann von Gerstenberg saß im größten Zelt des Biwaks an einem Tisch. Zwei Offiziere waren bei ihm. Vor ihm auf dem Tisch lag ein offenes Holzköfferchen, darin eine Pistole in Samt gebettet. Mit einer Geste wies er Kleist an, ihm gegenüber Platz zu nehmen. Die Füsiliere traten weg, derweil der Fähnrich im Zelt verblieb.

Der Hauptmann betrachtete Kleist einen Moment, bevor er fragte: »Er weiß, warum ich Ihn zu mir bestellt habe?«

»Ich ahne es«, antwortete Kleist.

»Gut.«

Die Zeltplane wurde zur Seite geschlagen. Ein Rekrut trug eine Holzkiste hinein, setzte sie nahe dem Eingang ab und verschwand wieder.

»Lasse Er es mich so ausdrücken«, sagte der Hauptmann eindringlich. »Ich denke, ich weiß, wer die Krone bekommen sollte.«

»Interessant«, sagte Kleist und führte seine rechte Hand unter den Mantel, um den Hahn der Pistole zu spannen. »Wer sollte denn Ihrer Meinung nach die Krone bekommen, Herr Hauptmann?«

»Er selbst.«

»Wer bitte?«

»Er selbst sollte die Krone bekommen, beziehungsweise Er, der Er den Laertes spielt.«

»Ich verstehe nicht –«

»Ist Er schwer von Kapee? Laertes sollte, wenn es nach mir ginge, als Einziger überleben und König von Dänemark werden. Hieß es nicht im Stück selbst an einer Stelle: *Laertes werde König, König sei Laertes!* und so weiter?«

»Ja, das ist richtig«, entgegnete Kleist, während er mit zitternden Fingern die Pistole wieder entspannte.

»Dann sollte Er einen Weg finden, sag ich, seinen Laertes das Gemetzel unversehrt überstehen zu lassen und Dänemarks Krone zu tragen. Das wäre die Vollendung dieses Stückes – welches im Übrigen, wenn Er mich fragt, nicht *Hamlet* heißen sollte, sondern vielmehr *Laertes*, nach dem einzig ehrbaren Charakter darin. Wenn wir vom Fehltritt mit dem vergifteten Degen einmal absehen. Aber wem man den Vater und die Schwester nimmt, dem sei vieles erlaubt, Rache zu nehmen! Nicht wahr?«

»Selbstredend.«

»Ich will ehrlich sein: Ich hielt Seine Equipage für wenig mehr als ein fahrendes Bordell und Seine Gesellschaft für eine Bande von Sodomiten und Drückebergern. Aber was ich heute Abend gesehen habe, hat mich tief berührt. Musste noch während des Schlussapplauses gehen, weil ich nicht wollte, dass meine Männer sehen, wie ... – Einerlei: Eindrucksvoll! Insbesondere Seine wahrhaftige Wut in der Darstellung des Laertes. Hat mir neben dem Hund am besten gefallen.«

»Verbundenen Dank.«

Hauptmann von Gerstenberg schob ihm den Pistolenkoffer zu. »Eine Pistole, die mir geschenkt wurde, italienisches Fabrikat, eine *Lazarino Cominazzo*; zweifelsohne ein Schmuckstück, aber was soll ich damit Glatz belagern? Dafür braucht's Kanonen. Möchte also, dass Er sie nimmt. Als Dank für den Abend. Die eigentliche Bezahlung hat Rittmeister von Mörner ja bereits auf sich genommen. Und wenn Er das nächste Mal dem halbherzigen Dänenprinzen gegenübertritt, schieß Er ihn damit über den Haufen.«

Kleist nahm den Koffer an sich. Der Offizier erhob sich, und Kleist folgte seinem Beispiel. »Da ich, anders als mein alter Waffenbruder, kein Mann der vielen Worte bin, entlasse ich Ihn nun, sintemal Er gewiss lieber mit Seinesgleichen zecht. Im Kasten hinter Ihnen sind sechs Bouteillen Schaumwein, meine Empfehlungen an Seine Kollegen; sie sollen gefälligst nicht zu laut feiern, meine Kompanie bricht in der Früh auf und braucht ihren Schlaf. Wir sind im Begriffe, auf einen Schauplatz zu eilen, wo man ernsthaftere Stücke aufführt, wo jeder seine Rolle nur einmal spielt und wo niemand, der seinen fünften Akt geendet, wiederkehren kann.«

Kleist wollte zum Abschied salutieren und bremste sich im letzten Moment. »Adies, Herr Hauptmann. Im Namen meiner Gesellschaft vielen Dank.«

»Das Lehrstück übers Biwakieren war übrigens eine Katastrophe.«

»Ich weiß.«

»Wünsch Er uns Glück in Schlesien.«

Kleist nickte, aber als er das Zelt mit Wein und Waffe verlassen hatte, murmelte er: »Verrecken sollt ihr mit Mann und Maus.«

Mit Worten war die Erleichterung der anderen nicht zu beschreiben, als Kleist nicht nur wohlbehalten, sondern zudem reich beschenkt vom Zelt des Hauptmanns wiederkehrte. Sogleich musste er die Aussprache Wort für Wort wiedergeben, und noch bevor er geendet hat, war die erste Flasche Champagner schon geleert. Staël goss sich reichlich aus der zweiten ins Glas.

»Bedenken Sie, dass es Wein ist!«, sagte Schlegel.

»Wasser ist für die Nixen!«, antwortete Staël und schenkte auch ihm nach, obwohl sein Glas noch halb voll war. »Trinken Sie, Wilhelm, ich befehle es Ihnen, schlürfen Sie nicht nur den Schaum des Champagnerglases!«

Tieck hielt sein Glas gegen das Licht einer Kerze. »Ich habe schon viel Wein getrunken, aber *solchen* Wein ... – So köstlich, dass man ihn siezen müsste!«

»Gleichviel, was die Nachwelt über jeden Einzelnen von uns sagen wird«, sprach Goethe, »in einem wird sie sich einig sein: *Säufer waren sie alle.*«

Da man auch hungrig war, wurde nun Zwieback aufgetischt und dazu, was man an Konfekt aus Coppet noch hatte: dürre Pflaumen, getrocknete Äpfel und eingemachte Pomeranzenschale. Niemand war bislang dazu gekommen, sein Kostüm zu wechseln, sodass es schien, als wenn eine königliche Familie im Geisterreiche zusammenkäme, oder vielmehr, da es sich ja um Skandinavier handelte, an der Tafel von Walhall.

»Wer nie sein Brot mit Dänen aß«, sprach Goethe, Zwieback in der Hand, »weiß nicht, wie gut es in deren Gesellschaft schmeckt.«

»Vergessen wir nicht, dass die Dänen Frankreichs Verbündete sind«, warf Kleist ein, der gerade die italienische

Pistole examinierte, worauf Staël laut losprusten musste: »Meine Güte, Herr von Kleist, sind Sie denn wahrhaftig aus einer Kanonenkugel geschlüpft? Nun vergessen Sie doch für einen Abend den leidigen Krieg und entspannen Sie!« Kleists Replik darauf war unverständlich.

Tieck erhob sich sowie sein Glas und sprach einen Toast auf ihr Wandertheater aus: »Oh die Bühne, die liebe vortreffliche Anstalt! Nach heute Abend bedauere ich beinahe, Schriftsteller geworden zu sein, dessen Bühne der Geist ist und der den Applaus nie hört, den man seiner Arbeit zollt. Überdies wüsste ich keinen Stand, der so viele Annehmlichkeiten, so viele reizende Aussichten darböte, als den eines Schauspielers.«

»Man sieht, dass Sie keiner gewesen sind«, seufzte Leonore.

Weil sich eine gewisse allgemeine Geselligkeit ohne das Kartenspiel nicht mehr denken ließ, nahmen Schlegel, Tieck, Leonore und Kleist nun im Karree Platz, um eine Runde Whist zu beginnen. In seinem Gepäck hatte Tieck ein liebes Geschenk seines Bruders Friedrich dabei: ein Paket Spielkarten, deren Könige, Damen und Buben dieser nach Helden aus der Nibelungensage gestaltet hatte. Kleist steckte sich seine Pfeife an.

Goethe und Staël gingen derweil einige Schritte, gewissermaßen als König und Königin, und weil der Mond inzwischen aufgegangen war, hatten sie keine Mühe, ihren Weg zum Bach und daran entlang zu finden. Die Baronin nahm gelegentlich lange Gräser auf und zupfte sie entzwei. Der Champagner hatte ihr Deutsch nahezu gelähmt, also sprach man Französisch. Goethe fand viele Komplimente für Staëls deutliches, tragisches Schauspiel, und sie im Gegenzug meinte, er sei dazu geboren, ein Prinzipal zu sein, denn seit seiner ungewollten Ernennung habe er nur glückliche Wirkungen hervorgebracht – insbesondere, was die Zähmung so vieler widerspenstiger Charaktere, als sie es waren, betraf, wobei es ihm sicherlich zugutekäme, dass es keinen in der Gruppe gab, der ihn und seinen Intellekt nicht verehrte. Goethe wies diese Artigkeit von sich.

»Keine falsche Bescheidenheit!«, schalt sie. »Tieck will Ihr Bruder sein, Schlegel Ihr Vater und Kleist Ihr Sohn. Und auch für mich sind Sie das Urbild geistiger Kraft; niemand in Europa besitzt größeres Denkvermögen als Sie. Sie vereinen alle Hauptzüge des deutschen Genius. Glauben Sie mir: Seit zwei Wochen lerne ich Deutsch, um Sie im Original zu lesen.«

»Das Französische beherrsche ich gottlob schon so weit, dass ich hingegen Ihre Gewandtheit in der Konversation bewundern kann.«

»Ja, man mag sagen, was man will, wer Geist hat, muss plaudern können! Diesem Talent aber ist, scheint es, nichts so fremd wie der Charakter und die Geistesart der Deutschen. Die Gabe der Unterhaltung, als Talent betrachtet, ist nur in Frankreich heimisch. Zum Glück bilden Sie eine Ausnahme Ihres Volkes: auch in der Unterhaltung ein Mann von verwundernswürdigem Geiste! Wären Sie ein Franzose, so ließe man Sie von Morgen bis Abend nur sprechen.«

Sie waren am Bach angelangt. Staël entledigte sich achtlos ihrer Schuhe, hob den Saum ihres Kleides und schritt über den Uferkies ins Wasser, bis es ihre Waden umspülte. »Was ist?«, fragte sie, als sie sich umdrehte und Goethe noch immer am Ufer stand, die Hände hinter dem Rücken gefaltet. »Kommen Sie, es ist wundervoll! Wüssten Sie, wie wohlig es ist auf diesem Grund, Sie stiegen herunter.«

Er schüttelte den Kopf.

»Wovor haben Sie Angst? Vor den Fischen oder vor mir?«

»Ich will offen sein, Baronin: Ihre Gegenwart hat wie in geistigem, so in körperlichem Sinne etwas Reizendes, und Sie scheinen es nicht übel zu nehmen, wenn man auch von dieser Seite nicht unempfindlich ist ...«

»Obacht. Sie zerreden diese laue, zauberhafte Sommernacht.«

Goethe wies auf seinen Trauring. »Ich bin ein liebender Mann. Ich schätze Sie über alle Maßen, Madame, aber ich muss Sie bitten, mein An-Land-Bleiben zu entschuldigen.«

Staël lächelte und ging ein paar Schritte im Wasser auf und ab. »Sie müssen sich für nichts entschuldigen«, sagte sie. »Die Liebe ist in Deutschland eine weit ernsthaftere Leidenschaft als in Frankreich. In Deutschland ist die Liebe eine Religion. Das war mir entfallen. Ich bin es also, die um Entschuldigung bitten muss. – Suchen Sie im Gras nach meinen Schuhen, seien Sie so artig; ich komme an Land.«

Als sie spät am nächsten Vormittag erwachten, war die gesamte Kompanie des Hauptmanns von Gerstenberg bereits fort und auf dem Marsch nach Schlesien, und nur die Feuerstellen und Wassergräben der Zelte sowie der Geruch von Essig erinnerten an das gewesene Lager. Die Gefährten bauten die Bühne zusammen, verstauten ihr Gepäck und folgten ihrer ursprünglichen Route nordwärts, von der sie durch ihren Abstecher nach Oberholzheim nur unwesentlich abgekommen waren. Alle fühlten sich einander näher; alle wünschten, in einem so angenehmen Aufenthalt ihr ganzes Leben hinzubringen, und über alles aber pries man die reizende Wirtschaft eines Zigeunerhaufens.

6

LIMES

An Albert und Albertine de Staël-Holstein
Château Coppet

Mein lieber Albert, meine liebe Albertine,

erlaubt mir, zunächst einige Worte an denjenigen zu richten, der aller Wahrscheinlichkeit nach diesen Brief noch vor Euch in den Händen hält, nämlich den Überwacher allen Briefverkehrs von und nach Coppet: Ich grüße Sie von Herzen, Monsieur! Falls Sie in diesem Schreiben umstürzlerische Gedanken oder böse Worte gegen Ihren Kaiser suchen, muss ich Sie leider enttäuschen; ein paar Minuten zerstreuender Lektüre kann ich Ihnen hingegen versprechen. Sicherlich fragen Sie sich, wo ich gerade bin (nur so viel: Sie werden mich nicht finden), und ich hoffe, dass mein unerlaubtes Entkommen nicht den Zorn des Polizeiministers auf Sie und Ihre Leute gezogen hat, andernfalls täten Sie gut daran, selbst ins Exil zu gehen. Was mich betrifft: Lassen Sie den Käfig nur offen stehen; bestimmt wird sich der entflogene Vogel eines Morgens wieder darinnen befinden, und Sie können die Tür erneut hinter ihm, und diesmal etwas fester, verschließen.

Und nun zu Euch, meine Kinder: Ich bitte um Vergebung, dass ich erst jetzt von mir hören lasse, und dass mein Ausflug, der eigentlich auf drei Tage angelegt war, nun schon drei volle Wochen andauert (und ein Ende ist nicht in Sicht) – aber sicherlich ist es Euch Trost, dass ich Professor Schlegel mit mir genommen habe und Ihr die Sommertage im Park umhertollen könnt, anstatt Euch in der Stube mit toten Lateinern und Griechen zu befassen. Ich bin im Herzen von Europa unterwegs; in Deutschland; wo genau im großen Reich, das darf ich Euch nicht sagen. *Den Großteil meiner Reisegesellschaft kennt Ihr bereits: die Herren Tieck und von Goethe, dazu die junge Aktrice Leonore samt ihrem Hündchen sowie, endlich, Herr von Kleist, dessen Sicherheit ja das eigentliche Ziel unsrer Entreprise war. Nun gibt es ein neues Ziel, doch davon mehr, wenn wir uns wiedersehen. Genüge es zu sagen, dass ich diese unverhoffte Fahrt in namhafter Begleitung mehr als begrüße. Ich betrachte diese Reise durch Deutschland als einen Lehrgang in neuen Ideen.*

Ein seltsames Volk, diese Deutschen! Es kommt einem vor, als verfließe die Zeit hier langsamer als an andern Orten. Man hat viel Mühe, wenn man aus Frankreich kommt, sich an die Langsamkeit, an die Trägheit des deutschen Volkes zu gewöhnen, wenngleich die Schweiz darin eine gute Vorbildung ist. Anders als die Schweiz aber kann Deutschland nicht mit einer eindrucksvollen Natur aufwarten; wenn man die Landschaft als langweilig beschreibt, tut man ihr schon den größten Gefallen. Es erstaunt nicht, dass die Deutschen vor allem Märchen und Balladen so lieben und Shakespeare mit all seinen Zauberern und Elfen als einen der ihren betrachten: Die öden Fluren, die von Rauch geschwärzten Häuser, die gotischen Kirchen scheinen für Hexen- und Gespenstergeschichten wie gemacht zu sein; ihre Einbildungskraft verweilt gern in alten Schlössern und Türmen; tiefe, einsame Träumereien sind die Grundfarbe, der Hauptreiz ihrer Dichtungen.

So spielen wir dann auch auf der Bühne des Signore V. gemeinsam Shakespeares düsterstes Werk, den Hamlet, *ungelogen, und mit guter Resonanz, und Eure Mutter gibt darin eine recht artige Gertrude. Durch eine unglückliche Verkettung von Missverständnissen waren wir gezwungen, von einem Moment auf den nächsten eine Premiere zusammen-*

zuzimmern, und nachdem eine zweite erzwungene Aufführung einen überwältigenden Erfolg gefeiert hatte, beschlossen wir, auch künftig in den Weilern entlang unsrer Route zu spielen; sechs Vorstellungen hat es bislang gegeben, und ich zweifle nicht, dass weitere folgen werden, denn mit jedem Mal wird das Stück vollkommener, und mit jedem Mal wächst unser Spaß daran. Nach dem Vorhang lassen wir die Schale im Parterre herumgehen, um unsre Reisekasse, die allmählich leichter wird, wieder aufzufüllen, und es ist rührend zu sehen, wie selbst der ordinärste Bauer das gehabte Vergnügen nach ehrlichem Ermessen mit einigen Groschen entlohnt; vom Applaus des Publikums einmal abgesehen: Denn in Deutschland applaudiert man kurioserweise immer erst zum Aktschluss, als ob es sich um eine Rechnung handelt, die erst nach der vollständigen Bilanz bezahlt wird. Die Deutschen halten es für eine Art Barbarei, durch laute tumultuarische Äußerungen die Rührung zu stören, die in der Stille zu hegen ihnen lieb ist – aber es ist für den Schauspieler eine Schwierigkeit mehr, wenn der berauschende Beifall nach jedem Vers fehlt, der doch wie Kriegsmusik das Blut in den Adern des Darstellers beschleunigt.

Natürlich sind nur die wenigsten unsrer Akteure für die Bühne geboren; mit Wehmut denke ich an die Comédie, denn im kleinen Finger hat ein Talma mehr Talent als die meisten meiner geschätzten Genossen, und sosehr ich auch versuche, ihnen die Finessen dieses Musters aller Schauspieler nahezubringen, so wenig findet am Abend davon auf die Bretter der Bühne. Professor Schlegels Tauglichkeit zum Schauspiel saht Ihr bereits auf der Liebhaberbühne unsres Schlosses bei mehrfachen Anlässen widerlegt; Tieck spielt für meine Begriffe seinen Hamlet zu heiter für einen Grübler, zu nachsichtig für einen Helden; Leonore ist erstaunlich unauffällig – daran gemessen, dass sie doch die einzige Professionelle unter uns ist –, aber sie hat zumindest das Glück, dass in ihrer Rolle Unauffälligkeit gefragt ist, und so kann sie allein kraft ihrer jugendlichen Reize, ihres schneeigen Ge-

sichts und ihrer blonden Haare brillieren. Goethe tut sein Bestes, gut – das heißt: nach der französischen Art – zu deklamieren, aber er vergisst darüber das Gefühl, sodass die Technik seiner Darstellung zu loben ist, es aber an Leidenschaft mangelt.

Wenn es einen würdigen Jünger Talmas in unsrer Runde gibt, dann ist dies Kleist, der seinen Laertes jeden Abend mit einer Wut und Verzweiflung spielt, dass nicht nur dem Publikum im Parterre, sondern auch uns auf und hinter der Bühne der Atem stockt. Selbst seine Sprache, die sonst oft so stammelnd und undeutlich ist, dass insbesondere ich meine Mühe habe, ihn zu verstehen, ist auf der Bühne so schneidend deutlich, dass es eine Wonne ist, die meisterlichen Shakespeare-Schlegel'schen Verse aus seinem Munde zu hören.

Kleist ist ohnedies von allen Beteiligten dieser Reise der Interessanteste, wenn auch Unbequemste. Die Erniedrigung seiner Heimat durch Napoleon hat aus ihm den glühendsten Feind Frankreichs gemacht, denn bei ihm ist alles Eins geworden, Napoleon Frankreich und Frankreich Napoleon; aber ich will ihn von seinem Hass auf alles Französische bald kuriert wissen. Wenn Kleist und Goethe beieinander sind, ist stets eine anregende Spannung zu spüren, wie wenn heißes und kaltes Wetter aufeinandertreffen. Zwischen Kleist und Tieck hingegen hat sich, ihren Bühnenfiguren zum Trotz, eine Freundschaft entsponnen, sodass der arme Schlegel nunmehr zwei Menschen eifersüchtig bewachen muss: seinen Freund Tieck und mich.

Wie ein Zoologe die Käfer im Glas, so beobachte ich aufmerksam das Mit- und Gegeneinander dieser vier bemerkenswerten Männer. So viel Eindrucksvolles sie auch im Einzelnen geleistet haben, ordnen sie sich doch alle ganz selbstverständlich Goethe unter, wie Herzöge ihrem Kaiser, und das ist nicht verwunderlich, finden sich doch in Goethe alle Hauptzüge des deutschen Genius. Goethe könnte für den Repräsentanten der ganzen deutschen Literatur gelten – nicht, dass diese nicht in mancher Beziehung Schriftsteller zu sich zählte, die noch über ihm stünden, sondern weil er in sich allein alles vereinigt, was den Geist der Deutschen von andern unterscheidet. Im ersten Augenblick staunt man, in dem Dichter des Werther *Kälte, ja selbst eine Art von Steifheit zu finden – ja, er besitzt nicht mehr diese hinreißende Glut, die ihm den* Werther *eingab –, aber die Wärme seiner Gedanken reicht noch vollkommen hin, um alles zu beleben.*

Natürlich getraut sich keiner der drei, weder Tieck noch Schlegel und erst recht nicht Kleist, diese Verehrung vor Goethe allzu deutlich auszustellen, aus Angst, dadurch in seiner Achtung zu verlieren, aber wenn sie unter sich sind, schlagen sie einen andern Ton an. Sie bilden eine Art von Brüderschaft der Goethe-Bewunderer, deren Losungsworte die Eingeweihten einen dem andern kenntlich machen. Dabei liebt jeder einen andern Goethe, gewissermaßen seinen Goethe; für Tieck ist es der romantisch-altdeutsche Goethe, der sich vornehmlich in seinem Götz *und im* Wilhelm Meister *manifestiert; Kleist liebt den wütenden, aufrührerischen Goethe, den er abermals im* Götz, *aber auch im* Egmont *und im* Werther, *heutzutage jedoch nicht mehr findet; Schlegel schließlich liebt den archäologischen Goethe, den Wandler durch antike Tempelruinen, den Schöpfer der* Iphigenie *etwa und der* Römischen Elegien. *Ein Kuriosum ereignete sich vor einigen Tagen auf der Landstraße, als Goethe aus heiterem Himmel eine Schnecke auf das Haupt fiel, die, wie sich herausstellte, von einer Krähe über ihm fallen gelassen worden war in der Absicht, das Gehäuse möge auf dem Pflaster der Straße zerschellen. Der Schreck war groß und der Schaden klein, aber Professor Schlegel zog, als wandelnde Enzyklopädie, sogleich einen ihm willkommnen Vergleich zu Aischylos, der doch starb, als ihm ein Adler in gleicher Absicht eine Schildkröte auf den Schädel fallen ließ.*

Goethe lässt sich nicht anmerken, dass er gewahrt, ein Objekt ihrer Bewunderung zu sein, aber er müsste schlechte Augen haben, es zu übersehen. Unvorstellbar, dass ihm der Geruch des Weihrauchs, den die Verehrer am Fuße seines

Postaments verbrennen, nicht angenehm in die olympische Nase steigt. Ich sprach mit Schlegeln darüber, der mir ausnahmsweise nicht widersprach, sondern bekräftigte, dass Goethe gleichsam die Sonne ist, um die ausnahmslos alle andern Dichter Deutschlands wie die Planeten kreisen; manche groß und manche klein, manche nah und manche fern der Sonne, aber alle zu ihr im Bezug. Nehmen wir Kleist aus, sagte ich, denn dieser erscheint mir eher wie ein Meteor, weil er seinen eignen Kurs hält. Und ich, frug darauf Schlegel, bin ich auch ein solcher Meteor, Madame? Nein, antwortete ich, Sie sind ein Mond, lieber Wilhelm, einer von vielen Monden, die unablässig um den Staël-Planeten kreisen. Über diese Replik war Schlegel sehr ungehalten, was mir dann auch wieder leidtat. Ich kann einfach nicht umhin, ihn immer wieder von Neuem zu kränken.

Gestern übernachteten wir bei den Ruinen dessen, was einstmals ein Wachturm der Römer entlang des Schutzwalls gewesen war, der das Imperium von Germanien trennte; ein wenig Mauerwerk im Quadrat, selten mehr als hüfthoch, aber allemal hoch genug, unser Feuer gegen den Wind zu schirmen. Der antigermanische Schutzwall selbst war nahebei, jedoch vollkommen unkenntlich; eine bloße Welle im Boden, auf der längst Bäume wuchsen. Nach unserm Abendmahl, als die Sonne schräg durch den Wald fiel, wandelte Kleist sinnend auf diesem Kamm auf und ab, ein Fuß in Rom und einer in Germanien, den Blick auf den Boden gerichtet, wo sein Schatten ihm voranging; aber wahrscheinlich war er vielmehr auf der Suche nach Hermanns Schatten. Für deutsche Patrioten wie ihn ist dieser Wall die Erinnerung an eine Zeit, als Germaniens Stämme vereint einem Weltreich die Stirn boten; heute haben sie im Kampf gegen das neue Rom versagt, weil sie uneins sind und zersplittert: Obwohl bis vor Kurzem ein Reich, sieht man noch immer einige deutsche Länder sich im Kampf gegen ihre Landsleute der Verachtung selbst ihrer Verbündeten, der Franzosen, preisgeben. Eine Furcht ohne Umsicht hat ihre Regierungen zu dem Stärkeren hingedrängt, ohne zu bedenken, dass sie selbst nur der Grund der Macht sind, vor der sie sich in den Staub beugen. Und wenn Preußen erst vernichtet ist, wird ganz Deutschland eine französische Kolonie sein.

Ich dachte an Tacitus, der in seiner Germania *das Wesen und die Gebräuche der germanischen Barbaren beschreibt, damit sich die Bürger von Rom ein Bild von ihnen machen können – und in diesem Augenblick kam mich eine Idee an, so mächtig, dass mein Herz schneller schlug: Ich würde eine neue* Germania *schreiben! Ich will der Tacitus unsrer Zeit sein; ich will als Bürgerin des neuen Roms, die ich nun einmal bin, über diese Barbaren schreiben, von denen man in Frankreich so erschreckend wenig weiß; kurz: Ich plane ein Buch über Deutschland, das, wie ich glaube, Interesse erregen wird.*

Ließe sich eine bessere Zeit für ein derartiges Projekt denken? Schwerlich. Denn die deutsche Kultur ist im Aufbruch begriffen. Wie die Franzosen politisch revoltiert haben, so tun es die Deutschen nun kulturell, und wie sich die Französische Revolution, zumindest auf eine bestimmte Zeit, über den Globus ausgebreitet hat, so zweifle ich nicht, dass auch die romantische Schule bald die deutschen Grenzen überschreitet. Die Deutschen sind zwar unterdrückt, aber es scheint, dass sich, je mehr die Ketten sie am Boden halten, ihre Gedanken nur umso höher erheben. Die deutsche Literatur hatte nie, was man ein goldenes Zeitalter zu nennen pflegt – Cervantes' Spanien, Shakespeares England und das Frankreich Molières, Racines und Corneilles –, aber wer weiß, vielleicht erleben wir dieser Tage den Anbeginn eines goldenen Zeitalters in Deutschland. Wenn der menschliche Geist über die Jahrhunderte von einem Volk zum andern wandert, dann weilt er augenblicklich unter den Deutschen. Heute ist Deutschland auf der Erde das Land, in dem die hervorragendsten Menschen wohnen, sowohl Philosophen wie Schriftsteller.

Noch begreift nicht einmal Deutschland selbst, was es für einen Schatz an seinen Talenten besitzt. In der Literatur (wie in der Politik) haben überhaupt die Deutschen zu viel Achtung für das Ausland und nicht genug nationalen Stolz; noch ist mehrheitlich die französische Kultur Muster alles Guten, und so biedert man sich ihr an und strebt danach, die Trauerspiele und Komödien à la française zu verfassen (und die Romane à l'anglaise) – doch welch fruchtloses Vorhaben! Eine nachgemachte Kultur gedeiht nie. Sobald man die Franzosen nachzuahmen sucht, tragen sie über alle und in allem den Sieg davon. Die Franzosen würden mehr dabei gewinnen, wenn sie das Genie der Deutschen begreifen lernten, als die Deutschen bei der Unterwerfung unter den französischen guten Geschmack. Wollte man die deutschen Schriftsteller nach den Verbotsgesetzen der französischen Literatur regeln, so würden sie letzten Endes nicht wissen, wie durch alle diese Klippen zu steuern sei, sich nach dem offenen Meere zurücksehnen und ihren Geist eher verwirrt als belehrt finden. Denn in Deutschland gibt es über nichts feste Geschmacksregeln, alles ist da unabhängig, alles individuell. Professor Schlegel versucht indes, auch die deutsche Romantik in strenge Regeln zu pressen, aber es ist gerade das Aufregende dieser Schule, dass sie sich eben nicht in Regeln pressen lässt, ja dass sie die Regeln verachtet und bricht, wo sie nur kann.

Bei aller Schwärmerei will ich nicht verschweigen, wie rückständig dieses Deutschland in allem andern noch ist; ein träges, bequemes und schlecht gekleidetes Land, in dem die Tage zäh wie Honig verstreichen. Die Deutschen tun nichts anderes als essen und sprechen über nichts anderes als Mahlzeiten. Die Öfen, das Bier, der Tabakrauch umgeben den einfachen Mann in Deutschland mit einer Art schwerer heißer Atmosphäre, aus welcher er nicht gern hervorgeht. Es gibt also nichts Schwerfälligeres und Verräucherteres im moralischen wie im physischen Sinne als die deutschen Männer. Alles in allem gehören die Deutschen kaum zur mensch-

lichen Rasse – die gebildete Minderheit ausgenommen. Aber ihr Kern ist edel, und indem ich dem Volk der Franzosen beschreibe, wie die Barbaren auf der andern Seite des Rheins leben und denken, hoffe ich, es daran erinnern zu können, was ihm schon immer bitter nottat – oder was es einstmals hatte und vernachlässigte für eine Kultur des Esprits, des Stils, der Mode, der Unverbindlichkeit und nicht zuletzt der Prahlerei: einfache Dinge wie Treue, Tugend, Bescheidenheit, Biedersinn, echte Freundschaft und wahre Liebe.

Und wenn denn wirklich ein neues Zeitalter in Deutschland anbricht, beflügeln Kunst und Politik einander vielleicht, und Kleist findet tatsächlich einen Arminius in den Ruinen, um das Land gegen Cäsar und zu neuer Stärke zu führen. Falls nicht, kann sich das arme, edle Deutschland noch immer damit begnügen, Frankreich das zu sein, was Griechenland Rom war: unterlegen in der Kraft, aber überlegen in der Einbildungskraft. *(Denn was wäre Rom am Ende gewesen ohne den Einfluss der griechischen Kultur!) Dann gehörte das Gebiet des Meeres den Engländern, das Gebiet der Erde den Franzosen – das Gebiet der Luft aber den Deutschen.*

Ihr seht, meine Lieben, wie dies Vaterland des Denkens auch meinen Geist beflügelt, und so will ich dankbar sein, wenn diese Reise noch einige Wochen dauert, damit ich meine Betrachtungen vertiefen kann. Meine einzige Sorge ist die, dass meine Medizin nicht ewig hinreichen wird, und ich bezweifle stark, dass ein deutscher Apotheker auf dem Lande sie vorrätig hat. Im schlimmsten Falle werde ich ein paar unruhigere Nächte haben.

Meine Grüße an Signor V.; er wird sich noch etwas gedulden müssen, was die Rückgabe seiner fahrenden Bühne betrifft; einstweilen soll François ihm und seinen Mimen einen ersten Lohn auszahlen, um die Wartezeit zu versüßen. Ferner sagt ihm, er könne sich glücklich schätzen, Leonore in seiner Gesellschaft zu wissen; ich allerdings rate ihr, nach all dem, was sie von dieser Truppe von Trunkenbolden und Schwerenötern berichtet hat, sich tunlichst eine andere Compagnie zu suchen.

Lebt wohl, mein lieber Albert, meine liebe Albertine, ich küsse euch und freue mich auf unser Wiedersehen! Seid recht brav und denkt auch einmal an eure euch liebende

Maman

An
Marie von Kleist

Teuerste Freundin!

Wie den letzten, so schreibe ich auch diesen Brief nur, um ihn danach in meiner Weste zu verwahren, in Nachbarschaft des ersten, bis wir uns wieder gegenüberstehen, denn welchen Sinn hätte es, ihn nun nach Memel abzusenden: Entweder geht der Brief zwischen den Fronten verloren, oder er gerät, schlimmer noch, in die Hände von Franzosen, die ihn öffnen und daraus ihren Vorteil ziehen. Täglich bete ich zum Allmächtigen, dass Sie und die Königin in diesen bösen Zeiten wohlauf sind und dass ich rechtzeitig eintreffe, um Preußens Untergang abzuwenden. Doch ich bin zuversichtlich. Meine neu gefundenen Gefährten sind, wo nicht alle glühende Verfechter Preußens, doch hilfreiche Komplizen meines Vorhabens, und nicht einer findet sich unter ihnen – wie auch! –, der Königin Luise nicht verehren würde. Ich habe ihnen freilich verschwiegen, dass ich der Königin eine freigiebige Pension verdanke, denn sonst, befürchte ich, würden sie mutmaßen, ich handelte aus Eigennutz, indes ich doch auch ganz ohne Aussicht auf Lohn mein Leben daransetzte, ihr zu dienen.

Wozu die Mühe? Deutschland gegen Frankreich zu stärken. Denn Preußens Armee – mit ihren greisen Offizieren, die noch unter dem alten Friedrich gedient haben, und einem unwesentlich jüngeren Arsenal – wird ohne Unterstützung diesen Kampf nicht gewinnen können. Und noch immer, am Rande der Niederlage, dieser Stolz! Wenn ein Jüngling gegen den Feind, der sein Vaterland bedroht, mutig zu den Waffen greifen will, so belehrt man ihn, dass der König ein Heer besolde, welches für Geld den Staat beschützt. Wohl dem Arminius, dass er einen großen Augenblick fand! Denn was bliebe ihm heutzutage übrig, als etwa Lieutenant zu werden in einem preußischen Regiment?

Es wäre so viel einfacher, wenn endlich jemand den Mut und die Gerissenheit aufbrächte, Napoleon zu töten; sei es ein Deutscher, ein Brite oder ein französischer Emigrant. Dann stürbe ein Mann, und ein verderbter dazu, statt Tausender Unschuldiger auf den Schlachtfeldern. Warum sich nur nicht einer findet, der diesem bösen Geiste der Welt die Kugel durch den Kopf jagt! Ich möchte wissen, was so ein Emigrant zu tun hat, dass keiner von denen ein solches Attentat auf sich nimmt.

Wir kommen derweil gut voran; haben mit unserm abenteuerlichen Gefährt die Schwäbische Alb überquert und werden, wenn es so artig weitergeht, bald Würzburg erreicht haben. Sollten uns die Franzosen von der Reichenau gefolgt sein, so haben wir sie längst abgeschüttelt. Der Himmel von Schwaben ist – als gäbe es keinen Krieg, keinen Tod und kein Leid – seit Tagen mehr als heiter; preußischblau und wolkenlos; und meine Augen, die doch den Winter über nur dunkle Kerkermauern gewohnt waren, sind so fortwährend geblendet, dass ich letztlich ein paar grüne Gläser erstand, sie gegen die Sonne zu schützen. Wie das Wetter, so ist auch die Stimmung unter uns fidel, und hätte ich nicht eine Auf-

gabe zu erfüllen, könnte ich dies Nomadendasein ewig fortführen.

Mein Umgang mit Goethen ist ein gänzlich andrer, seit wir das letzte Mal miteinander zu schaffen hatten; entweder ist er von seinem Postament heruntergestiegen, oder, was mir wahrscheinlicher erscheint, ich bin zu ihm hinaufgeklettert – einerlei, nun begegnen wir einander auf Augenhöhe. Ich habe Goethen meine Freundschaft dargeboten; noch zögert er, noch hat er die Hand, die ich ihm reiche, nicht ergriffen, doch wie auch immer er sich am Ende entscheidet, es soll mir recht sein.

Zur eigentlichen Freude dieser Reise hat sich Tieck entwickelt, ist er doch der Einzige der Runde, dessen treues, freundliches Gemüt sich auch durch die ärgste Misere nie verfinstert. Was ihm die Natur äußerlich versagt hat, das macht sein Wesen wieder wett. Er und Schlegel stellen gewissermaßen Praxis und Theorie ihrer romantischen Schule dar; entsprechend magst Du ahnen, wie meine Sympathien zwischen dem wissenden Schlegel und dem schreibenden Tieck aufgeteilt sind: Ich kann Dir nicht beschreiben, wie ekelhaft mir ein wissender Mensch ist, wenn ich ihn mit einem handelnden vergleiche. – Seit wir den Hamlet spielen, kleidet Tieck sich von Tag zu Tag mehr wie jener, sodass wir, wenn es so fortgeht, eines Tages nicht mehr wissen werden, was an ihm Kleid und was Kostüm ist, und den König der Romantik nicht mehr vom Prinzen von Dänemark unterscheiden werden können! Trotz seiner bucklichten Statur hat es Tieck unter meiner Anleitung zu einiger Fertigkeit im Fechten gebracht, sodass unser Duell am Ende des Trauerspiels zweifellos der Höhepunkt einer jeden Aufführung ist. Jeden Abend setzen wir unsre Übungen fort; gestern fochten wir komplett kostümiert auf dem, was einst der Limes gewesen; zwischen den Bäumen und Sträuchern ging es in übermütigen Stößen, Finten und Paraden nur so fort, bis uns beiden der Atem knapp wurde; danach ein kühler Wein und ein warmes Essen auf den Trümmern eines römischen

Turms – ich kann mich nicht erinnern, wann zuletzt in dieser dunklen Zeit ich mich so wohl befand. Zwischen Tieck und Leonoren, unserm Findling, der jungen Italienerin, die sich an seinem Alter ebenso wenig wie an seiner Statur stört, ist etwas im Entstehen, wenn mich mein Gefühl nicht vollends täuscht; etwas, das noch zu jung ist, es bei seinem heiligen Namen zu nennen, aber ich kann nicht in Worte fassen, wie sehr es mich rührt, diese beiden beieinander zu sehen. In ihrer Gegenwart dichtet Tieck so hemmungslos von Nacht und Sternen, Wald, Strom, Vogelgesang und fernen Posthörnern, und das in einem holperichten Versmaß, dass es uns andern ein Graus ist; allein, Leonore scheint sich daran zu ergetzen. Vielleicht beherrscht sie aber auch das Deutsche nicht gut genug, die Unvollkommenheit seiner Poesie zu erkennen.

Vordergründig, um uns ein Inkognito zu schaffen, vor allem aber um des Scherzes willen haben wir uns zuletzt neu getauft und uns dazu, auf den Vorschlag der Baronin de Staël, mit Namen aus dem Shakespeare'schen Kosmos bedient, wobei, so die Regel dieses heitern Spiels, jeder für die anderen, niemand aber für sich selbst entscheiden sollte. Für Goethe ward schnell Prospero *gefunden und für Tieck* Mercutio. *Die junge Leonore wurde* Hermia *benamst. Bei Schlegel war sich die Runde lange uneins, ob er nun ein* Malvolio *sei oder eher ein* Bleichenwang, *aber wir entschieden uns für Ersteren. Ich ward auf den Namen* Tybalt *getauft, meiner sporadischen Aufgebrachtheit wegen; eine Wahl, mit der ich umso zufriedener bin, als ich auch* Romeo *und* Julia, *vier Todesfälle und eine Hochzeit, zu gerne gespielt hätte.*

Die Baronin de Staël schließlich erhielt, als »gnädige Frau Zunge«, den Namen von Beatrice. *Wenn es nach mir gegangen wäre, wir hätten sie freilich nach den Hexen aus* Macbeth *benannt, und zwar nach allen dreien, denn sie redet für drei – und ist ebenso hässlich. Sie machen sich keinen Begriff von ihr, meine liebe Cousine! Die Königin wird es*

Ihnen bestätigen können, wie unansehnlich Germaine de Staël ist. Ihre Arme sind so dick, dass es aussieht, als hätte sie drei Taillen. Und ihre Haare! Schwarz! Schwarz und fett, wie Hexen! – Die andern betrachten sie, nehme ich an, als eine Art Sirene, eine Chimäre aus Frau und Fisch, die zwar hässlich anzusehen ist, der aber jedermann verfällt, sobald sie nur den Mund öffnet. Schlegel, dieser bedauernswerte Tropf, ist bereits an ihren Klippen zerschellt – wer weiß, wie lange Goethe und Tieck ihr noch standhalten können! Bei mir ist dieser Zauber, wie Sie sich denken können, durchaus vergebens: Ich sehe, wenn ich sie betrachte, immer nur den Fisch, und will mir die Ohren aus andern Gründen mit Wachs versiegeln: Ich ertrage das französische Geplapper nicht. Dass ich davon Kopfschmerzen bekomme, ist kein Wunder, denn wenn man die Buchstaben in Germaine dreht, liest man Migraene. *Wie mir allein ihr fortwährendes »Talma hätte das anders gespielt« in den Ohren brennt!*

Und weiter geht die Reise! Memel entgegen, dem Sieg und einem neuen Reich! Ist nicht Deutschland, habe ich mich letztens gefragt, ein wenig wie unser Dänenprinz? Sentimental, grübelnd, in Skepsis verschmachtend, die Gefahr nicht ahnend; untätig zu handeln, bis es zu spät ist? Beten wir, dass es mit Deutschland ein besseres Ende nehme als mit Hamlet. Jener aber, der sich unrechtmäßig die Krone des gemordeten Bruders aufgesetzt hat, jener soll sterben! Durch Gift oder Klinge, es sei mir einerlei.

Adieu, adieu tausend Mal, bis auf bessre Zeiten! Ich werde bald wieder schreiben.

H. v. Kl.

An
Leopold Edler von Wolfskron
Schatzmeister der Hofburg
Wien

Ich fühle mich verpflichtet, Euer Hochwohlgeboren mitzuteilen, dass ein bedeutendes Stück des Reichsornats, welches seit einigen Jahren in der Wiener Schatzkammer vermisst wird, sich derzeit in Schwaben befindet. Sie werden wissen, wovon ich spreche. Mehr kann ich in dieser Kürze nicht übermitteln, aber Sie werden weitere Nachricht von mir per Extrapost erhalten, in der ich Ihnen Bescheid gebe, wo und wann Sie besagtes Stück entgegennehmen können.

Ich verbleibe Euer Hochwohlgeboren gehorsamster Diener

ein Freund Österreichs und des Kaisers

7

POMMERTSWEILER

Am Tag vor Johanni erreichten sie die Ortschaft Pommertsweiler, wo über die Festtage ein Jahrmarkt gehalten wurde. Von einer Anhöhe konnten die Gefährten die verschiedenen Buden und Stände sehen, die auf einer Weide außerhalb des Dorfes aufgebaut waren, und das bunt geputzte Volk dazwischen, schon zur Mittagszeit mehr als zahlreich. Man diskutierte das Für und Wider, den Ort zu umfahren, um die Ansammlung von Menschen und die damit verbundene Aufmerksamkeit zu meiden. Der gesunde Menschenverstand sprach dafür, einen Bogen um Pommertsweiler zu machen, alles andere aber dagegen.

»Dort finden wir gewiss die schönsten Mädchen und das beste Bier«, sagte Tieck und schnalzte mit der Zunge.

»Und Händel von der ersten Sorte«, fügte Schlegel hinzu. »Ich mag nicht hin.«

»Herr Bruder, komm!«, rief Kleist aus, indem er Schlegel mit der flachen Hand auf den Rücken schlug, »ein starkes Bier, ein beizender Tobak und eine Magd im Putz, das ist mein Geschmack!«

»Wir haben uns eine Pause verdient«, sagte Staël, »und umso mehr unser aller Sitzflächen, die vom vielen Kutschieren ganz mürb geworden sind.«

»Und morgen ist Sankt Johannis«, pflichtete Leonore bei.

»Ganz recht«, sagte schließlich Goethe, »ein Tag, den alle Menschen feiern! Warum sollten wir eine Ausnahme machen? Den halben Tag holen wir morgen mit neuen Kräften doppelt wieder herein.«

Colla und Sapone zogen die Reisenden hinab ins Tal und auf die Weide, wo diese die Tiere abseits der Stände ausschirrten, damit sich die Pferde am Gras und die Reiter an den Lustbarkeiten sättigen mochten. Kleist schlug vor, beim Bühnenwagen zu bleiben, derweil sich die anderen unter die Württemberger mischten.

An den Buden boten Tiroler ihre Kurzwaren und Nürnberger ihre Zinnfiguren feil, hübsche Mädchen hatten Zuckermandeln und Pfeffernüsse im Angebot, ein Marktschreier pries Päckchen wahlweise mit Magen- oder Zahnpulver an. Schlegel kaufte sich bei einem Tabulettkrämer Pfefferminzpastillen. Der Duft von Würsten und Schinken, Käse, Früchten, von frischem Brot, Brezeln und Zuckerwerk, Wein und Bier lag über der Wiese, und keine Brise ging, den Wohlgeruch zu zerstreuen. Hier trug ein Bänkelsänger seine Geschichte vor, dort tönte eine Zither, anderswo eine Flöte. In einem Zelt, verborgen vor den Blicken jener, die keinen Eintritt zahlen wollten, wurden ausgestopfte Krokodile und Schlangen zur Schau gestellt, außerdem die seltsamsten Bildnisse sowie einige Monstra, die in großen Gläsern aufbewahrt wurden. Die Gefährten trafen auf eine Zigeunerin, die, auf einem Schemel sitzend, dem Volk, das sie umringte, aus dem Kalender wahrsagte, und auf einen jüdischen Taschenspieler, der eine Taschenuhr, die ihm ein couragierter Städter auslieh, in einem Mörser zerstieß und dennoch vollkommen heil wieder hervorholte. Eine große Gesellschaft Seiltänzer, Springer und Gaukler, die einen starken Mann bei sich hatten, waren mit Weib und Kindern eingezogen und machten einen Unfug über den andern. Die Baronin lud die Gemeinschaft ein, einen Blick in den Schön-Raritäten-Kasten zu werfen, den ein invalider Seemann aufgebaut hatte und der die heilige Genoveva im Wald beherbergte, ihren Sohn an den Zitzen der gottgesandten Hirschkuh säugend. Auch ein Werber für die württembergische Armee fehlte auf dem Jahrmarktsfest nicht; diesem freilich fehlte es an Zulauf, was angesichts des preußischen Krieges niemanden verwundern mochte.

Schon war die Gesellschaft, ermüdet von den vielen Sinneseindrücken, auf dem Rückweg zum Thespiskarren, als sie ein Puppentheater passierte, dessen Spiel soeben begann. Man war hocherfreut, als sich herausstellte, dass die Legende von der Höllenfahrt des Doktor Faust gegeben werden sollte – aber wie groß war die Enttäuschung, als der Puppenspieler das Stück lust- und planlos herunterbetete, mit zahlreichen vermeidbaren, unverzeihlichen Fehlern in der Handlung, lieblos gestalteten und längst verschlissenen Puppen und einer allzu aufdringlichen pietistischen Moral am Ende. Man war sich einig, dass einem ein einziger Blick auf die unbewegte Genoveva-Szene des Guckkästners mehr Freude bereitet hatte.

Die umstehenden Pommertsweilerer teilten das Urteil der Gefährten. Eine Bäuerin vertraute ihnen jedoch an, dass es Anlass zur Hoffnung gab, heute noch ein vernünftiges Drama zu erleben, denn unlängst sei eine Gesellschaft italienischer Schauspieler eingetroffen. Deren Bühne sei zwar noch vollkommen verriegelt, aber sicherlich nur, um die Spannung zu erhöhen; am frühen Abend würde sich ohne Zweifel der Vorhang heben. Erst als die gute Frau ihnen den Weg zu besagter Wanderbühne wies, begriffen die Gefährten, dass die ganze Zeit von ihnen selbst die Rede gewesen war. Mit großen Augen sahen sie einander an, sobald die Bäuerin fort war.

»Dann sollten wir unsern Kleppern schleunigst die Sporen geben«, sagte Schlegel.

»Aber weshalb denn, Wilhelm?«, fragte Staël. »Wir haben doch schon in manchem Nest gespielt; warum sollten wir hier eine Ausnahme machen?«

»Ist das Ihr Ernst, teure Freundin? Auf einem Jahrmarkt?«

»Warum nicht?«, fragte Goethe. »Was sind denn Shakespeares Dichtungen selbst anderes als ein großer belebter Jahrmarkt? Vielleicht sind seine Spektakelstücke hier besser aufgehoben als irgendwo sonst. Auf jedem Jahrmarkt getraue ich mir, auf Bohlen über Fässer geschichtet, mit Shakespeares Stücken, *mutatis mutandis*, der gebildeten und ungebildeten Masse das höchste Vergnügen zu machen.«

»Und allemal verdächtiger machten wir uns, wenn wir jetzt, da jeder eine Vorstellung erwartet, in hastige Flucht aufbrächen«, fügte Staël hinzu.

Kleist, als sie zurückkamen, zeigte sich damit einverstanden, den *Hamlet* auch hier zu geben, und mit geübten Handgriffen waren Bühne und Hinterbühne bald aufgebaut und Kostüme und Requisiten eingerichtet. Unabsichtlich hatten sie einen guten Ort für ihr Theater gewählt, denn gegenüber der Bühne erhob sich ein länglicher Buckel aus der Weide; und wie sich mehr und mehr Neugierige auf diesem Erdwall ihren Sitzplatz sicherten, glich der Zuschauerraum allmählich dem eines griechischen Amphitheaters – ein Eindruck, der durch den blauen Himmel und die südliche Hitze nur verstärkt wurde. Die meisten Zuschauer hatten sich ihre Verpflegung mitgebracht und aßen jetzt, während sie auf den Vorhang warteten, ein frühes Abendmahl. Es wurde viel getrunken.

Das Naturtheater hatte sich gefüllt, noch bevor Madame de Staël ihr Kleid und Goethe seine Geisterschminke angelegt hatten, weswegen Tieck mit Stromian auf die Bühne trat, die Gäste um Geduld zu bitten: »Verehrteste allerseits! Redliche Männer, gebildete Frauen, hoffnungsvolle Jugend, viel erprüfte, tugendhafte und edle Gemüter! Wir hoffen, ihr werdet applaudieren, wenn wir heut Abend auf allen vieren« – hier wies er auf Stromian – »das liebe Publikum amüsieren! Allerdings müssen wir uns noch dekorieren, weswegen wir um das Viertel einer Stunde Aufschub postulieren!« Dieser schlecht gereimten Rede schlug Gejohle entgegen, weshalb Tieck seinem Freund Schlegel im Abgehen zuraunte: »Ein Parterre von Bauern. Man sollte ihnen den *Tasso* von Goethe aufführen, und sie würden, glaub ich, hinfallen wie die Fliegen im Spätherbst.«

Prinzipal Goethe scharte nun im Schatten der Wanderbühne seine Mitakteure um sich, sie auf den kommenden Auftritt vorzubereiten: »Meine Damen, meine Herren, ich weiß nicht recht, wie ich mich ausdrücken soll, denn eigentlich widerspricht das, was ich sagen werde, dem, was ich unter normalen Umständen von gutem Schauspiel erwarte – aber wenn ich die Rufe der Menge dort draußen als barometrische Anzeige der öffentlichen Meinung deuten kann, bin ich mir sicher, am meisten Applaus wird heute Abend der gute Stromian erhalten; besser wäre es wahrscheinlich, wir hätten einen tanzenden Bären dabei oder einen Schimpansen, oder einen Schimpansen, der auf einem tanzenden Bären reitet – wie auch immer: Auch wenn es heißt, dass wir uns – nur für heute Abend – von der idealischen Kunst abwenden...« Hier stockte seine Sprache.

»Die Menge will nicht die Kunst, sie will nicht das Ideal, sie will unterhalten und gereizt sein.«

»Ganz genau. Vielen Dank für Ihre klaren Worte, Herr Tieck. Der rohe Mensch ist zufrieden, wenn er nur etwas vorgehen sieht; nur der gebildete will empfinden, und Nachdenken ist nur dem ganz ausgebildeten angenehm. Deshalb meine Erlaubnis, nein, meine Bitte: Geben Sie dem Affen Zucker. Gestatten wir uns heute Abend – und auch nur heute Abend! – etwas Schmierentheater, um vor dem betrunkenen Plebs da draußen zu bestehen. Die Parole lautet: *Erlaubt ist, was gefällt*. – Habe ich Ihr Einverständnis, Herr Schlegel? Oder fürchten Sie, dass wir dem *Hamlet* und Ihrer hoch geschätzten Übersetzung Gewalt antun könnten?«

»Nicht doch. Ein Stück wie der *Hamlet* trotzt jeder Gewalt. *Erlaubt ist, was gefällt*.«

Mit dieser Devise auf den Lippen ward das Stück begonnen. Goethe hatte so viel Rüstung wie möglich und ein

Schwert angelegt, um aus dem Geist von Hamlets Vater doch noch ein romantisch-märchenhaftes Gespenst zu machen. Schlegel ging noch weiter in der Umgestaltung seiner Rolle, indem er den Polonius komplett lispelnd gab; eine simple Modifikation, die den Kämmerer nun endgültig in einen begriffsstutzigen Kretin verwandelte, die aber vom Publikum wohlwollend aufgenommen wurde. Leonore überraschte nicht nur das Publikum, sondern auch ihre Mitspieler damit, dass sie hinter der Bühne kurz entschlossen eine große Schüssel Wasser über ihrem Kopf entleerte und sich von ihrem Bruder Kleist tropfnass auf die Bühne tragen ließ. Der Anblick der Ertrunkenen, gerade erst aus dem Wasser gezogen, machte einen beispiellosen Eindruck auf das Publikum. Tieck nahm sich die Freiheit, mitten im Stück den von ihm so geliebten *Götz von Berlichingen* zu zitieren; als Gertrude ihn schalt: *Hamlet, dein Vater ist von dir beleidigt*, gab Tieck jene ungezogene Antwort, die Goethe in den ersten Auflagen des Gedichtes beibehalten, nachher aber weggestrichen und bloß angedeutet hatte: *Vor meiner Mutter habe ich, wie immer, schuldigen Respekt; er aber, sag's ihm, er kann mich – ...* Es ist nicht leicht zu beschreiben, welche Wirkung diese deklamierte Stelle hervorbrachte. Die Bauern ergaben sich dem unmäßigsten Gelächter, das sich mit der passenden Replik der Königin, *Kommt, kommt! Ihr sprecht mit einer losen Zunge*, sogar noch steigerte. Hamlet war spätestens von jenem Zeitpunkt an der Favorit des Publikums.

Den Vogel allerdings schoss Kleist ab mit einem Eingriff in die Handlung des Stückes, der alle vorigen in den Schatten stellte. In der letzten Szene, kurz nach dem Tod der Königin und Laertes' Offenbarung, auch Hamlet habe nicht mehr lange zu leben, da ihn – wie auch ihn selbst, Laertes – die vergiftete Klinge getroffen habe, erhob sich im Publikum ein derartiger Unmut über den besiegelten Tod des Dänenprinzen, dass Kleist für einen Moment aus der Rolle und an die Bühnenkante trat und *ad spectatores* sprach: »Wie es scheint, sind einige der werten Zuschauer nicht einverstanden mit dem tragischen Ablauf unserer Darstellung. Halten wir es also wie einst im Kolosseum: Den Daumen hoch, wenn Hamlet leben soll. Den Daumen runter, und das Gift tut seine Wirkung!«

Wie nicht anders zu erwarten, wurde die Mehrzahl der Daumen nach oben gedreht, von Rufen begleitet; nur einige Städter votierten dagegen. Kleist nickte und wurde wieder Laertes, und in einem ebenso schnell wie schlegel-shakespearisch improvisierten Monolog erklärte dieser nun, dass sein Rapier nicht wirklich vergiftet sei und dass er dies nur behauptet habe, um die ganze Schlechtigkeit des Königs zu entlarven. Weder er noch Hamlet müssten also sterben.

Da Kleists Stegreifende mit niemandem abgesprochen war, herrschte unter seinen Mitspielern einige Verwirrung; die verstorbene Gertrude richtete sich auf, um zu erfragen, ob sie nun auch wieder lebe, aber Laertes antwortete: Nein, der Wein sei im Gegensatz zu den Rapieren tatsächlich und unwiederbringlich vergiftet, woraufhin Gertrude pflichtschuldig wieder zurücksank. Anschließend wurde der böse König von Laertes und Hamlet kollektiv vergiftet und erstochen. Nachdem das Königspaar ermordet war, reichte Hamlet dem Laertes die Hand zum Dank, und Laertes vergab ihm großmütig die Tötung seines Vaters Polonius.

»Und Ophelia?«, fragte Hamlet. »Könnt Ihr mir je vergeben, dass Eure holde Schwester starb?«

»Sie starb nicht wirklich, edler Dänenprinz«, entgegnete Laertes. »Hört meine meisterhafte List: Sie trank, wie ich's ihr gab, ein Fläschchen Kräutergeist, das ließ sie steif und starr und kalt wie Tod erscheinen. Als solch ein Ebenbild des dürren Todes musst' sie verharren zweiundvierzig Stunden und dann erwachen wie von süßem Schlaf.«

Ophelia, die aufmerksam zugehört hatte, trat nun lebendig zurück auf die Bühne, von Horatio mit freudigem Gebell begrüßt, und flog ihrem Geliebten in die Arme.

Der Rest war Freude: Laertes rief Hamlet und Ophelia zu König und Königin aus, und über den Leichen der Alten feierten die Jungen ihr mehrfach glückliches Ende.

Dem furiosen Applaus und dem Getöse des begeisterten Publikums folgte ein wahrer Regen von Münzen, der prasselnd auf den Brettern der Bühne niederging, sodass sich unsere Gefährten vorkommen mussten wie das Mädchen aus der Sage von den Sterntalern. Auch einige Knochen waren darunter – die Überbleibsel so manch verzehrten Brathuhns –, doch keineswegs, um die Spieler zu beleidigen, sondern vielmehr als adäquater Lohn für Stromian, der doch für Münzen keine Verwendung hatte.

Hinter der Bühne dankte Staël Kleist dafür, dass er das, wie sie es nannte,»französische Ende«, das er noch vor der Premiere so vehement verdammt hatte, heute in die Wege geleitet hatte. Schlegel ging die fabulöse Rettung Hamlets etwas zu weit, worauf Staël erwiderte:»Aber das Publikum wünscht ihn lebendig. Wer das Geld bringt, kann die Ware nach seinem Sinne verlangen.« Goethe vermittelte zwischen den beiden Positionen, indem er versprach, dass dieser versöhnliche fünfte Akt eine einmalige Ausnahme bleiben werde:»Es ist eine falsche Nachgiebigkeit gegen die Menge, wenn man ihnen die Empfindungen erregt, die sie haben wollen, und nicht die, die sie haben sollen.«

Allmählich neigte sich auch dieser längste Tag des Jahres seinem Abend zu. Am Rande des Jahrmarkts war Holz für ein großes Johannisfeuer aufgeschichtet worden; um dieses versammelten sich nun die meisten Besucher. Bevor die Stände und Buden abgebaut wurden, wollten die Gefährten noch Speisen und Wein einkaufen, weshalb Kleist, Schlegel, Tieck und Leonore noch einmal loszogen mit dem Geld, das sie von der Bühne aufgesammelt hatten. Während erstere zwei den Wein besorgten, kauften Letztere Pökelhering, Eierkuchen sowie abgesottene Kartoffeln, Kirschen, Pfirsiche und Königspflaumen.

Tieck und Leonore betrachteten gerade die Auslage eines Gewürzstandes, als drei Männer, ein Tischlermeister und seine beiden Freunde, sie ansprachen und sich für die kurzweilige Vorstellung bedankten. Die beiden Mimen nahmen den Dank artig entgegen, aber damit war es leider nicht getan, denn nun begann der halb trunkene Mensch, das Spiel Leonores hervorzuheben, sehr zur Freude seiner Begleiter, und dass es eine Schande gewesen sei, wie despektierlich sich der bucklichte Dänenprinz ihr gegenüber verhalten habe, und dass sie einen Besseren verdient habe und ob man sie auf einen Schoppen einladen dürfe.

Ärger lag in der Luft. Leonore drängte sich etwas näher an Tieck und schützte vor, sie würden erwartet, man müsse nun zur Gruppe zurückkehren; doch Tieck war wie angewurzelt angesichts der Impertinenz des jungen Tischlermeisters, zumal dieser mit seiner Rede nicht nur Hamlet beleidigt hatte, sondern mittelbar auch ihn, der er den Hamlet gespielt hatte. Der Störenfried insistierte indes auf seiner Einladung: Leonore solle sich nicht zieren, was habe sie schon zu verbergen, jetzt, da man auf der Bühne bereits gesehen hatte, wie eng sich das nasse Kleid um den schönen Wuchs ihres Körpers gelegt habe.

Das hässliche Gelächter seiner Kumpane bestätigte, dass hiermit die Grenze des Schicklichen deutlich übertreten und eine Ahndung des Fehltritts unumgänglich ward. Tieck ballte seine Hand zur Faust und schlug diese dem Tischlermeister ins Gesicht. Der Schlag war weit davon entfernt, ernsthaften Schaden anzurichten, aber er genügte dem Tischlermeister als Vorwand, Tieck in die Mangel zu nehmen. Mit beiden Fäusten traktierte er den Unglücklichen, bis dieser rücklings auf die Auslage des Gewürzhändlers fiel, von wo er, dem Schläger gewissermaßen aufgetischt, nicht einmal mehr fliehen konnte. Einen Schlag nach dem anderen musste er einstecken. Er zappelte mit allen Gliedern, aber vergebens. Einige Umstehende wollten einschreiten, allen voran Leonore, die beiden bulligen Begleiter jedoch hielten ihrem Kämpen den Rücken frei.

Dann hörte Tieck Glas zu Bruch gehen und einen Schrei von Leonore. Der Tischler holte erneut aus – aber just, als er den Ellenbogen anwinkelte, wurde sein Arm abrupt nach hinten gezogen. In seiner Schulter schien etwas zu reißen, vielleicht war es auch nur der Stoff des Hemdes, aber der Mann schrie gellend auf. Hinter ihm stand Kleist und drehte ihm den Arm nun ganz in den Rücken. Dergestalt konnte Kleist den Wehrlosen einige Schritte weiter zu einem Holzbock führen, auf welchem er dessen Stirn so unmissverständlich aufschlug, dass der Mann besinnungslos zu Boden sank. Dann ging er zurück zu Tieck und half ihm aus den Gewürzen zurück auf die Beine. Die halbe Auslage klebte noch auf Tiecks Hemd. Kleist klopfte ihm gemahlenen Pfeffer, Nelken, Lorbeer und Zimmet vom Rücken; nur die Aniskörner blieben wie Kletten haften. Tieck stammelte einen Dank und prüfte seine geschundene Visage.

Schlegel hatte die beiden anderen Männer im Alleingang überwältigt, indem er ihnen gleichzeitig von hinten einige Weinflaschen, die eigentlich für die Gesellschaft gedacht gewesen waren, über dem Kopf zerschlagen hatte. In jeder Hand hielt er noch einen abgebrochenen Flaschenhals.

»Professor Schlegel, Sie haben sich selbst übertroffen«, sagte Kleist angesichts der beiden Niedergeschlagenen und pfiff durch die Zähne. »Aber wo sind die anderen Flaschen?«

Offenkundig waren in der Kiste zu Schlegels Füßen mehr als die sechs noch darin befindlichen Flaschen gewesen. Schlegel gestand kleinlaut, die übrigen sechs zerschlagen zu haben – anfangs eine auf jedem Schädel; dann weitere zwei, weil die Burschen sich trotzdem noch rührten; und schließlich die letzten zwei, »weil ich aus unerklärlichen Gründen offenbar immer einmal mehr zuschlagen muss als nötig«. Tatsächlich lagen die beiden Kerls in einem Haufen von Scherben und einer Lache aus Wein.

Um jedes weitere Auffallen zu vermeiden, übernahmen die Gefährten den Schaden, der dem Gewürzhändler entstanden war, und verließen die Szene des Tumults.

»Ich habe es doch gesagt, dass wir in Händel geraten würden«, klagte Schlegel, der den noch immer benommenen Tieck stützte.

»Hat es Ihnen denn nicht wenigstens ein kleines bisschen Freude bereitet, diesen Landeiern das Fell zu gerben?«, fragte Kleist.

»Natürlich hat es euch Freude bereitet«, rief Tieck aus, »denn keiner hat Prügel bekommen, außer mir! Und welchen Schlag! So wie ihn etwa die alten Riesen mögen ausgeteilt haben! Himmelkreuzdon...«

»Verletzungen aus einer gewonnenen Schlacht heilen schneller als die aus einer verlorenen«, sagte Leonore mit einer sanften Stimme, die Tieck zum Schweigen brachte. »Ich danke dir dafür, dass du mich verteidigt hast. Das war sehr ritterlich.« Mit diesen Worten heftete sie ihm einen Kuss auf die Wange. Sie schlug die Augen nieder, wandte sich ab und lief voraus zum Lager.

Als auch Kleist außer Hörweite war, sagte Schlegel: »Sie hat dich geküsst.«

»Das ist mir auch aufgefallen«, entgegnete Tieck.

»Und sie hat dich geduzt. Und sie hat sich bei dir bedankt! Bei dir! Nicht etwan bei Kleist, der den Kerl bezwang, oder bei mir, der ich gleich zwei Männer auf einen Schlag überwältigte – sondern bei dir!«

»Das war im Übrigen eine Heldentat, mein alter Freund.«

»Du bist ganz nahe daran, dich in dieses Gesichtchen und die klaren blauen Augen zu verlieben, wenn es nicht schon geschehen ist. Und wenn du mich fragst: Du hast ihr Herz gewonnen.«

»Ach geh! Neck mich nicht!«

»Ich meine es ernst.«

»Warum sollte so ein hübsches Mädchen ihr Herz einem so krummen Pygmäen wie mir schenken?«
»Das würde ich auch gerne wissen. Vielleicht weil du seit deinem Sturz in die Gewürztheke duftest wie alle Wohlgerüche Arabiens«, erwiderte Schlegel. »Ich wünschte, ich hätte dein Glück. Stattdessen bin ich, seit wir Coppet verlassen haben, meiner stolzen Königin nicht auch nur einen Zoll näher gekommen. – Sieh nur, selbst mit Kleist pflegt sie inzwischen einen vertrauteren Umgang als mit mir, die Schamlose!«
»Auch dem stolzesten Herzen schlägt endlich seine Stunde, Gutester.«
Als sie den Wagen erreicht hatten, fühlte sich Tieck verpflichtet, seinen Freund vor Staël zu preisen, und er berichtete, wie mannhaft Schlegel die zwei Bullen überwältigt hatte. Staël stimmte freilich nicht ins allgemeine Lob ein, sondern schalt Schlegel vielmehr dafür, gleich sechs der wertvollen Flaschen zerteppert und nicht für Ersatz gesorgt zu haben.

Als der Holzstoß entzündet wurde, fand man die Gesellschaft auf dem Erdwall wieder, welcher zuvor ihrem Publikum als Loge gedient hatte und von wo man einen guten Blick auf das Johannisfeuer einerseits und den Wagen andererseits hatte. Indessen war die schönste Nacht herabgestiegen, voll wundermilden Duftes, so silberglänzend und still, wie nur ein Dichter davon träumen mag. Im Gras sangen die langbeinigen Zikaden ihr altes Liedchen. Die Gefährten saßen in einem Zirkel um ihre Speisen und ließen die Bouteillen kreisen. Leonore pflückte den Anis von Tiecks Kehrseite, wie man das Schrot aus einem Hasenrücken pflücken würde – derweil Tieck sich insgeheim wünschte, er hätte mit dem ganzen Körper in Anis gebadet, um diesen stillen Genuss, für den er bereitwillig das Fünffache an Schlägen eingesteckt hätte, auf ewig zu verlängern.

Madame de Staël, die nun wieder ihren Turban trug, sah den ersten Stern bald aufgehen und wies ihre Freunde darauf hin. Nun ist es rührend, wenn nach und nach die Abendröte verschwindet und ein Sterngebild nach dem andern aus dem dunkeln Himmel heraustritt. Goethe machte die Deichselsterne des Wagens aus, und die Freunde folgten mit ihren Entdeckungen – aber vollends zauberhaft wurde ihnen allen zumute, als auf der Erde gleichermaßen die Sterne aufgingen, denn es erhoben sich glimmende Wolken von Johanniswürmchen in der träumenden Dunkelheit und leuchteten der Schar der Reisenden – grüngelbe Irrlichter, mal hier, mal dort in immer wechselnden Sternbildern. Stromian, der bis eben zu Leonores Füßen an den Knochen geknabbert hatte, sprang auf und jagte zur Erheiterung der Gesellschaft den Leuchtkäfern nach, deren Licht stets erlosch, sobald er sie erreichte.

Derweil schlugen die Flammen des Johannisfeuers in der Ferne immer höher. Die Bewohner von Pommertsweiler, die sich darum versammelt hatten, stimmten nun *Christ unser Herr zum Jordan kam* an, und wie der Feuerschein ward auch dieser Choral zu den Gefährten getragen. Diejenigen unter ihnen, die des Textes mächtig waren, fielen ein und sangen von Strophe zu Strophe mit bewegteren Herzen.

»Wie meisterhaft ist das Jahrmarktsfest«, seufzte Tieck, als der Gesang verklungen war. »Hier ist Arkadien, wenn irgendwo.«

»Es sind nicht viele Augenblicke meines Lebens, worin ich mich so glücklich fühlte als in dem gegenwärtigen«, pflichtete Goethe bei.

Dass sich der Dichterfürst zu einer derartigen Gefühlsbekundung hatte hinreißen lassen, gewissermaßen gepaart mit einem Rückblick auf sein langes Leben; ja dass er ganz genau so fühlte wie seine Gefährten und dies so trefflich auszudrücken wusste – das alles machte den Moment für jene noch unvergesslicher, geradezu heilig.

Die letzten Flaschen Wein wurden geöffnet, die mitgebrachten Gläser aufs Neue gefüllt. Schon setzte Staël das Glas an die Lippen, als Tieck ihr Einhalt gebot: »Warten Sie, Madame! Trinken ohne Trinkspruch ist Saufen!« Also hob er sein Glas in den Nachthimmel und sprach – »Auf alles, was wir geliebt haben, lieben und lieben werden!« –, worauf die anderen ihm Bescheid taten.

Bald war auch der letzte Tropfen ihre Kehlen hinuntergeflossen. Staël schwor hoch und teuer, es sei nach diesem Abend kein Mensch würdig, an diese Gläser jemals wieder eine Lippe zu setzen, und warf mit dieser Beteuerung ihr Glas hinter sich, wo es im Dunkel klirrend zerschlug. Die Übrigen folgten lachend ihrem Beispiel. Zur Krönung des Ganzen gab Tieck ein Feuerwerk, indem er mit dem Munde auf eine fast unbegreifliche Weise den Ton der Raketen, Schwärmer und Feuerräder nachzuahmen wusste. Man musste die Augen nur zumachen, so war die Täuschung vollkommen. Einzig Kleist schloss seine Lider nicht, den Blick starr auf ihren Theaterwagen oder vielmehr auf dessen hohlen Kutschbock geheftet.

»Befürchten Sie, Herr von Kleist, jemand könnte die Krone rauben?«, fragte Goethe, als Tiecks Feuerwerk verpufft war. »Seien Sie unbesorgt. Niemand weiß, dass wir sie mit uns führen, und selbst wenn, könnte er ihr raffiniertes Versteck nie ausmachen.«

»Es ist nicht, dass ich tatsächlich Diebe fürchtete«, entgegnete Kleist. »Es ist vielmehr so, dass das Reich meinen Blick auf sich zieht wie ein Magnet. Selbst durch das Holz hindurch.«

Jetzt mussten auch die anderen ihre Augen dorthin wenden, wo die Krone verborgen lag.

»Ich würde sie gerne noch einmal aus ihrem Futteral nehmen und betrachten«, sagte Schlegel.

»Ein anderes Mal vielleicht.«

»Die Krone des Heiligen Römischen Reiches«, sinnierte Goethe, »wer hätte das gedacht? Das letzte Mal sah ich sie bei der Krönung Josephs II., mehr als vierzig Jahre ist das nun her, da war noch keiner von Ihnen geboren. Ich war nicht mehr Knabe und noch nicht Mann und erinnere mich lebhaft, wie ganz Frankfurt herausgeputzt und auf den Beinen war und wie die Gassen schier barsten vor den illustren Gästen aus dem ganzen Imperium; den Kaisern und Königen, den Kurfürsten, Erbämtern, Gesandten, ihren Kutschen und Pferden und livrierten Dienern.«

»Es müssen aufgeregte Tage für Sie gewesen sein, Herr Geheimrat.«

»Das ohne Zweifel, aber daran hatte die Krönung wenig Anteil – denn ich war verliebt; verliebt, Herr von Kleist; verliebt zum ersten Mal in meinem Leben; verliebt bis über beide Ohren; verliebt, wie nur die Jugend verliebt sein kann! Als mein Vater die Wahl- und Krönungsdiarien der beiden letzten Krönungen mit mir durchging, um alsdann zu bemerken, was für neue Bedingungen man im gegenwärtigen Falle hinzufügen werde, und wir uns den ganzen Tag damit bis tief in die Nacht beschäftigten, schwebte mir das hübsche Mädchen immer zwischen den höchsten Gegenständen des Heiligen Römischen Reiches hin und wider. Wann immer ein Zug von Gesandten in den Gassen an uns vorbeiging, beschrieb ich ihn vor allem deshalb in aller Aufmerksamkeit und Akkuratesse, um von meiner Schönen dafür gelobt zu werden. Und kein Eindruck dieser Tage, nicht einmal der Anblick der Reichsinsignien, des jungen und des alten Kaisers oder der über alle Maßen schönen Maria Theresia, übertrifft jenen Moment, da meine Liebste, nachdem wir am Tisch im Haus ihrer Mutter bis tief in die Nacht geredet hatten, vom Schlaf übermannt wurde, ihr Köpfchen an meine Schulter lehnte und einschlummerte. So saß ich nun allein, wachend, in der wunderliebsten Lage, und wünschte, dieser Augenblick möge ewig verweilen. Und alle großen staatsrechtlichen Gegenstände waren vergessen.«

Aller Herzen wurden warm bei dieser Anekdote aus

Goethes Jugend. Allein Kleist wollte sich nicht in die allgemeine Rührung fügen. Nicht ohne Kälte in der Stimme sagte er: »So sprechen Sie jetzt, Herr Geheimrat, ein halbes Jahrhundert später, da das Reich zertrümmert liegt. Ich wage aber zu bezweifeln, dass Sie etwas so Heiliges wie die Krönung des römisch-deutschen Königs – Josephs II. dazu! – nicht bewegt hat.«

»Nicht einmal Joseph hat diese Krönung so sehr bewegt, wie Sie denken mögen! Der junge König schleppte sich in den ungeheuren Gewandstücken mit den Kleinodien Karls des Großen wie in einer Verkleidung einher, sodass er selbst, von Zeit zu Zeit seinen Vater ansehend, sich des Lächelns nicht enthalten konnte. Die Krone, welche man sehr hatte füttern müssen, stand wie ein übergreifendes Dach vom Kopf ab. Die Dalmatika, die Stola, so gut sie auch angepasst und eingenäht worden, gewährte doch keineswegs ein vorteilhaftes Aussehen. Ich bin mir sicher, Joseph war dankbar, am Ende des Tages den ganzen Ornat wieder ablegen zu dürfen.«

Diese possierliche Schilderung war nicht eben dazu angetan, Kleists Laune zu bessern. Er enthielt sich der Replik und begann stumm seine Pfeife zu stopfen.

»Herr von Kleist«, hob nun Schlegel an, »ich habe in den vergangenen Tagen noch einmal gründlich nachgedacht über Ihr Vorhaben, Friedrich Wilhelm mit der Reichskrone zum neuen Kaiser von Deutschland zu krönen. Das Letzte, was ich Preußen wünsche, ist eine Niederlage gegen Napoleons Truppen – allein, Kaiser *kann* Friedrich Wilhelm beim besten Willen nicht werden! Denn es liegt im Wesen der Krone, dass nur ein Katholik sie aufsetzen darf. Es ist die *römische* Krone!«

Kleist antwortete: »Das *Deutsch* in Heiliges Römisches Reich deutscher Nation ist nun maßgeblich, nicht länger das *Römisch*. Ich habe nicht das Geringste daran auszusetzen, dass das neue Regnum Teutonicum protestantisch wird.«

»Das Heilige *Evangelische* Reich deutscher Nation? Sie scherzen.«

»Keineswegs. Seit Doktor Luther haben wir mit Rom gebrochen. Der neue Hohenzollernkaiser wird Luthers Vermächtnis fortführen. Und wir tun gut daran, das Papsttum vollends abzuschütteln.«

»Was haben dir die Katholiken denn getan, Heinrich«, fragte Tieck, »dass du so auf ihnen herumhackst?«

»Alle Nationen, die groß sind in der Welt, sind es in dem Moment geworden, da sie sich vom Katholizismus lossagten: England hat sich den Handel zur neuen Religion erkoren, Frankreich die Vernunft.«

»Und was wird Deutschland wählen?«

»Die Dichtung«, erwiderte Kleist, »oder den Kampf. Oder beides.«

»So soll ein Preuße des Deutschen Reiches Kaiser werden«, sagte Schlegel, »ungeachtet doch Preußen mehr als jeder andere Staat zum Untergang des Reiches beigetragen hat?«

»Preußen hätte zum Untergang des Reiches –! Meiner Treu!, was reden Sie?«

»Friedrich der Große überfällt Österreich unbeleidigt, raubt ihm Schlesien und entzündet damit einen Bruderkrieg im Reich. Dann gründet er den Fürstenbund, um die Macht des österreichischen Kaisers weiter zu schwächen. Und zuletzt, bei Austerlitz, verweigert sein Großneffe Friedrich Wilhelm den dringend nötigen Beistand gegen Napoleon und sieht tatenlos der Niederlage Österreichs zu.«

»Und Preußens Stolz, sich nicht unter das Panier der Österreicher zu fügen, hätte das Reich ruiniert? Nein, Herr Professor, nicht Preußen ist der Schuldige, die Baiern sind's, die Verräter von Bogenhausen, und mit ihnen die Württemberger und die Badener und ihresgleichen, die dem Reich den Rücken gekehrt, um sich dem Wolf vom Seinestrande anzubiedern! In Austerlitz haben sie auf seiner Seite gekämpft! Es sind am Ende nicht die Franzosen, welche die Schlacht, die das Deutsche Reich dem Napoleon überliefern sollte, gewonnen haben, als vielmehr diese bemitleidenswürdigen Deutschen selbst!«

»Hatten die Baiern denn eine Wahl?«, fragte Goethe. »Blieb ihnen am Ende nichts anderes, als sich dem Stärksten anzuschließen, um nicht im Süden von Österreich und im Norden von Preußen geschluckt zu werden?«

»Spiegelfechterei! So erklären sie, das Reich wäre nicht stark genug, sie zu verteidigen, und begreifen nicht, dass ihr Austritt aus dem Reich es überhaupt erst schwächt!«

»So stimmen Sie zumindest mit mir überein«, hob Schlegel erneut an, »dass Österreich keine Schuld am Ende des Reiches trägt? Dass Franz II., durch unglückliche Feldzüge erschöpft, recht daran tat, die Krone niederzulegen, bevor Napoleon sie ihm aus der Hand gerissen hätte?«

»Das tue ich vielleicht«, lenkte Kleist ein, »und bedaure ihn, dass er nicht stark genug gewesen ist, den Franzosen die Stirn zu bieten. Aber jetzt ist die Reihe an Friedrich Wilhelm von Preußen, Germaniae Rex, Deutschlands Ehre zu retten, das Tyrannenjoch abzuschütteln und die Abtrünnigen zurück ins Reich zu zwingen. Könige sind erst dann wieder Herren, wenn sie sich gegen Napoleon stemmen.«

»Hum«, entgegnete Schlegel nur.

»Spielen Sie etwa noch immer mit dem Gedanken, die Krone nach Wien zu bringen? Ich darf Sie an Ihren Schwur vor Konstanz erinnern, Professor Schlegel.«

Goethe ging dazwischen, um den drohenden Streit der beiden abzuwenden: »Diese Diskussion ist entbehrlich, meine Herren, wie Sie, wenn ich eine letzte Episode meiner Frankfurter Memoiren zum Besten geben darf, erkennen werden. Denn einmal, im Römer, wusste ich mir mit andern Knaben die Gunst der Schließer zu verschaffen, um in den großen Kaisersaal zu gelangen. Dort sind seit alters her die Brustbilder sämtlicher Kaiser an die Wände gemalt.

Nach der Krönung Josephs jedoch war nur noch Platz für das Bild eines einzigen Kaisers; ein Umstand, der, obgleich zufällig scheinend, die patriotisch Gesinnten mit Besorgnis erfüllte, war er doch ein Omen dafür, dass die Reihe der deutschen Kaiser, die mit Karl dem Großen begann, nach dem nächsten deutschen Kaiser enden würde.«

Kleist schüttelte langsam den Kopf. »Im Berliner Stadtschloss ist genügend Platz für Hunderte weiterer Kaiserbilder«, entgegnete er. »In diesem Punkt also, scheint es, vertreten wir vollkommen gegensätzliche Meinungen.«

»Gibt es denn wirklich keinen Wein mehr?«, fragte Leonore, nicht zuletzt, um den verfahrenen Diskurs um die Zukunft des Deutschen Reiches zu beenden.

»Nein, wir sitzen auf dem Trockenen«, sagte Staël, indem sie eine der Flaschen kopfüber in die Luft hob, sodass die letzten Tropfen ins Gras fielen.

»Unten im Dorf werden wir vergeblich nach einer offenen Schenke suchen«, sagte Tieck. »Sollte unser heiteres Mittsommerfest hier sein Ende finden? Hat denn keiner von uns eine eiserne Reserve dabei?«

»Ich kann lediglich meinen Knaster anbieten«, sagte Kleist.

»Da sei Gott vor, dass ich an einer Tabakspfeife ziehe«, erklärte Staël.

»Haben Sie eine Alternative?«

Weil Staël auf diese Frage bedeutungsvoll schwieg, fragte Kleist erneut: »Sie haben eine Alternative?«, worauf sie schließlich antwortete: »Ja, ich hätte da in der Tat etwas. Aber noch bin ich unschlüssig, ob es klug ist, Sie daran teilhaben zu lassen.«

Wenig später war man in den Schatten des Thespiskarrens umgezogen. Die beiden Laternen am Wagen waren entzündet; zudem hatte Tieck einige Kerzen auf dem Totenschädel des Yorick befestigt und diesen morbiden Leuchter auf einem blauen Samtkissen in der Mitte der Runde abgelegt. Der Zirkel war nun so dicht, dass man nur die Hand ausstrecken musste, um seinen Nachbarn zu berühren, geradezu wie bei einer Séance. Aller Augen waren auf eine Phiole mit einer weißen Flüssigkeit gerichtet, die Madame de Staël in den Händen hielt.

»Gift?«, fragte Kleist. »Opiate?«

»Letzteres«, entgegnete sie. »Laudanum. Der braune Saft des Mohns in süßer Mandelmilch. Opiate, die des Menschen Herz, der sie genießt, mit geheimnisvoller Gewalt umstricken.«

»Opium! Der Inbegriff der holden Schlummersäfte!«, sprach Goethe. »Aber weshalb führen Sie Laudanum mit sich?«

»Ich leide unter Insomnie. Dies türkische Opium ist die einzige Arznei, die mir nachts einen langen Schlaf gestattet.«

»Einen ruhigen Schlaf?«, fragte Kleist.

»Nein, einen *langen* Schlaf. Mit interessanten Träumen, versichere ich Sie.« Staël nahm den Stopfen von der Phiole. »Ich teile gerne mit Ihnen, aber niemand muss dieses Angebot wahrnehmen. Denn seien Sie gewarnt: Die Wirkungen des Opiums sind beileibe nicht so voraussehbar wie die des Weines. Die meisten Menschen werden davon gutherzig und müde. Aber ebenso gibt es Geschichten der absonderlichsten Phantasmen –«

»Genug, genug, oh treffliche Sibylle; gib deinen Trank!«, unterbrach sie Goethe. »Trinkt, ehe der Geist verraucht!«

Staël reichte das Fläschchen ihrem rechten Nachbarn Kleist. Der hielt es lächelnd gen Firmament. »Rinnt, ihr Säfte der Hölle«, sprach er mit theatralischer Gebärde, »tröpfelnd aus Stämmen und Stielen gezogen, fließt und ergießt euch durch alle Röhren des Lebens und schwemmt, in allgemeiner Sündflut, Unschuld und Tugend hinweg!«

Dann setzte er den schlanken Flaschenhals an seine Lippen und trank – so viel, dass ihm Staël in die Hand fahren musste. »Genug, Heinrich, um des Himmels willen genug! Ich vergaß, ein Wort zum Quantum zu verlieren: Auch nur mit einem Schluck nehmen Sie eine ungeheure Dosis Opium zu sich!«

Von diesem Bescheid eingeschüchtert, nahmen Tieck und Leonore, an denen die Runde nun war, deutlich kleinere Schlucke. »Wahrlich, das ist ein andres Gesöff als die alte Hippokrene«, bemerkte Tieck.

»Frau Nachbarin! Euer Fläschchen!«

Leonore gab die Tinktur an Goethe weiter, der die Flüssigkeit, ganz Wissenschaftler, erst einige Male schwenkte, daran roch und gegen das Kerzenlicht hielt. »Ich grüße dich, du einzige Phiole!«, sagte er und trank dann. »Hier ist ein Saft, der eilig trunken macht.«

Mit Schlegel war der Kreis geschlossen. Obwohl dieser den Vorstoß der Baronin, die Saturnalien mit Opium fortzusetzen, wie auch die Präsentation der Phiole mit Missbilligung quittiert hatte, wollte er keinesfalls als Feigling dastehen und trank so viel von der potenten Mandelmilch, dass für Staël selbst nur ein winziger Rest blieb.

Nun wartete die Runde schweigend darauf, dass der Saft des Mohns seine Wirkung tat. Hin und wieder schnaubte eines der Pferde. Die Grillen zirpten. Tropfen für Tropfen kletterte das Wachs an den Kerzen herab. Tieck, dem die sitzende Haltung bald zu unbequem wurde, ließ sich rücklings ins Gras fallen und betrachtete den Sternenhimmel.

Drei oder vier Sternschnuppen später stand Leonore über ihm, eine leere Weinflasche in der Hand, und lud ihn ein, mit ihr Johanniswürmchen zu fangen. So wurden die beiden nicht mehr Zeuge, wie der Kopf des schlafenden Schlegel auf Staëls Schulter sank und dort liegen blieb, bis die Baronin ihn abschüttelte, um mit der rechten Hand Kleist über Rücken und Arm zu streichen. Kleist, der eine ähnlich starke Dosis wie Schlegel geschluckt hatte, blieb von alledem so unbeeindruckt wie eine marmorne Statue und starrte unentwegt in die Flammen der Kerzen, welche bis auf einen Stumpf heruntergebrannt waren.

Auch Goethes ganze Aufmerksamkeit galt den Kerzen, oder vielmehr dem Wachs, das nun immer rascher von den Kerzen heruntertropfte, sich in den Höhlungen des Totenschädels sammelte und sich wie eine neue Haut über den Knochen legte. Bald war der weiße Schädel komplett überzogen; selbst über den schwarzen Augenhöhlen hatten sich Vorhänge von Wachs gebildet. Goethe erschrak nicht wenig, als diese wächsernen Lider aufgeschlagen wurden und dahinter zwei blaue Augen erschienen, die in die seinen blickten. Dies war nicht länger der Schädel Yoricks, auf dem einige Kerzen brannten – dies war der Kopf von Friedrich Schiller.

»Engel und Boten Gottes, steht mir bei!«, wisperte Goethe, dem das Blut in den Adern gefror. »Schreckliches Gesicht!«

»Seien Sie mir gegrüßt«, sagte Schillers Kopf.

Im Nu war Goethe auf den Beinen. Ohne sich darum zu scheren, welche Wirkung das sprechende Haupt auf Staël und Kleist machte, die doch ebenso darauf stierten wie vormals er, rannte er zum hinteren Teil des Bühnenwagens und drängte hinein, stürzte dabei auf den Stufen und schlug mit der Stirn gegen Holz, riss die Tür auf und verriegelte sie hinter sich.

Im Innern des Wagens war es so duster, dass Goethe nicht einmal Schemen erkennen konnte. Er blinzelte einige Male und hielt beide Hände tastend von sich gestreckt – da knirschte draußen die kleine Treppe: Man war ihm gefolgt. Als es gegen die Tür klopfte, war Goethe bereits auf der Flucht quer durch den stockfinsteren Wagen, stieß gegen Truhen, Schränke, Körbe, aufgehängte Kleider, stolperte abermals, wurde von einem Bouquet aus Seidenblumen am Kopf getroffen, griff in das tote Haar einer Perücke und schrie vor Schreck laut auf, tastete sich an der Wand entlang, hatte endlich das andere Ende erreicht, ging in die Knie und suchte nach der losen Leiste, dahinter die Krone, das Geld, vor allem aber ihre Pistolen verborgen lagen – denn unbewaffnet wollte er dem Gespenst nicht entgegentreten –, konnte sie aber in der Dunkelheit nicht ausmachen, sosehr er auch einer eingesperrten Katze gleich am Holz kratzte.

»Oh dass ich aufwachte! Und das alles wäre ein Traum!«, zischte er. Endlich hatte er das Geheimversteck entdeckt, aber die Leiste ließ sich partout nur ein Weniges zur Seite schieben, worauf er laut um Hilfe rief: »Herr von Kleist! Zu Hülfe! Heinrich! – Ha! Jetzt fasst er mich an!« Goethe wollte die tote Hand von seinem Haupte schütteln, aber es war nur der Besen, der umgefallen und dessen Reisig sich in seinen Haaren verfangen hatte. Obwohl Goethe nicht vernommen hatte, dass die Tür geöffnet worden war, ging nun eindeutig jemand durch den Wagen auf ihn zu.

»Heinrich, bist du's?«

»Ich bin es: Schiller«, sagte eine Stimme so nahe bei ihm, dass Goethe abermals zurückschreckte. Er stieß mit dem Rücken gegen eine weitere Wand, die er so nah nicht erwartet hätte; seine Hand griff in den Samt des Vorhangs, und der Geruch von Holz und Staub war überall und die Dunkelheit immer noch so absolut, dass er sich in dem engen Bretterhaus vollends fühlte wie lebendig eingesargt.

»Weiche von mir, Geist«, rief Goethe, »ich habe dir nichts getan! Ich bin dein Freund, der dein Andenken ehrt und für deine Seele betet!«

»Das weiß ich«, antwortete die Stimme, »und ich hege auch keine bösen Absichten. – Aber seit wann duzen wir uns? Mein ganzes Leben lang siezen Sie mich, doch kaum bin ich eine Leiche, da habe ich mein Anrecht auf diese Anrede verloren?«

»Mit der Bitte um Verzeihung«, sagte Goethe, dessen Nackenhaare sich nach und nach wieder legten.

»Verzeihung gewährt.«

»Aber wie kommt es, dass Sie ... auf Erden ...«

»Der Zauber einer Mittsommernacht?«
»Und was machen Sie hier? Da Sie doch offensichtlich nicht vorhaben, mich heimzusuchen?«
»Ich wurde gerufen, also kam ich.«
»Sapperlot. Ich sollte Sie gerufen haben?«
»Nicht Sie – Kleist.«
»Was, der –? Kleist hat –? Kleist sollte Sie –?«
»Setzen Sie sich doch, dann plaudern wir ein wenig. – Rechter Hand finden Sie eine Truhe.«

Tatsächlich stieß Goethe zu seiner Rechten mit dem Fuß gegen eine Truhe und nahm darauf Platz. »Heinrich von Kleist hat Sie gerufen?«

»Nicht eigentlich mich. Es war mehr ein genereller Hilferuf in die Welt, doch wenige sind mehr geeignet, ihm zu helfen, als ich es bin.«

»Ein Hilferuf?«

»Ja. Ein ebensolcher Hilferuf wie Ihr an Kleist gerichteter Hilferuf eben, als Sie nach den Pistolen suchten, mich über den Haufen zu schießen – ein Vorhaben, notabene, das bei Licht besehen ebenso unartig wie töricht ist, bin ich doch Ihr Freund einer- und bereits tot andererseits.«

»Beschweren Sie sich nicht über meinen reservierten Empfang. Sie wissen, ich hasse den Tod.«

»Aber nicht die Toten, *Parbleu*! – Zurück zu Kleist, wir haben nicht ewig: Öffnen Sie sich ihm. Reichen Sie ihm die Hand und heben ihn empor aus dem Staub, in dem er vor Ihnen kriecht.«

»Um mir das zu raten, steigen Sie aus dem Grab?«

»Besser ich hinaus als Kleist hinein – vor lauter Verzweiflung. Er braucht Sie. Viel mehr, als er es Ihnen eingesteht.«

Goethe seufzte. »Ich kann es nicht. Ich weiß immer nicht, wie ich mich gegen ihn betragen soll. Kleist und ich, wir sind wie Feuer und Wasser.«

»Und wir beide? Waren wir anders? Waren wir nicht auch grundverschieden? Haben Sie nicht auch meine jugendliche Wildheit verabscheut wie ich Ihren erhabenen Nimbus – und wohin hat es uns geführt? Eine ganz sonderbare Mischung von Liebe und Hass haben Sie damals in mir erweckt; Ihren Geist hätte ich umbringen können und Sie gleichzeitig von Herzen lieben!«

»Gehasst haben Sie mich?«

»Aus tiefster Seele. Ich fand, dass mich das Schicksal hart behandelt hatte, und ich fand Ihr Genie hingegen vom Schicksal getragen. Öfters um Goethe zu sein würde mich unglücklich machen, dachte ich dermalen. Aber unsere Freundschaft hat mich eines Bessern belehrt. Und dass unser beider Werk davon profitiert hat, ist wohl unbestritten.«

»Und gleichermaßen soll ich nun im Dialog mit Kleist arbeiten?«

»Warum auch nicht? Zweifeln Sie an seinem Talent?«

»Nein, er ist ein talentvoller Mann; darin kommen wir denn beide zuletzt überein – aber sein Talent ist nun einmal nicht nach meinem Geschmack. Wenn mir der beste Küchenmeister der Welt selbst auf die allerraffinierteste Art mannigfaltige, sagen wir, Pastinakengerichte kochte – was Nutzen hätte es, da ich den Pastinak doch hasse? Mir erregte dieser Dichter bislang stets, bei dem reinsten Vorsatz einer aufrichtigen Teilnahme, immer Schauder und Abscheu, wie ein von der Natur schön intendierter Körper, der von einer Krankheit ergriffen ist.«

»Wohlan, heilen Sie ihn!«

»Mich dünkt, er ist unheilbar.«

»Das sagen Sie nur aus Lust des Widerspruchs.«

»Nun, wenn ich könnte – welchen Vorteil hätte *ich* davon?«

»Sie sind doch ein Egoist in ungewöhnlichem Grade!«, erwiderte sein Gegenüber und lachte. »Sie hätten Kleist zum Adepten und vielleicht sogar, eines Tages, zum Freund. Seid einig, und wer weiß, wohin es euch führt. Nebenbei bemerkt: Es ist allemal besser, wenn er den Lorbeerkranz über Ihrem Kopf hält, als wenn er ihn von Ihrer Stirn reißt. Wer möchte schon einen Kleist zum Feind? Nicht einmal Napoleon ist vor ihm sicher.«

»Grundgütiger, erinnern Sie mich nicht an die Politik, denn nirgendwo liegen unsre Meinungen weiter auseinander«, klagte Goethe. »Sie sollten ihn über die Franzosen poltern hören. Er ist wie ein junger Wein in gewaltiger Gärung.«

»Trinken Sie von diesem Wein!«, entgegnete die Stimme. »Oder haben Sie etwa einen Jungbrunnen nicht nötig?«

»Mich nimmt Ihr Beistand für Kleist Wunder. Haben Sie denn gar keine Angst, Kleist könnte Ihren Platz einnehmen und meine Freundschaft zu Ihnen in den Schatten stellen?«

»Ihre Freundschaft ehrt einen Toten, Herr von Goethe, aber nützen tut Sie ihm wenig. Lieben Sie die Lebenden. Kleist ist, wie Hamlet, ein junger Mann am Scheidewege. Führen Sie ihn auf den rechten Weg.«

Das Geschrei eines Hahnes tönte aus dem Weiler herüber zu Goethe in die Kulissen. In den Zwischenräumen der Planken wurde allmählich das frühe Dämmerlicht sichtbar.

»Ich wittere Morgenluft«, sagte die Stimme. »Die Venus glänzt schon am Himmel; ich muss fort. Leben Sie also wohl. Viel Glück mit Kleist. Nehmen Sie sich meine Worte zu Herzen: Seid einig.«

»Warten Sie«, sagte Goethe und stand auf, denn im Laufe ihres Gesprächs hatte er Mut genug gesammelt, eigene Fragen zu stellen, insbesondere den Tod betreffend – aber sein Gegenüber befand sich bereits in Auflösung, und mit jeder Silbe schien seine Stimme schon ein Dutzend Schritt weiter entfernt zu sein, bis sie schließlich ganz erstarb: »Seid einig – einig – einig –«

Goethe setzte sich zurück auf die Truhe. Noch einmal wollte er nicht blind durch den Parcours aus Requisiten und Möbeln, also beschloss er zu warten, bis ausreichend Tageslicht durch die Ritzen des Wagens fiel, bevor er selbigen wieder verließ. Doch jetzt, da die Schrecken des Totenreiches, die seinen Herzschlag beschleunigt und seinen Geist so außerordentlich ermuntert hatten, gewichen waren, machten sich Wein und Opium mit Gewalt wieder bemerkbar, und so war der Geisterseher auf einem Bett von Kostümen eingeschlummert, lange bevor sich die Tür öffnete und Heinrich von Kleist ins Innere des Wagens trat.

Staël erwachte auf blumigem Rasen gebettet, ermüdet, unruhig, Schlaf suchend. Ihre Frisur war gänzlich derangiert, aber ihr Turban nirgends zu finden, diese zu bedecken. Sie fühlte sich kaum erquickt von ihrer Nachtruhe, denn dazu hatte das wenige Schlafmittel, das Schlegel ihr gelassen hatte, bei Weitem nicht gereicht. Mit Entsetzen sah sie das wohlbekannte Fläschchen, worin sich das flüssige Opium befunden hatte, leer neben dem Schädel liegen. Nahebei lag Schlegel bäuchlings im Gras und schnarchte. Kleist war fort.

Staël stieg auf den kleinen Erdwall, auf dem man den ersten Teil der Nacht miteinander verbracht hatte. Das Gelände lag leer in der Morgensonne. Der Jahrmarkt würde erst nach dem morgendlichen Gottesdienst wieder aufgebaut werden, und noch hatten die Glocken nicht einmal zum Beginn der Messe geläutet. Hier oben fand Staël auch Leonore und Tieck – ein Anblick, der ihr Herz rührte: er rücklings, Arme und Beine von sich gestreckt, sie wie ein kleines Knäuel um den schlafenden Stromian gerollt, beide barfuß und so dicht beieinander, dass sie einander hätten berühren können; dazu eine leere Weinflasche, in der sechs Johanniswürmchen hülflos krabbelten – jetzt, im Sonnenschein, ihres Lichts und ihres Zaubers beraubt, nicht mehr als garstige Kerbtiere. Der Pudel wurde wach, als sich Staël den dreien näherte, und mit ihm auch die beiden Menschen. Sie brauchten eine Weile, ihre Kleider und Gedanken zu ordnen. Tieck stöhnte über die Blessuren, die er am

Vorabend davongetragen hatte. Leonore nahm den Stopfen von der Flasche und entließ alle Käfer in die Freiheit bis auf den einen, der in der Flasche verendet war.

Zurück beim Lager, drehten sie Schlegel auf den Rücken. Staël brach in schallendes Gelächter aus, als sie Schlegels Antlitz sah, denn in der Nacht hatte jemand dem Schlafenden mit einem Stück Kohle einen Schnurrbart und kolossale Augenbrauen auf das Gesicht gemalt, sodass er aussah wie ein spanischer Grande. Brummelnd rieb Schlegel mit den Fingern und etwas Spucke die Kohle fort, nachdem man ihn darauf hingewiesen hatte, und ihr verstohlenes Grinsen ließ keinen anderen Schluss zu, als dass Tieck und Leonore die Urheber dieser Tat gewesen.

»Hol dich der Hagel«, schalt Schlegel seinen Freund, »wirst du denn nie erwachsen?«

»Und Sie, Wilhelm«, sprach Staël, »waren Sie denn nie ein Kind?«

Nachdem er reichlich Wasser zu sich genommen hatte, schwor Schlegel, nie wieder zu trinken, weder Wein noch Laudanum, und auch Tieck klagte über die Folgen: »Die Lethe möchte man aussaufen, um diesen Acheron nur wieder aus dem Leibe zu spülen und zu vergessen.«

»So hast du wenigstens auch einen Kater?«, fragte Schlegel.

»Ja, und zwar einen gestiefelten. Das Zeugs steigt einem so sehr in den Kopf, dass man nicht mehr weiß, wo einem der Kopf steht.« Er streckte seinen Körper und ächzte. »Rücken, Rippen, Hüften: alles ein Schmerz. Der einzige greifliche Vorteil bei der ganzen verfluchten Geschichte ist, dass ich dummes Lammsgesicht die nächsten zehn Jahre nicht wieder geprügelt werden muss, weil mir Rücken und Rippen von der remarkablen Geschichte beinahe zerquetscht und zertrümmert sind.«

Nächstens wollte man ergründen, wohin Goethe und Kleist im Delirium gewandelt waren und sich gebettet hatten, aber man entdeckte keinen von beiden. Regelrecht beunruhigt war man, als man nach den Pferden sah und nur Sapone, nicht aber Colla vorfand. Eilends begab man sich in den Wagen, in den Hort der Reichskrone, um dort die schlimmste Vermutung bestätigt zu finden: Das Schließfach unter dem Kutschbock lag geöffnet, und Futteral samt Krone waren verschwunden, ihre Reisekasse und die Pistolen hingegen unberührt. Goethe, der eine Armlänge von dem Versteck entfernt wie niedergestreckt auf einem Schäferinnenkleid schlief, wurde ohne Rücksicht auf Förmlichkeiten wach gerüttelt.

Er blickte, kaum bei Sinnen, die Umherstehenden an, als sähe er sie zum ersten Mal. »Verschwunden sind die Gespenster«, murmelte er.

»Wie geht es Ihnen, Herr von Goethe?«

»Mir brennt der Kopf«, antwortete er und rieb sich die Stirn.

»Wurden Sie niedergeschlagen?«

»Was? Nein, nicht – oder zumindest glaube ich, nicht –, es ist mir ganz wunderlich. Als ginge mir ein Mühlrad im Kopf herum.« An Tiecks und Schlegels Händen kam Goethe wieder auf die Beine, und er hielt sie eine Weile, bevor er sich seines Stands vergewissert hatte. »Element! So scheint dem endlich gelandeten Schiffer auch der sicherste Grund des festesten Bodens zu schwanken!«

Goethe wurde nun vom Fehlen Kleists und des einen Pferdes unterrichtet und im selben Atemzug gefragt, was ihn denn in den Theaterwagen getrieben habe und was dort vorgefallen sei, aber Goethe wollte nichts davon preisgeben und murmelte stattdessen einige Ausflüchte.

Auf Kleists Verschwinden konnte man sich keinen Reim machen, zumal dieser, was nicht seiner Art entsprach, die Pistolen zurückgelassen hatte. Die Gefährten beschlossen, sich augenblicklich auf die Suche nach ihm zu machen, wenngleich er, beritten, wie er war, längst über alle Berge sein konnte. Sie folgten den Spuren, die Colla auf der Wiese hinterlassen hatte, bis zur Straße. Hier verloren sie sich. Niemand konnte sagen, in welche Richtung Kleist geritten war. Während Leonore beim Wagen blieb, wollten Goethe und Tieck nach Süden und Schlegel und Staël nach Norden, nach Pommertsweiler, gehen. Sollten sie bis Mittag weder Kleist noch sein Pferd oder seine Fährte gefunden haben, wollten sie sich wieder am Wagen treffen.

Nach einer halben Meile erreichten Goethe und Tieck einen Weiler, der lediglich aus einem Dutzend Häusern bestand. Rechts der Straße lag ein Bleichfeld, auf dem zahlreiche Linnen ausgebreitet waren. Einige davon waren beschmutzt, und erst beim zweiten Hinsehen erkannte man, dass die Flecken von Hufspuren herrührten. Jemand war achtlos über die Weißwäsche geritten. Ein Vergehen, das Kleist durchaus zuzutrauen war.

In des Dorfes Mitte bot sich ihnen der absonderlichste Anblick dar: Auf dem Hauptplatz, beim Dorfbrunnen, saß Kleist auf Colla – um die Schultern den Hermelinmantel des Claudius, auf dem Kopf die Krone des Heiligen Römischen Reiches deutscher Nation, welche er, damit sie ihm passte, mit dem Turban der Madame de Staël ausgestopft hatte – und hielt eine Rede mit wahrhaft königlicher Gebärde. Sämtliche Bewohner des Dorfes hatten sich in gebührendem Abstand um ihn versammelt, manche versehen mit den Werkzeugen, mit denen sie zweifellos aufs Feld hatten gehen wollen. Sie starrten nicht auf Kleist, sondern auf die Krone. Von alledem unbeeindruckt, hatte das Pferd sein Maul in den Trog gesteckt und trank vom Brunnenwasser. Goethe und Tieck duckten sich zurück in den Schatten eines Hauses, bevor sie jemand bemerken konnte.

»Das Interregnum ist beendet«, sprach Kleist, »und das Reich hat wieder einen Kaiser! Nun mobilisieren Wir unsere treuen Subjekte im Krieg gegen Frankreich und die Reichsverräter im eigenen Land. Wer ist mit Uns?« Niemand erkühnte sich, dem Mann mit der Reichskrone zu antworten. »Wie heißt dieser Ort?«, fragte Kleist, und als abermals niemand antwortete, zeigte er mit dem Finger auf einen Mann: »Er! Wie heißt dieser Ort?«

»Schäufele, mein hoher Herr.«

»Von nun an die *Kaiserliche Pfalz Schäufele*! Hier und heute beginnt der Kampf gegen die Feinde des Reiches! Wir heben deutsche Patrioten aus von Schleswig bis Tirol, um in einer gigantischen vaterländischen Armee, wie die Welt sie noch nicht gesehen hat, Napoleon und seine Vasallen in den Atlantik zu treiben, wo sie ersaufen oder von den britischen Fregatten zu Klump geschossen werden sollen! Wer ein deutscher Mann ist, schließe diesem Kampf sich an! Wir rufen jeden an, vom Bürger bis zum Edelmann, in Unsere Reihen zu treten und den heiligen Schwur des Volkes auf Kaiser und Krone zu leisten. Wollt ihr euch einem solchen Fürsten und Herrn unterwerfen, seine Herrschaft in fester Treue unterstützen und seinen Befehlen gehorchen gemäß den Worten des Apostels: *Jedermann sei höheren Gewalten unterworfen?* – Seid ihr protestantischen Glaubens?« Abermals zeigte Kleist auf den angesprochenen Mann: »Er! An was glaubt Er?«

Goethe raunte Tieck zu: »Jetzt wird es mir zu bunt«, und trat auf den Platz.

Kleist, als er seine beiden Gefährten sich nähern sah, grüßte sie: »Da kommen meine Kurfürsten! Ich grüße die Getreuen, Lieben!«

Mit Entschuldigungen bahnten sich Goethe und Tieck ihren Weg durch die Menge der Bauern, bis sie bei Kleist waren.

»Sind Sie von Sinnen?«, zischte Goethe. »Was soll dieser Mummenschanz? Setzen Sie augenblicklich die Krone ab, und lassen Sie uns von hier verschwinden!«

»Was maßt Er sich an? Wie redet Er mit seinem Kaiser? Dass dir ein Wetterstrahl aus heiterer Luft die Zunge lähmte!«

Goethe sah zu Tieck. »Er *ist* von Sinnen«, erklärte dieser. »Das leidige Elixier der Madame.«

»Wohlan, schaffen wir ihn fort, ehe ein Unglück geschieht.« Goethe wandte sich den Bauern zu und gab den Impresario: »Ein Auszug aus unserer theatralen Darbietung! Auch am heutigen Abend erleben Sie die Simpel'sche Gesellschaft auf dem Jahrmarktsfest! Kommen und staunen Sie! Der Eintritt ist frei!«

Ein Raunen des Verständnisses ging durch das Publikum. Die Dorfbewohner waren offensichtlich erleichtert, nur einen talentierten Schauspieler vor sich zu haben und nicht einen neuen deutschen Kaiser. Einige applaudierten, schon allein der täuschend echten Krone wegen. Die Bedrängnis schien also elegant abgewendet – nur wollte sich Kleist partout nicht fügen: Als Tieck nach Collas Zügeln griff, trat Kleist nach seiner Hand und rief: »Hinweg! Des Todes ist, wer sich mir naht!«

Überdies kam nun eine Bäuerin aus Richtung des Bleichfeldes und berichtete mit schriller Stimme, dass ein Pferd darübergelaufen sei und etliche Wäschestücke ruiniert habe. Damit schlug die Stimmung vollends um, was umso bedenklicher war, als die meisten Anwesenden ja Gabeln und Sensen schon mit sich führten. Schnell verwandelte sich des Feldbaus friedliche Rüstung in Wehre. Unsere drei Gefährten fanden sich von wütenden Landmännern umzingelt, im Rücken nur einen offenen Brunnen. Colla hatte das Trinken abgebrochen und tänzelte unsicher auf der Stelle. »Steh, Mordmähre!«, zeterte Kleist.

Ein Pferdeapfel flog durch die Luft und zerschlug an Kleists Stirn. »Da hast du deinen Reichsapfel, Lumpenkaiser!«, höhnte der Werfer.

Kleist, der trotz des Treffers sich im Sattel und die Krone auf seinem Kopf hatte halten können, richtete den Finger und einen zornigen Blick auf den Mann: »Den Hals erkenn ich Ihm ins Eisen, weil Er sich ungebührlich gegen seinen Kaiser betragen hat!«

Sämtliche Diplomatie der Welt hätte das drohende Gewitter nicht mehr abwenden können. Goethe und Tieck nickten einander zu, zogen die Pistolen, die sie vorsorglich mitgenommen hatten, und richteten sie auf den Pöbel. Mit dieser Waffengewalt ward der Vormarsch der Bauern aufgehalten. Ein Loch im Wams zu riskieren, das war die Bestrafung des kaiserlichen Sudlers nun doch nicht wert.

Tieck griff erneut nach den Zügeln und raunte: »Gehen wir, Heinrich.«

»*Heinrich VIII.!*«

»Meinetwegen. Gehen wir, Eure Majestät.«

Zurück in Pommertsweiler, wurden Kleist Hermelin, Turban und Krone abgenommen; gegen seinen Protest zwar, aber spätestens nachdem er sich mit kaltem Wasser den Pferdemist vom Gesicht gewaschen, war die Wirkung des Laudanums auch bei ihm vollends abgeklungen. Hastig wurde das Lager abgebaut und die Pferde eingespannt, um so schnell als irgend möglich diesen Landstrich zu verlassen. Kleist unternahm unterdessen mehrere Versuche, sich dafür zu entschuldigen, dass er die Gesellschaft und die deutsche Krone so in Gefahr gebracht hatte, aber für diesen Irrsinn fand er keine Worte.

»Sie werden nicht der Einzige gewesen sein, der in dieser Nacht einen lebhaften Traum hatte«, tröstete ihn Staël. »Und Sie haben mehr von der Tinktur getrunken als alle andern.«

»Fürwahr«, murmelte Kleist. »Ein Traum, geträumt in Morgenstunden.«

Doch je später es wurde und je mehr Meilen sie zwischen sich und Pommertsweiler legten, desto heiterer wurde auch Kleists Miene wieder, und schließlich konnte er zusammen mit den anderen über seinen närrischen Auftritt lachen.

»Zumindest hat dieser Tag eines bewiesen«, sagte er, »Sie, Herr von Goethe, mögen vielleicht König der Klassik sein und Tieck König der Romantik – ich aber, ich war einen Morgen lang Kaiser von Deutschland!«

8

ELLWANGEN

Für so ein konfuses Jahr war das Wetter noch ganz leidlich. Vier Tage nach Johanni gab es freilich wieder Regen, sodass der Schulze des Dorfes Jagstzell, in dem sie spielen sollten, vorschlug, die Bühne in einer Kirche aufzubauen, die mit dem Reichsdeputationshauptschluss säkularisiert worden war, demgemäß weder Spieler noch Publikum nass würden. Die Kirchenbänke seien samt und sonders erhalten, und das Ackergerät, welches man in der Kirche lagere, sei schnell hinausgeräumt. Nun konnten einige der Gefährten ein gewisses Unwohlsein nicht unterdrücken, das Schauspiel ausgerechnet in einer Kirche zu geben, aber da die Vorfreude so lesbar auf die Gesichter der Dörfler geschrieben stand, derweil der Regen regelrecht bösartig geworden war, erklärten sie sich einverstanden. Während die Schauspieler im Chor ihre Bühne einrichteten, schafften die Bauern die Pflugscharen und Leiterwagen aus dem Langhaus und stellten Bänke auf. Schlegel bedauerte den puritanisch-calvinistischen Charakter des lutherischen Gotteshauses, das mit seinen weiß getünchten Wänden und der schmucklosen Ausstattung schon vor der Entweihung nicht besonders weihevoll gewirkt haben musste; denn wenn man den *Hamlet* schon in einer Kirche spielen müsse, dann doch vorzugsweise in einem schattenreichen gotischen Gemäuer.

Zu viert trugen die Männer gerade den Beichtstuhl, der noch erhalten geblieben war, in den Chor, auf dass Claudius darin beichten könne, als ein Pfarrer in die Kirche stürmte; ein kleiner greiser Mann, mit einem schwarzen Talar bekleidet und offensichtlich übel gelaunt, dem der Dorfschulze auf den Fuß folgte. Er herrschte die Gesellschaft an, den Beichtstuhl augenblicklich abzusetzen und die Kirche samt allem Theatergerät zu verlassen, denn er dulde nicht, dass das Haus Gottes besudelt werde von verruchten Komödianten, auf denen der Fluch Gottes und die Verachtung der Menschen liege, die den Falschmünzern, Zigeunern und Banditen zugezählt würden und die ihren Beifall und Unterhalt beim Pöbel suchten, indem sie ihnen Unzüchtigkeiten vorsprächen und schändliche Posituren gaukelten und spielten; vertreiben wolle er sie aus dem Tempel wie einst Christus die Wechsler. Bevor die Gesellschaft etwas darauf erwidern konnte, hob der Schulze an ihrer statt zu einer mindestens ebenso heftigen Gegenrede an, in der er den Pfarrer darauf hinwies, dass er in diesem Haus kein Hausrecht mehr besitze und dass er sich gefälligst zurückziehen solle in die Kirche, die ihm noch geblieben sei, anstatt die Menschen zu beschimpfen, die auf ausdrücklichen Wunsch des ganzen Dorfes Tragödie zu geben sich bereit erklärt hätten. Mit sanfter Handgreiflichkeit und weiteren Worten gelang es dem Schulzen, den wütenden Pfarrer, der durchgängig wie ein Orgelpunkt »Sakrileg!« schrie, wieder zu entfernen. Keiner der Gefährten war während dieses Streits zu Wort gekommen.

»Dieser Pfarrer könnte einen Komödianten lehren«, sagte Tieck, als das Zetermordio verklungen war.

»Das Theater hat oft einen Streit mit der Kanzel gehabt«, seufzte Goethe. »Ein Jammer, wie sie miteinander hadern. Wie sehr wäre zu wünschen, dass an beiden Orten Gott *und* die Natur verherrlicht würden!«

Die Kunde vom Auftritt der Simpel'schen Gesellschaft schien in den gesamten Sprengel getragen worden zu sein, sodass sich das Kirchenschiff zum Nachmittag bis auf den letzten Platz füllte. Das Gedränge erstreckte sich bis weit vor die Portale auf den Vorplatz der Kirche hinaus, und an den Wänden hoch, in den Rahmen der Gemälde, hingen Knaben und hielten mit erwartungsvollen Blicken ihre Mützen in der Hand.

Aus dem allgemeinen Getuschel des Publikums vor Beginn schnappte Kleist eine Nachricht auf, die ihren Weg aus Ostpreußen in die Provinz gefunden hatte: Offensichtlich hatte bei Heilsberg eine preußisch-russische Armee erneut den Truppen Napoleons standgehalten. Durch diese hoffnungsvolle Botschaft elektrisiert und an den Krieg und an sein eigentliches Vorhaben erinnert, schalt sich Kleist dafür, so viel Zeit in den letzten Tagen mit Theater vergeudet und es obendrein genossen zu haben, anstatt Tag und Nacht durchzureiten, seinem König die Krone zu überbringen.

Das Stück ward von Störungen unbehelligt aufgeführt, bis in der letzten Szene – das Duell zwischen Hamlet und Laertes hatte noch nicht begonnen – zwei Uniformierte in die Kirche traten: ein Leutnant und ein Chasseur in weißen Hosen, blauen Röcken und mit Zweispitz. Tieck, der gerade monologisierte, erstarb die Sprache auf den Lippen, als er die Männer sah. Goethe wäre beinahe der Kelch aus der Hand gefallen. Wie lebende Statuen verharrten die Schauspieler in ihrer Pose und verfolgten, wie die zwei Soldaten sich ihren Weg durch die Zuschauermenge zur Bühne bahnten.

»Im Namen des Königs, macht Platz für die Landjäger!«, schimpfte der Leutnant.

»Wir sind verraten«, flüsterte Goethe zu Kleist, der bei seinem Thron stand. »Die Kunde von Ihrem Ausritt mit Krone, scheint's, hat uns eingeholt. Der Teufel hat uns bei der Nase!«

Kleist drehte sich auf den Hacken. In einem Handgriff hatte er den Degen vom Kissen gezogen, auf dem dieser bereitlag, und die Klinge auf die Soldaten gerichtet. »Schlagt drein!«, rief er seinen Kameraden zu. »Jagt das Gesindel in die Flucht!«

»Zum Teufel, bist du kindisch geworden!«, rief Goethe zurück. »Steck den Degen ein, ich bitte dich drum!«

Aber schon hatte auch Tieck sein Rapier gegriffen und ächzte: »Haben wir denn eine Wahl?«

»Natürlich haben wir die, zum Geier! Lasst die Hand vom Schwert, und wir erklären uns!«

»Sechs gegen zwei, was gibt's da zu erklären!«, entgegnete Kleist – und sprang die zwei Treppenstufen vom Altarraum hinab, den Gendarmen entgegen. Diese beiden wiederum, die ganz offensichtlich mit einer solchen Gegenwehr nicht gerechnet hatten, zogen nun ihre Säbel vom Leder und der Leutnant seine Pistole dazu. »Fragt nicht«, rief Kleist über die Schulter, »nehmt, was hier steht, kämpft und schlagt um euch wie angeschossene Eber!« Dann klirrte seine Klinge gegen die des Leutnants, und mit dem Fuß trat er ihm die Pistole aus der Hand, bevor dieser schießen konnte.

Alles Publikum drängte nun von der Szene des Kampfes fort, um nicht von einer verirrten Schneide oder Kugel getroffen zu werden, und so mancher Zuschauer, dem wegen der außerordentlichen Länge des Stückes die Augen zugefallen waren, schreckte unsanft aus dem Schlaf. Allein, der Raum war zu klein für diesen Aufruhr; Menschen wurden gegen die Wände gedrängt und stürzten übereinander; eine ganze Bankreihe kippte um mit einigen Alten, die nicht rechtzeitig aufgestanden waren; zwei der Knaben, die im Gebälk ihren Logenplatz gefunden hatten, griffen beim Herabklettern daneben, sodass sie von oben der Menge auf den Kopf fielen, und die Tür am anderen Ende war so eng, dass kaum zwei Menschen gleichzeitig hinauskonnten – in summa, das Chaos war vollkommen und das Geschrei ohrenbetäubend.

Schlegel, Leonore und Staël hatten sich, auf Kleists Arithmetik vertrauend, mit dem bewaffnet, was zur Hand war – Schlegel mit seiner, des Totengräbers, Schaufel, Leonore mit dem dritten Degen und Staël mit einem der

Dreschflegel, welche hier gelagert waren –, und stürzten sich jetzt ins Gewühl, wo Kleist und Tieck Seite an Seite gegen die Gendarmen kämpften.

»Brav, Ludwig!«, rief Kleist seinem Flügelmann zu, der im Kampf alles beherzigte, was sein Lehrmeister ihm beigebracht.

Mit einer raschen Drehung der Klinge riss Kleist dem Leutnant den Säbel aus der Hand und schleuderte ihn zwischen die Bänke. Dann setzte er ihm die Degenspitze auf die uniformierte Brust. Der Mann hob die Hände. Tieck hatte indes seinen Gegner zum Chor hin gelockt, sodass Schlegel diesem von hinten die Schaufel über den Hirnkasten ziehen konnte. Noch einmal schaufelte Schlegel zu, als der Gendarm längst reglos auf den Stufen lag, und entschuldigte sich sogleich dafür.

Das Scharmützel war geschlagen. Kleist drehte sich, den Schweiß auf der Stirn und ein Lächeln auf den Lippen, zu Goethe um, der als Einziger tatenlos im Chor geblieben war, und wollte gerade etwas sagen – als vom Eingang her ein neuer Lärm anhob. Denn die Mengen, die zur Tür schwärmten – kaum ein Dritteil des Publikums hatte in der Zwischenzeit hinausgefunden –, wurden nun zurück in die Kirche gedrängt von weiteren Landjägern; zwei, vier, acht Mann im Ganzen, und diese im Gegensatz zu ihrer Vorhut auch mit Musketen bewaffnet. Jetzt waren es die Gefährten, die in der Unterzahl waren.

»Beim Pandämonium«, wetterte Tieck, »da draußen zieht eine große Armee auf!«

»Nun krieg ich erst rechte Courage!«, entgegnete Kleist grimmig. »Ich bitte euch, meine Freunde, wankt nicht! Wir fechten bis auf den letzten Mann!«

»Wenn nur keiner von uns dabei umkömmt!«

»Sprich beherzter, sonst bist du ein erbärmlicher Soldat«, sagte Kleist, und mit einem Hieb wetterstrahlte er den Leutnant zu Boden, diesen unschädlich zu machen. »Für das Heilige Evangelische Reich! Auf, ihr wackeren

Söhne Teutonias!« Mit diesem Kampfschrei ging er zur Attacke über.

Der ranghöchste der Gendarmen hieß seine Männer auf den Gegner anlegen, aber zum großen Glück der Gefährten war die Menge der Zivilisten zwischen Eingang und Chor so groß, dass er den Feuerbefehl zu geben sich nicht durchringen konnte. Stattdessen zogen die Gendarmen ihre Säbel.

Im Nebel von Austerlitz war es nicht unübersichtlicher zugegangen als in dem Gefecht, das nun in der Kirche von Jagstzell tobte. Wie einst Leonidas die Thermopylen, so hielt Kleist, wie ein Besessener fechtend, den Mittelgang gegen die Überzahl blockiert, sodass die Gendarmen, um an ihm vorbeizukommen, rechts und links über die Bänke steigen mussten, wo sie von den anderen Schauspielern erwartet wurden. Einer Windmühle gleich ließ Schlegel die Schaufel kreisen, sodass keiner der Gendarmen sich ihm zu nähern wagte. Staël hielt sich verborgen, bis einer der Soldaten an ihr vorbei war, um dann den Dreschflegel auf seinem Nacken niedersausen zu lassen. Stromian biss sich in einem Bein fest, ehe er abgeschüttelt und so empfindlich getreten wurde, dass er winselnd davonrannte. Goethe blieb als Einziger wie angewurzelt vor dem Altar stehen und flehte die Vorsehung um einen möglichst unblutigen Ausgang des Kampfes an. Keiner von Kleists Kameraden aber focht so vortrefflich wie Leonore, von der man es doch am geringsten erwartet hatte: So manchem Angreifer schnitt sie eine blutige Kerbe in den blauen Rock – bis es einem der Gendarmen gelang, sie von hinten zu packen. Auf ihren Schrei war Kleist sofort bei der Stelle und stieß dem Mordknecht, der ihren schlanken Leib umfasst hielt, mit dem Griff des Degens ins Gesicht, dass er, mit aus dem Mund vorquellendem Blut, zurücktaumelte.

Wie Hühner in einem Stall, in dem sich zwei Hunde balgen, schwärmten allezeit noch Zuschauer zwischen den beiden Kriegsparteien umher, denn die Tür war noch immer von den Landjägern versperrt. Schließlich nahm einer der Dorfbewohner einen Stuhl bei der Lehne und schlug ein niedriges Fenster ein, und durch diese Öffnung – sobald alle Scherben beseitigt waren – konnten endlich die Unbeteiligten den Kampfplatz fliehen. Auch Tieck, dessen Degen nach einem schlecht gesetzten Stoß an der Wand entzweigebrochen war, rettete sich mit einem Sprung durch selbiges Fenster.

Durch das geöffnete Ventil waren bald so viele Jagstzeller geflohen, dass die Schussbahn frei geworden war und die Gendarmen wieder zu ihren Gewehren griffen. Kaum knallte der erste Schuss durch die Kirche, da rief Kleist seine Gefährten zum Rückzug, denn gegen Pulver und Blei war dieser Kampf nicht zu gewinnen. Einer nach dem anderen folgten sie Goethe durch eine kleine Tür in der Apsis nach draußen. Kleist schleuderte bis zuletzt nach den Gendarmen, wessen er habhaft werden konnte – den Kelch, den Totenschädel, den Helm, Bücher, Flaschen, Kissen –, und flüchtete erst, als die Geschosse aufgebraucht waren.

Draußen wartete der Rest der Gesellschaft auf ihn. Es regnete noch immer. Man blickte in die Mündungen der Musketen, die zwei Chasseurs auf sie gerichtet hatten. Ein dritter hielt bereits Tieck in Gewahrsam; dieser war auf den Knien, die Hände hinter dem Kopf verschränkt. Da Kleist, Schlegel und Leonore noch immer unschlüssig ihre Waffen hielten, rief Tieck ihnen zu: »Es ist vorbei. Steckt eure Degen und Dolche ein. Sonst fließt nur unnütz Blut.«

»Ist kein Davonlaufen möglich?«, fragte Schlegel.

»Durchaus nicht.«

»Nein, durchaus nicht«, echote Schlegel, denn von rechts und links der Kirche und aus der kleinen Tür kamen nun sämtliche Gendarmen, die das Gefecht heil überstanden hatten.

»Ergebt euch!«, befahl einer von ihnen.

»Hier kann von keinem Ergeben die Rede sein«, versetzte Goethe zerknirscht, »wir sind in eurer Gewalt.

Eher haben wir Ursache zu fragen, ob ihr uns schonen wollt. Die einzigen Waffen, die wir bei uns haben, liefern wir euch aus.« Auf sein Geheiß ließen alle ihre Waffen zu Boden fallen und gingen wie Tieck mit erhobenen Händen in die Knie. Mit Ausnahme von Goethe hatten sie fast alle Verletzungen vorzuweisen; am schwersten war zweifelsohne Schlegel zugesetzt worden, der im mannigfaltig geritzten Rock des Totengräbers aussah wie ein gerupftes Huhn. Aber immerhin hatte das gefütterte Kostüm tiefere Schnitte verhindert.

In gebührendem Abstand verfolgte ihr bäuerliches Publikum den sechsten Akt dieser kuriosen Vorstellung: die Entwaffnung der Spieler. Colla und Sapone, die unter dem Schirm einiger Bäume Disteln fraßen, schauten kurz auf und grasten dann gemütlich weiter. Von Stromian war keine Spur.

Bald hatten die Gendarmen ihren Leutnant wieder aufgeweckt, und in Begleitung des alten Pfarrers trat er auf die Szene. »Da knien sie nun, die gottlosen Spitzbuben«, sagte der Geistliche mit Genugtuung.

»Dieser ehrwürdige Herr Pfarrer«, erklärte der Leutnant, »weist mich, als wir zufällig Patrouille durchs Dorf reiten, darauf hin, dass das Ansehen seiner alten Kirche mit derben Hanswurstiaden entheiligt und besudelt würde. Kaum dass wir die Kirche betreten, um der Sache auf den Grund zu gehen, werden wir mit Klingen und Dreschflegeln attackiert. Verdächtig, in hohem Maße verdächtig! Also: Was hat es mit euch Lumpenpack auf sich, dass ihr es mit einem ganzen Zug königlich-württemberger Landjäger aufnehmt? Ihr habt doch nicht Konterbandes geladen? Gegen die Kirche? Den Staat? Seid ihr Schmalzpreußen? Oder sind am Ende Lösegelder auf eure Visagen ausgesetzt?«

Die Fassungslosigkeit darüber, dass die Landjäger gar nichts von der Reichskrone wussten, ja dass sie in die Aufführung nur deshalb geplatzt waren, um den kleinlichen

Streit um das Theaterspiel in einer verweltlichten Kirche zu schlichten, verschlug den Gefährten dermaßen die Sprache, dass keiner von ihnen Antwort gab.
»Ist euch der Mund zusammengewachsen, Halunken? *Soit!* Ihr werdet schon noch reden! Die Eisen her! Und stellt ihren Karren auf den Kopf!«
Den Gefährten wurde gestattet, sich ihrer Kostüme zu entledigen und ihre gewöhnlichen Kleider wieder anzulegen; dann wurden sie so, wie sie am Boden knieten, paarweise mit Handeisen aneinandergekettet; Goethe an Schlegel, Staël an Kleist, Leonore an Tieck. Indessen wurde der Theaterwagen aufgebrochen und durchsucht. Die Truhen wurden sämtlich nach draußen getragen, um sie dort zu öffnen und zu stürzen, und auch die meisten Kostüme wurden nach der Untersuchung achtlos in den Dreck geworfen. Leonore weinte. Auch Kleist war den Tränen nahe, und die Haare hätte er sich raufen können vor Groll darüber, dass er den Degen gezogen hatte, um die Krone des Reiches zu verteidigen, wo es doch nur um eine Glaubensfrage ging. Mit jeder Minute, die verstrich, wurde Kleist gleichwohl ruhiger, denn offensichtlich blieb ihr Geheimversteck, darin sich die Krone befand, von den Gendarmen unentdeckt.
Der Pfarrer sprach derweil Goethe, den er wohl aufgrund seines Alters für den Einsichtigsten unter ihnen ansah, ins Gewissen und versicherte ihm, dass es nie zu spät sei, den richtigen Weg einzuschlagen und der unmoralischen Anstalt Schaubühne abzuschwören. »Da Ihr verständig seid, könnt Ihr Euch unmöglich, wie so viele schwache Köpfe, über die Armseligkeit Eures Berufs täuschen«, sagte er, »ein Beruf, in dem Ihr von jedem Matrosen und Karrenschieber abhängig seid, die Euch für ihre Pfennige nach Herzenslust auszischen und verlachen können. Und diese Texte! Alle Poesie, die geistliche abgerechnet, ist abscheulich, und alle, die sich daran erfreuen, sind ewig verdammt und kommen mit Shakespeare und Les-

sing, vorzüglich aber mit Goethe, wenn der einmal stirbt, in ein und denselben Schwefelpfuhl.«

»Geh und erstick an einer Hostie, du kielkröpfiger Zwerg«, versetzte Goethe.

»Das sind die Gedanken«, erwiderte der ernste Puritaner, »die Staat und Kirche aufzulösen drohen«, womit die letzten Worte in dieser Unterredung gefallen waren.

Die Gendarmen hatten die Visitation jetzt abgeschlossen und kehrten mit leeren Händen zurück. Kleist hatte große Mühe, sich die Erleichterung darüber nicht anmerken zu lassen. Da sich die Ausweispapiere ebenfalls unter dem Kutschbock bei der Krone befanden, verweigerte Goethe ihre Herausgabe. Der Leutnant rief den Dorfschulzen zu sich: Man solle ihm für den Transport der Gefangenen unverzüglich einen Leiterwagen samt Zugpferd organisieren.

»Wohin werden wir gebracht?«, fragte Tieck.

»Nach Ellwangen, in die Garnison. Dort wird man euch auf den Zahn fühlen.«

»Aber wir sind brave Bürger –«

»Auf die bloße Einwendung, man sei tugendhaft, darf nicht gehört werden.«

»Ich bin nicht tugendhaft«, sagte Tieck, »aber unschuldig.«

Der Leutnant lachte auf. »Unschuldig? Vier meiner Männer habt ihr niedergestreckt, bei etlichen das Blut gezapft, ein Gotteshaus verwüstet – ich wüsste schon, was ich mit euch täte.«

»Zum Beispiel?«

»Zum Beispiel euch hängen lassen.«

»Ich muss gestehen, das wäre mir nicht lieb.«

»Desto besser. Der Hanf ist dieses Jahr wohlgeraten.«

Damit wurden die sechs auf den viel zu engen Leiterwagen getrieben. In der Hölle selbst könnten widerwärtig Gesinnte, Verratene mit Verrätern so eng nicht zusammengepackt sein. Leonore pfiff nach Stromian, aber er kam nicht. Goethe rasselte mit der Kette, die ihn mit Schlegel verband. »Ihr wolltet doch immer, dass der Geist in Ketten steckt. Da habt ihr sie.«

»Es ist absurd!«, wetterte Schlegel gedämpft. »Wir sind nur deshalb verhaftet, weil wir nicht verhaftet werden wollten!«

»Oh ja, die Götter haben sich diesmal sehr ihrer poetischen Freiheit bedient«, versetzte Goethe.

»Wir hätten nicht blankziehen dürfen!«

»Guter Rat kommt immer hinterher«, seufzte Tieck. »Eh man es sich versieht, sitzt man wie die Amsel auf der Leimrute fest und muss noch froh sein, wenn man mit Verlust der besten Federn die Freiheit wiedererlangt.«

»Was Freiheit! Man wird uns aufknüpfen!«, schluchzte Leonore, worauf Tieck ihre Hand in die seine nahm, so gut es die Eisen zuließen, und ihr die nassen Haare aus der Stirne strich. Bei allem Unheil kam er in Versuchung, das Schicksal zu preisen, welches ihn mit Ringen aus Eisen an seine Holde gefesselt hatte.

»Das wird man gewiss nicht«, sprach er ihr trostreich zu. »Glaub mir, ich bin auch ein Mensch, der noch gerne länger sein Butterbrot essen möchte. Es wird sich eine Lösung finden. Mein Wort darauf, es wird dir nichts geschehen.«

Nun setzte sich der Zug der Württemberger Landjäger in Bewegung, und die Räder des Gefangenenwagens knirschten hintendrein. »Preußen freilich«, stöhnte Kleist, die Stimme brüchig, den Blick auf die Wanderbühne gerichtet, von der sie sich allmählich entfernten, »Preußen ist verloren.«

Durch das Spalier der Bauern, denen selbst der Regen das Gaffen nicht verleiden konnte, und von der Schadenfreude des Pfarrers begleitet fuhren sie zum Dorf hinaus, über die Jagst hinweg in die Richtung, aus der sie gekommen waren, und Kleist starrte so lange nach dem verlassenen Theaterwagen, bis nicht nur dieser, sondern auch die Häuser von Jagstzell und am Ende der Kirchturm vollkommen aus seiner Sicht entschwunden waren.

In der Abenddämmerung zogen die Regenwolken endlich ostwärts, aber der Schaden war bereits geschehen: Unsere Gefährten waren durchnässt bis auf die Knochen. Außerdem forderten zahlreiche Blessuren eine baldige Behandlung. Den schwersten Treffer, ein Schnitt in Schlegels Oberarm, hatte man mit einem Halstuch von Tieck behelfsmäßig bandagieren müssen.

In einer knappen Stunde würden sie die Tore von Ellwangen erreicht haben; die weiteren Aussichten waren mehr als düster: Eine Kerkerzelle in der Garnison erwartete sie, dazu ein Prozess, in dem sie ihren Angriff auf die Landjäger zu rechtfertigen hätten – möglicherweise sogar vor einem Kriegsgericht! – und von dessen Ausgang nichts Gutes zu erwarten war: Denn Kleist war im Auftrag der feindlichen Preußen unterwegs und Goethe gar Minister jenes Herzogs, der im Vorjahr gegen Napoleon mobil gemacht hatte. Ferner stand zu befürchten, dass der Theaterwagen des Signor Velluti in der Zwischenzeit von den Landbewohnern geplündert und dass dabei endlich auch die Karlskrone entdeckt würde. Leonore überdies bangte um Stromian. Vielleicht war es daher wenig verwunderlich, dass Goethe statt auf die Hoffnungslosigkeit ihrer Lage auf ein anderes, letztlich vollkommen unerhebliches Thema zu sprechen kam, nämlich die Qualität der zurückliegenden Vorstellung.

»Im Grunde bin ich nicht undankbar«, sagte er, »dass unsere Darbietung vorzeitig beendet wurde, denn wir haben müde und kunstlos gespielt. Selbst unsere kopflose Premiere hatte mehr Esprit. Ich weiß nicht, ob Sie es bemerkt haben, aber ich habe im Publikum mehr als vier Augenpaare gezählt, die schon im dritten Akt geschlossen waren – aus Ennui, möchte man doch meinen.«

»Bleibt der Zuschauer kalt, so ist die dramatische

Schlacht verloren«, meinte Staël. »Talma würde so etwas nicht passieren.«

Goethe trug nun einige Regeln für Schauspieler vor, an die man sich das nächste Mal, um einer müden Vorstellung vorzubeugen, halten solle: Regeln zu Rezitation und Deklamation, zu rhythmischem Vortrag, zur Stellung und Bewegung des Körpers auf der Bühne und zum Gebärdenspiel.

Die anderen lauschten Goethes Theaterkatechismus ohne Einwände oder Zwischenfragen, den Blick auf den Wald oder den Boden ihres Fuhrwerks gerichtet – doch als Goethe auf die korrekte, reine deutsche Aussprache zu sprechen kam, ergriff Schlegel das Wort: »Wollen Sie es der Baronin etwa zum Vorwurf machen, dass sie die Königin nur mit französischem Akzent sprechen kann?«

»Ich spreche mit Akzent?«, fragte Staël.

»Teuerste, Ihren Akzent könnte man mit einem Messer schneiden.«

»Nein, ich meine vornehmlich die Provinzialismen jener, die es eigentlich besser können«, erwiderte Goethe. »Herr Tieck zum Beispiel – nehmen Sie es mir bitte nicht übel –, weshalb die vielen Berlinismen? *Mir* und *mich* nicht zu verwechseln, *ich* zu sagen und nicht *ick*: Das ist doch wahrlich nicht so schwer. Denn ein berlinernder Hamlet will mir nicht so recht gefallen.«

»Ich gelobe, mein Bestes zu tun, Herr von Joethe«, versetzte der Angesprochene lächelnd, »wenn Sie im Gegenzug versprechen, den König Claudius – nehmen Sie es mir bitte nicht übel! – weniger wie einen Sachsenhausener Gastwirt klingen zu lassen.«

Bevor die Diskussion unfreundlich werden konnte, war der Leutnant längsseits herangeritten und verbot sich mit einem Machtwort jegliches weitere Gespräch unter den Delinquenten.

Indes musste der Tross anhalten, denn eines der Räder des Wagens drohte von der Achse zu fallen und musste repariert werden. Madame de Staël bat den Leutnant um Erlaubnis, vom Wagen absteigen und sich erleichtern zu dürfen; schon seit der Vorstellung verspüre sie ein Bedürfnis, dessen Befriedigung unmöglich bis Ellwangen warten könne. Nachdem der Gendarm die Bitte rundweg abgelehnt hatte, insistierte sie so lange, bis er nachgab. Er weigerte sich freilich, das Eisen, welches sie an Kleist gekettet hielt, zu lösen, und noch während beide, sie und Kleist, sich darob empörten, erklärte er, dass zudem einer seiner Männer das Paar in den Wald begleiten und dort bewachen würde.

»Der einfache Mann hat in Deutschland eine ziemlich raue Schale«, sagte Staël und stapfte indigniert in das feuchte Unterholz, der unwillige Kleist an der Kette und der Gendarm mit gezogener Muskete hintendrein.

Sie liefen einige Schritte, bis sie durch die Blätter der Bäume und Sträucher komplett vor den Blicken der Landjäger verborgen waren und ihr Gardist »Halt« rief. Auch er war wegen der Situation in einiger Verlegenheit.

»Ist es zu viel verlangt, wenn ich die Herren bitte, mir den Rücken zuzuwenden«, fragte Staël, »und sich nicht eher umzudrehen, als bis ich es erlaube?«

Kleist gehorchte sofort, der Gendarm nach kurzem Zögern. Dann zog Staël ihren Unterrock herunter und ging in Knie. Etwas im Laub neben ihr raschelte. Kleist war ebenfalls in die Knie gegangen und hatte mit der freien Hand einen toten Ast aufgenommen. Diesen zerschlug er dem Gendarmen so heftig über dem Kopf, dass das morsche Holz in alle Richtung spritzte. Der Mann fiel ohne einen Laut vornüber auf den Waldboden.

»Und los«, sagte Kleist.

»Was –«

»Auf die Beine!«

»Aber ich habe noch gar nicht ...«

»Wie? Sie mussten wirklich?«

»Was dachten Sie denn?«

»Ich dachte, das wäre ein raffinierter Schachzug, uns –« Kleist sah in Richtung der Straße. »Einerlei. Wir haben höchstens fünf Minuten.«

Bevor Staël weitere Worte verlieren konnte, half Kleist ihr zurück auf die Beine. An der Kette zog er sie durch den Wald, wobei sie ihre liebe Mühe hatte, ihm zu folgen, was einerseits an ihrem Kleid lag, das sich im Totholz auf dem Waldboden verfing, und andererseits daran, dass ihr Kleist nicht einmal die Zeit gelassen hatte, den Unterrock unverrichteter Dinge wieder hochzuziehen. Bald hörten sie, wie die Gendarmen nach ihrem Kameraden riefen, und wenig später das Zetergeschrei beim Auffinden des Niedergeschlagenen. Dass man ihnen folgte, stand außer Frage; zu wiederholten Malen schallten die Rufe der Soldaten durch den Wald, einmal sogar ein Schuss.

Der in einen Hirsch verwandelte Aktaion hätte nicht eiliger vor seinen Hunden fliehen können als dieses Paar jetzt vor den Landjägern. Beiden lief bald der Schweiß von der Stirn. Mit dem freien Arm schirmten sie sich gegen Zweige und Spinnweben, durch die sie sich ihre Gasse machten. Immer wieder mussten sie Reisig von den Beinen schütteln, an denen es sich verfangen hatte. Wo kein Gras war und kein Moos, sanken ihre Hacken mehrere Finger tief in den durchnässten Boden. Das wenige Dämmerlicht, das anfangs noch durch die Wipfel der Bäume fiel, wich allmählich dem Dunkel der Nacht, sodass sie beinahe blind durch den Wald stolperten. Nachdem sie einmal der eine rechts, der andere links an einer jungen Fichte vorbeigelaufen und mit der Kette schmerzhaft daran hängen geblieben waren, gab Kleist den Bitten Staëls nach und verlangsamte seinen Schritt, zumal die Rufe ihrer Jäger inzwischen verklungen waren. Das Gelände wurde abschüssig. Sie liefen einen Abhang hinunter und stürzten dabei mehr als einmal, wobei nicht selten der eine den anderen mit sich zu Boden zog. Am Fuße des Abhangs floss ein Bach durch den Wald. Kleist stieg hinein und nötigte seine Begleiterin, ihm zu folgen. Anstatt aber sogleich ans andere Ufer zu laufen, liefen sie nun im Bett des Baches stromaufwärts. Damit, erklärte Kleist, würden die Hunde, die man eventuell auf sie hetzen würde, die Fährte vollends verlieren. Er glitt auf einem der Steine aus, stürzte und riss seine Begleiterin dabei an der Kette zu sich ins Wasser. Eine gute Viertelstunde später gingen die beiden tropfnass an der anderen Seite des Baches wieder an Land.

»Wie bedauerlich«, seufzte Staël. »Meine Kleider waren gerade erst wieder trocken geworden.«

»Warum pfeifen Sie?«

»Mit Vergunst, das ist meine Lunge. Das kommt davon, wenn man durch den Wald rennt wie eine Ratte über den brennenden Herd. Sehen Sie mich nur an, *Dieu aidant*! Ich habe mehr Zweige im Haar als ein Jakobiner.«

»Hier entlang«, sagte Kleist.

»Woher wissen Sie, dass wir dort entlang müssen? In der Höhle eines Zyklopen ist es nicht finsterer als in diesem Forst!«

»Das Moos an den Baumstämmen. Es wächst immer an der Nordseite. Also ist dies die Richtung, in die wir gehen müssen.«

»Aber Ellwangen liegt doch im Süden.«

»Wir wollen nicht nach Ellwangen. Wir wollen zurück zur Krone.«

Staël blieb von einem Schritt auf den nächsten stehen. »Nein, wollen wir nicht.«

»Aber natürlich wollen wir das«, erwiderte Kleist. »Was in Gottes Namen sollten wir denn sonst wollen?«

»Unsere Gefährten aus der Haft befreien.«

»Was Henker! Ist heute alles rasend toll? Wie im Namen der Schöpfung wollen Sie denn das anstellen?«

»Das werden wir vor Ort entscheiden.«

»Unfug! Wir marschieren zurück nach Jagstzell, requirieren die Krone, bringen sie nach Memel und bitten Friedrich Wilhelm, für die Inhaftierten ein Gnadengesuch bei seinem württembergischen Vetter einzureichen.«

»Selbst wenn das Erfolg hätte, unsere Freunde wären bis dahin längst im Kerker verschmachtet, wo nicht aufgeknüpft!«

»Schwarzmalerei! Und wenn, Sie stürben für eine große Sache: für den Fortbestand Preußens.«

»*Foutaise!*«, sagte Staël und schüttelte den Kopf. »Wir gehen nach Ellwangen.«

»Sie haben offensichtlich noch immer nicht begriffen, was die Krone bedeutet!«, entgegnete Kleist aufgebracht. »Sie ist das größte Heiligtum des größten Reichs der Christenheit! Die Reichskrone ist einmalig!«

»Und unsere Gefährten wären das nicht?«

»Bei meiner Ehre –«

»Was hat es denn mit Ihrer Ehre auf sich? Reden in großen Tönen von Ehre, aber wenn die Reihe an Ihnen ist, lassen Sie Ihre Kameraden im Stich? Ihre Kameraden, die im Übrigen einzig und allein deshalb aufgebrochen sind, Sie aus der Festung von Joux zu befreien? Sie wollen allen Ernstes einen Goethe im Kerker versauern lassen? Einen Tieck, zu dem Sie gerade erst Bande der Freundschaft geknüpft haben? Einen Schlegel, der – – gut, vergessen Sie Schlegel –, aber eine Eleonore, die in unserer Unternehmung keine andere Schuld trifft, als dass sie auf ihr Hündchen achtgeben wollte? Diese wollen Sie darben lassen?«

»Nein, in drei Teufels Namen, wahrlich nicht!«, donnerte aus Kleist heraus, was sich im Laufe ihrer Rede angesammelt hatte, »und ich muss mir von einer Frau, einer französischen obendrein!, sicherlich nicht anhören, ich besäße keine Ehre im Leib! Ehre und Mut besitz ich genug, um mit nichts als einer Gabel bewaffnet Napoleons Armee entgegenzutreten – aber weshalb soll ich mich in Gefahr begeben, wenn nicht auch nur die geringste Aussicht auf Erfolg besteht? Vier Menschen aus dem Verlies einer uns unbekannten Garnison befreien, ohne Hülfe, ohne Pferde, ohne Geld? Sehen Sie uns an« – und hier hob er sein Handgelenk samt der Eisenschelle an –, »mit diesem Schmuck wird man uns schon an den Stadttoren einkassieren!«

»Wir werden es dennoch versuchen.«

»Den Teufel werden wir. Wir retten die Krone.« Kleist tat zwei Schritte gen Jagstzell, dann spannte sich klirrend die Kette, denn Staël war stehen geblieben. »Bei allem, was die Hölle finster macht –!«

»Ich gehe entweder nach Ellwangen«, sagte Staël, »oder nirgends hin.«

»Über Ihr papageiisches Geschwätz! Haben Sie Tollwurz gefressen und den Verstand verloren?«

»Sie werden mich wohl tragen müssen.«

Der Preuße zog an der Kette, aber die Französin ließ sich tatsächlich kaum vom Fleck bewegen. Ihre Hacken gruben sich nur tiefer in den Waldboden ein. Darauf versuchte Kleist, seine Hand aus dem Eisenring zu winden. »Die Hand verwünsche ich!«, fluchte er. »Tod und Teufel! Wenn nur eine verlorene Holzfälleraxt zur Hand wäre, die Ihrige abzuhacken!« Noch ein paar Male zog er halbherzig an seiner Hand und an ihrer, aber es war nichts zu machen: Die Handeisen waren wahrlich nicht darauf ausgelegt, dass man sich aus ihnen befreite.

Ohne ein weiteres Wort griff er ihr unter Beine und Rücken und nahm sie, wobei die Kette rechtschaffen störte, auf den Arm. So trug er sie nordwärts. Sie leistete keinen Widerstand, konnte sie doch auf ihr Gewicht, die Dunkelheit und den unebenen Waldboden vertrauen, Kleist zu zermürben. Tatsächlich setzte er sie nach Ablauf einer Viertelstunde ab, um sein Bündel zu verlegen: Wie eine geraubte Braut nahm er sie nun über die Schulter. Eine weitere Viertelstunde später ließ er sich entkräftet ins Moos fallen und Staël hintendrein. Zum Zetern fehlte ihm der Atem.

»Als Erstes werden wir einen Schmied aufsuchen, dass er uns von dieser Fessel befreit«, sagte sie versöhnlich.

Sie warteten in der Dunkelheit, bis Kleist wieder bei

Kräften war, und lauschten in der Zwischenzeit dem Sang der Käuze und dem Rascheln der Tiere im Gesträuch. Staël vertrieb fortwährend das Kriechgetier von Armen und Beinen und verfluchte stumm Rousseau. Dann gingen Sie den Weg zurück, den sie gekommen waren – nur diesmal deutlich schneller –, und weiter in die Richtung, in der sie Ellwangen vermuteten.

Weil Staël nicht leiden wollte, dass Kleist kein Wort mehr sprach, seit er sie getragen hatte, sagte sie irgendwann: »Sie hätten in der Kirche nicht blankziehen dürfen. Dann steckten wir nicht in dieser Bredouille.«

»Ich habe uns verteidigen wollen, weil ich uns entdeckt wähnte«, erwiderte Kleist grimmig. »Erst das Schauspielen hat uns doch in diese Verlegenheit gebracht, und die Schnapsidee dazu stammte von Ihnen, Madame.«

»Aber Sie sind mit der Krone ins Dorf geritten.«

»Von wem stammte denn das Opium, das mich dazu anstiftete?«

»Wer musste denn unbedingt so viel davon trinken?«

»Wessen Idee war es denn überhaupt, Opium zu reichen?«

»Wer hat denn so sehr auf eine Alternative zum Wein beharrt?«

»Grundgütiger, Sie müssen wohl immer das letzte Wort haben!«, bellte Kleist. »Sie, Madame, sind das leibhaftige Semikolon!«

»Besser als der leibhaftige Gedankenstrich.«

»Da! Wieder das letzte Wort!«

»Dann fordern Sie mich nicht ständig dazu heraus.«

Weit nach Mitternacht waren sie noch immer auf keine Straße gestoßen, geschweige denn auf eine Ortschaft, und obwohl es sich im Gleichschritt leichter lief als zuvor, wurden beider Füße bald schwer.

»Will denn dieser blitzverfluchte Wald gar kein Ende nehmen?«, schimpfte Kleist. »Ich muss gestehen, ich habe mich verlaufen. In diesem Dickicht wächst das Moos auf allen Seiten, und Sterne kann ich keine sehen, mich daran zu orientieren.«

»Dann lassen Sie uns Rast machen«, bat Staël. »Eine Herberge wünsche ich mir in dieser Wildnis wohl vergebens.«

»So müssen wir beim Gastwirt zum blauen Himmel übernachten.«

Sie hielten rechts und links ihres Pfades Ausschau, aber keiner der Plätze war ausreichend vorm Wetter geschützt. Schließlich führte sie ein Wildwechsel an einer Lichtung vorbei, und Kleist rief erleichtert aus: »Dort ist eine Köhlerhütte!«

In der Mitte eines beschränkten Waldraums lag eine wohlgewölbte Grube, die ehemals der Kohlenmeiler gewesen war, und an der Seite die Hütte von Tannenreisern. Der Kegel war an einigen Stellen schon eingefallen. Kleist klopfte, »heda!«, an die Köhlerhütte, aber es war offensichtlich, dass sie schon vor langer Zeit aufgegeben worden war. Also nahmen sie das Brett, das der kleinen Behausung als Tür diente, zur Seite und traten ein.

»Als ob sich eine Sau darin gewälzt«, sagte Kleist, und tatsächlich hatten die Kohlenbrenner, oder wer immer nach ihnen an Mensch oder Tier darin gewohnt hatte, das Obdach in großer Liederlichkeit hinterlassen. Immerhin war es trocken. Staël und Kleist räumten Knochen, zerbrochene Werkzeuge, Feuerholz, Scherben, und was sonst über den Boden der Hütte verstreut war, zur Seite und fanden in der Dunkelheit sogar noch Stroh genug, sich daraus ein Lager zu bereiten.

Kleist war sofort eingenickt. Staël hingegen, sosehr die Hetzjagd durch den Wald sie auch erschöpft hatte, wälzte sich von einer Seite auf die andere, immer durch die Kette behindert, und suchte vergebens nach Schlaf.

»Madame, wollen Sie bitte Ruhe geben?«, beschwor Kleist sie, nachdem er zum dritten Male in kurzer Zeit im Schlaf gestört worden war. »Sie rasseln wie ein Schlossgespenst. Lassen Sie uns die wenigen Stunden bis zum Morgen nutzen.«

»Mir fehlt zum Schlafe meine Medizin, wie Sie sich denken können. Außerdem friert mich. Es ist in diesem Norden so kalt, dass man sich niemals wird erwärmen können. – Gestatten Sie, dass ich Ihnen etwas näher komme?«

»Madame!«

»Wir sind zwei Flüchtlinge in einer Ruine im Wald; können wir den Anstand also nicht zum Teufel jagen? Sie zittern doch auch. Außerdem sind wir so gut als verheiratet.«

»Wir sind – – wie bitte?«

»Sie haben mich auf Händen durchs Gehölz getragen, und zuvor sind wir gemeinsam aneinandergefesselt in den Fluss gefallen«, erklärte sie. »Bei den Jakobinern nennt man das eine republikanische Hochzeit.«

»Wir sind, gottlob!, nicht bei den Jakobinern. Und jetzt schlafen Sie.« Kleist drehte sich wieder auf die Seite, aber in der Stille, die folgte, wusste er so sicher, dass sie noch etwas sagen würde, dass er nicht wieder einschlief.

»Dass Sie Bonaparte verachten«, sagte sie, »*d'accord*, das tue ich auch; aber er ist ein Korse, stammt also nicht von Franzosen ab als vielmehr von Italienern, Schmugglern und Schweinehirten. Also warum hassen Sie die Franzosen?«

»Weil mich ein natürlicher Widerwille schon von ihnen entfernt, der noch durch die Behandlung, die wir jetzt erfahren, vermehrt wird«, antwortete Kleist, ohne sich umzuwenden.

»Da Sie die Franzosen so sehr hassen, betrachten Sie mich doch, wenn es Ihnen hilft, als Schwedin – denn mein Ehemann war Schwede – oder meinethalben als Schweizerin – denn meine Eltern stammen aus der Schweiz.«

»Madame, Sie haben mit einer Schwedin so viel gemein wie ich mit einem Chinesen. Schauen Sie, mit Verlaub, beizeiten in einen Spiegel.«

»Man muss Franzose sein – aus dem Land stammen, in dem man so leicht vergisst –, um sich Beleidigungen zu sagen. Aber ich weiß, dass Sie sich mir gegenüber nur deshalb so ablehnend verhalten, weil es Ihnen schwerfällt, Ihre Zuneigung einzugestehen.«

Kleist schnappte nach Luft. »Sie sehen mich sprachlos. Nichts könnte der Wahrheit ferner liegen; ich versichere Sie.«

»Seit wir uns das erste Mal begegnet, starren Sie mir auf meine Ammenbrüste.«

»Madame!«

»Ist es nicht so?«

»Aber doch nicht aus Neigung, beim Allmächtigen!«, rief Kleist aus. »In unser beider Interesse flehe ich Sie an: Zwingen Sie mich nicht, Ihnen alle Eigenschaften Ihrer Person aufzuzählen, die mein Missfallen erregen!«

Die Baronin schmunzelte. »Als ich Sie geküsst habe, hat sich bei Ihnen kein derartiger Protest geregt.«

»Als Sie mich – – –«

»In der Jahrmarktsnacht, im Kerzenschein.«

»Sie hätten mich – in Geiers Namen, hätten was getan? Hätten mich –«

»Geküsst, auf Ihre Lippen.«

»Auf meine –! Gottes Blitz!, weshalb die bodenlose Lüge?«

»Es ist die Wahrheit.«

»Ich würde im Leben nicht –«

»Ich habe Ihnen mit der Hand über den Rücken gestrichen, und da es nicht den Anschein hatte, dass diese Behandlung Ihnen missfiel, und da ich Sie zudem für einen anziehenden, interessanten Menschen halte und nicht viel gebe auf falsche Schamhaftigkeit, ließ ich den Kuss folgen. Dass Sie sich nicht erinnern können, soll nun keinen von uns beiden verwundern, denn schließlich haben Sie sich bald danach zum deutschen Kaiser gekrönt und wissen davon auch nichts mehr.«

Kleist rieb sich den Kopf mit beiden Händen, bis ihm die Haare zu Berge standen. »Nein, bei der Heiligkeit des Firmaments –«, flüsterte er; und dann, deutlich lauter: »Gift, Trug und List! Hast mir eigenhändig den Zaubertrank gereicht, Hexe, schändliche, du, damit du diese unsagbaren Dinge mit mir tun kannst ... – Giftmischerin!«

»Beruhigen Sie sich, Heinrich. Es war keine Absicht dahinter. Es hat sich einfach so ergeben. Erlauben Sie mir, den Kuss zu wiederholen, und beurteilen Sie dann, ob es wirklich so unsagbar gewesen ist.«

»Unterstehen Sie sich!«, rief Kleist. Sie legte ihre Hand auf seinen Schenkel, worauf er das ganze Bein wegzog. »Hinweg, du Scheußliche!«, schrie er. »Du Hadesbürgerin! Hinweg, sag ich!« Doch Flucht war unmöglich, denn zum einen war die Köhlerhütte äußerst klein, und zum anderen zog er sie ohnehin an der Kette sich nach, wohin auch immer er kroch.

»Lassen Sie es geschehen«, sagte sie.

»Wenn Sie mich küssen, vergesse ich mich. Bei meiner Seele, ich schlage zu.«

»Ist das eine Drohung?«

»Nein, das ist eine Vorhersage.«

»Sie ahnen gar nicht, wie begehrenswert Ihr rohes Temperament Sie macht.«

Nun machte sie einen Satz vorwärts, und da Kleist der Dunkelheit halber nicht erkennen konnte, von wo sie kam, hatte sie seinen Kopf gepackt und ihn geküsst, bevor er ausweichen konnte. Kleist stieß sie von sich und schlug mit der freien Faust ins Dunkel. Er traf ihre Nase. Sie schrie auf und ging zu Boden.

»Herrje«, rief Kleist, »ich habe Sie doch nicht etwa verletzt?«

»Schlagen mir mit aller Kraft ins Gesicht und hoffen, mich dabei nicht zu verletzen?«, fragte Staël, die sich die blutende Nase mit beiden Händen hielt. »*Zut!* Ich hätte Tacitus Glauben schenken sollen. Ich hielt die Rohheit des deutschen Volkes bislang für ein römisch-französisches Vorurteil.«

»Allmächtiger, ich habe ein Frauenzimmer geschlagen«, greinte Kleist.

»Bitte überlassen Sie mir das Jammern. Ich bin es schließlich, der die Nase gebrochen wurde.«

»Dass mir die Hand verdorrte! Ich elender Mensch! Ich Unmensch! Bestie! Was ist nur über mich gekommen?!« Kleist riss einen Streifen von seinem Hemd und reichte ihn der Staël, dass sie das Blut damit von Nase und Lippen tupfe. »Madame – Baronin – Gnädigste: Ich kann mit Worten nicht ausdrücken, wie schwer diese Untat auf meinem Gewissen lastet. Ich erfülle jeden Ihrer Wünsche, ich krieche vor Ihnen zu Kreuze, ich gehe für Sie nach Ellwangen und in den Tod – aber ich flehe Sie an: Vergeben Sie mir diesen Hieb! Ich müsste mir ein Loch graben und mich darin vor der Welt verbergen, wenn Sie es nicht täten!«

»Glauben Sie mir, wenn ich empfindlich wäre, würde ich Sie hassen; da ich aber empfindsam bin, verzeihe ich Ihnen. – Wetter, mir wächst ein Kürbis im Gesicht! Jetzt ahne ich, weshalb Napoleon die Preußen hasst.«

»Ihr submissester Diener, Madame! Dank, Dank; tausend und abertausend Dank! Sie ahnen nicht, welch eine Last Sie mir damit vom Herzen nehmen.« Kleist nahm ihre Hand in die seine und bedeckte sie mit Küssen. »Und unsere Gefährten ...«

»... müssen von dieser Gewalttat nicht erfahren, wenn es Ihnen so am Herzen liegt. Ich werde ihnen erzählen, ich sei gestolpert ... was in der Tat auch einige Male geschehen ist. Lassen Sie meine Hand los, Sie unaussprechlicher Mensch!«

»Gott segne Sie für Ihre Großmut.«

»Aus meinem Buch über Deutschland werde ich Sie freilich streichen.«

»Verständlich. Ich akzeptiere jedes Verdikt, Madame, und will Ihr Buch bei Erscheinen wohlwollend rezensieren.«

Wie sich das Verhältnis der beiden durch diesen Schlag von Grund auf umgewandelt hatte, so war es auch mit der Müdigkeit geschehen: Während Staël, durch den Schlag benommen und von ihrer Schwärmerei zu Kleist geheilt, wenig später einschlief, war für Letzteren nicht mehr an Schlaf zu denken. Er schalt sich für seinen Angriff und dafür, dass die moralische Überlegenheit der Deutschen nun verloren ward, und verbrachte den Rest der Nacht damit, die Asseln und Käfer zu vertreiben, die Staëls Schlaf hätten stören können. Als Strahlen der Morgensonne durch die Lücken im Dach der Köhlerhütte fielen, weckte er sie sanft.

Im Licht des Tages stellte sich der Schaden in Madame de Staëls Antlitz als weniger dramatisch heraus, als Kleist es befürchtet hatte, zumal ihr Mohrennäschen auch vorher schon eher breit als spitz gewesen war. Die Schwellung jedoch und das getrocknete Blut rund um Mund und Nase waren unlieblich anzusehen.

An der Köhlerhütte begann ein Pfad, dem sie nun folgten. Hatte Kleist Staël am Vorabend noch schonungslos durch den Wald gehetzt, so benahm er sich am Morgen darauf wie ein spazierender Kavalier, der ihr über gestürzte Baumstämme half, Astwerk zur Seite hielt, wenn sie passierte, und sie vor Dornen und Nesseln am Wegesrand warnte.

Ungefähr eine Stunde später erreichten sie einen Ort, der weder Ellwangen noch Jagstzell war. Von einem Hügel konnten sie das ganze Tal übersehen mit dem Dorf darin, und schon von Weitem hörten sie den Schlag von Eisen auf Eisen; ein geradezu musikalischer Klang in den Ohren der beiden Flüchtigen, ließ er doch auf eine Schmiede schließen, wo die Mittel waren, ihrer Bindung ein Ende zu machen. Sie gingen den Rest des Weges Hand in Hand, in der Hoffnung, ihre Ketten damit zu verschleiern, aber infolge der Flucht durch Wald und Bach, der Nacht in der schmutzigen Kohlenbrennerhütte und des Blutes an Staëls

Kleidern sahen sie ohnedem aus wie verurteilte Straßenräuber auf ihrem letzten Gang.

Über die Weiden und Gärten hinter den Häusern schlichen sie sich unbeobachtet an die Schmiede heran, die sich in der Mitte des Dorfes befand. Sie verharrten eine Weile hinter dem Holzlager der Werkstatt, um zu beratschlagen, wie man am besten vorgehen solle, denn man hätte weder Geld, den Schmiedemeister damit zum Zerschlagen der Fesseln zu bewegen, noch eine Pistole, ihn damit zu zwingen. Schon wollte sich Kleist ein passendes Holzscheit suchen, den Schmied damit niederzuknüppeln und dessen Werkzeug selbst zu führen, da zischte Staël, die in die andere Richtung geschaut hatte: »*Pour l'amour du ciel –!*«

Kleist folgte ihrem Blick. Auf dem Platz vor der Kirche, der ringsum von Bauernhäusern, Scheunen und Höfen eingeschlossen war und von den ausgebreiteten Ästen zweier Linden bedeckt, saß, an einem Tischchen, das er sich aus dem Wirtshause nach draußen hatte stellen lassen, ein Mann mit einer Brille im Gesicht, in der einen Hand eine Tasse Kaffee, in der anderen ein Buch, darin er las.

»Kennen Sie den Mann?«, fragte Kleist.

»Sie kennen ihn auch! Sehen Sie nur genau hin, und denken Sie sich die Brille weg. Es ist der Mann, den ich im Garten des Reichenauer Klosters niederschlug.«

»Tod und Verderben! Sie sprechen wahr! Das ist ja sonderbar, so wahr ich lebe!«

Mit der Hand scheuchte der Mann nun eine Biene fort, die ihn beim Lesen störte. Staël und Kleist, die sich gut genug verborgen hatten, gewahrte er nicht.

»Was macht der triefäugige Schuft ausgerechnet hier«, fragte Kleist, »in diesem Kaff, von allen Orten auf der Welt, wo wir ihn doch zuletzt in der Schweiz sahen? Hab ich denn Farbe an den Stiefeln, dass er mir folgt wie ein Hund, der von seines Herrn Schweiß gekostet?«

»Ich bin überfragt. Offenbar ist der Teufel ein großer Ironiker.«

»*Cela suffit*. Ich suche mir einen Knüttel, und wir geben diesem Molch den Rest.«

»Sie werden nichts dergleichen tun.«

»Aber –«

»Ich verbiete es.«

»Und ich gehorche. Dann wollen wir also warten, bis er fort ist?«

»Nein. Wir werden mit ihm reden.«

»Wir werden *was*? Sind Sie des Wahnsinns fette Beute?! Er wird uns über den Haufen –«

Aber noch mitten in seinem Satz war Staël auf den Platz getreten und hatte Kleist mit sich gezogen. Der Mann am Tisch blickte von seinem Buch auf, sah erst ihre Beine, dann die Handeisen und schließlich ihre Gesichter, ließ darauf Buch und Kaffee fallen, zog eine Pistole aus seinem Rock und spannte hastig den Hahn. Als Staël und Kleist vor seinem Tisch angekommen waren, war er zum Feuern bereit.

»Bonjour, Monsieur«, grüßte Staël. »Legen Sie getrost Ihre Waffe fort. Wir kommen nicht in böser Absicht, und wie Sie sehen, sind wir unbewaffnet und in schlechter Verfassung zu kämpfen.« Hier rasselte sie mit der Kette. »Ganz im Gegenteil: Wir brauchen Hilfe. *Ihre* Hilfe, Monsieur. Wenn Sie uns helfen, diese Kette zu sprengen, und ferner unsere vier Gefährten aus jenem Kerker befreien, in dem sie sich misslicherweise befinden, sollen Sie im Gegenzug erhalten, weswegen Sie uns durch halb Europa folgen.«

»… die Krone?«, fragte der Franzose.

»Ganz recht.«

»Wo ist sie?«

»Das erfahren Sie erst, wenn alle wieder auf freiem Fuß sind.«

Der Mann betrachtete Staël etwas genauer, kniff die Augen zusammen und entfernte schließlich seine Lesebrille.

»Es ist unfein von Ihnen, mir so auf die Nase zu starren«, erklärte sie, indem sie die Blessur mit ihrer Hand bedeckte. »Mich hat in der Nacht ein wilder Keiler attackiert.«

»Sie sind ... die Baronin de Staël-Holstein, nicht wahr?«

»Was? Nein.«

»Aber natürlich!«

»Sie verwechseln mich.«

»Gewiss nicht! Ich war einst zu Gast in Ihrem Salon in Paris, bevor ... – doch, Sie sind es!«

»Gut, meinetwegen, ich bin es.«

»Verblüffend. Was machen ausgerechnet Sie ...« Für einen kurzen Moment schien der Franzose versucht, seine Pistole wieder aufzunehmen. »Ist dies etwa eine groß angelegte Verschwörung gegen den Kaiser?«

»Keineswegs. Zum einen ist es keine Verschwörung, zum andern bin ich mehr aus Zufall dabei.«

Die Wirtin des Krugs, der das Schild Zum Goldenen Löwen führte, trat aus der Tür, weil sie die Neuankömmlinge durch das Fenster gesehen hatte und wohl befürchtete, ihr Gast würde das Opfer von Bettlern oder Strauchdieben werden. »Es ist alles in der Ordnung, Fräulein«, versicherte sie der Mann in belesenem Deutsch, »die Herrschaften sind mir bekannt«, worauf die Wirtin ins Haus zurückkehrte.

»Wo sind eigentlich Ihre Hünen?«, fragte Staël.

»Die beiden haben mich nicht nach Deutschland begleitet. Ich sah keinen Grund, sie weiter in meinen Diensten zu behalten, nachdem sie in der Nacht im Kloster ihre Unzulänglichkeit bewiesen hatten. Obendrein hat einer von ihnen üblen Schaden am Kopf genommen.«

»Unser Beileid.«

»Und Sie wollen mir tatsächlich die Krone überlassen?«, fragte er abermals, diesmal mehr an Kleist als an Staël gerichtet. Aber auch Kleist nickte. »Ist dies am Ende eine Finte? Geben Sie mir Ihr Wort darauf, dass ich die Krone erhalte und damit gehen darf, wohin ich will, wenn ich Ihre Forderungen erfüllt habe?«

»Mein Ehrenwort gegen das Ihre, Monsieur –«

»Dubois. Ihr Diener, Monsieur Kleist.«

Die beiden Männer reichten einander die Hand. Dann küsste Dubois die angekettete Hand der Staël: »Madame – was für eine wundervolle Fügung! Es scheint, die Sterne stünden heut für jeden von uns gut.«

»Seien Sie so freundlich, Monsieur, und erfüllen Sie sogleich den ersten Teil unserer Abmachung«, sagte Staël und wies zur Werkstatt jenseits der Lindenbäume. »Helfen Sie uns, diese Ketten abzustreifen. Haben Sie eine Summe Geldes dabei, den Dienst und die Verschwiegenheit des Schmiedes zu entlohnen?«

»Genug, die ganze Werkstatt davon zu kaufen.«

Tatsächlich musste Monsieur Dubois einige Wechsel auf den Tisch legen, bevor sich der brave Schmied schließlich bereit erklärte, wider das Gesetz die Kette zu lösen. Zwei kräftige Schläge zwischen Hammer und Amboss, dann waren Staël und Kleist ihrer Eisen ledig und konnten sich endlich die wunden Gelenke reiben. Die wiedergewonnene Freiheit noch nicht gewohnt, gingen sie den Rückweg zum Gasthof unwillkürlich nahe beieinander und im Gleichschritt.

»Ich weiß nicht, wie pressant die Befreiung ihrer Genossen ist«, sagte Dubois hernach. »Brechen wir sporstreichs auf, oder haben Sie noch die Zeit, mir über einem zweiten Frühstück zu berichten, welche Umstände zu Ihrer Verhaftung führten?«

Diese Anregung wurde mit Beifall angenommen, zumal die beiden Angesprochenen zuletzt am Mittag des vorigen Tages gegessen hatten. Die Löwenwirtin brachte auf einen Wink ihres Gasts neuen Kaffee und tischte ein wahrhaft sardanapalisches Mahl aus Brot, Käse, Wurst, Pasteten, Blumenkohl und Artischocken auf. Auch Dubois, der sein Hochgefühl darüber, dass ihm der Zufall so gute Karten ausgeteilt hatte, wenig verbergen konnte, langte noch einmal zu. Zwischen den Bissen erzählte ihm Staël, was er über den Vorfall in der Kirche von Jagstzell und seine Folgen wissen musste.

Dubois im Gegenzug berichtete, wie er in Ermatingen, im Hafen, wo die Gefährten ein Boot für die Überfahrt zur Reichenau entwendet hatten, von einer Wanderbühne erfahren habe, die in derselben Nacht gekommen und wieder weitergefahren sei; wie er diesem Hinweis nachgegangen sei; wie er in Württemberg der Fährte des Theaterwagens gefolgt sei und sie immer wieder verloren habe; und wie er zuletzt, zwei Tage nach Johanni, in Pommertsweiler von ihnen gehört habe und seitdem nichts mehr.

»Wer aber«, fragte Kleist am Ende dieser Ausführung, »sind Sie, Monsieur, und was beabsichtigen Sie mit der Krone?«

»Ich bin ein Mitarbeiter von Baron Dominique Vivant Denon, von dem Sie schon gehört haben mögen. Er ist der französische Generalinspekteur der Künste.«

»Und der größte Dieb des Kontinents«, fügte Kleist hinzu. »Baron *Prenons*! Er hat die Ägypter ihrer Kunstschätze beraubt, hat halb Italien geplündert und stiehlt sich jetzt durch Westfalen, Mecklenburg und Preußen! Wie die Beutelschneider dem französischen Heer folgen, um die Gefallenen ihrer Börsen, Ringe und Zähne zu berauben, so folgt ihm Denon, um den besiegten Fürsten ihre gesammelten Altertümer, Reliquien, Gemälde und Skulpturen zu entwenden!«

»Sie dramatisieren, Monsieur Kleist. Unser Interesse ist rein kunstgeschichtlicher, demokratischer Natur. Wir befreien diese Meisterwerke aus den Palästen, in denen sie, unbeachtet von den gekrönten Banausen, die sie besitzen, verstauben, und sammeln sie im Zentrum Europas, in Paris, im Musée Napoléon, wo sie jeder noch so geringe Bürger jedweder Nation kostenfrei bewundern und studieren kann.«

»Denon hat die Quadriga vom Brandenburger Tor gerissen! Was anderes sollte dieser demütigende Pferdediebstahl denn bewirken, als Preußen tiefer in den Kot zu treten?«

»*D'accord*, ich stimme Ihnen zu; die Demontage der Quadriga war ein unnötig grober Zug. Baron Denon hat – so viel zu seiner Verteidigung – davon abgeraten. Aber der Kaiser hat, wie Sie sicherlich wissen, seinen eignen Kopf.«

»Dann haben Sie nichts mit Monsieur Fouché zu tun?«, fragte Staël.

»Mit dem Polizeiministerium? Rein gar nichts, Baronin.«

»Wir hielten Sie für einen seiner Schergen.«

»Ich bin Antiquar, kein Polizist«, erwiderte Dubois. »Seit nunmehr acht Jahren, seit Napoleons ägyptischer Expedition, stehe ich in Baron Denons Diensten, und da ich ihm in dieser Zeit nie Gelegenheit zur Klage gegeben habe, hat er mir den gewichtigen Auftrag anvertraut, die Krone nach Paris zu holen.«

»Woher wussten Sie überhaupt, dass sich die Krone nicht mehr in der Wiener Schatzkammer befindet?«

»Spione, Baronin, Spione! Manchmal glaube ich, dass es auf der Welt mehr Spione gibt als lautere Bürger! Von einem Spitzel im preußischen Finanzministerium wurde uns übermittelt, dass ein Carl von Gauvain samt einigen Begleitern – darunter Sie, Monsieur Kleist – auf den Weg gemacht habe, die Krone des alten Reiches zu bergen – wohin jedoch, das wüssten allein der Minister und Gauvain. Sofort wies Baron Denon den französischen Gouverneur von Berlin an, besagte Männer zu finden, unter einem Vorwand festzunehmen und ins Fort de Joux zu schaffen. Doch unsere Hoffnung, Gauvain würde, von der Gefangenschaft zermürbt, den Hort der Krone preisgeben, erwies sich als illusorisch. Also entschied ich, einen seiner Gefährten – namentlich Sie, Monsieur Kleist – aus der Haft zu entlassen: Sollte Gauvain sein Wissen inzwischen mit diesem geteilt haben, würde er uns zum Versteck führen – denn Gauvain selbst auf freien Fuß zu setzen wäre wahrlich zu riskant gewesen. Mein Entschluss war Goldes wert, und in der Begleitung zweier Schlagetots folgte ich Ihnen erst auf die Kyburg und dann über den Bodensee. Dass Sie Rückendeckung hatten, ahnte ich freilich nicht.«

»Was hätten Sie denn andernfalls mit mir getan, dort im Garten der Mönche, nachdem Sie die Krone an sich gebracht hätten?«

»Ich denke, das wissen Sie«, erwiderte Dubois mit einem bedauernden Lächeln. »Baron Denons Befehle waren in diesem Falle unmissverständlich.«

»Oh List der Hölle, vom bösesten der Teufel ausgeheckt!«, versetzte Kleist. »Und was will Ihr dreifach verhenkerter Schuft von Baron mit der Krone anfangen, wenn er sie in den Händen hält? Doch kaum auf ein Kissen unter einen Glassturz legen und in Ihrem Beutemuseum ausstellen?«

»Pardon: Was sollte er sonst damit wollen?«

»Napoleon zum römischen Kaiser krönen.«

Dubois lachte kurz auf. »Ein putziger Einfall! Nein, Monsieur, Napoleon ist, dünkt mich, mehr als zufrieden mit der Krone, die er trägt. Die deutsche Krone wollen wir allein als Exponat für sein Nationalmuseum. Die Reichskrone ist immerhin eines der herrlichsten und bedeutendsten Kunstwerke des Mittelalters, eine Antiquität von unschätzbarem Wert.«

»Das Reich ist keine Antiquität!«

»In unsern Augen ist sie das. Aber wenn es Sie tröstet, Monsieur Kleist, kann ich Ihnen garantieren, dass sie, ihrem Rang gemäß, einen Ehrenplatz im Louvre erhalten wird – zwischen der Mona Lisa und dem Apoll von Belvedere. Sie stimmen mir sicherlich zu, dass sie dort besser aufgehoben ist als in einem Keller unter der Wiener Hofburg.«

»Diesen Affront wird der österreichische Kaiser nicht hinnehmen.«

»Was bleibt ihm denn anderes übrig?«, entgegnete Dubois mit einem Schmunzeln. »Kaiser Franz kann dieser Tage froh sein, wenn sich Napoleon nur mit der Krone begnügt und ihm Österreich lässt.«

»Und unsere Freunde in Ellwangen«, hob Staël an, »wie wollen Sie es anstellen, diese aus der Gefangenschaft zu befreien?«

»Ein Kinderspiel. Ich habe Monsieur Kleist aus Joux geholt, und Sie haben gesehen, wie dick die Mauern dort sind. Ich habe einige Begleitschreiben dabei, die mir im Rheinbund Tür und Tor öffnen. Was meinen Sie, wie diese Württemberger springen, wenn sie das Siegel mit Napoleons Adler sehen!«

»Ich kann es mir lebhaft vorstellen«, bemerkte Kleist grimmig.

»Morgen spätestens sind Ihre Freunde freie Leute«, sagte Dubois. »Glauben Sie mir, es ist tatsächlich eine günstige Fügung für beide Seiten, dass wir uns trafen.«

Bevor Dubois nun in die Garnison aufbrach, bat er Kleist um einen letzten Gefallen: Dieser sollte ein Schreiben in französischer Sprache aufsetzen, in welchem er kurz der Krone Wanderschaft vom Keller des Thurn und Taxis'schen Palais in Regensburg bis zum Grab Karls III. auf der Reichenau schilderte und die Krone schließlich förmlich Dubois respektive Baron Denon respektive Napoleon I. überantwortete. Kleist leistete dieser Bitte Folge, obwohl er darauf hinwies, dass er mitnichten der Besitzer der Krone sei und deshalb im Grunde genommen gar nicht befugt, sie einem anderen auszuhändigen.

Dubois holte Feder, Tinte, einen Bogen Papier und Siegellack aus seinem Zimmer, und Kleist begann zu schreiben. Staël erkundigte sich, wie viel Gewicht das Wort Baron Denons bei Bonaparte habe.

»Für gewöhnlich hört der Kaiser auf die Meinungen und

Vorschläge des Barons«, antwortete Dubois. »Weshalb fragen Sie?«

»Ich fühle, ich kann nicht außerhalb Frankreichs leben«, entgegnete Staël. »Ich brauche Paris wie die Luft zum Atmen, aber der Kaiser will mich in Frankreich nicht dulden. Können Sie mir helfen, meine Verbannung aufzuheben?«

»Baronin«, sagte Dubois, indem er eine Verbeugung andeutete, »ich verspreche Ihnen hoch und heilig, dass ich mich dafür verwenden werde. Wenn Sie eine Trophäe wie die deutsche Reichskrone nach Paris begleiten, kann ich mir schwerlich vorstellen, dass der Kaiser seinen Groll gegen Sie aufrechterhalten kann. Er ist kein Unmensch.«

Über diese unverhoffte Aussicht war Staël so glückselig, dass ihr die Tränen in die Augen traten. Kleist enthielt sich eines Kommentars. Als er den Brief gegen das Sonnenlicht hielt, um die Tinte zu trocknen, strahlte hinter den Worten das Wasserzeichen auf – ein Profil Napoleons. Kleist musste an sich halten, es nicht entzweizureißen. Nachdem Dubois den Brief überflogen und für gut befunden hatte, wurde dieser verschlossen und versiegelt, und Kleist drückte seinen Wappenring in den weichen Lack.

Staël sprach Kleist Dank und Lob dafür aus, dass er ihren Vorschlag, die Krone gegen die Freiheit ihrer Gefährten einzutauschen, nicht unterbunden hatte, sosehr es ihm missfallen musste, das Kleinod in den Händen seiner Feinde zu wissen; ja dass er sogar das von ihm geforderte Schreiben ohne Murren abgefasst. Weil sie weder dem Schmied über den Weg trauten, der sie doch ebenso gut den Behörden melden konnte, noch Dubois, der doch ebenso gut mit einer Einheit Landjäger aus der Garnison zurückkehren konnte statt mit ihren freigelassenen Gefährten, warteten Staël und Kleist nicht im Goldenen Löwen auf seine Rückkehr, sondern verborgen im Wald an der Straße zwischen Ellwangen und Jagstzell, unweit der

Stelle, wo ihnen die Flucht vor den Gendarmen gelungen war.

Aber ihr Argwohn tat nicht not: Noch am selben Nachmittag kam Dubois auf seinem Pferd des Wegs geritten, gefolgt von ebenjenem Leiterwagen, auf dem Goethe, Tieck und Schlegel saßen. Leonore freilich fehlte.

»Sapperment!«, rief Tieck, als Kleist und Staël durch das Buschwerk auf die Straße traten. »Das ist eine schöne Überraschung! Baronin! Hat Sie der Teufel noch nicht geholt? Sieh da! Freund Heinrich!«

»Sei mir willkommen!«

»Nun, des Arrestes bin ich wieder los! Wir sind jetzt so frei wie die Fliegen in der Luft!«

Die drei entlassenen Sträflinge sprangen vom Wagen, und wechselweise begrüßte man einander, teils mit Handschlag, teils mit Umarmung. Goethe dankte Kleist und der Baronin, dass sie sie nicht im Stich gelassen hatten. Schweigsam wurden sie jedoch, als Staël ihnen offenbarte, dass die Reichskrone der Preis für ihre Freiheit war und dass sich Kleist in dieser Angelegenheit mehr als selbstlos erwiesen hatte. Dass jene Krone, die ihnen so viel bedeutete und für die sie in den letzten Wochen so viel riskiert hatten, nun doch in den Klauen von Napoleon enden sollte, drückte insbesondere auf die Stimmung von Tieck und Schlegel. Kleist zuckte lediglich mit den Schultern und meinte, es gäbe Schlimmeres.

Leonore, so erfuhren sie, hatte sich schon nicht mehr im Zuchthaus befunden, als Dubois dort eintraf. Als einzige Frau hatte man sie in eine andere Zelle gesteckt, und nachdem man sie – wie auch die Männer – zu den Vorfällen in der Kirche befragt hatte, hatte man sie für unschuldig befunden und wieder auf freien Fuß gesetzt. So schilderten es die Gendarmen. Dass man Leonore nach so kurzer Zeit wieder hatte laufen lassen, konnte sich keiner der Gefährten erklären, denn obwohl sie zwar jung, hübsch und weiblich war, so hatte sie dennoch den Säbel gegen die Landjäger geführt wie alle anderen auch. Es stand zu hoffen, dass man sie in Jagstzell wiedersehen würde.

Dies war das Stichwort für Dubois, der nun zur Eile drängte. »Wir reiten weiter«, sagte Goethe, »sobald Sie mir gesagt haben, woher ich Ihr Gesicht kenne, Monsieur Dubois. Denn noch immer lässt mich der Verdacht nicht los, dass ich Ihnen schon einmal begegnet bin.«

»Seien Sie beruhigt, Ihr Gedächtnis spielt Ihnen keinen Streich«, erwiderte jener lächelnd. »Wir sahen uns im letzten Herbst.«

»Traun!, wo wäre das gewesen?«

»In Ihrem eignen Wohnzimmer, Monsieur Goethe. Sie waren so gütig, Baron Denon Ihre Münzsammlung zu präsentieren, und ich, als sein Assistent, durfte ihn begleiten.«

»Bei meinem langen Bart, natürlich!«, rief Goethe aus und schlug sich mit der flachen Hand gegen die Stirn. »Denon! Kurz nach der Schlacht! Die Münzen!«

Den Rest des Weges berichteten Tieck, Schlegel und Goethe, was sie bei ihrer Befragung durch die Gendarmerie für Lügenmärchen erzählt und wie sie sich die Zeit im Kerker mit Tiecks Nibelungen-Kartenspiel und dem Drama von Bube, Dame, König und Ass vertrieben hätten. Staël und Kleist schilderten im Gegenzug ihre Flucht durch den Wald und die seltsame Art ihrer Fortbewegung: erst Hand in Hand wie zwei Geschwister aus einem Märchen, dann sie von ihm getragen.

»Du trugst sie?«, fragte Tieck.

»Ja, auf diesem Rücken«, erklärte Kleist, »so wahr ich ehrlich bin. Drauf wurden wir beide zu eins und flohen und mussten in den Fichten übernachten.«

»Und was geschah mit Ihrer schönen Nase, Madame?«, erkundigte sich Schlegel.

»Ich bin im Dunkel gegen einen Baum gelaufen, Wilhelm. Haben Sie Dank für Ihre Anteilnahme.«

Je näher sie dem Dorf kamen, desto stiller wurden die Gefährten. Es dämmerte schon, als sie die Kirche erreichten. Aller Herzen schlugen schneller, wusste man doch nicht im Geringsten, was man zu erwarten hatte. Hinter dem Gebäude stellte sich der Schauplatz aber fast genauso dar, wie man ihn verlassen hatte: Der Theaterwagen stand dort ebenso wie Colla und Sapone, noch immer grasend, und um das Fuhrwerk verstreut lagen noch einige der Kostüme, die die Gendarmen während ihrer Durchsuchung gleichgültig in den Matsch geworfen hatten. Noch heiterer als dieser Anblick stimmte sie jedoch der Radau, den Stromian machte: Der verschollene schwarze Pudel schoss bellend von unter dem Wagen hervor, lief zwischen den Beinen der Gefährten umher, sprang an ihnen herauf, leckte die Hände von Goethe und Tieck und wollte nicht aufhören, mit dem Schwanz zu wedeln.

Nachzusehen, weshalb ihr Hündchen bellte, trat einen Augenblick später Leonore aus dem Wagen. Sie war so überwältigt vom Anblick der wohlbehaltenen Truppe, dass sie ihren offenen Mund mit beiden Händen bedeckte. Dann rannte sie die kleine Treppe herab, Tieck in die Arme. »Heilige Mutter Gottes«, sagte sie, »der Albtraum war nur kurz.« Tieck, von der plötzlichen Nähe betört, zumal in der Anwesenheit seiner Freunde, musste sich erst noch überwinden, seine Hand auf ihren blonden Lockenkopf zu legen.

»Die Krone?«, fragte Kleist.

»Ist noch da«, antwortete das Mädchen. »Ich habe gerade nachgesehen. Die Kinder haben sich einige Kleider und Utensilien gestohlen, um damit ihr eigenes Theater zu spielen, bevor der tapfere Stromian sie mit seinem Gebell in die Flucht schlug. Aber den Hohlraum unter dem Bock hat niemand entdeckt.«

Kleist stieg sogleich in den Wagen, die Krone ans Licht zu bringen.

»Dass man dich freigelassen hat, Gott sei's gepriesen«, sagte Tieck zu Leonore, »aber kannst du uns auch verraten, weshalb?«

»So wahr mir Gott helfe, ich habe die Krone mit keinem Wort erwähnt«, beeilte diese sich zu versichern. »Ich habe euch als grillenhafte Aristokraten ausgegeben, die sich mit ihrer Liebhaberbühne unter den Pöbel mischen wollen. Vielleicht haben die Gendarmen mich gehen lassen, weil ich als Einzige der Gruppe tatsächlich Schauspielerin bin. Oder weil ich, obwohl Italienerin, aus dem französischen Kaiserreich komme. Allerdings habe ich auch die jugendliche Naive in ihrer ganzen Unschuld nie so überzeugend gespielt wie heute; ihr hättet mich sehen sollen!«

Tieck konnte nicht umhin, ihre zarten Hände zu küssen. Kleist kehrte mit der schmutzigen Holzkiste aus dem Thespiskarren zurück und stellte sie auf der Ladefläche des Leiterwagens ab. Dubois wurde so unruhig, als hätte man ihm Insekten in sein Hemd getan. Dann öffnete Kleist das Futteral.

»Das Reich«, sagte Kleist. »Und unversehrt, bei meiner Treu, als wäre es Stein.«

Dubois atmete beim Anblick von Gold und Perlen einige Mal tief ein und wieder aus und murmelte: »Hat man je eine solche Herrlichkeit gesehen?«

»Werden Sie mein Exil beenden?«, fragte Staël. »Werde ich dafür nach Paris zurückkehren dürfen?«

»Dafür, Madame«, entgegnete Dubois, ohne die Augen von der Krone zu nehmen, »dafür kommen Sie bis in Napoleons Antichambre.« Dann schloss er den Deckel über der Krone wieder, zog seine Pistole und richtete sie auf die Gefährten. Diese machten sämtlich einen Schritt zurück. »Damit ist der Handel abgeschlossen«, sagte Dubois. »Baronin, seien Sie bitte so freundlich und bringen mir mein Pferd.«

»Wenn wir doch handelseinig sind, warum bedrohen Sie uns dann?«, empörte sich Goethe.

»Vertrauen schließt die Kontrolle nicht aus«, erwiderte der Franzose. »Jetzt, da ich meinen Teil der Abmachung erfüllt habe, könnte doch der eine oder andere von Ihnen versucht sein, wortbrüchig zu werden und die Krone zurückzuhalten – oder etwa nicht, Monsieur Kleist? Seien Sie ehrlich: Wollten Sie mich wirklich so ohne Weiteres mit Ihrer Krone ziehen lassen?«

»Eigentlich nicht.«

»*Et voilà*, ich wusste es!«, rief Dubois triumphierend. »Mademoiselle, halten Sie Ihren Kläffer zurück; ich mag Hunde nicht sonderlich und kann für nichts garantieren, sollte er auf mich losgehen.« Leonore hielt ihren Pudel, der Dubois wütend angebellt hatte, am Halsband fest.

»Wenn wir schon ehrlich miteinander sprechen«, sagte Kleist, »sagen Sie mir eines, Monsieur Dubois: Ist die Krone wirklich nur für das Museum bestimmt?«

»Natürlich nicht! Was wäre das für eine Vergeudung! Wenn Sie verfolgt haben, wie Napoleon alles sammelt, was auch nur entfernt mit Karl dem Großen zu tun hat, können Sie sich denken, dass die Karlskrone für ihn weit mehr ist als ein Ausstellungsstück. Bei seiner Krönung hielt Napoleon das Zepter der römischen Kaiser in der Hand und hätte beinahe noch den Säbel und das Evangeliar Karls des Großen aus Aachen geraubt – weshalb sollte er also auf dessen Krone verzichten? Wir werden ihn damit krönen, zum Kaiser von Europa, zum ersten römisch-französischen Kaiser, zum Herrn über das fünfte Weltreich, *Napoleon der Große*, dessen Ruhm den Karls weit überstrahlen wird! Verzeihen Sie meine Unaufrichtigkeit, Monsieur Kleist, denn Ihre Vermutung war mehr als richtig!«

Kleist nickte nur. Staël hatte inzwischen Dubois' Pferd an den Zügeln herbeigeholt. Der Franzose schlug die Satteltasche auf und nahm mit der freien Hand die Kiste auf.

»Dann heißt es jetzt Abschied nehmen«, sagte er fröhlich. »Doch erlauben Sie mir eine letzte Bemerkung, Monsieur Kleist: Wenn Sie mich wirklich nicht mit der Krone ziehen lassen wollten, dann nimmt es mich wunder, dass Sie nichts dagegen unternommen haben.«

»Oh, das habe ich.«

»Pardon?«

»Ich habe – noch heute Morgen, im Wirtshaus, während Sie nicht hinsahen – den Feuerstein aus Ihrer Pistole entfernt, wie Sie gleich bemerken werden, wenn Sie abdrücken.«

Dubois wurde leichenblass. Er hob seine Pistole vors Gesicht, um das Steinschloss zu inspizieren. Blitzschnell schoss Kleist nach vorne und packte Dubois' Waffenhand. Im Gerangel fiel das Futteral zu Boden, und die Krone purzelte in den Dreck. Sofort waren auch Tieck und Schlegel zur Stelle, den Franzosen niederzuringen. Kleist drehte ihm die Pistole aus der Hand und schleuderte sie fort. Mit dem Schimpf »Tor, der du bist, Blödsinniger!« schlug er ihm die Faust ins Gesicht und spuckte hintendrein.

Umgehend wurde Seil herbeigeschafft. »Sie brechen Ihr Wort, Monsieur Kleist!«, schrie Dubois, während er gefesselt wurde.

»Da Sie uns belogen und bedroht haben«, erwiderte Kleist kühl, »sehe ich mich von meinem Wort entbunden. Sie werden die Krone nie bekommen.« Besagte Krone hob er auf und reinigte sie mit zarter Sorgfalt von Erde und Gras.

»Sind Sie von Sinnen!«, zeterte Staël, die die Überwältigung ihres Landsmannes fassungslos mit angesehen hatte. »Paris! Jetzt wird Napoleon meine Verbannung niemals aufheben!«

»Das hätte er auch sonst nicht getan«, entgegnete Kleist. »Glauben Sie denn – gesetzt, er hätte Napoleon tatsächlich darum gebeten! –, das Wort dieses Knilchs gilt dem Kaiser so viel, dass dieser seine Erzfeindin in die Arme schließt? Mein aufrichtiges Bedauern, Madame, aber solange Napoleon nicht tot oder verbannt ist, werden Sie wohl nie nach Paris zurückkehren können.«

Dubois wollte gegen diese Darstellung protestieren, aber da ihn Schlegel eben erst geknebelt hatte, konnte er nur unverständlich nuscheln. Das tat er so lange, bis Kleist ihn abermals schlug, diesmal in den Magen. Dubois ging mit schmerzverzerrtem Gesicht zu Boden. »Jeder von euch ist eingeladen«, sprach Kleist zu seinen Gefährten, »diesen nichtswürdigen Dickwanst in den Kot zu werfen und den Fuß auf sein kupfernes Antlitz zu setzen.« Aber der Einladung folgte allein Stromian, der sich im Leder von Dubois' Stiefeln verbiss.

»Das Beste wäre«, sagte nun Schlegel, »wir räumten eilig unsere Sachen zusammen und verließen diesen Ort. Ein zweites Mal möchte ich nicht auf die Landjäger stoßen, und der Mond ist heute –«

Ein Schuss schnitt ihm das Wort ab. Alle sahen zu Goethe, der Dubois' Pistole in der Hand hielt – aus deren Mündung es schmauchte – und der sich mindestens ebenso über den Schuss erschrocken hatte wie die anderen.

»Mordbleu!, was tun Sie?«, rief Kleist.

»Ich bin untröstlich. Sagten Sie nicht, Sie hätten den Feuerstein entfernt?«

»Das war eine Finte. Ich habe nichts dergleichen getan.«

Diese Offenbarung nötigte Kleists Kameraden alle Hochachtung ab. »Das war ein Husarenstreich!«, lobte Tieck. »Alter, den macht dir kein anderer Sterblicher nach.«

»Schade nur um die Kugel«, entgegnete Kleist und wies auf Dubois, »die ich eigentlich ihm vor den Kopf schießen wollte.«

»Sie wollen – wollen ihn *töten*?«, fragte Goethe bestürzt.

»Selbstredend. Jener ist wert, dass ihn die Raben fressen.«

»Das steht außer Diskussion.«

»Der Bube würde eigenhändig die zwölf Apostel auspeitschen, um an die Krone zu gelangen. Und Sie wollen riskieren, diesem Saupelz ein drittes Mal zu begegnen?«

»So ist nun einmal der Bau der Welt. Jede Lösung eines Problems ist ein neues Problem. Außerdem ist höchst unwahrscheinlich, dass er uns noch einmal findet.«

»Das meiste von dem, was uns bislang widerfuhr, war höchst unwahrscheinlich«, erwiderte Kleist. »Also, sage ich, blasen wir ihm die Lichter aus.«

Kleist war partout nicht von seiner Meinung abzubringen, weswegen es die Gefährten ungemein verblüffte, als ihn Staël mit einer einzigen Bemerkung zum Einlenken bewegte. Dass ausgerechnet das Wort der Französin so viel bei Kleist galt, war neu und unerklärlich.

Baron Denons Assistent sollte also verschont werden. Während er, gefesselt und vom knurrenden Stromian bewacht, am Boden liegen blieb, bereiteten die Gefährten ihren Aufbruch vor. Die beiden Pferde wurden wieder eingespannt, und was von den verstreuten Gewändern noch brauchbar war, wurde zurück in den Wagen geschafft. Noch einmal ging man in die leere Kirche. Der Vollmond, der durch die Fenster fiel, beleuchtete eine traurige Szenerie: Die Dekoration des Stückes stand zwar noch, war jedoch vom Gefecht schwer beschädigt, und die meisten Utensilien, wie die Degen oder der Kelch, waren entwendet worden. Es sah aus, als hätten Fortinbras und seine Norweger Schloss Helsingör geplündert und danach dem Verfall preisgegeben. Vor allem aber fehlte die Kasse, die hier am Rande des Altars gestanden hatte, sodass die Goethe'sche Gesellschaft nun so gut wie mittellos war. Draußen verstaute Kleist indes die Krone und nahm dann die Briefe, Vollmachten, Pässe sowie Wechsel aus Dubois' Satteltaschen, um sie durchzusehen und den Großteil davon zu verbrennen; vorzüglich jene Papiere, auf denen sich der napoleonische Adler fand. Die Gläser von Dubois' Brille zertrat er auf einem Stein.

Dubois wollte man gefesselt zurücklassen, und da es nur eine Frage der Zeit war, bis ihn die Dorfbewohner gefunden und befreit hätten, schien es ratsam, das Land so schnell als möglich zu verlassen, denn der Franzose würde sich fraglos wieder an ihre Fersen heften, diesmal mit Verstärkung und erneutem Eifer. Doch das Würzburger Herzogtum lag in weiter Ferne, und so gab es nur eine Grenze, die die Gesellschaft überschreiten konnte – die nach Baiern. Ausgerechnet in jenes Land sollten sie fliehen, in dem Napoleons dienstbarster Vasall herrschte und welches das Aufmarschgebiet für den Krieg gegen Preußen gewesen, in welchem der König ein ehemaliger französischer Offizier, der Minister ein halber Franzose und der Kronprinz Patensohn Ludwigs XVI. war und wo es laut Kleist schließlich nur zwei Sorten von Menschen gab: Franzosen und Franzosenfreunde. Es war, als würde man, nur um der Charybdis auszuweichen, freiwillig Kurs auf die Höhle der Skylla nehmen.

Immerhin war die Grenze so nah, dass man sie noch vor dem Morgen erreicht haben würde, und der Mond war voll und die Rosse waren ausgeruht. Glock elf verließen sie Jagstzell ein zweites Mal, ihr Tross jetzt um das Pferd Dubois' erweitert. Dubois selbst hatten sie zum Abschied mit dem Knebel im Mund an einen Baum gefesselt, nachdem sie ihn gezwungen hatten, eine lange blonde Perücke und das Kleid der Schäferin aus ihrem Fundus überzuziehen. Wenn Kleist den Franzosen schon nicht erschießen durfte, so wollte er ihn doch wenigstens erniedrigen. Goethe war selbstverständlich gegen diesen Mummenschanz und warf Kleist vor, seinen Machiavell nicht aufmerksam gelesen zu haben, welcher doch ausdrücklich davon abrate, jemanden zu demütigen, den man nicht auch vernichten kann.

9
FRANKEN

Kleist schlief fortan nicht mehr im Freien. Nach seiner ersten Nacht im Theaterwagen – in dem außer ihm wie bisher Staël schlief – wurde Schlegel stutzig, nach der zweiten stellte er die Baronin zur Rede. Er traf sie über ihrem Reisejournal an.

»Mir ist aufgefallen, Teuerste«, sagte Schlegel so nonchalant, wie es seine schwelende Empörung zuließ, »dass Kleist, obschon er bislang jede Nacht unter freiem Himmel schlief und das Wetter seitdem eher noch trockener und wärmer geworden ist, die letzten beiden Nächte bei Ihnen im Wagen verbracht hat.«

»Er hat die Nächte nicht bei mir verbracht, sondern bei der Krone«, berichtigte Staël. »Wie ein Wachhund auf seines Herrn Türschwelle, so liegt Kleist vor dem Kasten mit dem Futteral. Hin und wieder murmelt er etwas; ob schlafend oder wach, ich weiß es nicht. Es ist mir beinahe unheimlich.«

»Sie sagen mir nicht die ganze Wahrheit.«

»Was sollte ich Ihnen denn verschweigen?«

»Was in der Nacht im Wald zwischen Ihnen und Herrn von Kleist tatsächlich vorgefallen ist und woher das Mal in ihrem Gesicht stammt – denn ein Baum hat Ihnen diese Wunde sicherlich nicht geschlagen. Ich bin nicht blind, Teuerste! Ich habe sehr wohl beobachtet, in welch schamloser Weise Sie Kleist zu Sankt Johanni schöne Augen machten. Also nur heraus damit! Ich beanspruche keine Schonung – sonst wäre ich lange nicht mehr bei Ihnen.«

»Was glauben Sie, wer Sie sind? Hamlet, der seiner Mutter verbietet, einen andern Mann zu begehren?« Staël stemmte die Fäuste in die Hüfte und sah Schlegel eindringlich an. »Was ist denn Ihrer Meinung nach im Wald zwischen Heinrich und mir vorgefallen? Und was hat meine Nase damit zu tun?«

»Zwingen Sie mich nicht, Madame, es in Worte zu fassen.«

»*Mon Dieu*, Wilhelm, Sie haben eine Art, sich wie ein Franzose auszudrücken.«

»Ein prächtiges Kompliment! Seien Sie froh, dass ich nicht danach strebe, ebenso zu handeln!«

»Fassen Sie es in Worte, ich bitte Sie. Sie haben mich neugierig gemacht.«

Schlegel atmete tief ein und sprach dann in gedämpfter Stimme: »Wohlan: Sie haben Herrn von Kleist... beigewohnt. Und des geringen Platzes in der Hütte wegen stießen Sie sich dabei die Nase. – Gestehen Sie, oder strafen Sie mich Lügen!«

»Nein... Sie haben recht, Wilhelm«, erwiderte Staël kopfschüttelnd. »So und nicht anders hat es sich zugetragen. Wir haben es miteinander getan, und vor lauter Leidenschaft habe ich mir dabei den Zinken zertrümmert. Erstaunlich, wie Sie mich mit geradezu detektivischem Spürsinn entlarvt haben.«

»Tatsächlich?«

»Fragen Sie Heinrich.«

»Schwachheit, dein Name ist Weib!«

»Eifersucht, dein Name ist Schlegel.«

Schlegel trat umgehend zu den Gefährten, bei denen sich auch Kleist befand. »Herr von Kleist: Auf ein Wort, wenn Sie so freundlich wären.«

Die beiden gingen einige Schritte, bis die anderen außer Sicht waren. »Ich habe mit der Baronin gesprochen«, hob Schlegel an, »die Vorgänge in der Nacht Ihrer gemeinsamen Flucht betreffs. Auf meine wiederholte Nachfrage gestand sie, keineswegs in einen Baum gelaufen zu sein. Ist es wahr, was sie mir von der wahren Herkunft ihrer blutigen Nase erzählt hat?«

Kleist senkte den Blick zu Boden. »Ja, das ist es«, antwortete er schließlich, »so leid es mir auch tut. Ich schäme mich sehr für das, was in der Köhlerhütte geschehen ist. Ich habe mich alles andere als ritterlich verhalten, sei sie nun Französin oder nicht.«

»Was hat ihre Nationalität damit zu schaffen?!«, brüllte Schlegel, der indes rot angelaufen war.

»Nichts, rein gar nichts«, entgegnete Kleist kleinlaut. »Aber glauben Sie mir: Es geschah wirklich nur aus einer übereilten Erregung. Ich tat es nicht etwa, weil ich Spaß daran hatte.«

Hierauf versetzte ihm Schlegel einen solchen Backenstreich, dass der Knall noch bei der Kutsche zu hören war. Kleist führte eine Hand an die geschlagene Wange.

»Wenn Sie noch einmal derart Hand an Sie legen, blüht Ihnen Übleres«, drohte Schlegel.

»Ich habe verstanden«, sagte Kleist, und abermals: »Es tut mir wirklich leid. Ich werde so etwas nie wieder machen. Zumindest nicht bei einer Frau.«

Diesen letzten Satz wusste Schlegel nicht so recht zu deuten, aber es war ohnehin alles zwischen ihnen gesagt, weswegen er zurück zum Wagen ging. Kleist folgte ihm erst nach geraumer Zeit, als der Abdruck von Schlegels Hand in eine generelle Röte übergegangen war.

Baiern war erreicht, oder besser: Franken, denn dieses Land war erst jüngst als eines der ersten Geschenke Napoleons Maximilian von Baiern zugeschlagen worden – ausgerechnet den bairischen Erzfeinden, wo Franken doch den preußischen Königen immer so viel näher gestanden hatte –, und einstmals stolze fränkische Reichsstädte wie Nürnberg, Rothenburg und Schweinfurt hatten ihren Rang und ihre Freiheit verloren. Einigen Reisenden hüpfte das Herz in der Brust, diesen Nabel des alten Reiches zu betreten, und sie konnten sich nicht sattsehen an den altfränkischen Bildern: wie anmutig die Wälder und Felder, die Burgen und Ruinen, die steinernen Brücken, die Grenzsteine, die Flurkreuze, die Kapellen und die kleinen fränkischen Dörfer mit ihren Fachwerkhäusern, Brunnen und Dorflinden! Dies war die Heimat der Minne- und Meistersänger, der Reichskleinodien, der geschicktesten Handwerker, die eigentliche Heimat aller Deutschen. Emsiger noch als in Schwaben notierte Staël ihre Eindrücke in ihrem Reisejournal.

Alles Betrachten freilich musste vom Wagen aus geschehen, denn man hatte beschlossen, das heiße Pflaster Baiern in einem wahrhaft napoleonischen Gewaltmarsch zu durchqueren, vom ersten bis zum letzten Licht des Tages zu fahren, wie es die Kraft der Pferde zuließ, und erst in Sachsen respektive Thüringen wieder durchzuatmen. Im Westen vorbei an Ansbach und Nürnberg, im Osten an Bamberg; so wollte man die großen Städte meiden. Mit dem Theater musste es auch ein Ende haben, denn zuletzt hatte man, aufrichtig betrachtet, nicht mehr zur Tarnung gespielt, sondern aus Spaß und Eitelkeit, und die letzte Aufführung hätte den Trupp beinahe um Kopf und Kragen gebracht.

Für eine Reise ohne Pausen tat es not, den Proviant aufzustocken. Im nächsten größeren Ort fand man zwar die nötigen Geschäfte vor, aber es mangelte an Geld für den Einkauf, war doch die gesamte Reisekasse in Jagstzell beschlagnahmt oder gestohlen worden. Man sah sich schließlich gezwungen, das Pferd von Dubois weit unter Wert zu versetzen, um zu Geld zu kommen. Die Münzen wurden hernach verteilt, damit dieser zum Metzger, jener zum Meier und wieder ein anderer zum Bäcker gehen konnte.

Auf dem Rückweg von der Meierei kam Goethe an der örtlichen Poststation vorbei, und da das Käserad unter seinem Arm so schwer wog, betrachtete er Tisch und Bank vor dem Gebäude als willkommene Einladung, einen Moment zu verschnaufen. Er hatte keine Minute im Schatten des Posthauses gesessen, als Schlegel in Begleitung des Postmeisters hinaustrat. »In weniger als einer Woche ist er in Wien«, sagte dieser. Erst da nahm Schlegel Goethe im Schatten wahr und erschrak.

»Sollten Sie sich nicht um den Wein kümmern?«, fragte Goethe.

»Selbstverständlich. Ich wollte nur noch ... ein kleines Schreiben auf den Weg bringen.«

»Ein *lettre d'amour*, dass Sie sich so zieren?«

»Nein. Der Brief ist an meinen Bruder. In Wien.«

»Siehe da. Hätten Sie doch etwas gesagt, dann hätte ich vielleicht meinen Gruß angefügt.«

»Ich dachte, Sie mögen meinen Bruder nicht besonders.«

Goethe winkte lächelnd ab. »Kommen Sie. Ich helfe Ihnen, einen Wein auszuwählen, wenn Sie mir mit meinem Käse helfen. Ich habe das Gefühl, eine Kanonenkugel zu tragen.«

Sie schweigen auf dem Weg zum Winzer. »Bedrückt Sie etwas«, fragte Goethe schließlich, »dass Sie so ungewohnt wortkarg sind?«

»Meinen Sie nicht auch, der Franzose folgt uns?«, entgegnete Schlegel. »Umso mehr, nachdem er weiß, dass wir die echte Krone haben?«

»Selbst wenn er uns in Baiern suchen sollte: Das Land ist groß.«

»Man müsste es wie Faust machen, der bei seinen Reisen den Teufel die Wege vor sich pflastern und das Pflaster nachher wieder aufreißen lässt, um keine Spuren zu hinterlassen.«

»Wünschten Sie, Sie wären in Coppet geblieben?«

»Ach, ebenso viel und ebenso wenig, wie ich wünsche, ich wäre weiland in Berlin geblieben, anstatt der herzlosen Baronin zu folgen. Ich habe meine deutsche Heimat und eine glänzende Karriere aufgegeben, um ihr Hausgenosse und der Lehrer ihrer Kinder zu werden. Um Tag für Tag ihren Malicen ausgesetzt zu sein, diesen feinen, giftigen Spitzen, zu denen nur die Franzosen fähig sind. Das ist nun alles, was ich für das tägliche peinigende Opfer meiner Unabhängigkeit und für all den Kummer, den ich in mich hineinfressen musste, eingetauscht habe. In Berlin wäre ich Gelehrter, deutsche Zunge des größten aller Dramatiker, Wortführer einer neuen Schule, nein, Hohepriester einer neuen Religion – aber in Coppet bin ich nur ihre Marionette.«

»Warum kehren Sie nicht nach Berlin zurück?«

»Es geht nicht. Denn sobald ich die Koffer packe, um der Qual ein und für alle Male zu entfliehen, macht sie plötzlich so liebreiche Versprechen, dass ich bleiben *muss* – nur um dann, sobald die Kleider zurück in der Kommode sind und die Bücher im Regal, erneut ihren Spott erdulden zu müssen. Ich kenne die Scherznamen, die man mir altem Hagestolz hinter meinem Rücken gibt – Anteros, Tannhäuser, Brackenburg –, aber das Schlimmste an ihnen ist, dass sie allesamt wahr sind. Seit ich diese Zauberin kenne, bin ich nicht mehr glücklich gewesen, und dennoch wünschte ich es nicht anders. Ich muss versuchen, mich mit der Rolle des Minnesängers zu begnügen, welcher unten am Fuße des Turms ihren Liebreiz besingt, derweil sie hinter dem Fenster die Ritter empfängt.«

»Sie sehen mich untröstlich«, entgegnete Goethe, »war ich es doch, der der Baronin Ihren Namen nannte, in der Hoffnung, ich täte beiden Parteien etwas Gutes.«

»Oh, ich zweifle nicht, dass *sie* sich täglich an meiner Gegenwart ergötzt«, sagte Schlegel, »aber mich, mich haben Sie damit zweifellos der Sirene zum Fraße vorgeworfen.«

»Barmherziger! So geben Sie mir den Käse zurück; ich will Sie zumindest um diese Last erleichtern, Sie melancholischer Unglücksvogel!«

»Lassen Sie nur; diese Last ist es nicht, die mich niederdrückt.«

»Was sonst kann ich für Sie tun, Herr Schlegel?«
»Ihr Wort vor allen hat bei ihr Gewicht. Wenn ich etwas sage, dient es ihrem Spott zur Zielscheibe; wenn Sie das Gleiche wiederholen, haben Sie ihr eine ewige Wahrheit ausgesprochen. Wenn Sie mir also etwas Gutes tun wollen, Herr von Goethe, rühmen Sie mich in ihrer Gegenwart. Vielleicht nimmt sie sich Ihr Wort zu Herzen und betrachtet mich mit andern, unkritischeren Augen. – Und offenbaren Sie um des Himmels willen nicht unsern Begleitern, was für ein Hampelmann ich in den Fängen dieser kaltherzigen Armida geworden bin. Dort kommen Herr von Kleist und Ludwig des Weges, einige Laibe Brot in den Armen.«

Die Herren grüßten einander im Vorübergehen; Tieck wiederholte seinen Wunsch, man möge am Wein nicht sparen, und die Bitte, Goethe solle darauf achtgeben, dass Schlegel die Flaschen nicht sofort wieder über irgendeines Unholdes Schädel zerteppere; dann gingen diese weiter zum Winzer und jene zum Fleischhauer.

Noch einmal blickte Tieck über die Schulter, als die beiden anderen vorüber waren. »Da gehen sie und plaudern wie die Klöppelweiber auf der Ofenbank«, bemerkte er. »Als hätte es den Weimar-Jenaer Streit zwischen ihnen und vor allem zwischen Bruder Schiller und Bruder Schlegel nie gegeben. Dioskuren und Aphariden, friedlich vereint. – Findest du nicht auch, dass unser Sangesfürst so viel zugänglicher ist, seit ihm Schiller gestorben? Vielleicht traut er sich alleine den Kampf nicht mehr zu, hält sich mit Xenien daher zurück und macht lieber gut Freund mit jedem.«

»Vielleicht sucht er auch einen neuen Begleiter, der ihm Schiller ersetzt«, entgegnete Kleist.

»Wir wollen es nicht hoffen! *De mortuis nil nisi bene*, aber wir werden sicher mehr von Goethe haben, wenn Schillers Stelle vakant bleibt! Und überhaupt: Wer käme schon dafür in Frage?«

»*Ich* habe mich auf diesen Posten beworben«, antwortete Kleist leise.

»So so«, sagte Tieck, und nachdem sie einige Schritte schweigend gegangen waren: »Darf ich dir einen Rat geben, Heinrich?«

»Jeden.«

»Binde dich nicht an Goethe. Du weißt, wie groß ich von ihm denke; als Vorbild, Lehrer, Freund und hoher Meister, mit dessen Namen Deutschlands Kunst erwacht; ein Riesengeist, zu groß ein Mensch, zu klein ein Gott zu werden – doch als Verbündeten würd ich ihn mir bei alledem nicht wünschen. Denn er hat immer nur die Kleingeister an sich herangelassen und gefördert; die wirklich talentierten, originalen Männer ignoriert, verhöhnt und bekämpft er seit Olims Zeiten. Schau doch nur, was er mit Lenz gemacht hat! Was er über Jean Paul denkt! Es ist doch eigentlich ein Wunder, dass aus seiner Feindschaft mit Schiller – dieser bildet die einzige Ausnahme – doch noch Freundschaft ward! Glaube mir, Freund: An dem Tag, an dem Johann Wolfgang von Goethe dich lobt, bist du von allen guten Musen verlassen! Ja, es ist am Ende ein Brevet der Mittelmäßigkeit, von Goethe gelobt zu werden.«

»Aber er lobt *dich*.«

»*Quod erat demonstrandum!*«, rief Tieck aus. »Denn wer ist das leibhaftige Mittelmaß, wenn nicht ich? Ihr lasst es mich doch stets spüren, wenn ich von meinen Waldhörnern und Klosterbrüdern dichte.«

»Ludwig –«

»Lass gut sein, keine Widerrede, denn ein Genie zu sein bin ich doch eh viel zu bequem. Ich bin zufrieden, wenn meine Kunst vergnügt; sie soll nicht bilden oder erleuchten; meine Geschichten sind nicht Marmor, sondern Makaronen; sie verderben zwar eher als jener, aber dafür zerbeißt man sich an ihnen nicht die Zähne. Aber du, Heinrich, du bist zu mehr geschaffen – zu mehr zumindest, als im verschlafenen Weimar Gevatter Zeit die Gänsekiele anzuspitzen. Bleibe frei, bleibe draußen, in der mehr bewegten Welt oder in noch größerer Einsamkeit, um alle deine Kräfte noch freier entwickeln zu können.« Tieck lachte auf. »Herrje, höre nur, wie ich auf einmal über Goethe spreche! Da träufele ich dir ungeniert Gift ins Ohr wie ein dänischer König dem andern! Ein Stück Seife, mir den Mund, dir die Ohren auszuwaschen! Es grenzt an Gotteslästerung! Zumal Goethe mir – uns allen – in dieser märchenhaften Reise so ganz als *Mensch* ans Herz gewachsen ist! – Wechseln wir geschwind das Thema, ehe ich weiter sündige: Meinst du, der Franzose folgt uns? Sintemal er die Krone jetzt mit eignen Augen gesehen hat? Wir sollten wenigstens die große Landstraße meiden.«

Kleist, vom plauderlaunischen Tieck von einem schwierigen Sujet in das nächste geworfen, blieb mitten auf der Straße stehen. »Natürlich folgt er uns«, sagte er und starrte dabei an Tieck vorbei, »und wir sind Narren, wenn wir uns einreden, wir hätten ihn abgeschüttelt, nur weil wir die Route geändert haben. Teufel, wir hätten ihn um das Leben bringen sollen!«

»Wenn du auch so denkst, dann schnell die Würste gekauft und weiter«, sagte Tieck und sah die Straße herab, als könnte jeden Moment eine Staubwolke die Ankunft von Dubois und einer Armee von Gendarmen vermelden.

»Gib mir das Brot, kauf du die Würste«, entgegnete Kleist. »Ich gehe zurück zum Wagen; wie äußerst töricht von mir, das Reich allein zu lassen, bewacht nur von zwei Weibspersonen und einem Schoßhund.«

Ehe Tieck dagegensprechen konnte, hatte Kleist sämtliche Laibe an sich gerissen und war schnellen Schrittes dorthin zurückgegangen, wo die Frauen beim Wagen warteten. Allen Beteuerungen zum Trotz stieg er sofort ins Wageninnere, um sich zu vergewissern, dass die Krone noch an ihrem angestammten Orte sei, und er verließ den Wagen nicht einmal, als die Fahrt weiterging, obgleich sich das dunkle Holz in der Sommersonne so erhitzt hatte, dass es in einem Backofen kaum wärmer hätte sein können. Erst als man zur Dämmerstunde das Lager aufschlug, kam Kleist kurz heraus, um einige Bissen des Essens zu sich zu nehmen, bevor er sich an seinem angestammten Platze schlafen legte.

Die Trennung von der Reichskrone in Jagstzell und die Angst um sie hatten Kleist nicht gut getan. Was man einmal verloren, schützt man hernach mit doppelter Wachsamkeit, und so entfernte sich Kleist nicht mehr von der Krone respektive vom Wagen, in dem sie sich befand. Da er sich nicht mehr nur nachts, sondern fortan auch tagsüber im Innern der Wanderbühne aufhielt, sah man ihn bald nur noch zu den Mahlzeiten, denn jeglichen Geselligkeiten, die die Eile noch gewährte, blieb er fern. Während die Gefährten mit jedem Tag unter der Sonne einen dunkleren Hautton bekamen, wurde Kleist zusehends blässer. Nur seine Augen wurden dunkler. Er schlief, aß und sprach wenig. Als er am dritten Abend nach dem Grenzübertritt gar nicht mehr aus dem Wagen hervorkam, brachte ihm Goethe Käse und Brot hinein. Er traf Kleist über dem offenen Futteral an.

»Siehe da«, sagte Kleist, »ein Besucher in meiner Schatzkammer! Treten Sie näher, Herr Geheimrat!«

Goethe hielt eine Lampe in der Hand, um das Halbdunkel des Wagens auszuleuchten, denn seit dem Vorfall in Pommertsweiler war ihm diese Kleiderkammer suspekt.

»Prüfen Sie, ob auch nichts abhandengekommen ist?«

»Ich habe die Perlen gezählt«, antwortete Kleist. »Es sind ihrer zweihundertvierzig! Genau doppelt so viel wie die Edelsteine, die beiden großen abgerechnet.«

»Fabelhaft«, erwiderte Goethe. »Wollen Sie nicht zu uns herauskommen? Es ist so stickig hier drinnen, und die untergehende Sonne malt uns heute die Wolken rot.«

»Verübeln Sie es mir bitte nicht, aber ich bliebe lieber bei der Krone. Ihr Anblick ist schöner als das schönste Abendrot, und wer weiß, wie lange ich mich noch daran werde ergötzen können.« Mit diesen Worten strich er über die goldenen Bögen der Kronenplatten.

Goethe legte Käse und Brot auf einer Truhe ab und setzte sich selbst daneben, und eine Weile betrachteten sie beide die Krone und wie das Flackerlicht der Lampe mannigfaltig von Gold und Edelsteinen widergespiegelt wurde.

»Herr von Kleist«, sagte Goethe schließlich, »ich habe noch einmal über Ihr … Gesuch nachgedacht, mit mir in eine, sagen wir einmal so, engere poetische Beziehung zu treten. Nicht wahr?« Kleist nickte. »Wohlan: Nach reiflicher Überlegung denke ich, dass wir, wenn der Krieg vorbei ist, tatsächlich einmal erwägen könnten, ob wir, wie Sie es vorgeschlagen haben, unser beider dichterische Energie nicht gewissermaßen bündeln sollten, sozusagen, wobei keiner von uns dabei irgendeine Verpflichtung eingeht, nicht wahr, und wir, sollte das Projekt nicht unsern Wünschen entsprechend verlaufen – so liegt es ja in der Natur eines jeden Versuches, dass das Scheitern, oder milder ausgedrückt: das nur mäßige Gelingen, nicht ausgeschlossen ist –, jederzeit wieder unserer Wege gehen können, ohne dass einer dem anderen etwas, nun ja, nachträgt. Verzeihen Sie, ich kann nicht hohe Worte machen; was ich nun schlussendlich, langer Rede kurzer Sinn, sagen will, ist dieses: Besuchen Sie mich doch bitte in Weimar; wir setzen uns mit einer guten Bouteille in den Garten, naschen ein paar Pflaumen und plaudern über Shakespeare, die Griechen und das Theater und sehen, wohin es uns trägt. Was meinen Sie?«

Als Kleist den Inhalt der Rede erfasst hatte, breitete sich ein Lächeln über seinem Gesicht aus, das sich aber wenig später trübte.

»Was ist?«, fragte Goethe.

»Sie wissen, wie mich Ihre gütige Offerte über alles erfreut«, entgegnete Kleist, »allein, sie kommt ein weniges zu spät. Denn ich bin kein Dichter mehr.«

»Sie wären kein –? Um Vergebung, was sind Sie dann?«
»Ich bin Kronenwächter«, sprach Kleist. »In den letzten Tagen habe ich viel darüber nachgedacht und bin zu dem Entschluss gekommen, dass ich aufgeben muss, Poet zu sein, seit mein Leben dieser, der preußisch-deutschen Krone gehört. Sie ist mein Leben, mein Alles, mein Hab und Gut, meine Schlösser, Äcker, Wiesen und Weinberge, die Sonne meines Lebens, Sonne, Mond und Sterne, Himmel und Erde, meine Vergangenheit und Zukunft, meine Braut, mein Mädchen, meine liebe Freundin, mein Innerstes, mein Herzblut, meine Eingeweide, mein Augenstern, mein Goldkind, meine Hoffnung und meine Seligkeit. Sie ist mein Schatz. Sie ist mein Schicksal. Ich diene der Krone, der Königin, dem König, in dieser Reihenfolge; und neben dieser Trias ist kein Platz mehr für Worte. Wie könnte ich dichten, wenn doch meine Augen allezeit auf dem Reich ruhen? Es tut mir leid.«

Goethe, mehr als frappiert von dieser Replik, sah unwillkürlich um sich, im Falle sich Schiller noch immer im Halbdunkel zwischen den Dekorationen und Gewändern aufhalten und Zeuge dieses Wortwechsels geworden sein sollte. Aber es blieb still. Von außen drang lediglich das Gelächter der anderen herein. Goethe murmelte, dass es keinerlei Grund gäbe, sich zu entschuldigen, es wäre ohnehin nur eine Anregung gewesen, und mit einem Gruß zur guten Nacht verabschiedete er sich. Sein Angebot, Kleist das Licht dazulassen, lehnte dieser ab mit der Begründung, er habe Angst, das kesse Flämmchen könnte auf einen Vorhang oder auf den Zopf einer Perücke überspringen und die Wanderbühne in Phaethons Flammenwagen verwandeln. Außerdem leuchte die Krone hell genug.

Im Birkenhain, der diese Nacht ihr Lagerplatz war, saßen die Gefährten ums Feuer und bedauerten, dass es Goethe nicht gelungen war, den Eremiten aus seiner hölzernen Höhle zu locken. Man reichte Goethe ein Glas Wein und ein Stöckchen mit einer Wurst darauf, die man über den Flammen gebraten hatte. Über ihren Köpfen wisperte das Birkenlaub in der abendlichen Brise, und über den Wipfeln funkelten die ersten Sterne. Es war einer jener Abende, an denen man wünschte, der Sommer möge nie enden. Das Gespräch mit Kleist aber hatte Goethe verstimmt, und zumindest in dieser Nacht vermochte nichts, diese Missstimmung so recht zu vertreiben; weder Würste noch Wein; weder Staëls zitierter Katalog der Beleidigungen, die sie und Napoleon einander in den Jahren des Konsulats an den Kopf geworfen hatten, noch Tiecks meisterhafte Vorlesung des Schauspielermonologs aus dem *Hamlet*; ja nicht einmal ein Kunststück, das Leonore bei Signor Velluti bisweilen als Vorspiel oder zwischen den Akten zu präsentieren pflegte, bei welchem sie ein Dutzend Eier auf dem Boden verteilte, sich die Augen verband und dann zwischen den Hindernissen umhertanzte und sprang, ohne dabei auch nur eines zu zertreten oder fortzuschleudern. Da aber ihre Weggenossen durch den Auftritt erneut hungrig geworden waren, mussten die Eier letzten Endes doch zerschlagen und in der Pfanne gebraten werden.

Der Vorrat an Eiern war also erschöpft, und bald waren auch Käse, Würste, Fleisch und Gemüse sämtlich verzehrt, sodass am Ende nichts blieb als Brot und Wein und selbst davon nicht mehr viel. Die Barschaft war völlig aufgebracht, und nicht einmal Schmuck trugen die Reisenden am Körper, den sie hätten versetzen können – in summa: Wenn sie nicht betteln oder stehlen wollten, drohte ihnen der Hunger, ein eigentümlich vulgäres Gefühl, das die meisten lange nicht, manche sogar nie zuvor erlebt hatten. Es war eine absurde Lage, in der sie sich befanden: Goethe bezog daheim in Weimar ein mehr als großzügiges Salär, und Staël war die Tochter eines des vermögendsten Männer Europas, und dennoch beneideten die beiden bald ihre Zugpferde um das Gras in den Mäulern. Schlegel öffnete seine Dose mit Pfefferminzpastillen und teilte brüderlich, mit dem einzigen Effekt, dass man nun frischen Atems hungerte. Zum Angeln oder Fischen fehlten sowohl die Zeit als auch das nötige Gerät. Entlang des Weges wurden, so gut es ging, heimlich einige Kühe gemolken. Stromian spürte einmal den Kadaver eines Rehs auf, doch von dem fliegenumschwirrten Aas wollte außer ihm keiner fressen.

Als die Straße sie an einer Weide vorbeiführte, auf der mehrere Obstbäume standen, schien die lang ersehnte Mahlzeit schon zum Greifen nahe; als sie aber den ersten Baum schüttelten, fielen nur Käfer heraus, und am zweiten Baum klebte ein Zettel des Besitzers, worin dieser bat, dass man ihm seine Früchte nicht rauben möge. Staël wollte schier nicht glauben, dass alle dieser Bitte Folge leisteten und weitergingen, zumal die Äpfel reif und köstlich schienen, und sie beteuerte, so ein Zettel könne wirklich nur bei der deutschen Ehrlichkeit Erfolg haben, und solange sich die Deutschen dermaßen an Regeln hielten, könne ein gewissenloser Schurke wie Napoleon mit ihnen anstellen, was er wolle; man möge doch einen Zettel an Deutschlands Grenzen heften: *Bitte nicht überfallen*. Der dritte Baum aber, ein Birnbaum, war frei von Käfern und Besitzansprüchen, und ehe sie sich versahen, war Leonore behände hinaufgeklettert und warf ihnen die reifen Früchte hinab. Diese aß man noch im Schatten des Baumes, bis allen der Saft von Kinn und Händen rann.

»Es ist doch interessant zu hören«, seufzte Goethe, »wenn es einmal heißen wird, Goethe hat seinen Wanderstab ergriffen und hat sich von Land zu Land bis nach Weimar durchbetteln müssen.«

»Vermissen Sie Ihr Zuhause?«

»Sagen wir es einmal so: Man denkt an das, was man verließ.«

Zu viel des Obstes durfte man nicht essen, wollte man sich nicht den Magen verderben, und so sammelten sie die übrigen Birnen als Vorrat in einen Korb. Der allgemeine Hunger aber ward durch diese Ernte nur unwesentlich gelindert. Es musste eine andere Lösung her. Gemeinsam sinnierte die Gesellschaft vor der Wanderbühne darüber, was von Vellutis Rumpelkammer man noch zu Geld machen könne, stimmte dann aber überein, dass sich für Plunder und Klamotten kaum Käufer finden würden, kurz, dass sich nichts von Wert in ihrem Besitz befand.

»Ich möchte doch leidenschaftlich widersprechen«, sagte Schlegel darauf. »Nichts von Wert? Wir führen immerhin den größten und kostbarsten Schatz des Abendlandes mit uns.«

Die anderen starrten Schlegel an, als hätte er gleichzeitig eine große Wahrheit und eine große Blasphemie ausgesprochen.

»Hat dir der Hunger den Verstand vernebelt?«, fragte Tieck – leise, denn im Wagen befand sich schließlich Kleist, und wer konnte sagen, ob er ihr Gespräch nicht mit einem Ohr an den Planken mitverfolgte. »Du willst die Reichskrone verkaufen?«

»Possen! Davon redet doch keiner, du Spatzenkopf. Nicht die ganze Krone will ich verkaufen. Aber von acht Pfund Gold und Klunker wird doch gewiss etwas entbehrlich sein.«

»Sie wollen einen Zacken aus der Krone brechen?«, fragte Staël.

»Eher einen Stein oder meinethalben ein paar Perlen, die man ohne Weiteres wieder wird ersetzen können. Jede einzelne von ihnen würde uns ein Vermögen einbringen und definitiv mehr, als wir bekämen, wenn wir fünfmal die Bühne aufklappten und unsern Dänen gäben, was wir nicht wollen. – Nun schaut nicht so! Uns wird schwerlich Karl der Große dafür heimsuchen!«

»Aber wer sollte uns hier auf dem Lande einen Diamanten abkaufen?«

»Niemand. Einer von uns müsste nach Nürnberg reiten. Dort gibt es Goldschmiede und Juweliere *en masse*, sodass es nicht schwerfallen dürfte, ohne Aufsehen zu erregen, einen zahlungskräftigen Abnehmer zu finden, der nicht zu viele Fragen stellt.«

Tieck kratzte sich am Kopf. Goethe räusperte sich.

Staël sagte: »Wilhelm hat recht, gelt? Keiner will es eingestehen, aber es klingt doch ganz so, als hätte Wilhelm recht.«

»Verbindlichsten Dank, Teuerste.«

»*Chut!*«

»Nur einen Haken sehe ich daran«, versetzte Goethe mit Blick zum Theaterwagen, »wer von uns geht in die Höhle und schwatzt dem Drachen seinen Hort ab?«

Der Schwarze Peter fiel dem zu, der gefragt hatte, denn alle kamen darin überein, dass Goethes Wort bei Kleist am meisten gelte. Seufzend nahm Goethe eine Birne aus dem Korb und trat mit diesem mageren Tauschobjekt in den Wagen, um Kleist den Vorschlag zu unterbreiten. Wie nicht anders zu erwarten war, empörte sich Kleist aufs Äußerste – man möge ihm eher ein Stück Fleisch aus der Seite schneiden als einen Stein aus der Krone –, aber Goethe hielt ihm vor Augen, dass ihnen kaum Alternativen blieben.

»Außerdem wäre es nicht der erste Stein, den man ersetzte«, erläuterte er. »Ich entsinne mich beispielsweise, dass bei Josephs Krönung in Frankfurt ein Juwel herausbrach, verschwand und erneuert werden musste. Oder glauben Sie etwa, dass diese Krone seit tausend Jahren unverändert besteht? Ja selbst der größte aller Steine, der je diese Krone schmückte, der *Waise* – ein Opal, der hell wie ein Stern geleuchtet haben soll –, ist seit den Luxemburger Kaisern verschollen. – Also kommen Sie, Herr von Kleist, helfen Sie uns; mit dem Erlös werden Sie Ihre Reise nach Memel umso schneller fortsetzen können. Suchen Sie unter den hundertzwanzig einen Stein für uns aus, und wenn Sie wollen, hier ist Tiecks Klappmesser, entwinden Sie ihn seiner güldenen Fassung.«

Nachdem er jede einzelne Platte der Krone eingehend

betrachtet hatte, fiel Kleists Wahl auf einen Zirkon in der Mitte der hinteren Platte. Vorsichtig schob er die Messerspitze unter die goldenen Krähenfüße, die den Stein gefasst hielten, und bog sie zur Seite, dass der Stein heraus- und in Goethes Hand fiel. Die verwundete Krone legte Kleist zurück ins Futteral.

»So kehrt ein Teil des Reiches nach Nürnberg zurück«, bemerkte Kleist, »in des Reiches Schatzkästlein. Ich spüre, dass der Rest ihm folgen will.«

»Was meinen Sie?«

»Die Krone will nach Nürnberg. 's ist wie ein Sog. Je näher wir der Stadt kommen, desto lebendiger wird sie.«

»Lebendig? Bei meinem Wort, die Krone ist seit Reichenau dieselbe«, widersprach Goethe, die Stirn in Falten gelegt. »Muss ich mir Sorgen machen, Herr von Kleist? Geht es Ihnen gut?«

»So gut als der Seidenraupe im Maulbeerbaum«, erwiderte Kleist. »Die Reichsinsignien waren in Nürnberg länger als sonst irgendwo. Ist es da verwunderlich, dass unsichtbare Mächte sie dorthin zurückziehen, wie eine Taube, die nach Hunderten von Meilen zurück in ihren Heimatschlag findet? Ich frage mich inzwischen, ob es wirklich unsere Entscheidung war, dies schwarze Land zu betreten ... oder ob nicht vielmehr *sie* unsere Schritte nach Franken geleitet hat.«

»Das genügt«, schalt Goethe und schlug den hölzernen Deckel des Kronenkastens zu. »Sie brauchen dringend frische Luft; Sie leben hier drinnen wie eingesargt. Ich bitte Sie – nein, ich befehle es Ihnen! –, mich nach draußen zu begleiten, bevor das Ding Besitz von Ihnen ergreift. Trinken Sie etwas, essen Sie ein paar Birnen; zweifelsohne phantasieren Sie, weil Ihr Magen so leer ist.«

»Ich folge Ihnen«, sagte Kleist, indem er sich erhob, »unter der Voraussetzung, dass Sie mir Ihr Wort geben, das Reich nie wieder ein *Ding* zu nennen.«

Für den Ritt nach Nürnberg gab es zwei Freiwillige: Der eine war Schlegel, von dem der Vorschlag auch gekommen war, der andere Leonore. Man dankte ihr für dieses Anerbieten, wollte sie, als gänzlich Unbeteiligte, aber nicht noch tiefer in die Angelegenheit ziehen. Und so war es Schlegel, der, den Zirkon in der Weste, nach einem lakonischen Abschied und dem Versprechen, am Abend des nächsten Tages mit den Satteltaschen voll von Münzen und Kost zurück zu sein, auf Sapone davonritt. Die Gesellschaft kampierte indes auf einem Platz bei einigen schönen Buchen, die ihn umgaben und bedeckten. Eine große, sanft abhängige Waldwiese lud zum Bleiben ein; eine eingefasste Quelle bot die lieblichste Erquickung dar, und es zeigte sich an der andern Seite durch Schluchten und Waldrücken eine ferne, schöne und hoffnungsvolle Aussicht. Da lagen Dörfer und Mühlen in den Gründen, und neue, in der Ferne eintretende Berge machten die Aussicht noch hoffnungsvoller, indem sie nur wie eine sanfte Beschränkung hereintraten.

Man vertrieb sich die unfreiwillig gewonnene Zeit mit allerlei Kurzweil, spielte Whist, flocht Kränze aus Blumen und lehrte Stromian neue Kunststücke. Als man das längst hart gewordene restliche Brot teilte, tat Leonore einen tiefen Seufzer. Darauf angesprochen, vertraute sie den Genossen mit einem traurigen Lächeln an, dass am folgenden Tage ihr siebzehnter Geburtstag sei und dass sie sich das ganze Jahr über nichts anderes gewünscht habe, als dass sie ihren Ehrentag nicht wie den Rest des Jahres in dieser Zigeunermanier erlebe, sondern mit einem Dach über dem Kopf, am besten in einem Wirtshaus, mit einem Federbett in einer eigenen Kammer; ausschlafen wollte sie und danach in die Wirtsstube schlendern, um dort wie eine Fürstin bedient zu werden und bis in den Mittag hinein zu schlemmen.

Spät am nächsten Morgen wurde Leonore durch den Klang eines Glöckchens geweckt, welches Tieck neben ihr schlug. Wie groß war ihre Überraschung, Tieck in der Verkleidung eines Lakaien vor sich zu sehen, der ihr mit vielen gestelzten Worten kundtat, das Frühstück für Mademoiselle sei nun angerichtet. Er geleitete sie zur Hinterseite der Wanderbühne, öffnete die Tür in deren Mitte und bat sie mit einem Bückling hinein. Leonore schlug vor Entzücken die Hände über dem Kopf zusammen, als sie sah, was für eine artige Kulisse die Gesellschaft ihr zum Wiegenfest geschaffen hatte: Die Bühne war aufgeklappt und komplett ausgeräumt worden, und statt der Truhen und Kostüme standen nun zwei Tische auf den Bohlen – mit weißen Tafeltüchern bedeckt, darauf Geschirr und Blumenschmuck –, dazu Stühle und Bänke. Die Fenster in der Rückwand waren mit Gardinen versehen und geöffnet, sodass die wahre Morgensonne hindurchschien. Alles in allem war die Szenerie, hätte da nicht die vierte Wand gefehlt, das perfekte Abbild eines deutschen Wirtshauses, und es hätte wenig verwundert, den Major Tellheim oder seine Minna von Barnhelm hier anzutreffen.

Doch damit nicht genug: Kaum hatte Tieck ihr den Stuhl auf dem schönsten Platz in der Stube zurechtgerückt, da trat durch die zweite Tür Goethe, in der Maskerade eines Wirts, eine Schürze um den Leib und eine groteske Perücke mit schwarzen Locken auf dem Haupt, hieß sie willkommen im *Gasthof zur Reichskrone*, wünschte ihr so viele Gute Morgen, dass sie für eine längere Zeit damit auskommen würde, und verlangte demütigst zu wissen, was die hohe Dame zu speisen verlange. Als Leonore lachend einige einfache Speisen aufzählte, unterbrach er sie mit der Bitte, sie solle sich nicht mit Brot, Käse und Hühnereiern bescheiden; seine Speisekammer sei unerschöpflich und sein getreuliches Weib ehemals Köchin am Hofe der französischen Könige gewesen. Also bestellte Leonore, was ihr in den Sinn kam: Hühner, Gänse, Hasen, Kaninchen und Fisch, Datteln, Feigen, Rosinen, Kirschen, Weintrauben und Aprikosen, Schokolade, Kuchen und weißes Brot, Trüffeln, Eier der Wachtel, Schinken, gut gebratnen Krammetsvogel, Rebhuhn- und Aalpastete. Mit einer tiefen Verbeugung kehrte der Kronenwirt zurück in die Küche, aus der nun wenig später die Kronenwirtin kam, um sich zu erkundigen, wie Mademoiselle ihre Wachteleier wünsche: hart oder weich, als Rühr- oder Setzei. Kaum war die Baronin de Staël – die mit ihrer Haube, ihrem bäuerlichen Kleid und den schwarz gefärbten Zähnen noch weniger zu erkennen war als Goethe – wieder verschwunden, da polterte Kleist durch den Eingang. Er gab, in die einzige Uniform des Fundus gekleidet, einen Wachtmeister, der schon vor dem Mittag trunken war. »Herr Wirt!«, rief er, »ein Glas Branntwein! Schaff mir eine Flasche Danziger herbei; ich habe den ganzen Tag nichts genossen!« Als sich der laute Kerl an den Tisch der Dame setzen wollte, schritt ihr Lakai ein, wenig später kam wegen des Geschreis der Wirt gelaufen, und als erst die Köchin hinzutrat und offenbar wurde, dass der Wachtmeister niemand Geringeres war als ihr gefallen geglaubter Galan, dem sie vor dem Kriege ihre Hand versprochen hatte, entspann sich vor den Augen Leonores die vergnüglichste Wirtshauskomödie, die sie je auf der Bühne oder realiter erlebt hatte.

Während der Soldat schließlich mit einer Flasche Branntwein in eine Ecke der Stube geschoben ward, wo er, das Lied des preußischen Grenadiers für sich brummend, eine Pfeife anschmauchte, kam die Kronenwirtin mit zahlreichen Schüsseln und Schalen, um sie nacheinander vor Leonore abzulegen. Zwar waren sie samt und sonders leer, aber die Köchin präsentierte die Speisen mit so großen Worten, dass Leonore Messer und Gabel zur Hand nahm, um eine nach der anderen zu leeren. Der Kronenwirt schenkte ihr derweil die besten Weine ein – deutschen Rheinwein und französischen Champagner, Muskateller aus Spanien und Tokaier aus Ungarn –, und wenn Leonore die Augen schloss, konnte sie ihrer Zunge tatsächlich einreden, das Wasser in ihrem Becher schmecke mit jedem Schluck süßer. Zum Abschluss der Mahlzeit trug Tieck eine Kerze herein, die – *memento mori!* – noch immer auf dem Totenschädel brannte, und unter dem gemeinsamen Absingen eines Liedes musste Leonore die Flamme ihres Lebenslichtes ausblasen.

Damit war das Schauspiel beendet. Goethe lüftete seine Perücke, unter der sich der Schweiß gesammelt hatte, Kleist knöpfte seinen Rock auf, und Staël rieb sich ihre Zähne wieder weiß. Leonore beteuerte, keiner ihrer vorangegangenen Geburtstage wäre so schön gewesen wie dieser. Sie war von dem Festmahl, welches man ihr zu Ehren veranstaltet hatte, tatsächlich so gerührt, dass ihr die Tränen liefen. Den anderen, die das Mädchen zwar immer als herzlich, aber nie als derart sentimental empfunden hatten, war diese Gefühlswallung eher genierlich.

Da die Vorstellung so vieler köstlicher Speisen sie eher noch hungriger gemacht hatte, regte Leonore an, man möge sehen, ob man auf einem Spaziergang durch den Wald vielleicht Beeren oder Pilze zum Verzehr fände. Nur Tieck schloss sich ihr an – denn Kleist wollte das Lager aus den bekannten Gründen nicht verlassen, Goethe war dankbar über die Ruhepause für seine Knochen, und Staël meinte, bei ihrer nächtlichen Wanderung mit Kleist habe sie Natur genug für das gesamte nächste Jahr erlebt; die *Gesellschaft* sei einem Franzosen die wahre Natur, und was Hügel und Wälder beträfe, die sehe sie am liebsten hinter einem Rahmen. Und Stromian entfernte sich für gewöhnlich nie weit von seinem angestammten Platz unter dem Wagen. Leonore nahm also den Korb in die eine Hand und Tiecks Arm in die andere, und gemeinsam folgten sie einem Pfad aufs Geratewohl in den Wald: »Immer der Nase nach, wie der Bauersmann zu sagen pflegt!«

Seite an Seite streiften sie durch das Gehölz, schweigend und den Blick auf den Boden geheftet. Doch die Pilze, die sie fanden, waren mehrheitlich ungenießbar, und die wenigen Erd- und Himbeeren wanderten von der Hand sogleich in den Mund. Mit rot gefärbten Händen und Mündern erreichten Tieck und Leonore das andere Ende des Waldes, und wie sich Bäume und Gesträuch gleich einem Vorhang teilten, offenbarten sie den anmutigsten Prospekt: Ihr Blick haftete auf den Wäldern und schön geschwungenen Hügeln, die sie umgaben, er folgte einem Flusse, der abwechselnd durch die Lücken des Waldes mit seinen Krümmungen erglänzte. Das heitere Lied der Lerche und der Gesang der Nachtigall aus der Ferne stimmten das Gemüt zu sanfter Fröhlichkeit.

»Wie wunderschön ist doch unser deutsches Vaterland«, rief Tieck aus, »wie reich und mannigfaltig in seiner Herrlichkeit und wie wechselnd in allen Gestaltungen.«

Leonore schirmte ihre Augen gegen die Sonne und sah ins Tal hinab zum Fluss. »Was für ein Tag, der alle andern in den Schatten stellt!«, versetzte sie. »Noch einmal: Habt recht vielen Dank dafür. Wer hätte je gedacht, dass mir, einer Waise aus Piemont, so bedeutende Menschen ein solches Spektakel veranstalten. Wenn ich allein an die schwarzen Zähne der Baronin denke! Wie reizend sich ihre zerschlagene Nase darin ausnahm.«

»Ja, so ein Privattheater macht, mehr noch als die Revolution, alle Stände und Menschen gleich. Die Perücke des Herrn von Goethe! Bühnenverhältnisse lösen noch mehr als Badebekanntschaften die Fesseln der Etikette! Unsere Simpel'sche Gesellschaft erinnert mich doch sehr an unsere Gemeinschaft in Jena, anno neunundneunzig, als wir alle in einem Haus versammelt waren, dazu die Weiber; als Novalis noch lebte, als Wilhelm noch kein Pedant war und sein Bruder noch kein Mystiker, als wir uns fühlten wie die Könige und aufführten wie die Tyrannen, wo Wein und Tinte in Strömen flossen. Eine einzige Schweinewirtschaft! Aber sie musste so bald enden, welch ein Jammer!«

»Wie auch unsere Gesellschaft enden wird«, entgegnete Leonore.

»Erinnere mich nicht daran. Freilich ist alles vergänglich und muss es sein« – und er nahm so viel der blumigen Luft, wie seine Brust halten konnte –, »aber ein solcher Moment wiegt Jahre auf.«

Da er einen halben Schritt hinter ihr stand, konnte er sie ruhig betrachten, ohne dass sie davon Notiz nahm. Ihre blonden Haare fielen in ungekünstelten Locken auf den weißen Nacken herab; in ihrem Wesen herrschte eine unbeschreibliche Sanftheit, die fast ans Melancholische grenzte. Mit der Landschaft im Hintergrund war es ihm, als hätte der große Dürer sie porträtiert. Dann drehte sie sich um, das Gemälde war zu Leben erwacht, und sah ihn mit ihrem süßen, verführerischen Lächeln an, und von den roten Lippen sprang nur die einzige Silbe: »Nun?«

»Wie glücklich bin ich«, ergoss er nach einer kleinen Pause sein Herz, »mich so an deiner Seite in dieser seligen Einsamkeit zu finden! Wie süß es sein müsste, einen Kuss auf diese vollen Lippen drücken zu dürfen. Und wie gern hätte ich es versucht.«

»Und warum hast du es dann nicht getan?«

Tieck suchte nach Worten, ihr Antwort zu geben, da umschlang sie ihn auf einmal mit ihren Armen und küsste ihn lebhaft. »Ist es dir so recht?«, sagte sie zwischen zwei Küssen, wobei sie nicht den Mut hatte, ihm in die Augen zu sehen. »Dankst du es mir nun, dass ich dich so unendlich lieb habe?«

Tieck wusste nicht, wie ihm geschah; mit einem Male war ihm, als hätte er Flügel, während sein Herz ihm wie eine Pauke im Busen schlug, dass es beinahe schmerzte. Lange traute auch er sich nicht, sie mit seinen Armen zu umfassen. »Oh Leonore!«, seufzte er. »Wie habe ich dich hier finden müssen, dich, du einziges Wesen! Die Sinne vergehen mir, und die Welt verschwindet, wenn ich dich so in meinen Armen halte.«

Die zärtlichsten Küsse unterbrachen und hemmten das Gespräch. Sie duldete seine Liebkosungen und freute sich der entzückten Worte, die er im Taumel über ihre Schönheit aussprach. »Ist das nicht ein Leben?«, rief sie endlich.

»Doch wohl besser als unser einfältiges Komödiespielen! So hin und her schlendern, so stammeln in Empfindungen, die auswendig gelernt sind, Worte, die sich selber nicht verstehen! Nicht wahr, ein Händedruck, ein Blick aus dem innersten Auge und gar ein Kuss, ein herzinniger, in welchem die ganze Seele aufblüht, das ist ganz etwas anderes?«

Er nahm ihre Hände in die seinen und führte sie an seine Lippen, dass er die Waldbeeren noch schmecken konnte, die sie damit gepflückt. »Und ich fürchtete, all deine Sympathie für mich sei nur Komödie; sei nur der Widerhall der Liebe, die Ophelia für ihren Hamlet empfindet!«

»Bist du so blind oder so kleinmütig, dass du nicht sahst, wie ich dich bewunderte und seit Johanni vollends liebe?«

»Ich dachte wohl, du erfreust dich an meiner Gesellschaft und lachst über meine Scherze. Aber *Liebe*? Sollte sich dies Mädchen nicht irgendeinen gesunden, geraden jungen Burschen zum Geliebten auserkoren haben?«

Mit diesen Worten sah er an seiner gedrungenen Gestalt herab, die Schultern niedrig, die Brust eingezogen, das Allerwenigste aus seiner Statur machend – doch sie lachte nur glockenhell. »Ich liebe dich, so wie du bist, und wenn du hundertmal versuchst zu tun, als wärst du Caliban! Und was dein Alter betrifft, so denke ich mitunter, du bist von uns beiden das Kind!«

»Und mag die ganze Welt klug und überklug werden«, erwiderte er, »ich will immer ein Kind bleiben.«

»Recht gesprochen! Denn ein Mensch, den man recht durch und durch liebt und lieben muss, der muss auch zuzeiten albern und töricht sein können.«

»Und du bist wirklich und wahrhaftig mein?«, fragte Tieck abermals.

»Ja, ich bin dein!«, entgegnete Leonore. »In Liebe bin ich dein, und es gibt keine Macht auf Erden, die unsere Herzen trennen könnte!«

»Geliebteste! Mit diesen Worten hast du mir mehr als alles geschenkt!«

Nachdem ihre Münder die Liebe bekannt, taten es nun abermals ihre Lippen, und noch während die beiden einander umschlungen hielten, klang Glockengeläut aus dem Tal herauf. Sie beschlossen, die Kirche zu suchen, in der diese Glocke geschlagen wurde, setzten ihre Wanderung also fort und folgten, nunmehr Hand in Hand, einem schmalen Pfad, der sie ins Tal führte.

Sie hatten gerade ein kleines Bächlein erreicht, da trat am gegenüberliegenden Ufer eine Hochzeitsgesellschaft auf den Weg. In einer kleinen Kapelle im Wald, von deren Giebel es noch immer läutete, war das Brautpaar vermählt worden, nun begab sich der Zug auf den Heimweg. Tieck und Leonore hielten inne, um die Prozession zu betrachten. Die Jungfrau, die der Bräutigam heimführte, trug einen Kranz von Blumen im Haar und ein so langes Kleid, dass der Saum den Staub des Pfades aufwirbelte. Hintendrein liefen Eltern und Gemeinde, in feierlich fränkische Tracht gewandet, vorneweg einige Knaben und Mädchen, ebenfalls mit Kränzen geschmückt, die Blumen auf den Weg der Brautleute, insbesondere aber auf die kleine Brücke über den Bach streuten. Zwischen ihren Beinen sprang aufgeregt ein gescheckter Spitz umher. Auf einer angrenzenden Wiese weidete ein Hirte seine Schafe und rief wie Tieck und Leonore ein herzliches »*Vivant!*« dem Brautpaar zu.

Um den Hochzeitern den Weg frei zu machen, traten die beiden einen Schritt zurück. Als Braut und Bräutigam sie passierten und ihnen einen Blick und ein Lächeln schenkten – zweifellos in der Annahme, ebenfalls Getraute oder zumindest Verlobte vor sich zu haben –, da wurde Tieck ganz warm um das Herz, und er drückte Leonores Hand noch etwas fester. Dann war der Zug vorüber. Die Glocke war verklungen, und der Schäfer führte seine blökende Herde weiter, sodass nichts an das liebreizende Schauspiel erinnerte als die Blüten auf dem Pfad. Sie überquerten die Brücke und folgten der Spur der Blüten bis zur Kapelle im Wald, wo beide ein stilles Gebet zum Himmel schickten.

Das Tal weitete sich; bald liefen sie durch ein Weizenfeld, in welchem hier und da wie Tropfen roten Bluts der Mohn aufleuchtete. Knapp über dem Horizont stand der Tagmond, eine milchig durchsichtige Scheibe im Himmelsblau. Beider Herzen waren noch immer bewegt vom Brautzug, doch während Tieck das Schauspiel über alle Maßen froh gestimmt hatte, hatte es bei Leonore eher den gegenteiligen Effekt gehabt. Er sprach sie auf ihre kummervolle Miene an.

»Ich bat Wilhelm um Auskunft«, antwortete sie, »weil ich den Mut nicht hatte, dich selbst zu fragen. Er wollte es lange nicht preisgeben, gestand dann aber doch ein, du seiest verheiratet. – Erschrick nicht! Schlage den hellen Blick nicht so nieder! Du warst mir fremd, und doch liebe ich dich, und ich werde nicht aufhören, dich zu lieben.«

»Ich will mich erklären, Leonore«, sagte er. »Ja, es ist wahr; ich habe daheim ... Aber es ist nicht – es ist – sie ist – herrje!, wie soll ich's sagen? –, unsere Verbindung gründete sich mehr auf Notwendigkeit und Konvention denn auf Liebe, ich war noch jung; seit dermalen leben wir friedlich nebeneinander, aber nie wirklich miteinander, teilen nicht einmal denselben Glauben – und damit meine ich nicht allein die Religion ...«

»Still, still, mein Herz, keine Erklärungen! Ich will von dir nichts wissen, als dass du *jetzt*, in derselbigen Minute, ganz mein bist. Du bist vielleicht in deiner Heimat vermählt – kann sein; damals war dir mein Herz noch nicht zugewandt, du kanntest mich noch nicht. Was könnte ich dir für einen Vorwurf machen? Du weißt ja auch nicht, ob mein Herz nicht schon früher einmal verloren war; welch Recht hast du, danach zu forschen?«

Sie breitete im Gehen die Arme aus und ließ sich die Handflächen von den Grannen des Weizens kitzeln. »Wie herrlich die Ähren wogen!«, sagte sie. »Nicht lange mehr, so wird die Sichel in das Korn gehen, und der schönste Teil des Sommers ist dann vorüber. Alles Liebliche ist so flüchtig, alles Schöne hält uns nicht stand, und wir besitzen nichts als nur wie in einem süßen Traum gefesselt; wenn wir erwachen, hat uns die nüchterne Wirklichkeit um alle unsere Schätze betrogen.«

»Oh Leonore, sprich nicht so! Gibt es kein Mittel, auch die Wirklichkeit zum Traum zu erhöhen?«

Sie schüttelte den Kopf, ohne sich zu ihm umzuwenden, und setzte ihren Weg fort. Der Acker war bald überquert, und auf dem Saum zwischen Feld und Wald, im Schatten einer Eiche, schauten sie noch einmal zurück auf den goldenen Weizen, in dem der Wind seine Muster zog.

Tieck war zum Weinen zumute. Ihm war, als wäre die zurückliegende Stunde, von ihrem ersten Kuss bis jetzt, eine Miniatur ihrer Liebe und als gehörte dieser Augenblick bereits dem Abschied. »Diese Stunden hier gehören uns und sollen uns heilig sein«, rief er, indem er seine Arme um sie legte. »Die Gegenwart ist unser! Und was unsere Zukunft anbetrifft, so werde ich eine Lösung gefunden haben, bis unsere Sängerfahrt vorüber ist. Sieh, hier, an diesem alten Eichenbaum verspreche ich es dir, hier hast du meine Hand darauf. Ich lasse dich nicht gehen!«

Der Gasthof zur Reichskrone, wie Goethe das Wirtshaus-Bühnenbild getauft hatte, stand noch, als Schlegel am späten Nachmittag auf einem erschöpften Ross zurückkehrte, sodass nichts näherlag, als in ihm das Abendessen einzunehmen – diesmal ohne Maskerade, dafür aber mit vollen Tellern. Den edlen Speisen nach zu urteilen, die aus Schlegels prall gefüllten Satteltaschen ragten, war seine Mission in Nürnberg erfolgreich verlaufen. Zum Dank erhielt er den Platz am Kopf der Tafel.

Als er sich den Kragen gelockert und einen Becher Wasser gestürzt hatte, berichtete Schlegel, wie er nach Nürnberg gekommen sei, wie er sich umgehend auf die Suche nach einem Abnehmer des Kleinods gemacht und sich schließlich, da ihm die deutschen Juweliere eine zu unsichere Adresse schienen, für einen jüdischen Goldschmied entschieden habe, dessen Werkstatt im Keller einer schattigen Gasse nahe dem Spitalsplatz liege. Ohne eine Frage nach der Herkunft des Zirkons zu stellen, habe der Jude einen Betrag geboten, worauf Schlegel das Doppelte verlangt und man sich schließlich in der Mitte getroffen habe. Im Roten Ross habe Schlegel dann Quartier genommen, um früh am nächsten Morgen, die Satteltaschen voller Proviant, dazu ein Fläschchen Opium für die Baronin, zurückzureiten. Die Präsenz französischer Soldaten in dieser deutschesten aller Städte sei erdrückend gewesen, und Schlegel räumte ein, dass es ihn nicht wundergenommen, wäre ihm in den Gassen auch Dubois über den Weg gelaufen.

»Bringen Sie uns auch Neuigkeiten vom Krieg?«, fragte Kleist.

»Jawohl, aber nur finstere Zeitung«, antwortete Schlegel, »und ich will Ihnen ungern den Appetit verderben.«

»Ich habe schon gegessen.«

»Nun denn: Es heißt, Preußen habe bei Friedland eine große Schlacht verloren. Selbst mit der Hilfe der russischen Truppen sei man Napoleon weit unterlegen gewesen.«

Schweigen senkte sich über die Tafel. Jedermann kaute stumm weiter. Goethe, der in der Mitte saß, nahm die Weinflasche und schenkte Kleist aufmunternd nach. »Noch«, sagte er, »ist es nichts als ein Gerücht, und wie viele dergleichen entstehen im Kriege! So viel kann ich Ihnen nur sagen: Die Zeiten des Krieges, in denen wir leben, können schnelle Wechsel des Glücks hervorbringen.«

»Ich weiß zu schätzen, dass Sie mir Mut machen wollen, Herr Geheimrat, aber dergleichen tut nicht not«, entgegnete Kleist und trank seelenruhig von dem Wein. »Diese Nachricht kümmert mich nicht mehr, als wenn ein Floh hustet und eine Laus Zeter schreit. Wohin kämen wir denn, wenn wir jeder französischen Propaganda Glauben schenkten? Und selbst wenn es stimmte: Der König hat eine weitere Bataille verloren – na und? Das Vaterland steht wie eine feste Burg. Das wird ganz andre Stürme noch ertragen als diesen unberufenen Sieg. – Wissen Sie, wovon ich gestern träumte?«

»Von der Krone?«

»Das auch. Aber ich sah noch mehr. Ich sah einen Adler, der einen Hahn anfiel und ihn – sosehr dieser auch nach ihm schlug und hackte – entzweiriss, bis nur noch Fleisch und Federn übrig waren. So wird dereinst auch Frankreich enden. Herrn Schlegels in Nürnberg aufgeschnappte Zeitung sollte also nicht bewirken, dass wir die Flinte ins Korn werfen, sondern höchstens, dass wir unsere Schritte noch etwas beschleunigen, um schneller in Memel zu sein.«

»Sie werden jedenfalls mit weniger Ballast reisen«, sagte Goethe, »denn ich für meinen Teil werde diese Gesellschaft in Bälde verlassen.«

Auf dieses Wort erhob sich allgemeiner Lärm, und für einen Wimpernschlag war ihre Wirtshausszene ein lebendiges Gemälde; das Abendmahl kurz nach der Verkündigung Christi, einer seiner Jünger werde ihn verraten. Goethe hob die Hände, dass wieder Ruhe einkehrte.

»Ihr Protest schmeichelt mir, aber Sie blasen in einen kalten Ofen«, sagte er. »Und weshalb überrascht Sie diese Kunde? Weiland in Konstanz habe ich gesagt, dass ich mich der Reisegesellschaft nur anschließe, um zurück nach Weimar zu kommen. Mit Herrn von Kleists Plan für Preußen hatte ich, um Vergebung, nie etwas am Hut. Das Reich geht mich nichts an. In zwei, drei Tagen sind wir nun also auf der Höhe von Bamberg; dort wird es eine Weggabelung geben, wo ich links gehen werde, um mittels einer Post nach Hause zu kommen, derweil Sie rechter Hand nach Pommern weiterfahren ... und hätten Sie tausend Zungen, Sie sollten mir meinen Vorsatz nicht ausreden. Glauben Sie mir bitte, ich bedauere aufrichtig, dass dieser Tag kommt; aber ich gebe zu bedenken, ich bin ein Mann von siebenundfünfzig Jahren, ich stecke diesen Trubel nicht mehr so leicht weg wie Sie, ich sollte eigentlich in einem Lehnstuhl sitzen, anstatt von einem halsbrecherischen Gefecht ins nächste zu stolpern. Man muss jung sein, um große Dinge zu tun. Meine Wanderjahre sind vorüber.«

Ein jeder einzeln und alle im Verein versuchten die anderen nun, Goethe umzustimmen, aber im Grunde genommen wussten sie, dass es vergeblich war. Die Hochstimmung nach Schlegels reich beladener Wiederkehr war damit – und mit der Nachricht von der verlorenen Schlacht, der alle außer Kleist Glauben schenkten – wieder vollends zernichtet, und der Schatten des Abschieds, der schon über Tieck und Leonore aufgezogen war, legte sich jetzt auch über den Rest der Gesellschaft.

Goethe ernannte die Staëlin zu seiner Nachfolgerin als Direktrice der Gesellschaft. Ihm blieb zumindest die bescheidene Freude, ganz der Mittelpunkt zu sein, worauf eine Menge versammelter Menschen ihre Aufmerksamkeit richtet, und wenn wir vergleichsweise reden dürfen, sich als der Schlussstein eines großen Gewölbes zu fühlen, ohne welchen tausend Steine schnell in einem verworrenen Schutt zusammenstürzen würden.

10

MAIN

Die Verbindung einer Reisegesellschaft ist eine Art von Ehe, und man findet sich bei ihr auch leider, wie bei dieser, oft mehr aus Konvenienz als aus Harmonie zusammen, und die Folgen eines leichtsinnig eingegangenen Bundes sind hier und dorten gleich. Überhaupt ist es leider der Fall, dass alles, was durch mehrere zusammentreffende Menschen und Umstände hervorgebracht werden soll, sich keine lange Zeit vollkommen erhalten kann. Von einer Theatergesellschaft so gut wie von einem Reiche, von einem Zirkel Freunde so gut wie von einer Armee lässt sich gewöhnlich der Moment angeben, wenn sie auf der höchsten Stufe ihrer Vollkommenheit, ihrer Übereinstimmung, ihrer Zufriedenheit und Tätigkeit standen; danach wird alles anders, und was vorher verbunden war, fällt nunmehr bald auseinander. Diese höchste Stufe mochte in Pommertsweiler erreicht worden sein, am Sankt-Johannis-Tag; aber wie die Tage danach wieder dunkler wurden, so welkte nach Johanni nicht nur das Niveau des Schauspiels unserer Gruppe, sondern auch die Liebe untereinander: Staëls völkerkundliche Schwatzhaftigkeit ging der Gesellschaft auf den Nerv, Schlegel begegnete allen anderen entweder mit Eifersucht oder mit Missgunst, und Tieck und Kleist zogen sich schleichend aus der Gemeinschaft zurück, um sich ihrer jeweiligen Liebsten zu widmen, mit der sie fortan jede wache Minute verbringen wollten. In kurzer Zeit war das ganze Verhältnis, das wirklich eine Zeitlang beinahe idealisch gehalten hatte, so gemein, als man es nur irgend bei einem herumreisenden Theater finden mochte.

Goethe hatte also einen guten Zeitpunkt gewählt, vom Thespiskarren abzuspringen – wenngleich sein Bescheid, die Gruppe zu verlassen, umso mehr zum Verfall derselben beitrug. Goethes Fehler allerdings war, dass er nicht von seinen Mitreisenden lassen wollte, ohne vorher ein letztes Mal gemeinsam den *Hamlet* gegeben zu haben, und so war er, als sich wenig hinter Bamberg die Möglichkeit dazu bot, die treibende Kraft hinter dieser Abschiedsvorstellung. Noch einmal wollte er den Zauber aufleben lassen, der insbesondere im Biwak von Oberholzheim so manifest geworden war, als sie kraft ihrer Kunst und der unsterblichen Verse des britischen Erzpoeten ein Publikum von Banausen und Gewaltmenschen zu Tränen gerührt hatten. Aber das Theater ist eines der Geschäfte, die am wenigsten planmäßig behandelt werden können, und selten ist der fünfte Akt der heiterste. Was für Goethe also der krönende Abschluss der Reise sein sollte, wurde in mehrfacher Hinsicht zu einer Katastrophe.

Auf der Straße begegneten sie einer kleinen Jagdgesellschaft, die gerade einige tote Hasen heimführte, und der Kopf dieser Gesellschaft, ein reicher Baron im besten Mannesalter, war beseelt von der Vorstellung, seinen Tag mit einem Theaterstück ausklingen zu lassen. Sie fanden an dem Baron einen Mann, der mit dem größten Enthusiasmus das vaterländische Theater betrachtete, dem ein jeder Schauspieler und jede Gesellschaft willkommen und erfreulich waren. Er begrüßte sie alle mit Feierlichkeit, pries sich glücklich, eine deutsche Bühne so unvermutet anzutreffen, mit ihr in Verbindung zu kommen und die Musen in seiner Heimat zu beherbergen. Er bat Goethe darum, am Abend in einem nahen Weiler am Ufer des Mains vor ihm und den interessierten Dorfbewohnern zu spielen, und versprach bei seinem Abschied allen die beste Aufnahme, bequeme Wohnung, gutes Essen, Beifall und Geschenke und setzte noch die Versicherung eines bestimmten Taschengeldes hinzu. Er hatte, klagte er, nichts aus dem letzten Jahrhundert hinüberretten können als seinen Titel und zwei Schlösser, und in einem der beiden sollten die Mimen nach getaner Arbeit übernachten – eine Aussicht, die umso erfreulicher erschien, als der Tag schwül war und am Ende desselben heftige Niederschläge unabwendbar schienen.

Kaum in besagtem Weiler eingetroffen, begann die Gesellschaft mit dem Aufbau ihrer Bühne. Diverse Requisiten und Kostüme waren bei ihrem unglücklichen Auftritt in der Jagstzeller Kirche abhandengekommen oder zumindest beschädigt worden, aber dieser Makel konnte die ungemein große Vorfreude unserer Gefährten nicht trüben. Die Schäden wurden behoben, die Risse geflickt, und selbst für die konfiszierten Degen von Hamlet und Laertes fand man einen adäquaten Ersatz. Die Dorfbewohner, die den Aufbau der Bühne mit Ungeduld verfolgt hatten, begannen bald Bänke und Stühle auf dem Anger aufzureihen, und der Wirt des hiesigen Krugs verlegte seinen Ausschank nach draußen. Schließlich traf auch der Baron mit seinen Begleitern ein, begrüßte die Gemeinschaft des Dorfes, einige darunter mit Handschlag, und sparte nicht an Lob für die kleine Bühne und die Wahl des *Hamlet*, welcher zu seinen liebsten Stücken zählte – insbesondere in der Schlegel'schen Übersetzung –, weil der Dichter zwar englisch und der Schauplatz dänisch, die Figuren aber so durch und durch deutsch seien. Der Baron trat kurz aufs Proszenium, um Schauspieler und Zuschauer gleichermaßen willkommen zu heißen. Dann nahm das Trauerspiel seinen Lauf.

Schon in der zweiten Szene gerieten die Dinge ins Stocken, denn Madame de Staël hatte, erfreut vom Wiedersehen mit ihrem so unentbehrlichen Schlafmittel, schon tagsüber so viel vom Nürnberger Opium zu sich genommen, dass sie wie in Trance spielte. Königin Gertrude sollte sie sein, auf das Publikum aber machte sie mehr den Eindruck einer schlafwandelnden Lady Macbeth. Schlegel, als Polonius an ihrer Seite, soufflierte ihr wie nie zuvor, und hatte er erst einmal damit angefangen, sprach er auch allen anderen Schauspielern, die eine solche Hilfe nicht nötig hatten, ihren Text vor, worüber sich diese sehr verdrossen. Unwesentlich weniger abwesend als die Baronin war Kleist, der, kaum dass das erste Mal das Wort *Krone* gefallen war, sich mit seinen Gedanken und Blicken mehrheitlich bei der verborgenen Reichskrone aufhielt, sodass auch bei ihm zahlreiche *lapsus memoriae* und *linguae* die Folge waren.

Die eigentlichen Saboteure einer gelungenen Aufführung waren jedoch Tieck und Leonore, die nicht ihre Rollen spielten, sondern vielmehr sich selbst. Vollkommen unfähig, Privates privat zu halten, brachten sie eine Darstellung ihrer Liebe auf die Bühne, die anfangs zwar rührte, von Szene zu Szene aber zusehends verwirrte, da Hamlets harsche Worte zu Ophelia so gar nicht mit Tiecks säuselnder Stimme und seinen zärtlichen Gebärden übereinstimmen wollten. In allen anderen Szenen gab Tieck den Spaßvogel, ungeachtet die Zuschauer nach einem tragischen Helden verlangten. »Was ist denn los?«, zischte Goethe hinter der Bühne. »Ihr seid ja heut wie nasses Stroh!«

Dem Publikum war die Unbill deutlich ins Gesicht geschrieben. Der Baron machte ein Gesicht wie in Essig eingelegt. Bald hörte man es aus dem Parterre zischen, pochen und mäkeln, was das Spiel der Gesellschaft empfindlich störte. Als eine Rede der Ophelia so wenig überzeugte, dass einige der Bauern darüber in hämisches Gelächter ausbrachen, fühlte sich Tieck bemüßigt, dieser beizustehen. Er trat hinter der Kulisse hervor und fuhr die Männer an: »Das Pochen ist ungezogen und beweist, dass Sie keinen Geschmack haben. Hier bei uns wird nur geklatscht und bewundert.«

»Geben Sie Gedankenfreiheit!«, rief einer der Angesprochenen zurück.

»Die Gedankenfreiheit ist Ihnen unbenommen, aber das Sprechen ist Ihnen untersagt! Liebe Leute, ihr versteht den Henker von dramatischer Kunst, also gebt Ruhe!«

»Und der Einzige unter euch, der etwas von dramatischer Kunst versteht, ist, scheint's, der Hund!«, entgegnete der Bauer und erntete dafür Beifall. Das wiederum wollte Tieck nicht auf sich sitzen lassen, weshalb er zu einer geharnischten Gegenrede anhob. Goethe blieb nichts anderes, als seinerseits auf die Bühne zu kommen und Tieck am Kragen von selbiger zu ziehen. Den Dörflern schien das aber noch weniger zu passen, war der Schlagabtausch mit Tieck doch unterhaltsamer gewesen als das ganze Stück zuvor. Lautstark verlangten sie die Rückkehr des Hamlet.

»Man schweige still!«, herrschte sie Goethe schließlich an.

Nun hätte er sich diesen herablassenden Tonfall vielleicht im Weimarer Hoftheater erlauben können, hier aber war nicht er der Hausherr, sondern die Dorfgemeinde, die entsprechend mit Empörung reagierte. Das Pochen, Pfeifen und Zischen ward allgemein. Goethe, der neue und allgemeine Gegenstand des Hasses, konnte sich beim besten Willen kein Gehör mehr verschaffen. Erst als in der vorderen Reihe der Baron, den die Aufführung zwar verdross, der sie aber dennoch bis zum Ende sehen wollte, aufstand, sich den Landmännern zuwandte und sie mit einer Geste darum bat, kehrte wieder Ruhe ein. Jeder Auftritt von Goethe jedoch wurde fortan mit Zeichen des Unmuts begrüßt, jeder seiner Verse von falschem Räuspern und Stühlerücken gestört, jeder Fehler mit Schadenfreude quittiert, und nur mit äußerster Konzentration gelang es ihm, sich von diesen Gehässigkeiten nicht vollkommen irremachen zu lassen.

Jetzt wurde die ertrunkene Ophelia auf die Bühne getragen und vor dem König abgelegt, und Goethe, der so sehr auf seine Worte achtete, dass er der Füße vergaß, trat versehentlich mit dem Hacken seines Schuhs auf Leonores Hand. Dieses Missgeschick wäre nicht weiter arg gewesen, hätte nicht Leonore vor Schreck aufgeschrien und hätte nicht Stromian, in der Annahme, man würde seine Herrin angreifen, einen Satz nach vorne gemacht, um Goethe in die ungeschützte Wade zu beißen. Auch Goethe schrie auf, versuchte, den Pudel vom Bein zu schütteln, mit dem Effekt, dass dieser sich nur umso tiefer darin verbiss. Selbst die Hilfe von Kleist und Staël vermochte nichts.

Im Publikum war nun kein Halten mehr. Dass sich ausgerechnet ihr Favorit, Stromian, in das Fleisch ihres erklärten Feindes, Goethe, verbissen hatte, war für die Dorfbewohner die schönste Wendung, die das Stück hatte nehmen können. Die Tarantella des bösen Königs wurde beklatscht und bejubelt. Schließlich ließ der Pudel von seinem Opfer ab, mehrere Löcher, aus denen das rote Blut floss, zurücklassend; aber Goethe in seiner Wut beging den Fehler, noch einmal nachzutreten, dass sich das Tier jaulend verzog – und diesen Tritt wollten ihm die Zuschauer durchaus nicht verzeihen: Männer und Frauen sprangen gleichermaßen auf, Gift und Galle gegen Goethe wetternd. Ein Knabe, der Semmeln und Pastetchen zu verkaufen herbeitrug, wurde in dem Augenblick rein ausgeplündert und der verhasste Gegenstand damit bedeckt. Goethe musste vor dem Bombardement fliehen; die anderen taten es ihm gleich, denn so manches ungenau geworfene Gebäck traf auch sie.

Hinter dem Schutzwall der Kulisse trafen die Schauspieler wieder zusammen, während jenseits davon die letzten Geschütze in die Mauern von Helsingör einschlugen.

Goethe hielt sich die zerbissene Wade und sah hasserfüllt zu Stromian hinüber, den Leonore zu beruhigen suchte. »Hund! Abscheuliches Untier!«, fluchte er. »Schlag den Hund tot!«

»Nehmen Sie sich doch zusammen«, beschwor Tieck ihn, »das ganze Stück bricht sonst in tausend Stücke!«

»Das ist es längst«, sagte Schlegel nach einem Seitenblick auf die Bühne. »Das Publikum ist außer Rand und Band, und die Szene sieht aus wie eine Patisserie nach einem Erdbeben. Ein Glück, dass nur Pasteten zur Hand waren und nicht etwa Pferdeäpfel oder Steine.«

»Mir wurde eine Tabaksdose an den Kopf geworfen«, klagte Staël.

Wäre der Herr Baron nicht gewesen, die Bauern hätten in ihrem Jähzorn ohne Weiteres zu Werkzeugen und Waffen gegriffen, um die Bühne kurz und klein zu schlagen und die Akteure aus ihrem Dorf zu treiben, doch die Anwesenheit ihres ehemaligen Herrn verhinderte, dass sie ihrer Wildheit freien Lauf ließen. Unter der Aufsicht des Barons zerstreute sich die Menge, wobei der Großteil der Zuschauer den Abend in der Schenke beschließen wollte. Die Schauspieler taten gut daran, sich derweil verborgen zu halten, um den Männern bloß keinen Vorwand für ein Handgemenge zu liefern. Staël säuberte und verband die Wunde, die die Pudelzähne in Goethes Fleisch geschlagen hatten.

»Ich möchte toll werden, ich könnte den Hund ermorden«, schimpfte Goethe und verzog das Gesicht unter Schmerzen. »Sicherlich hat er die Tollwut, an der ich nun verrecken werde. Schafft ihn mir aus den Augen! Solch einen störenden Gesellen mag ich nicht in der Nähe leiden. Knurre nicht, Pudel!« Leonore tat, wie ihr geheißen, und entfernte sich mit Stromian. »Was habe ich mir nur dabei gedacht, einen Hund ins Theater zu lassen! Ich bin ja selbst schuld an meinen Schmerzen, pudelnärrisch, wie ich war! Die Bühne ist doch kein Hundestall! Auftrittsverbot für jegliches Getier, solange ich das Theater leite! Jawohl, ein eigenes Gesetz werde ich erlassen!«

»Immer noch die Hundegrillen?«, fragte Tieck, der der Tirade überdrüssig war. »Schlagen Sie sich doch die vierbeinigen Gedanken aus dem Sinn. Haben Sie Hunger? An Ihrem Hermelin klebt noch ein Pastetchen.«

»Nicht aus der Hand dieser Banausen!«, antwortete Goethe und schlug die Pastete zu Boden. »Was hat man von der veränderlichen Laune des Publikums auszustehen! Halb sind sie kalt, halb sind sie roh! Wahrhaftig, man muss ein Fell haben wie ein Bär, der in Gesellschaft von Affen an der Kette herumgeführt und geprügelt wird, um bei dem Tone eines Dudelsacks vor Kindern und Pöbel zu tanzen.«

Der Baron kam zu ihnen hinter die Bühne, um ihnen die vereinbarte Summe für den Auftritt zu zahlen. Der *Hamlet* hatte ihm die Laune gründlich verdorben. »Sehen Sie«, sagte er, als er die Münzen auf eine Kiste zählte, »diese Gabe als einen Ersatz für Ihre Zeit, als eine Erkenntlichkeit für Ihre Mühe, nicht als eine Belohnung Ihres Talents an.«

»Was soll das heißen?«, fragte Goethe.

»Lassen Sie mich es so ausdrücken: Was Sie mit Shakespeare gemacht haben, machen die Franzosen gerade mit Preußen.«

Schon wollte sich der Baron zum Gehen wenden, als ihn die Gesellschaft darin erinnerte, dass er ihnen für die Nacht ein Obdach und weiche Betten versprochen hatte. Es war bald Abend, und die turmhohen dunklen Wolken am Himmel kündigten ein Gewitter an, sodass man nicht in und um den Thespiskarren übernachten wollte, und hier im Dorf wollte man sich nach den Geschehnissen noch minder einquartieren. Außerdem meinte man stillschweigend, dass der Baron für die Fehler des von ihm herangeschafften Publikums geradestehen müsse – denn dass die Vorstellung so katastrophal geendet hatte, das schrieb man vor allem den anderen zu. Der Baron ließ sich seine Enttäuschung darüber, dass man so mangelhafte Ware abgeliefert hatte und dennoch auf den vollen Kaufpreis bestand, nicht anmerken.

»Hier ist ein Schlüssel«, sagte er, indem er diesen Goethe übergab, »der Ihnen den Zugang zu meinem zweiten ehemaligen Schloss verschafft. Es steht seit einigen Jahren leer. Ich vertraue darauf, dass Sie nur eine Nacht bleiben und alles in bester Ordnung zurücklassen. Den Schlüssel lassen Sie stecken; einer meiner Diener wird ihn am Mittag holen.« Dann beschrieb er ihnen den Weg von hier zum Schloss und nahm Abschied.

Schweigend entledigten sich die Gefährten ihrer Kostüme und verstauten sie, um dann die Bühne zu reinigen und abzubauen, wobei sowohl die dunklen Wolken als auch die sauertöpfischen Gesichter der Dörfler zu ihrer Eile beitrugen. Umso überraschter war Goethe, als die Wirtin des hiesigen Krugs an ihn herantrat, um ihm einen Korb zu überreichen, in welchem sich Konfekt, Kuchen, kaltes Rebhuhn und sechs Flaschen roten Nürnberger Weins befanden. Dieses Präsent schicke ein Bewunderer, sagte sie, ein älterer Herr, der das Schauspiel mit Genuss verfolgt habe, gewissermaßen als Trost dafür, dass die Barbaren vom Lande ihre Tragödie so ungehörig zerpflückt hätten. Die Wirtin beschrieb den Mann, aber nichts davon gab Goethe Aufschluss über dessen Person, ja er konnte sich nicht einmal erinnern, diesen Alten im Parterre gesehen zu haben. Mehr wusste die Wirtin auch nicht zu sagen, sie sei lediglich die Botin seines Danks.

Mit dem schweren Korb in der Hand kehrte Goethe zurück zu den anderen. »Mütterchen bringt uns ein Gläschen Achtzehnhundertfünfer her, damit wir die Grillen vertreiben«, sagte er, indem er eine der Flaschen gegen das Licht hielt.

»Dann sagen wir diesem von Gott und den Musen verlassenen Kaff Lebewohl«, entgegnete Tieck, »und zechen den Wein unsres anonymen Gönners im Schloss des Freiherrn, auf Bärenfellen vor dem brennenden Kamin! Es wäre doch gelacht, wenn wir diesem Abend nicht noch eine Wendung zum Guten geben könnten. Die Gäule eingespannt! Denn drüben vom Gebirge her ist ein Gewitter im Anzuge, das auch uns nichts Gutes bringen wird.«

Als die Nacht hereinbrach und mit ihr das Gewitter, hatten die Gefährten ihr Ziel noch lange nicht erreicht. Von der Chaussee zweigte der unbefestigte Weg steil bergan in den Wald ab. Des Gepäckes und Geschleppes war kein Ende. Dazwischen regnete es mit Gewalt, woraus manche Unbequemlichkeit entstand. Der Untergrund wurde bald rutschig, sodass die Pferde keinen rechten Halt mehr fanden. Während die beiden Damen, gegen den Regen in Tücher gehüllt, auf dem Bock blieben, um die Peitsche über den Köpfen der Gäule zu knallen, mussten die Männer von der Kutsche steigen und eigenhändig die vier Räder drehen. Dergestalt ging es langsam vorwärts. Knirschend schob sich die Wanderbühne durch das Gehölz. Die Kleider der Männer, die vorher schon vollkommen durchnässt gewesen waren, wurden jetzt von Schlamm und Wagenschmiere bedeckt. Die Gefährten mussten schreien, um das Getöse von Wind, Donner und Regen zu übertönen.

»Die Nacht ist gar zu unfreundlich«, murrte Goethe.

»Habt Ihr jemals eine solche Nacht erlebt?«, rief Kleist, der das Rad hinter Goethe drehte. »Das gießt vom Himmel herab, Wipfel und Bergspitzen ersäufend, als ob eine zweite Sündflut heranbräche. Und dunkel! Wenn auf je hundert Schritte nicht ein Blitzstrahl vor uns niederkeilte, wir wären längst vom Weg abgekommen. Das ist eine Nacht, die Wölfe in den Klüften um ein Unterkommen anzusprechen!«

»Ein Hexenwetter, wo selbst der Cerberus sich in sein Hundehaus verkriecht und nur die Schnauze aus der Höhle steckt!«, schimpfte Tieck, der beim Schieben abgerutscht und das Gesicht voran in den Matsch gestürzt war. »Ich fluche deinen Blitzen, Zeus! Ich fluche dem Herrn Baron und seinem verhenkerten Schloss in der Einöde!«

Rechts und links von ihnen schlugen die Blitze in den

Wald, und so mancher morsche Ast, den der Sturm vom Baume gerissen und auf den Weg geschleudert hatte, musste entfernt werden, bevor die Kutsche weiterkonnte. Ein Lederriemen von Sapones Geschirr riss entzwei, und eine Speiche zerbrach unter Schlegels Hand, aber die Räder der Kutsche und ihre robusten Achsen hielten der Beanspruchung stand, und die Pferde leisteten schier herkulische Dienste.

Bald schien der Albtraum beendet, denn der Wald lichtete sich, und von einer Biegung des Weges konnten sie das alte Schlösschen des Barons gegen den Nachthimmel ausmachen. Die einsame Lage, das gotische Äußere des Hauses, das durch Erker und Türme das Ansehen einer alten Ritterburg gewann, die ziemlich steile Anhöhe, auf welcher es stand, der finstre Wald oben und in der Nähe, alles diente dazu, dieser Stelle, so anmutig sie war, den Charakter des Abenteuerlichen zu geben. Hinter den Fenstern war es dunkel.

Mit neuer Kraft zog man das Gefährt über die letzte Wegstrecke, wobei jeder der sechs ein anderes Ziel vor Augen hatte: Diesem war ein weiches Federbett der Anreiz, seine Schritte zu beschleunigen, jenem ein loderndes Feuer im Kamin; dieser freute sich auf die prunkvolle Einrichtung, jener auf die Speisen und Weine ihres Wohltäters.

Doch der Enttäuschungen waren es an diesem Tage offenbar noch nicht genug, denn als Goethe den Schlüssel im Schloss gedreht hatte und sich die schwere eichene Tür öffnete, entsprach das Interieur der Vorhalle dahinter so ganz und gar nicht ihren Vorstellungen. Im schwachen Licht der Laterne sah man Spinnweben, Flecken an den Wänden und sogar einen toten Vogel auf den Fliesen. Etwas Werkzeug lag herum, Möbelstücke aber fehlten vollends. Die abgestandene Luft roch nach Staub und feuchtem Stoff.

Es war ein trauriges Willkommen, aber allemal besser als das wüste Unwetter hinter ihnen. Ein jeder sorgte nun für seine Sachen, sie abzupacken und hereinzuschaffen. Das meiste war, wie die Personen selbst, tüchtig durchweicht. Kleist schlug das Futteral der Krone zusätzlich in ein Wachstuch ein, um es gegen den Regen zu schützen. Die elenden Zugtiere wurden abgezäumt und in die Stallungen gebracht, wo man sie eingedenk ihrer Dienste gründlich trockenrieb und mit Hafer verköstigte. Der Theaterwagen war zu hoch, um durch das Tor zum ehemaligen Kutschenhaus zu passen, weswegen sie ihn unter freiem Himmel stehen lassen mussten. Man wollte sich gar nicht ausmalen, was die durchdringende Nässe mit dem Gefährt und seiner Fracht bis zum kommenden Morgen angerichtet haben würde.

Nun fing man an, das Schloss zu durchsuchen. Die Türen aller Zimmer standen offen. Große Öfen, gewirkte Tapeten, eingelegte Fußböden waren von seiner vorigen Pracht noch übrig, von andern Hausgeräten aber war nichts zu finden, kein Tisch, kein Stuhl, kein Spiegel; kaum einige ungeheure leere Bettstellen, alles Schmuckes und alles Notwendigen beraubt. Nachdem man dem Baron vorgeworfen hatte, das falsche Publikum eingeladen zu haben, warf man ihm nun noch leidenschaftlicher vor, sie in eine Ruine gelockt zu haben.

Schließlich gelangte man in einen großen Raum, der vielleicht einmal der Salon oder die Bibliothek gewesen war. Er war bis unter die Kassettendecke holzvertäfelt, mit hohen Fenstern und einer Feuerstelle gegenüberliegend. Die Fenster waren sämtlich mit Brettern vernagelt, die den Regen draußen hielten und den Donner dämpften. Hier wollte man bleiben. Was man an Kerzen dabeihatte, würde entzündet.

Der begossene Pudel schüttelte sich das Wasser aus dem Fell, sehr zu Goethes Verdruss, auf dem die Tropfen landeten.

Da man bitterlich fror, war die Entfachung eines Feuers die dringendste Aufgabe. Doch Brennholz war nirgendwo zu finden. »Was meint ihr«, rief daher Tieck, »unser Wirt hat diese Ruine doch ohnehin seit Langem geräumt; wenn wir diese unnütze Vertäfelung, diese Bretter, welche die Fenster bedecken, herausbrächen und in dem großen altfränkischen Kamin hier ein herrlich deutsches Feuer anzündeten?«

Dieser tolle Vorschlag fand bei den verwilderten Gästen sogleich Gehör und lauten Beifall. Man hob den Schirm vom Kamin hinweg und holte aus der Vorhalle ein Beil und Stangen herbei. Sogleich begann ein Hauen, Brechen und Hämmern gegen die hohle Wand. Stück für Stück wurden die dunkle Holztäfelung von der Wand und die Läden von den Fenstern gerissen, und den meisten wurde schon von dieser Arbeit wieder warm genug. Bald hatten sie einen Haufen altes Gehölz in den Kamin geschafft und zündeten mit großem Jauchzen den Scheiterhaufen an. Das Feuer war weitaus größer geworden als nötig, zumal Tieck einige Pilaster hineingelegt hatte, die so lang waren, dass sie aus der Feuerstelle bis auf die Dielen ragten und stets nachgeschoben werden mussten, sobald das brennende Ende verkohlt war. Da der alte Kamin nicht ordentlich zog, wurde die Luft im Saal dunstig, sodass einige der Fenster geöffnet werden mussten.

Spätestens jetzt entledigte man sich auch der durchnässten Kleidung, legte sie zum Trocknen neben den Kamin und auf die Enden der Pilaster. Durch die offenen Fenster sah man, dass das Gewitter nachließ. Nachdem es noch einige kraftlose Blitze geschleudert hatte, sank es, zu Dünsten aufgelöst, missvergnügt murmelnd im Osten hinab. Endlich war also ausreichend Ruhe eingekehrt, dass man sich dem Präsentkorb des namenlosen Bewunderers widmen konnte. Kuchen und Fasan wurden verteilt und der Frankenwein entkorkt. Der Nürnberger Tropfen war rot und schwer auf der Zunge und schien die rechte Medizin gegen die allgemeine üble Laune. Schlegel lehnte ab, als Goethe ihm die Flasche reichte.

»Was haben Sie?«, fragte Goethe. »Ein Glas wird Sie nicht im Schlaf stören.«

»Als ich das letzte Mal in dieser Runde trank, bin ich mit einem Hexenschädel und einem kastilischen Schnurrbart aufgewacht«, erwiderte Schlegel. »Freut euch doch; umso mehr bleibt für jeden von euch.«

Anstatt vom Weine aufgeheitert zu werden, wurde die Runde jedoch mit jedem Schluck schweigsamer und trübsinniger. Schließlich versiegten die Worte vollends. Nur das heftige Knistern des Feuers war noch zu hören.

»Unsere letzte Vorstellung hatten wir uns sicherlich anders vorgestellt«, sagte Kleist, um ein Gespräch in die Wege zu leiten – doch jedes Thema wäre geeigneter als dieses gewesen, die Stimmung zu verbessern.

»Was soll schon dabei herauskommen, wenn sich keiner bemüht?«, entgegnete Goethe unwirsch. »Sie haben alle weit unter Ihren Fähigkeiten gespielt; gerade so, als würden Sie mir den Abschied verleiden wollen.«

»Nur nicht auf diese Art räsoniert!«, bemerkte Tieck.

»So ist es nun einmal; die Musen sind nicht zu allen Zeiten willig. Und wir wollen doch nicht vergessen, *wer* von uns mit Backwerk beworfen wurde.«

»Was wollen Sie damit sagen?«

»Ein jeder kehre vor seiner Tür. Denn Ihr Claudius hat auch schon mal mehr Feuer gehabt.«

»Wenigstens habe ich verständlich gesprochen. Von einigen hat man nichts als die Vokale verstanden, und die nicht einmal alle.«

»Und dem wäre jener langsame, leer-feierliche Ton von Weimar vorzuziehen; diese französisch-überdeutliche, aufgeblasene Deklamation, die die Figur all ihrer Natürlichkeit beraubt?«

Goethe blinzelte. »Wollen Sie sich etwa mit mir anlegen, Herr Tieck?«

»Mitnichten, Herr von Goethe. Ich verlange lediglich einen freundlicheren Umgangston. Denn Sie sind unser aller Leitstern, vergessen Sie das nicht. Es gibt also keinen Grund, dass Sie auf Ihre Jünger losgehen.«

»Ihr Leitstern? Wer von Ihnen hätte mich denn je um Erlaubnis gebeten, ob ich überhaupt sein Leitstern werden will? Haben Sie sich je gefragt, ob ich diese Rolle überhaupt auszufüllen wünsche? Sie umkreisen mich wie Planeten die Sonne, höre ich; wie die Fliegen das Licht, aber wie fühlt es sich denn für das Licht an, ständig umkreist zu werden? Nach all diesen lästigen Fliegen langen möchte ich manchmal!«

»Die Fliegen sitzen direkt vor Ihnen«, sagte Schlegel. »Wählen Sie Ihre Worte also mit Bedacht. Sie wollen es sich sicherlich nicht mit uns verscherzen. Nach Schillers Tod blieben Ihnen sonst kaum noch Alliierte.«

»Ja, *Schiller*!«, rief Goethe aus, vom roten Wein entzündet, »Schiller, über den Sie sich so freimütig mokieren, ungeniert in meiner Gegenwart, in der Hoffnung, ich würde von meiner törichten Verehrung für den Toten geheilt; in der Hoffnung, ich würde mich mit Ihnen verbünden, würde meine gewesene Freundschaft abtun wie eine Jugendsünde und es Ihnen gleichtun, die Sie über ihn und sein Werk und sein Pathos spotten – eine unnütze Hoffnung, meine Herren! Ja, wenn Schiller sich die Nägel beschnitt, war er noch größer als Sie! – Sie, Herr Schlegel, behaupten allen Ernstes, Schiller sei bei Ihnen in die Schule gegangen? Halten Sie sich für den König der Welt, nur weil Sie den König der Dramatiker ganz passabel ins Deutsche übersetzt haben? Und können Sie sich gar nicht vorstellen, wie sehr mir als Heide Ihre volkstümlich-germanisch-christlich-romantische Sentimentalität auf die Nerven geht? – Herr von Kleist glaubt sich allein deswegen zum Poetaster geboren, weil er die Menschen hasst und nicht weiß, wohin sonst mit seiner Wut auf die Welt – und Herr Tieck! Über das klosterbruderisierende, sternbaldisierende Unwesen! Sie machen sich zumindest keine Illusionen über Ihr Talent – es sei denn, Ihre Selbstkritik ist nichts als Koketterie –, denn im Schreiben sind Sie, wie auf der Bühne, immer nur zwei Fingerbreit vom Possenreißer entfernt.«

»Und Sie, Herr von Goethe«, erwiderte dieser, »sind nur einen Fingerbreit davon entfernt, ein abgestandener Klugschwätzer zu sein.«

Staël lachte spitz auf. Als daraufhin alle anderen sie anstarrten, sagte sie: »Nur weiter! Nur weiter! Ich bin erstaunt, eine derart gepfefferte Unterhaltung zu erleben, die ich den Deutschen gar nicht zugetraut hätte.«

»Madame, erweisen Sie uns allen einen Gefallen«, sagte Goethe, »und tun Sie nicht ständig so, als stünden Sie außerhalb dieses Gesprächs – und behalten Sie in Gottes Namen, und sei es nur für fünf Minuten, Ihre zoologischen Betrachtungen über unser Volk für sich! Wenn Sie eine Perücke aufhätten, würde ich sie Ihnen ganz säuberlich abnehmen: Denn es scheint nötig, dass man Ihnen das Verständnis eröffne. Sie gerieren sich als Reisende zu den Hyperboreern, als Kultivierte unter Wilden, und haben bei aller Schwärmerei für uns Deutsche eines nicht begriffen: dass wir den Franzosen längst voraus sind. Schreiben Sie sich das in Ihr Büchlein und hinter die Ohren! Gute Nacht!«

Hiermit war Goethes Rundumschlag beendet. Mühselig zwang er sich auf die Beine. Offensichtlich hatte der Wein in kürzester Zeit seine Wirkung getan. »Morgen früh bin ich fort, solch einen Tag will ich nicht wieder erleben!«, lallte er. »Mich sollt ihr gewiss nicht irremachen« – und mit schweren Schritten, als hingen eiserne Ketten von jedem seiner Glieder, schlurfte er, einige Kleider unter dem Arm, aus dem Salon, um sein Nachtlager in einem Separee aufzuschlagen, fernab derer, mit denen er gerade abgerechnet hatte. Beim Verlassen des Raumes stieß er unelegant mit der Schulter gegen den Türrahmen.

»Es scheint, als hätten wir Fliegen all die Jahre nicht so sehr das Licht umschwirrt«, sagte Schlegel, »als vielmehr einen Haufen Mist.«

Jetzt, wo der plötzliche, heftige Disput beendet war, überkam alle eine bleierne Müdigkeit; die späte Zeit, die Strapazen der Aufführung, der Marsch durch das Gewitter und nicht zuletzt der Frankenwein forderten ihren Tribut. In stillem Einverständnis verließen auch Tieck und Leonore das traurige Bacchanal, um ungestört anderswo zu schlafen. Stromian folgte ihnen nicht, denn auch er hatte vom Wein gekostet und war längst vor dem Feuer eingeschlafen. Unweit von ihm richtete jetzt Kleist seinen Schlafplatz ein und brummte einen Wunsch zur guten Nacht.

»Wo ist die Krone?«, fragte Schlegel.

Kleist deutete auf ein Bündel am Kopfende seiner Lagerstatt: das Futteral in eine Decke gewickelt. »Dies Kissen ist die Krone«, sagte er und war einen Wimpernschlag später darauf eingeschlafen.

»Herrje, sie fallen wie die Fliegen«, sagte Schlegel, der als Einziger nüchtern geblieben war. »So bleiben nur wir beide übrig, Madame. Es ist mir nicht unlieb. Zu selten hat man doch in dieser Gruppe die Möglichkeit, ein Wort privatim zu wechseln. Im Kamin flackern die Flammen, Kleist und der Köter haben sich davor zusammengerollt, alles schläft: Ich werde Ihnen bei Ihrer Schlaflosigkeit heute Nacht Gesellschaft leisten.«

»Ich fürchte, ich bin heute weniger schlaflos als sonst«, entgegnete Staël, die schwerfällig ihre Decke ausbreitete.

»Das Opium?«

»Das Leben.«

»Aber ich muss mit Ihnen reden, Teuerste.«

»Morgen, Wilhelm.«

»Nein, jetzt. Morgen schon könnte alles anders sein.«

»Wovon reden Sie?«

»Ich habe etwas getan, das ... – Einerlei! Ich wünsche mir, nein!, ich habe das Recht darauf, mich mit Ihnen zu unterhalten.«

»Ich bin müde.«

»Umso besser, dann werden Sie mir nicht so oft ins Wort fallen. Und Ihre boshaften Spitzen gegen mich unterlassen.«

»Geben Sie sich keiner Illusion hin. Noch im Schlaf werde ich Sie verspotten.« Sie riss die Augen weit auf, um selbigen Schlaf noch etwas aufzuschieben. »Was gibt es also, Wilhelm?«

»Ich hänge beispiellos an Ihnen und liebe Sie sehr, obwohl Sie alles tun, um dieses Gefühl zu verletzen«, sagte Schlegel. »Daher möchte ich mich Ihnen schenken, Teuerste. Seit wir uns in Berlin trafen, gehöre ich doch ohnehin schon mit Leib und Seele nur Ihnen. Ich will nicht länger dagegen ankämpfen müssen und auf einer Selbstständigkeit und Freiheit beharren, die ich de facto nicht mehr besitze. Verfügen Sie über meine Person und mein Leben, befehlen und verbieten Sie – ich werde Ihnen in allen Stücken gehorchen. Ich verzichte auf jedes weitere Glück als jenes, das Sie mir freiwillig schenken wollen. Ich will nichts besitzen und alles nur von Ihrer Großmut annehmen. Ich bin gern bereit, an meinen eignen Ruhm überhaupt nicht zu denken; ich will mich ausschließlich Ihnen widmen mit allem, was ich an Kenntnissen und Talenten besitze. Ich bin stolz darauf, Ihnen zu eigen gehören zu dürfen. Sie haben eine übernatürliche Macht über mich – es wäre nutzlos, dagegen anzukämpfen. Dafür, dass ich mich aus freien Stücken zu Ihrem Sklaven mache, verlange ich nur eine einzige Gegenleistung.«

»Und die wäre?«

»Werden Sie meine Frau.«

Staël blinzelte nur.

»Ich verlange keine Zeremonie«, fuhr Schlegel fort, »keinen Vollzug, keine Treue, keinen Titel und schon gar kein Geld; ich verlange lediglich, dass Sie mit mir verheiratet sind. Anders möchte ich nicht weiterleben.«

»Es liegen mir unzählbare witzige Repliken auf der Zunge«, antwortete sie, »aber zu meinem Bedauern muss ich sie allesamt für mich behalten – aus Mitleid mit Ihnen. Gute Nacht, Wilhelm.« Mit diesen Worten drehte sie sich in ihre Decke und ihm den Rücken zu.

Schlegel war fassungslos. »Madame! Ich reiche Ihnen mein Herz auf einem Silbertablett dar, und Sie – Sie schlafen darüber ein?!«

»Schreien Sie nicht so«, gähnte sie, »Sie wecken die Hunde.«

»Germaine, in Gottes Namen: Heiraten Sie mich!«

»Vielleicht in Ihren Träumen. Gute Nacht.«

»Von all Ihren Kränkungen, Madame, ist dies die – – – hören Sie mich noch? Schlafen Sie schon?«

»Tief und fest wie eine Bäuerin«, waren ihre letzten Worte. Dann wurde es still um Schlegel.

Als Staël wieder erwachte, geschah es durch harte Schläge, die ihr Schlegel abwechselnd auf die rechte und auf die linke Wange verpasste. »Sind Sie vom Teufel –«, schrie Staël murmeltierisch und wollte zurückschlagen, aber ihre Bewegungen waren so langsam, dass Schlegel, der breitbeinig über ihr stand, mühelos ausweichen konnte. Sie ließ sich auf ihre Decke zurücksinken und schloss die Augen wieder. Es war unerträglich heiß, und in ihren Ohren rauschte es.

»Stehen Sie auf!«, brüllte Schlegel.

»Scheren Sie sich zum Henker, Sie verrückter Deutscher.«

»Bei allen Heiligen, auf die Beine!«, rief Schlegel. »Es brennt!«

Staël drehte sich um. Die Wand, in der sich der Kamin befand, stand in Flammen. Wo sie die Holztäfelung nicht entfernt hatten, leuchtete jetzt eine Tapete von Feuer. Auch auf die Dielen hatten die Flammen übergegriffen, und es fehlte wenig, dass sie dem schlafenden Stromian das schwarze Fell versengten. Über ihren Köpfen sammelte sich der Rauch so dicht, dass man die Decke nicht mehr sehen konnte, und mit starken Atemzügen zog sich das Feuer seine Luft durch die offenen Fenster.

»*Mon Dieu* –«

»Nehmen Sie den Hund, ich wecke Kleist!«

Schlegel war längst weiter, um Kleist ebenso grob wie Staël aus seinem ebenso tiefen und tödlichen Schlummer zu rütteln. Diese erhob sich von ihrem Lager, knickte dabei ein – ein jedes ihrer Glieder war taub – und kam erst beim dritten Anlauf auf beiden Beinen zu stehen. Augenblicklich musste sie husten, so sehr brannte der Rauch in ihren Lungen. Sie ging wieder auf die Knie und kroch auf allen vieren weiter, weil die Luft am Boden besser war. Der Pudel war nicht wachzurütteln. Sie nahm das Tier in den Arm und floh mit ihm, halb krauchend und halb laufend, aus dem brennenden Salon. Kleist war dicht hinter ihr, unverständliche Flüche murmelnd und von Schlegel gestützt. Im Flur war es deutlich kühler, obwohl der Rauch ebenso dicht war. Erst als sie die Treppen in die Vorhalle hinabstiegen und vollends als sie das Schloss verließen und in die Nacht traten, konnten sie wieder frei atmen.

Schlegel machte sich von Kleist frei, der ohne Halt zu Boden stürzte, und rannte zurück ins Haus und ins obere Geschoss. Da er nicht wusste, hinter welchen Türen die anderen verschwunden waren, musste er einige öffnen, bis er in unterschiedlichen Zimmern erst Goethe und dann Tieck und Leonore – in inniger Umarmung – fand. Auch bei ihnen brauchte es Schläge und Geschrei, bis sie begriffen, in welcher tödlichen Bedrohung sie sich befanden. Gemeinsam stolperten sie im Halbdunkel die Treppen hinab, in ihren weißen Nachthemden wie Schlossgespenster auf der Flucht.

Die frische Nachtluft, das feuchte Gras an ihren Füßen und der Anblick des brennenden Schlosses vertrieben den Schlummer endgültig. Inzwischen war das Schloss an allen Ecken, starken Rauch gen Himmel qualmend, angegangen. Das Feuer war über die Deckenbalken in das darüberliegende Stockwerk gedrungen; schon dampfte es aus dem Dachstuhl und aus einem der kleinen Türme. Zum Glück waren ihr Theaterwagen und das Nebengebäude, in welchem sich die Pferde befanden, zu weit vom Schloss entfernt, als dass die Flammen darauf hätten übergreifen können. Mit offenen Mündern starrten die Gefährten ins Feuer.

»Es brennt, so wahr ich leb!«, murmelte Kleist. »Als ob es von Pech und Schwefel erbaut wäre. Die Flamme zuckt schon am Turm empor!«

»Troja hat heller nicht gebrannt«, sagte Goethe. »Wir sahen den Tod vor Augen. Und Sie sind, scheint's, unser Äneas, Herr Schlegel. Sie haben uns allen das Leben gerettet.«

»Ja, das glaube ich allerdings auch«, entgegnete dieser. »Wären wir jetzt noch darinnen, wir würden geröstet wie die Kastanien.«

»Wie um alles in der Welt kam es zu diesem Brand?«

»Ich habe keine Ahnung. Als ich erwachte, stand der halbe Saal schon in Flammen.«

Leonore hatte indes ihren Pudel aus den Armen der Baronin entgegengenommen und ihn auf dem Rasen abgelegt. Aber auch mit guten Worten war Stromian nicht zu wecken.

»So geht es«, bemerkte Tieck, »wenn man des starken Weines zu viel genießt.«

»Fluch sei dem Balsamsaft der Trauben!«, schimpfte Goethe. »Ich bin noch immer ganz benommen. Habt ihr jemalen ein so starkes Zeug getrunken? Tausend Schwerenot, fast hätten wir unsern eignen Tod verschlafen! Ihr Opium war nichts dagegen, Baronin!«

Eines der Fenster im Salon zersprang in der Hitze. Tieck schaute kopfschüttelnd auf. »Wie viele Unfälle müssen sich vereinigen, um den heutigen Tag und Abend und die Nacht merkwürdig zu machen? Hier stehen wir jetzt mit nichts als unsern Büßerhemden am Leibe wie die Seelen vorm Fegefeuer.« Er ließ den Blick in der Runde kreisen. Dann schaute er auf den Boden. Etwas fehlte. Mit plötzlich dünner Stimme fragte er: »Heinrich, wo ist die Krone?«

Diese Frage traf Kleist wie eine Klinge aus kaltem Stahl. Das Futteral hatte er bei seiner übereilten Flucht zurückgelassen. Alle Augen waren auf ihn gerichtet, als er nach Worten schnappte und schließlich: »Im Feuer!«, schrie, und: »Weh mir! Helft! Rettet!«

Schon machte Kleist seinen ersten Schritt zurück zum Schloss, da hielt ihn Schlegel an der Schulter zurück. »Um Himmels willen, bleiben Sie hier!«, rief er. »Der rote Hahn kräht an allen Ecken! Sie könnten ebenso gut in einen Backofen steigen!«

»Tod und Teufel!«, kreischte Kleist. »Lassen Sie mich los! Das Reich!«

»Sie bleiben, Heinrich!«, donnerte Goethe. »Ich befehle es!«

Doch Kleist hatte sich schon von Schlegel losgemacht. »So hilf mir, Ludwig«, rief dieser, »er rennt in seinen Tod!«

Mit gemeinsamer Kraft warfen Schlegel und Tieck den Unglücklichen zu Boden, wo er strampelte und um sich schlug und so manches Gras- und Haarbüschel herausriss. »Sie ist mein Schatz!«, schrie er unter Tränen der Verzweiflung, »mein Schatz!«

»Ich hole sie«, sagte unvermittelt Leonore und war auf das Haus zugelaufen, ehe die anderen sie verstehen geschweige denn aufhalten konnten.

Tieck sprang auf die Beine und ließ Kleist Kleist sein. »Nein!«, rief er, »im Namen des Heilands, Eleonore, komm zurück!«

Lächelnd drehte sich Leonore zu Tieck und den anderen um. »Mir wird nichts geschehen«, versprach sie, »denn mir ist vorherbestimmt, im Wasser zu sterben, und hier gibt es nur Feuer!« Dann überquerte sie schnellen Schrittes die Türschwelle und verschwand in dem brennenden Gebäude.

Wie man bis eben noch Kleist zurückgehalten hatte, so stürzte sich nun alles auf Tieck, diesen davor zu bewahren,

Leonore nach ins Flammenmeer zu gehen. »Was hilft es, wenn ihr beide geht!«, sprach Schlegel.

»Sie stirbt!«

»Aber nein!«, beruhigte ihn nun Kleist. »Das Haus brennt zwar, steht aber wie ein Fels auf dem Gebälk! Die Treppe war noch unberührt vom Brand; Rauch ist also das einzige Übel, das sie findet!«

»Und wer weiß«, fügte Staël hinzu, »vielleicht ist doch etwas dran an ihrem sonderbaren Orakel.«

Wie groß war der Jubel der Gesellschaft, als bälder als erwartet Leonores Gesicht in einem der Fenster erschien. »Das Futteral! Das Futteral!«, rief ihr Kleist zu, die Hände als Trichter um den Mund gelegt, um das Gebrüll des Feuers zu übertönen. »Beim Kamin, mit einer Decke zum Kissen eingerollt! Geh, Mädchen, geh, schaff Krone mir und Futteral! Mit Diamanten lohn ich's dir!«

Leonore machte sich auf die Suche, während die anderen in sicherer Entfernung warteten und bangten. Tieck zerbiss sich den Nagel seines Daumens. Ein weiteres Fenster zersprang. Aus den Öffnungen leckten die Flammen, und der Rauch wurde zusehends dichter.

Abermals erschien Leonore am Fenster, hustend und mit Ruß im Gesicht. »Ich finde es nicht!«, rief sie. »Voller Rauch ist alles!«

»In der Decke!«, rief Kleist zurück.

»Die Decke lag entrollt und leer!«, entgegnete sie.

»Was Henker –! Leer? Eleonore, ich beschwöre dich –«

»Hilf Gott! Der Rauch erstickt mich!«

»Vergiss die Krone!«, schrie nun Tieck. »Komm herab, mein Kind! Komm herab, sag ich!«

»Nicht ohne mein Reich!«, widersprach Kleist.

»Wenn sie nicht eilt, stürzt das Haus gleich zusammen!«

Ein spitzer Schrei entfuhr Staël, als Leonores Gesicht erneut verschwand und niemand sagen konnte, ob sie aus freien Stücken gegangen war oder ob die Flammen sie geholt hatten.

»Die dumme Trine«, greinte Kleist, »hatte ich ihr nicht gesagt, *das Futteral*?«

Dann sprach keiner mehr. Stumm starrten sie hoch zu den Fenstern, wo ihnen der Rauch und die flackernden Flammen das eine um das andere Mal ein Gesicht vorgaukelten, welches sich in Nichts auflöste, ehe sie Leonore zu erkennen glaubten. Das brennende Gebälk begann zu ächzen. Vom Grundstein bis zur Traufe stand das Schlösschen in Flammen.

»Wo bleibt Eleonore?«, flüsterte Goethe.

»Ich hole sie«, sagte Tieck mit wilder Entschlossenheit. »Den mach ich zum Gespenst, der mich zurückhält!«

Niemand hielt Tieck zurück. Er hatte beinahe den Eingang erreicht, da stürzte die Vermisste heraus und in seine Arme, von den Flammen verfolgt. Rot war ihre ganze Haut, wo sie nicht von Ruß geschwärzt war, der blonde Lockenschopf stumpf und dunkel und das ehemals weiße Nachthemd am Saum versengt. In den Händen hielt sie das gesuchte Futteral. Ein Aufschrei der Erleichterung ging durch die Runde. Tieck trug sie fort von der Hitze und bedeckte ihre Stirn mit dankbaren Küssen.

»Nun, jedes Haar auf deinem Haupt bewacht ein Engel!«, jauchzte Kleist. »Deine Wahrsagerin hat nicht gelogen! – Dürstet dich? Soll ich dir Wasser schaffen?«

Doch Leonore, die Tieck nun auf dem Rasen abgesetzt hatte, schüttelte in einem fort ihren Kopf. Als sich ihr böser Husten, der sie kaum zu Atem, noch weniger zu Wort kommen ließ, für einen Augenblick gelegt hatte, sagte sie unter Tränen: »Die Krone ist verloren. Sie ist fort.«

»Was sagst du? *Fort?*«, rief Kleist entgeistert. »Wie, fort? – Sprich, Grässliche! Was ist geschehen?«

Doch da hatte Kleist auch schon selbst die Holzkiste aus ihrer Hand gerissen und geöffnet. Sie war leer. »Gott im höchsten Himmel, du vernichtest mich!«, keuchte er. »Das fasst kein Sterblicher! Wo ist das Reich?«

»Ich fand nur dies leere Futteral«, antwortete Leonore, »und dies auch nur in einem ganz entfernten Winkel des Raumes. Und dort, wo Ihr Lager war, waren nur noch Flammen und Asche. Es tut mir leid. Ich habe alles versucht.«

Noch einmal schaute Kleist auf die Hölle, die seine Krone verschlang. Durch die offene Tür konnte man sehen, wie brennende Balken auf die Treppen herabstürzten. Rauch und Dampf zog über alles, bis auf einmal das Feuer das Dach hob und das ganze Haus in einer Flamme stand. Kleist ließ sich ins Gras fallen, der Mund so offen und leer wie das Futteral in seinem Schoß.

Der Rest der Gesellschaft sah derweil nach der tollkühnen Leonore. Zwar hatte sie im Labyrinth der Flammen nur einige unwesentliche Brandwunden davongetragen, ihr hartnäckiger Husten aber erregte die Besorgnis aller. Sie wurde in den Stall getragen und dort auf altem Stroh gebettet; nahe bei ihr der noch immer schlafende Stromian sowie Colla und Sapone, die unruhig geworden waren durch den Lärm, den Rauch und den Feuerschein von draußen. Während Tieck keinen Wimpernschlag von Leonores Seite wich, brachten ihr die anderen Wasser und einige trockene Decken aus der Kutsche.

»Das war sehr tapfer von dir«, sagte Tieck, indem er ihr über die Haare strich, »tapfer und töricht.«

»Ich möchte mit dir alleine sein«, entgegnete sie mit schwacher Stimme. »Und mit Madame de Staël. Herr von Goethe, Herr Schlegel, bitte nehmen Sie mir es nicht übel.«

»Natürlich nicht«, sagte Goethe, den dieses Begehr ebenso überraschte wie die anderen. Mit Schlegel verließ er den Stall.

Leonore sah, nachdem sich die Tür wieder geschlossen hatte, den beiden Dagebliebenen in die Augen. »Baronin, Ludwig: Ich möchte beichten.«

»Was!«, lachte Tieck. »Sehen wir aus wie die Pfaffen?

Weshalb möchtest du jetzt beichten? Und überhaupt: Was willst du schon beichten, du Engel, du?«

»Ich fürchte um mein Leben. Mein Busen schmerzt mit jedem Atemzug. Du musst mich zur Ader lassen.«

»Herrje, Eleonore, was redest du! Du wirst nicht sterben! Du hast etwas Rauch geschluckt, aber viel Schlaf und ein paar Tage frische Luft, und schon bist du wieder vollends hergestellt! Mein Wort darauf!«

Er küsste sie abermals, und Staël legte tröstend eine Hand auf ihre Schulter: »Ludwig hat recht. Du bist noch jung und wirst noch alt werden.«

»Ich möchte dennoch mein Gewissen erleichtern.«

»Wenn du es wünschst, bitte«, sagte Tieck. »Aber kein Wort mehr vom Tode, hörst du! Der bloße Gedanke, dich zu verlieren, triebe mich in die Verzweiflung.«

»Liebst du mich?«

»Über alles, Leonore.«

Sie hustete noch einmal kräftig, um während ihrer Beichte nicht davon unterbrochen zu werden, und sagte dann: »Ich arbeite für Joseph Fouché.«

Als hätte sie den Namen des Leibhaftigen ausgesprochen, so zuckte Staël am ganzen Körper zusammen.

»Ich war nie Teil der Gesellschaft von Signor Velluti«, fuhr das Mädchen fort. »Es wurde nach einer Möglichkeit gesucht, einen neuen Beobachter in Coppet einzuschleusen, und da man von Ihrer Leidenschaft für das Theater wusste, Madame, schienen die fahrenden Komödianten eine gute Idee. Ich habe mich ihnen angeschlossen, zwei Wochen bevor wir zu Ihnen nach Coppet kamen, gegen eine Summe Geldes und unter dem Siegel der Verschwiegenheit. Als schon am Morgen nach unsrer ersten Vorstellung der Thespiskarren wieder fort war, und Sie mit ihm, habe ich Stromian auf die Spur gesetzt, um mir mit ihm eine Passage zu erschleichen. Wann immer ich unbeobachtet die Gelegenheit dazu hatte, habe ich Nachricht an meine Verbindungsmänner gesandt. Denn ich sollte Sie und Ihre Reisegefährten nie aus den Augen lassen, Madame. Fouché wünscht zu sehen, was Sie in Europa unternehmen; wünscht über jeden Ihrer Schritte auf dem Laufenden zu sein. Keiner hatte ahnen können, in was ich hineingerate, welch überaus bedeutende Fracht wir mit uns transportieren würden, dies ist mein erster großer Auftrag – umso wichtiger war es, dass ich nach Konstanz bei der Gruppe blieb.«

Tieck war sprachlos, aber Staël fragte sogleich: »Um die Krone an dich zu bringen?«

»Nein. Solange ich keine Order dazu hatte, hätte ich die Krone nicht genommen. Nur einmal, als wir in Ellwangen inhaftiert waren und ich dachte, jetzt würde alles aufgedeckt, habe ich die dortigen Behörden in Kenntnis gesetzt, auf wessen Geheiß ich handle, damit sie mich freilassen und ich die Krone an mich nehme, bevor sie verloren geht. Aber ihr traft fast gleichzeitig mit mir wieder an der Kirche ein.«

»Und Dubois?«

»Hat nichts damit zu tun. Ich kenne ihn nicht, und er kennt mich noch minder.«

»Wo ist die Krone?«

»Ich weiß es wirklich nicht«, antwortete Leonore und hustete abermals. »Ich habe sie nicht gefunden. Sie muss verbrannt sein. Bei meiner Seele, ich wollte sie wirklich retten.«

»Das ist ein böser Traum«, sagte nun Tieck, der so lange geschwiegen hatte. »Ich kann nicht glauben, diese Worte aus deinem Mund zu hören.«

»Mich überrascht nichts mehr«, versetzte Staël.

»Gott steh mir bei; Leonore, wer bist du?«, fragte Tieck.

»Das meiste war gelogen. Aber ich heiße wirklich Leonore.«

»Deine Verbindungsmänner«, fragte Staël, »Fouchés Bluthunde? Sind wo?«

»Ich weiß es nicht«, antwortete Leonore. »Meine Nachrichten habe ich stets nach Straßburg gesandt. Die Männer könnten noch dort sein – oder auf unserer Fährte.«

»*Sacré!*«, schimpfte Staël. »Wenn das der Fall ist, bin ich verloren.«

»Ich möchte nicht, dass irgendjemandem Böses widerfährt. Anfangs war es mir gleich, aber heute möchte ich eher den Dienst quittieren, als einem von Ihnen zu schaden. Unser Theater, die Abende, das Spektakel an meinem Geburtstag... ich habe mich nie zuvor so geborgen gefühlt. Es zerreißt mir das Herz, eine Verräterin an solchen Menschen zu sein. Die Krone wollte ich aus den Flammen retten, um einen Teil meiner Schuld zu tilgen. Verzeihen Sie mir, Madame.«

»Verzeihen, dir?«, entgegnete Staël kalt. »Dass du dem Zwinger meines zweitschlimmsten Feindes entstammst? Dass du dem Teufel Brotkrumen auf den Weg gestreut hast? Dass du die Schlange unter Blumen warst? – Nein, beileibe nicht, Eleonore! Das werde ich dir nicht verzeihen, und wenn du fünfmal für mich durchs Feuer gehst!«

Staël erhob sich, klopfte sich das alte Stroh vom Kleide und verließ den Stall, ohne das Mädchen noch einmal anzusehen.

»Aber du bleibst, Ludwig«, sagte Leonore, indem sie von Neuem Tiecks Hand ergriff. Doch er gab keine Antwort. »Ich hätte euch ausliefern können!«, rief sie. »Im Château de Joux, bei den Regimentern, in Ellwangen, ja, an jedem Zollhäuschen entlang des Weges hätte ich euch verraten können und mir damit zweifellos das Lob meiner Oberen errungen! Aber ich tat es nicht! Weil ich euch liebe! Weil ich *dich* liebe, Ludwig!«

»Und dafür verlangst du Dank?«

»Dank kann ich nicht, Erbarmen wohl verlangen!«

Tieck löste seine Hand aus ihrer Umklammerung. »Die Absolution kann ich dir ebenso wenig erteilen wie die Baronin.«

»Ich liebe dich, Ludwig!«, beschwor Leonore ihn abermals. »Bist du mir nicht mehr gut? Bedeutet meine Liebe nichts?«

»Die Liebe einer Schauspielerin«, murmelte Tieck und mühte sich auf die Beine, langsam und bebend wie ein alter Mann.

»Du darfst nicht gehen!«, rief sie. »Und wenn ich sterbe?«

»Du stirbst nicht, das weißt du selbst«, entgegnete Tieck. »Benimm dich nicht, als stündest du auf einer Bühne. Stromian wird dir Gesellschaft leisten. Erhole dich; wir werden morgen reden.«

Als Tieck nach draußen trat, musste er die Augen abschirmen vor der helllichten Feuersbrunst. Sämtliche Fenster standen offen und zogen gierig Luft in den Brand, dessen Flammen meterhoch über dem Dach züngelten. Wie ein gigantisches Schwedenfeuer erleuchtete die brennende Ruine den Wald und die umliegenden Hügel, und am Himmel waren mehr Rauchschwaden als Wolken. Im Flackerlicht vollführte Kleist einen wahren Veitstanz, denn Staël hatte die anderen von Leonores wahrer Herkunft und Mission in Kenntnis gesetzt.

»Ward, seit die Welt in Kreisen rollt, solch ein Verrat erlebt?«, keifte er. »So kann man blondes Haar und blaue Augen haben und doch so falsch sein wie ein Punier! Zehnmal die Schamlosigkeit einer Hündin, mit zehnfacher List des Fuchses gepaart! Solch eine Miene! Zwei solche Augen! Ein Cherub hat sie nicht treuer!«

Erst das Feuer konnte Kleists Tirade unterbrechen, denn es hatte das Gebälk inzwischen so zerfressen, dass nun das Dach des Schlosses einbrach und, herabfallend, die Geschosse mit sich riss und einige Mauern, worauf am Ende nur noch Teile der Fassade standen. Flammen, Funken und Asche schossen in alle Richtungen, und die Gefährten mussten ihren Abstand zum Feuer abermals vergrößern.

Wie nun das Feuer, die Reste des Hauses verzehrend,

allmählich geringer wurde, so kehrte auch die Müdigkeit zurück. Da man eh nichts tun konnte, bis der Morgen gekommen war, legte man sich im Schatten des Theaterwagens wieder schlafen. Decken brauchte man kaum, so sehr hatte der Brand die Nacht erhitzt.

Goethe als Einziger blieb wach. Als er in den Stall trat, lag Leonore auf der Seite, ihm den Rücken zugedreht. Sie kraulte mit einer Hand dem schlafenden Pudel das Fell und hielt mit der anderen ihr Kruzifix umklammert. Dabei schluchzte sie leise, immer wieder von Husten unterbrochen.

»Keine Tränen«, sagte Goethe sanft.

»Es ist nichts daran gelegen«, seufzte sie, indem sie sich umwandte. »So viel Weibertränen mehr oder weniger, die See wird darum doch nicht wachsen.« Goethe setzte sich neben ihr nieder. Aus roten Augen blickte sie zu ihm herauf. »Verzeihen wenigstens Sie mir so sehr, dass Sie diese Nacht bei mir bleiben?«

Goethe nickte. »Aber ich bin müde. Ich kann dir nicht versprechen, dass ich wach bleibe.«

»Das werde ich auch nicht«, entgegnete sie. »Ich will nur nicht allein sein. Ich fürchte mich vor dem Tod.«

»Auch ich.«

»Aber noch mehr als vor dem Tod fürchte ich mich davor, Ludwig zu verlieren. Werden Sie mir helfen, ihn mir zu halten?«

»Das werde ich, wenn dich das Wort trösten kann«, erwiderte er. »Ich hoffe, so schön du es verdienst, dich glücklich zu sehn.«

»Glücklich? Wer ist denn glücklich?«

Leonore weinte; sie schmiegte sich an Goethe, der sie in die Arme nahm und an seine Brust drückte. Sie weinte, und keine Zunge spricht die Gewalt dieser Tränen aus. Ihre langen Haare waren aufgegangen und hingen von der Weinenden nieder, und ihr ganzes Wesen schien in einen Bach von Tränen unaufhaltsam dahinzuschmelzen.

»Sei ruhig«, sagte Goethe, und dabei brach seine Stimme, »bleibe ruhig, mein Kind.«

Eine Viertelstunde darauf waren beide eingeschlafen.

Als der Morgen anbrach, war das ganze Schloss bis auf die Mauern niedergebrannt. Goethe erwachte erfrischt, wie nach einer durchstandenen Krankheit, und sah, dass Stromian und sein Frauchen noch immer nicht auf waren. Er löste seine Hand aus Leonores, die er die Nacht über tröstend gehalten hatte. Ein leises Lächeln lag auf ihren Lippen, als träumte sie von etwas Herrlichem.

»Du siehst mich lächelnd an, Eleonore«, sagte Goethe. »Was hast du?« Das Mädchen regte sich nicht, worauf Goethe etwas lauter sagte: »Liebes Mädchen! Du darfst die Augen aufschlagen.«

Er legte eine Hand auf ihren Arm, sie wachzurütteln, doch kaum hatte er die schneeweiße, kühle Haut berührt, begriff er, dass Leonore ihre Augen nie wieder aufschlagen würde, dass ihre Hand nur deshalb warm gewesen war, weil die seine sie gehalten hatte. Noch einmal drückte er ihren Arm, noch einmal rief er ihren Namen, aber vergebens: Das liebe Geschöpf war nicht ins Leben zurückzurufen. Goethes Rufe hatten zur Folge, dass sich der Pudel schlaftrunken regte, und sosehr Goethe der Biss noch in der Wade brannte, so sehr bemitleidete er doch das arme Tier, das, wenn es erwachte, seine Herrin tot vorfinden würde.

Von draußen hörte er die Stimmen von Schlegel und Staël. Er faltete Leonores Hände unter ihrem Busen, und erst da wurde ihm schlagartig bewusst, dass er eine Leiche berührte, dass er an ihrem Totenbett geschlafen hatte, ihre Hand in der seinen – aber nichts in ihm begehrte dagegen auf; kein Impuls entstand, die Tote zu fliehen und die Leichenhalle, in die sich der Stall verwandelt hatte; er empfand weder Furcht noch Ekel. Er strich mit dem Handrücken über ihre Wange, wie um sich seines neuen Mutes zu vergewissern, und entfernte einige Strohhalme aus ihrem Haar.

Goethe traf die anderen vier in ihren Nachthemden vor dem Aschenhaufen einer Nacht an. Vom Rauch abgesehen, der aus der Ruine aufstieg, war der Himmel wieder wolkenlos. Im Rasen lag noch immer das nutzlos gewordene Futteral. Goethe legte sich die Worte zurecht, den anderen diese trübste aller Hiobsbotschaften schonungsvoll mitzuteilen, aber Staël kam ihm mit dem Sprechen zuvor.

»Stellen Sie sich vor«, sagte sie und zeigte auf Schlegel, »dieser Fanfaron will doch allen Ernstes in die Asche steigen, um nach der Krone zu suchen.«

»Weil ich nicht glauben kann«, versetzte Schlegel, »dass ein säkulares Feuer imstande ist, die heilige tausendjährige Krone des Reiches zu vernichten!«

»Bitte, Herr von Goethe, reden Sie ihm diese Eulenspiegelei aus.«

»Sie verbrennen sich die Sohlen«, bekräftigte Goethe. »Denn der Schutt ist heiß. Und Sie fänden höchstens einen eingeschmolzenen Klumpen Gold.«

»Von acht Pfund Gewicht, potztausend! Das wäre mir wohl ein paar neue Sohlen wert.«

»Sparen Sie sich die Mühe, Professor Schlegel«, sagte nun Kleist mit einer seltsam ruhigen Stimme. »Das Reich ist nicht mehr in der Ruine.«

»Nicht? Wo ist es dann?«

»Ich weiß es nicht. Aber vielleicht können Sie es uns sagen.«

Der herausfordernde Tonfall, in welchem Kleist dies gesprochen hatte, machte Schlegel stutzen. »Wovon zum Geier reden Sie?«

»Nachdem wir in der gestrigen Nacht den Wein tranken«, erklärte Kleist, »fielen wir allesamt in einen tiefen Schlummer, aus dem uns nicht einmal Rauch und Hitze erweckten. Keine Traube der Welt ist stark genug für eine solche Wirkung. Im Wein war also zweifellos ein Mittel, uns einzuschläfern. Und der Einzige, der davon keinen Tropfen trank, waren –«

»Wollen Sie etwa sagen«, fuhr ihn Schlegel an, »ich hätte die Gesellschaft vergiftet?! Das ist unerhört! Nicht erst seit gestern; seit Johanni habe ich keinen Wein mehr angerührt!«

»Weshalb die heftige Gegenwehr, wenn Sie unschuldig sind?«, erwiderte Kleist sanft. »Aber lassen Sie mich bitte meine Ausführungen beenden, bevor Sie mit Ihrer Verteidigung beginnen. Der Wein, den uns – so hieß es – ein anonymer Gönner zukommen ließ – eine Person im Übrigen, die keiner von uns am Abend gesehen hat –, der Wein also stammte aus Nürnberg, just dorther, wohin Professor Schlegel – auf seinen eigenen Vorschlag! – zuvor geritten war und wo er auch das Schlafmittel für die Baronin besorgte. Ebenjener Professor Schlegel, der seit Anbeginn unserer Reise fordert, die Reichskrone möge zurück nach Wien gebracht werden; der wiederholt versucht hat, mich von meinem kühnen Plan zur Rettung Preußens abzubringen. Wer weiß, hinter welchem dieser Bäume sich seine österreichischen Freunde jetzt verborgen halten, die Krone im Ranzen!«

»Sprechen Sie gefälligst nicht in dritter Person von mir«, knurrte Schlegel, »ich stehe neben Ihnen!«

»Das Letzte, was Sie mich fragten, ehe der böse Wein mich in den Schlaf zwang, war: *Wo ist die Krone?* Um sie dann, als alle schliefen, zu entwenden ... und um einen Brand zu legen, der den Diebstahl verschleiert.«

»Der reine Aberwitz!«

»Warum haben Sie, allen voran *Sie!*, mich mit ganzer Kraft davon abgehalten, zurück in das brennende Haus zu gehen, wenn nicht, um zu verhindern, dass ich nur das leere Futteral vorfinde?«

»Ich wollte Ihnen das Leben retten, Herrgott!«, brüllte Schlegel, und noch einmal in die Runde: »Ihnen allen habe ich das Leben gerettet, und nun stehen Sie dort vor den Trümmern wie die Salzsäulen vorm zerstörten Sodom und dulden, dass dieser verschrobene Brandenburger mich zum

Dank einen Giftmischer, einen Dieb und einen Brandstifter schimpft!«

In der Tat hatten Tieck, Staël und Goethe das Streitgespräch beinahe regungslos verfolgt. »Sagen Sie uns, dass Heinrich unwahr spricht«, äußerte als Erste Staël ihre Gedanken, »dass Sie nichts mit dem Wein und der Krone und den Österreichern zu schaffen haben, und ich stehe Ihnen bei.«

Doch Schlegel tat nur einen gequälten Gesichtsausdruck, als hätte er auf etwas Hartes gebissen, und dieses Ausbleiben eines prompten Eides nahm Kleist für das Schuldgeständnis des Verdächtigten. »Ei, der nichtswürdig-schändliche Betrüger!«, rief er und zeigte dabei mit dem Finger auf Schlegel. »Das Lügen fällt Ihnen schwer, nicht wahr, Herr Professor?«

»Wenn Sie mich noch einmal in diesem Tonfall *Professor* nennen, fordere ich Sie zum Duell!«, versetzte Schlegel.

»Sie haben meinen Degen, Herr Professor!«

»Genug, sag ich, genug dieses jugendlichen Kräftemessens!«, rief Goethe, indem er zwischen die beiden Männer trat, bevor Schlegel Kleist an den Kragen gehen konnte. »Wir sind nicht bei den Barbaren! Sprechen Sie mit Ihren Zungen, nicht mit den Fäusten!«

»Es sei«, sagte Schlegel. »Bevor Sie mich vom Tarpejischen Fels stoßen, weil ich an der falschen Stelle schwieg, will ich mich erklären.« Er atmete einmal durch. »Es ist wahr – ich habe etwas mit Österreich zu schaffen. Ich habe während unsrer Reise zween Male geheime Botschaft nach Wien gesandt, in die kaiserliche Schatzkammer, weil ich stets der festen Überzeugung war, der Kaiser, der rechtmäßige Inhaber zumal, gehöre über den Raub der Krone informiert.«

»Der Henker lohn es dir!«, wetterte Kleist.

»So haben sich die Österreicher zweifellos der vielfältigen Schar unserer Verfolger angeschlossen«, seufzte Staël.

»Ich tat es, die Krone vor Napoleon zu schützen!«, fuhr

Schlegel fort. »In der Hofburg ist sie tausendmal sicherer aufgehoben als im Krieg um Preußen. Aber ich schwöre, dass ich die Krone nicht an mich genommen habe, so wahr Christus gekreuzigt wurde! Bei meiner Seele, ich weiß nicht, wo sie ist!«

»Verfluchter Heuchler, du, wie kannst du leugnen! Du hast sie längst in die Hände der Kaiserlichen übergeben, möchte ich wetten!«

»Dass Sie mir keinen Glauben schenken, Herr von Kleist, überrascht mich so wenig, wie es mich kränkt«, entgegnete Schlegel und wandte sich den anderen zu. »Beweisen Sie aber – Ludwig, Herr von Goethe, Madame –, beweisen Sie, dass Sie genug Menschenverstand und Besonnenheit besitzen, meinen Worten Glauben zu schenken.«

Doch die drei Angesprochenen antworteten nicht – und mit jedem Herzschlag, den sie weiterhin schwiegen, wurde Schlegels Antlitz röter. Tieck räusperte sich. In der Ruine brach eine Wand in sich zusammen und wirbelte Asche auf.

Schlegel schüttelte unaufhörlich seinen Kopf und sagte schließlich, als noch immer niemand sprechen wollte: »Es ist unfassbar. Hier stehen Sie vor mir als wahrhaftiges Dreigestirn – mein treuster Freund, mein Gott und meine Göttin – und vertrauen diesem wirrköpfigen Wüterich mehr als mir. Ich muss schon sagen! Im Fortgang dieser Reise haben Sie mich verspottet, auf der Bühne und dahinter, hinter meinem Rücken mir offen ins Gesicht; haben meine Kompetenz Schulmeisterei geheißen und meine Charakterstärke Pedanterie; haben meinen Rat mit Missachtung und meine Hilfe mit Undank entlohnt und haben mir mehr oder weniger subtil zu verstehen gegeben, ich sei kein rechter Teil dieser Gruppe, ja nicht einmal würdig – von allen Menschen ich! –, Shakespeare zu spielen. Als wäre dies nicht genug, sind Sie, Madame, gestern Nacht – wenn Sie sich noch daran erinnern – auf meinen Gefühlen herumgestampft, als wären es Trauben in einem Bottich. Ich dachte, eine grausamere Kränkung als diese wäre nicht möglich; nun!, von Herzen Dank, denn Sie haben mich wahrlich eines Besseren belehrt! Haben Sie, frage ich, haben Sie auch nur im Geringsten einen Begriff davon, was Ihr Misstrauen mir –« Hier brach Schlegel ab, weil ihm die Worte im Halse stecken blieben.

»Wilhelm, mein alter Freund«, sagte Tieck und machte einen Schritt auf Schlegel zu, welcher ebendiesen Schritt zurückwich.

»Nichts von Wilhelm! Nichts von Freund!«, fuhr er auf. »Du hast dir einen neuen Freund gesucht, also werde mit ihm glücklich; denke dort oben in Preußen noch einmal an mich zurück, bevor Napoleons Soldaten mit aufgepflanzten Bajonetten auf euch losstürmen! Lebe wohl!«

Nun wollte Staël etwas sagen, doch hatte sie kaum den Mund geöffnet, da schnappte Schlegel schon: »Nein, Teuerste! Das letzte Wort behalte diesmal ich! Leben Sie wohl, denn ich verlasse Sie! Und wenn ich mir die Füße blutig laufe, und wenn ich Durst und Hunger leide und am Ende der Wölfe Fraß werde – so preise ich mich noch immer glücklicher als in Ihrer quälenden Gegenwart! – Ich empfehle mich, Herr von Goethe; Ihnen eine gute Heimreise!«

In seinem Nachthemd stapfte Schlegel zum Theaterwagen und erschien wenig später mit Stiefeln und Kleidern, die er sich aufs Geratewohl gegriffen hatte, über die Schulter das Felleisen geworfen, in dem sich sein Reisegut befand. In Hose und Stiefel schlüpfte er noch an Ort und Stelle, den Rest zog er sich im Gehen an. Ohne einen Blick zurück lief er die Straße ins Tal hinab. Die anderen sahen seiner Gestalt schweigend nach, bis sie hinter einer Biegung verschwunden war.

»Sollte er wirklich all das getan haben, was wir ihm vorwerfen?«, fragte Tieck.

»Ich weiß es nicht«, antwortete Staël, »und will ihn weder tadeln noch freisprechen.«

»Er ist schuldig, ohne Frage, der undankbare Höllenfuchs«, sagte Kleist. »Zweifellos trifft er sich dort irgendwo im Gehölz mit seinen kaiserlich-katholischen Spießgesellen.« Aber sein Tonfall klang nicht länger, als hätte er keine Zweifel.

Plötzlich ertönte ein Schrei, der so laut war und so menschlich, dass es allen durch Mark und Bein ging. Doch es war kein Mensch, sondern Stromian, der endlich aus der Betäubung erwacht war und erkennen musste, dass Leonore nicht mehr war. Tieck wollte sogleich zum Nebengebäude eilen, doch Goethe hielt ihn fest, um nun – da der Streit beendet war, der ihn zuvor daran gehindert hatte – Tieck und den anderen die traurige Kunde von Leonores Tod zu unterbreiten. Staël und Kleist erblassten augenblicklich, Tieck hingegen schien den wahren Sinn von Goethes Worten nicht zu erfassen. Bis zum Schluss war sein Mund zu einem fratzenhaften Grinsen verzogen, und wie ein dummer Schuljunge stellte er unnütze Fragen, als längst alles gesagt war.

Als er Leonore sah, begriff er endlich und brach zusammen, nahm ihre Hand und küsste sie, küsste auch ihre Lippen, um einen Abschiedshauch des scheidenden Engels zu erhaschen. Er warf sich nieder und weinte so bitterlich, dass es schien, er könne sich in diesen Schmerzen nicht ersättigen, und kein milderndes Gefühl wollte sich erheben, um seine in Wehmut ringende Seele wieder aufzuheitern. Unter Tränen wiederholte er die bekannte Prophezeiung Leonores, wonach sie doch im Wasser hätte sterben sollen, und schalt sich im selben Atemzug einen Erznarr, dass er am Ende ebenso viel wie Leonore auf die Gaukelei einer Zigeunerin gegeben und das Mädchen nicht aus dem brennenden Haus gezerrt hatte. Mit aller Gewalt kehrte nun auch die Erinnerung an die letzten Worte zurück, die er mit ihr gewechselt hatte; wie er ihre Angst vor dem Tod leichthin abgetan hatte; wie er – und mit ihm Staël – aus Stolz und Kränkung einem sterbenden Mädchen nicht nur die Vergebung, sondern auch den erflehten Beistand in ihren letzten Stunden versagt hatte.

Beinahe auf allen vieren floh Tieck den Stall, so sehr drückte ihn das Gewissen angesichts der Toten, und er rief Gott an, ihn zu strafen und Leonore zu sich zu nehmen, was auch immer sie im Leben Falsches getan hätte. Geradewegs rannte Tieck in die Ruine – sei es, um noch eine Flamme zu finden, die ihn ebenfalls aus dem Leben riss, sei es, um seiner Verzweiflung Luft zu machen –, stieß dort verkohlte Balken und eingefallene Mauern um, verbrannte sich die Füße in der Glut und war bald über und über von Asche und Ruß bedeckt. Mehr noch als das friedliche Antlitz der Verstorbenen rührte Tiecks Raserei die anderen, und niemand, nicht einmal Kleist, konnte sich der Tränen erwehren. Das nicht enden wollende Gejaule des Pudels tat ein Übriges.

Als der Geschwärzte wieder aus den Trümmern hervorkam und sich entkräftet in den Rasen fallen ließ, gab ihm Staël zu trinken und reinigte mit einem Lappen seine Haut. Goethe und Kleist hüllten derweil den Leib des Mädchens in ein weißes Laken und hoben ihn in den Wagen, immer vom treuen Stromian begleitet. Da aller Kleider mitsamt dem Schloss verbrannt waren, blieb ihnen nichts übrig, als sich wie Schlegel im Fundus der Velluti'schen Gesellschaft zu bedienen, und so schlüpften sie am Ende in die Gewänder ihrer eigenen Inszenierung: Hamlet und Laertes, Gertrude und Claudius zäumten wortkarg die Pferde auf, nahmen Platz auf dem Bock und lenkten die Kutsche zurück ins Maintal. Als Kronwagen war der Thespiskarren gekommen, als Leichenwagen verließ er die traurige Stätte wieder, darin eine Leiche ohne Sarg und ein Futteral ohne Krone.

Da das Mädchen mit Eifer an der katholischen Religion gehangen hatte, in der es geboren und erzogen war, und oft den stillen Wunsch geäußert hatte, dereinst auf geweihtem Boden zu ruhen, hielten die Gefährten Ausschau nach einer Kirche, Leonore diesen Wunsch zu erfüllen. In einem Weiler entlang des Weges schien diese Kirche samt

Kirchhof gefunden. Kaum hatte Kleist die Pferde gezügelt, da stürmte schon der Geistliche aus dem gegenüberliegenden Pfarrhaus, und als er die Insignien des Theaters auf dem Gefährt erblickte und die abenteuerlich kostümierten Gestalten auf dem Bock, verlangte er wenig freundlich zu wissen, was sie begehrten. Die Bitte nach einem letzten Ruheplatz für Leonore wurde rundweg abgelehnt; er weigere sich, sagte der Pfarrer, inmitten ehrbarer Männer und Frauen eine Schauspielerin zu betten. Bei den Lutheranern auf der anderen Seite des Mains sollten sie getrost ihr Glück versuchen; denen sei es gleich, wen sie verscharrten, und wären es auch liederliche Dirnen, Geldfälscher oder Beutelschneider. Tieck wollte dem Gottesmann für diese Schmähung an die Gurgel und musste von den anderen zurückgehalten werden. Kleist wünschte dem Pfaffen die Pest in den Magen und ließ die Zügel knallen. Hinter dem Dorf kletterte Tieck vom Bock herab und zu Stromian in den Wagen, um mit ihm Wache bei der Toten zu halten.

Man folgte dem Rat des unfreundlichen Pfarrers, den protestantischen Kirchhof aufzusuchen, und lenkte den Wagen also auf eine alte Steinbrücke über den Main. Als die Brücke ungefähr zur Hälfte überquert war, erschienen hinter der Wegbiegung am anderen Ufer einige Reiter: ein knappes Dutzend in grünen Röcken. Der Einzige unter ihnen, der keine Uniform trug, ritt an der Spitze. Es war Dubois. Auf seinem Gesicht breitete sich augenblicklich ein Lächeln aus. Die Reiter zügelten ihre Pferde.

Auch Kleist hielt die Kutsche an. »Tausendsapperment! Die Schlange hat ein zähes Leben«, zischte er.

»Bonjour Madame, bonjour Messieurs!«, grüßte Dubois. »Wiedersehen macht Freude, meinen Sie nicht auch?«

Niemand grüßte zurück. Stromian aber, der die Stimme des verhassten Menschen vernommen hatte, kam aus dem Wagen gesprungen und rannte mit wütendem Gebell über die Brücke und auf Dubois zu. Dem Franzosen blieb genügend Zeit, seine Pistole zu ziehen, zu spannen und, als der Pudel auf wenige Schritte herangekommen war, ihm eine Kugel vor den Kopf zu schießen. Stromian war sofort tot. Das leblose schwarze Häufchen Fell, das auf der staubigen Straße in sich zusammengefallen war, hatte nur noch wenig Ähnlichkeit mit dem Hund von einst.

»Meiner Treu, Sie haben mir eine schöne Jagd beschert!«, fuhr Dubois unbeirrt heiter fort. »Halb Schwaben und halb Franken musste ich durchkämmen, um endlich Ihre Spur wiederzufinden. Gottlob war der bairische König in Person seiner Behörden so freundlich, mir diese hilfreiche Eskorte zur Seite zu stellen.« Hier wies er auf den Zug bairischer Soldaten. »Am Ende allerdings war es leicht. Das letzte Dorf, durch das wir ritten – Grundgütiger, was haben Sie dort nur angestellt! Dort schien man ganz versessen darauf, Sie ans Messer zu liefern, und überhäufte uns schier mit Hinweisen! Haben Sie denen die Brunnen vergiftet oder die Ernte zertrampelt? Herrje, Sie tragen ja noch immer Ihre Kostüme! Kommen Sie gerade von einer Matinee?« Dubois kicherte kurz und streckte sich im Sattel. »Nun gut, die Hatz ist vorbei, das Halali geblasen; diesen meinen dritten Anlauf, die Krone des Reiches an mich zu bringen, werden Sie nicht vereiteln. Wären Sie so freundlich, sie mir zu überreichen?«

Zwischen den dreien auf dem Kutschbock herrschte Verwirrung, war man doch inzwischen davon ausgegangen, dass Dubois selbst in der Nacht die Krone geraubt hatte. »Was sollen wir ihm nur sagen?«, fragte Staël.

»Die Wahrheit«, antwortete Goethe, und rief laut ans andere Ufer: »Es fehlt nur noch die Krone. Wir haben sie nicht mehr.«

»Monsieur Goethe, ich bitte Sie!«, entgegnete Dubois. »Ich bin nach all den Tagen und all den Meilen zu müde für Scherze oder Verhandlungen. Geben Sie mir bitte die Krone. Was wollen Sie denn noch damit? Welchen Herrscher sollte sie denn krönen, wenn nicht den französischen? Preußen ist jetzt am Ende, und Österreich ist es schon lange. Sie sehen doch, unsere Übermacht ist erdrückend.«

»Im Namen aller Heiligen, wir haben die Krone wahrhaftig nicht!«

»Wo sollte sie denn sonst sein?«

»Wir wissen es nicht. Sie wurde uns vermutlich geraubt.«

»*Geraubt?* Von wem, zum Teufel?«

»Ich habe wirklich keine Ahnung! Also hören Sie gütigst auf, uns Löcher in den Bauch zu fragen!«

»Wäre es Ihnen lieber, ich schösse sie hinein?«, versetzte Dubois, der seine Fassung verloren hatte. »Glauben Sie nicht, ich schreckte davor zurück, das Feuer auf Sie eröffnen zu lassen! Zwar wäre es mir lieber ohne Blutvergießen, aber Geduld können Sie beim besten Willen von mir nicht mehr verlangen! Ich suche die Krone auch zwischen Ihren Leichen, so helfe mir Gott!« Er gab dem Offizier seines Zugs ein Zeichen, worauf die Soldaten zu ihren Musketen und Patronen griffen.

»Das ist nicht gut«, sagte Goethe leise, »das ist gar nicht gut.«

»Über die Brücke!«, sagte Kleist. »Wir müssen die Brücke abwerfen, oder wir sind alle verloren!«

»Wenden Sie die Kutsche.«

»Unmöglich. Die Brücke ist zu schmal. Wir sind gefangen. Wir sind abgeschnitten.«

»Springen wir ab und rennen davon«, sagte Staël.

»Um auf der Flucht erschossen zu werden?«, erwiderte Kleist. »Nein, wir werden kämpfen. Wir kämpfen, bis das Schnupftuch in der Tasche brennt.«

»Mit welchen Waffen?«

Auf dieses Stichwort öffnete sich hinter ihnen die Luke zum Wagen. Tieck hatte das ganze Gespräch im Verborgenen mit angehört und in der Zwischenzeit ihre Waffen hervorgeholt. »Der Franzose hat Stromian getötet«, knurrte er. »Wir wollen für ihn bis auf den letzten Blutstropfen fechten. Und dass nur keiner zu desertieren gedenkt! Wir haben schon alle Flinten geladen.« Er verteilte je eine Pistole an Kleist, Staël und sich. »Mars regiert jetzt die Stunde, nicht die Musen.«

»Das ist Tollheit!«, brummte Goethe. »Drei gegen zwölf! Ich teile Ihre Todessehnsucht nicht, meine Herren!«

»Suchen Sie Deckung, Herr Geheimrat«, entgegnete Kleist nur.

Die Baiern, als sie nun sahen, dass unter den Schauspielern die Pistolen verteilt wurden, legten ihrerseits an. Die Luft war bis zum Zerreißen gespannt, da hörte man Hufgetrappel. Über den Weg, den die Gefährten gekommen waren, näherten sich drei Reiter der Brücke. Sie trugen einfache Reisekleider und zahlreiche Waffen, sodass es sich um eine Jagdgesellschaft zu handeln schien. Überrascht von dem Auflauf an und auf der Brücke, zügelten sie ihre Pferde, unschlüssig, ob sie die Brücke überqueren sollten.

»Im Namen des Kaisers«, rief Dubois, dem dieses Trio höchst ungelegen kam, »kehren Sie um! Suchen Sie sich eine andere Brücke, oder kommen Sie meinethalben in einer Stunde wieder!«

Doch die drei Reisenden verharrten. Auch unsere Gefährten reckten nun die Hälse, um zu sehen, wer da am zurückliegenden Ufer stand. »Wer sind die Vögel?«, fragte Staël.

»Verschwinden Sie«, rief Dubois erneut über den Fluss, »wenn Sie die Nacht nicht im Zuchthaus verbringen wollen!«

Aber die drei wichen nicht. Einer von ihnen fragte nun laut: »Freunde des Kaisers?«, und sein Zungenschlag ließ dabei keinen anderen Schluss zu, als dass er aus Wien stammte.

»Wenn es der deutsche Kaiser ist, ja!«, antwortete Kleist.

»Wilhelms Österreicher!«, rief Staël.

»Sie hätten für ihr Kommen keinen glücklicheren Augenblick finden können!«, jubelte Kleist. »*Vivat Austria!*«

»Absurd«, sagte Goethe. »Wie in einem Stück von Kotzebue treffen am Ende alle auf einmal ein.«

Ein Schuss peitschte durch die Luft. Die Gefährten zogen die Köpfe ein. Der Offizier der bairischen Chevauxlegers hatte einen Warnschuss abgefeuert, um die Österreicher zu vertreiben. Die jedoch sprangen wie ein Mann von ihren Pferden, zerrten in Windeseile die Waffen aus den Satteltaschen und suchten Deckung; zwei hinter Bäumen, der Dritte hinter einem Markstein. Dubois fluchte und zielte auf einen der Österreicher. Doch bevor er abdrücken konnte, hatte Kleist dessen Pferd eine Kugel in die Brust geschossen. Es knickte ein und riss Dubois mit sich in den Staub.

»Wahrlich! Brav getroffen!«, rief Goethe.

Kleist schüttelte den Kopf, während er nachlud. »Ich habe auf den Mann gezielt.«

Nun ließen die Österreicher ihre Waffen sprechen. Mehrere Salven knallten über den Main. Die Baiern brauchten einen Moment, sich zu sammeln und ebenfalls Deckung zu suchen – einem Mann wurde der Bauch durchschossen, einem weiteren der Helm vom Kopf –, dann antworteten auch ihre Musketen. Und exakt zwischen den Fronten befand sich die Gesellschaft der Schauspieler. Eine Kugel durchschlug die lachende Maske auf ihrem Gefährt. Flink wie ein Äffchen war Kleist aufs Dach des Wagens geklettert, um von dort Dubois und seine Baiern aufs Korn zu nehmen. Staël sprang zu Tieck ins Wageninnere, sodass sich Goethe mit einem Mal allein auf dem Kutschbock wiederfand.

Lärm und Pulverdampf bewirkten, dass Colla und Sapone unruhig wurden und an ihrem Geschirr zerrten. Goethe griff nach den Zügeln und rief sie zur Ruhe, aber die Tiere waren nicht mehr zu beruhigen. Da wurde Colla von österreichischem Blei getroffen. Laut wiehernd bäumte sich das Pferd auf, stürzte beim Niederfallen halb auf Sapone und verhedderte sich im Geschirr. Ihr Streitwagen tat einen Satz zurück, durchbrach mit dem hinteren Ende die niedrige Brüstung der Brücke und senkte sich bedrohlich, als ein Rad von der Brücke rollte und darauf in freier Luft schwebte. Im Innern hörte man Truhen und Requisiten übereinanderfallen. Goethe knallte unablässig die Zügel über den Pferderücken, um sie voranzutreiben, aber es war vergebens, denn das eine Pferd konnte nicht mehr laufen, und das andere hatte nicht genügend Kraft, den schweren Wagen alleine zurück auf die Brücke zu ziehen. Colla wieherte vor Angst und Schmerzen.

Die hölzernen Planken des Wagens knirschten unter der plötzlichen Belastung wie ein Schiff, das mit vollen Segeln auf Sand fährt. Dabei verzog sich die Bühne so sehr, dass nach und nach alle Riegel aufsprengten, die die Luken hielten. Schließlich klappte die gesamte Front auf; das Proszenium schlug halb auf die Brücke auf, brachte den Wagen weiter aus dem Gleichgewicht und gab den Blick frei auf die Bühne dahinter, wo in einem Tumult aus Möbeln und Kostümen Tieck und Staël nach Halt suchten. Zahlreiche Gegenstände purzelten nun durch die offenen Luken und durch die Vorderfront hinab in den Fluss; Staël musste einer schweren Truhe ausweichen, bevor diese an ihr vorbei und in die Tiefe rauschte. Nun glitt auch das Laken flusswärts, in das Leonore eingeschlagen war. Tieck ließ seine Pistole fallen und packte die Leiche bei den Füßen. So konnte er sich weder vor- noch zurückbewegen und war dem Kugelhagel schutzlos ausgeliefert, während sich Staël doch zumindest hinter einem umgestürzten Tisch verborgen hatte. Goethe, als er begriff, dass er als Kutscher nicht länger vonnöten war, verließ den Bock und suchte ebenfalls auf der offenen Bühne Deckung.

Die Baiern, die sich anfangs in die Verteidigung hatten drängen lassen, rückten nun, auf Dubois' wütendes Kommando, Meter für Meter vor, und Kleist und die Österreicher, da sie in der Unterzahl waren, konnten ihnen keinen Einhalt gebieten. Wie die Weberschiffchen pfiffen die Kugeln über den Fluss und schlugen immer öfter auch in den Theaterwagen ein. Doch das Feuer beider Seiten verstummte, als plötzlich Goethe auf den Kutschbock zurückkehrte und sich darauf stellte, um für alle sichtbar zu sein. Hoch über seinem Kopf hielt er mit beiden Händen den Behälter, in dem sich die Reichskrone befunden hatte.

»Hier ist die Krone!«, rief er mit Donnerstimme. »Heraus aus deinem alten Futterale!« Mit diesen Worten öffnete er den Deckel der Holzkiste – lange genug, dass man im Innern Gold und Edelsteine glänzen sehen konnte, aber zu kurz, um zu erkennen, dass es sich um Blech und Glas handelte: um die Theaterkrone des dänischen Königs.

»Im Namen des Kaisers, geben Sie mir die Krone«, rief Dubois, »und ich schenke Ihnen Leben und Freiheit!«

»Im Namen des Kaisers, nein!«, schrie einer der Österreicher vom anderen Flussufer. »Geben Sie dem Kaiser, was des Kaisers ist! Der Schatzmeister der Hofburg wird Ihnen zahlen, was immer Sie verlangen!«

»Die Nixen sollen sie haben«, versetzte Goethe und warf den heiligen Behälter hinunter in die Flut. Er sah ihn stürzen, sinken, und als er aufs Wasser aufschlug, öffnete er sich erneut; die Krone fiel heraus, wurde augenblicklich von den Wellen verschluckt und ward nicht mehr gesehen.

Ein paar Atemzüge lang war es ganz still. Mit offenen Mündern starrten Freund und Feind auf den Main oder vielmehr auf das hölzerne Futteral, das von den Fluten zügig flussabwärts getragen wurde. Dann brach Colla zusammen, und Sapone war zu erschöpft, den Wagen und seine Insassen alleine zu halten. Das Gefährt sackte nach hinten ab; auch das zweite Hinterrad drehte sich nun frei in der Luft, und was von der Ausstattung noch vorhanden und nicht festgenagelt war, stürzte in den Fluss. Tieck musste, um sich selbst Halt zu verschaffen, Leonores Leichnam freigeben, aber wie ihre sterbliche Hülle zu dem Theaterplunder in den Main fiel, da reute es ihn bereits wieder, und er sprang ihr nach, Kopf voran, wie Orpheus der Eurydike.

Dubois missdeutete Tiecks Sprung in den Main als Versuch, die Krone im Flussbett wiederzufinden, und er drehte sich zu seinen Chevauxlegers und schrie, dass sich seine Stimme überschlug: »Schafft mir die Krone!« Doch keiner der Soldaten reagierte. »Wer ist der Beherzte? Fünf Napoléon d'or für den, der sie mir holt! Zehn! Zum Henker, hundert Napoléon d'or und eine Baronie! – Du und du, taucht!, das ist ein Befehl; taucht, Kerls, oder ihr könnt euch vor dem Kaiser verantworten! Der Rest schickt mit Blei und Pulver diese drei Hurensöhne zum Teufel! *Allez-y!*« Den zwei angesprochenen Baiern blieb nichts, als sich eilig ihrer Stiefel und Uniformen zu entledigen, derweil ihre glücklicheren Kameraden erneut das Feuer auf die Österreicher eröffneten.

Unter gewaltigem Lärm zerbrachen nun die Planken, aus denen die Kutsche gezimmert war. Der Vorhang, an den sich Staël zuletzt geklammert hatte, riss Nagel für Nagel aus der Decke. Goethe wollte noch abspringen, aber es war zu spät: Der ganze Wagen neigte sich über die Brücke. Sapone wurde an seinem Geschirr der Kutsche nachgezogen, dass seine Hufeisen über das Brückenpflaster scharrten. Kleist in der Höhe verlor das Gleichgewicht und griff gleichsam ertrunken in den Lüften um sich. Dann stürzte der Wagen vollends von der Brücke und riss seine Passagiere und die Zugtiere mit sich in den Fluss. Zwischen dem Wasser und den hintendreinfallenden Pferden wurde er zerdrückt. Der Main schäumte, als würde er kochen. Die beiden Baiern, die gerade in den Fluss steigen wollten, machten einen Schritt zurück.

Kleist als Einziger hatte sich retten können, indem er sich vom Dach der Kutsche gerollt und auf die Brücke fallen gelassen hatte. »Wenn Ihr schwimmen könnt, so schwimmt!«, rief er den Versunkenen nach.

Dann blickte er sich um. Die Brücke war plötzlich leer

bis auf ihn und einige zerstreute Requisiten, und bewaffnet war er lediglich mit seiner leeren Cominazzo.

»Zielt auf die Kanaille!«, zeterte, als er den verhassten Deutschen allein auf der Brücke sah, Dubois, der die Schläge und die Demütigung von Jagstzell nicht vergessen hatte. »Ein Orden der Ehrenlegion auf seinen Kopf!«

Kleist hatte gerade auf den Hacken kehrtgemacht, um zu den Österreichern zu fliehen, da hörte er Goethe um Hilfe rufen. Im Main versank brodelnd das Wrack der Wanderbühne, zum Chaos, Pferde und Wagen, eingestürzt, und irgendwo darinnen war Goethe gefangen und klopfte gegen die Planken, die ihn hielten, und schrie um sein liebes Leben. Eine Kugel schlug neben Kleist in die zerstörte Brüstung ein.

»*Hic Rhodus, hic salta*«, sagte Kleist und sprang.

Ein gutes Stück flussabwärts, auf einem Kiesgrund am Fuß einer hohen Böschung, von Weiden überschattet, kroch die Gesellschaft wieder an Land. Von ferne hörte man noch die Schüsse der beiden Parteien durch das Tal hallen, die jetzt, da der Theaterwagen samt Insassen verschwunden war, um die versunkene Krone kämpften. Goethe half Tieck, den Körper Leonores aus dem Wasser zu heben. Ihr Leichentuch hatten die Wellen gelöst und mit sich fortgetragen. Die goldenen Locken des Haares waren aufgelöst; noch floss und triefte das Wasser vom Haupte; an Leib und Hüfte schmiegte sich, die herrliche Form bezeichnend, das nasse Gewand, und auf ihrer marmorweißen Haut tanzte das Sonnenlicht, vom Fluss widergespiegelt.

Wie Tieck nun diese schönste aller Leichen betrachtete und Goethe sah, der ihre Hände hielt, da fiel ihm mit einem Mal die Prophezeiung ein, nach welcher Könige und Prinzen Leonores lebloses Körper aus dem Wasser ans Ufer ziehen sollten – denn noch immer waren sie kostümiert; Goethe als König Claudius und Tieck als Prinz von Dänemark –, und er ließ sich, wie vom Donnerschlag getroffen, in den Kies fallen. Nicht nur hatte das Schicksal Leonore in falscher Sicherheit gewiegt, nein, es hatte auch ihn, den Geliebten, auf perfide Weise in ihr vorherbestimmtes Ende eingeflochten.

Stumm und mit tropfenden Kleidern saßen sie am Ufer und betrauerten abermals das tote Mädchen, während der Fluss die Trümmer des Theaters an ihnen vorbeitrug. Bretter und Balken des gewesenen Musentempels schwammen den Main hinunter, einiges Papier, Kostüme und Möbelstücke – und schließlich, wunderschön anzusehen, eine Vielzahl von bunten Seidenblumen.

»Das mit der Krone, Herr Geheimrat, war ein kluger Einfall«, sagte irgendwann Kleist, nachdem er sich geräuspert hatte. »Sie in den Fluss zu werfen wie einst Hagen den Nibelungenschatz.«

»Danke«, erwiderte Goethe, »und Dank auch dafür, dass Sie mir das Leben gerettet haben. Ich wäre ertrunken.«

»Ich tat es gern.«

»Und unsere Gäule?«

Kleists Antwort war ein Kopfschütteln.

»Sind sie denn beide tot?«, fragte Goethe.

»Mausetot.«

»Die treuen Tiere!«

»Ersoffen der eine, der andere erschossen«, sagte Kleist, während er seine Pistole in der Hand drehte, dass das Wasser aus dem Rohr lief.

Staël fügte hinzu: »Wie Stromian.«

»Gott hab sie selig«, sagte Goethe. »So sind binnen weniger Stunden gleich vier teure Mitglieder unserer Gesellschaft verschieden. Wie an einem düstern Tag wie heut überhaupt die Sonne scheinen kann, fragt man sich.«

Bald hatten die Sonnenstrahlen, die durchs graue Laub der Weiden auf sie fielen, sie aufgewärmt, und die Gefährten waren wieder zu Kräften und auf die Beine gekommen. Nur Tieck stand nicht auf. Er hatte die ganze Zeit über auf den Fluss gestarrt, die Knie mit beiden Armen umfasst.

»Friert Sie, Herr Tieck?«, fragte Goethe.

»Mir ist warm genug«, antwortete dieser. »Nur die Seele ist mir erfroren.«

»Kommen Sie«, sagte Goethe und reichte ihm die Hand, »suchen wir eine Ruhestatt für Leonore.«

Die gut mannshohe Böschung allerdings, über die sie klettern mussten, um vollends wieder an Land zu gelangen, erwies sich als nahezu unüberwindbar: Die trockene Erde zerbröckelte unter ihren Händen und Füßen, und Wurzeln gab es nicht, sich daran festzuhalten. Schon sahen sie sich gezwungen, stromabwärts durch den Fluss zu waten auf der Suche nach einem niedrigeren Ufer, da tauchte über der Kante des Abhangs unversehens ein Gesicht auf, und dann ein zweites: zwei unscheinbare Männer in Zivil wie die Figuren in einem Puppentheater.

»Baronin de Staël-Holstein?«, fragte einer der beiden Unbekannten.

Weder Staël noch den anderen gelang es, ihre Verblüffung über diesen Auftritt zu verbergen. »Wer will das wissen?«, entgegnete sie. »Seid Ihr Baiern? Österreicher? Denons Leute?«

»Nichts von alledem«, antwortete der Mann auf Französisch. »Ein Vorschlag zur Güte, Madame: Wir helfen Ihnen hoch und stellen uns dann vor, sonst ist es doch allzu sehr, als sprächen wir mit Verurteilten in einer Löwengrube. – Fangen wir mit den Damen an. Was ist mit Eleonore? Ist sie verletzt?«

»Sie ist tot.«

»Das ist sehr bedauerlich«, sagte nach einer Pause der Fremde und meinte es ernst.

Mittels eines Seils wurde der Leichnam über die Böschung gezogen; bei den vier Lebenden genügten die ausgestreckten Hände. Als alle oben angekommen waren, erkundigten sich die beiden Männer, ob die Gefährten etwas zu essen oder zu trinken wünschten – ein Angebot, das Staël unwirsch ablehnte.

»Appetit habe ich keinen, und getrunken habe ich gerade mehr, als mir lieb ist«, sagte sie. »Ihre Namen und den Grund Ihres Hierseins verlange ich zu wissen, mehr vorerst nicht.«

»Fragen Sie bitte nicht nach unseren Namen«, erwiderte der Mann lächelnd, »wir würden Ihnen eh nur falsche nennen. Wir sind, wie die unglückliche Eleonore, Mitarbeiter der Behörde von Monsieur Fouché, der Sie übrigens herzlich grüßen lässt.«

Abermals durchzuckte es Staël inwendig, als der gefürchtete Name ausgesprochen wurde. »So sind wir auf der Flucht vor Hunden und Wölfen dem Bären in die Fänge gerannt«, sagte sie mutlos. »Werden Sie uns töten?«

»Heilige Jungfrau, nein! Wie kommen Sie nur auf einen solchen Gedanken?«

»Ich habe gegen seine Anordnung verstoßen und bin geflohen. Fouché hat für geringere Vergehen ganze Städte ausgelöscht.«

»Ach, Lyon«, sagte der Mann mit einer beiläufigen Geste. »Das ist doch ewig her. Über die Kalkgruben ist längst Gras gewachsen. Zu Robespierres Zeiten herrschte eben ein anderer Umgangston, das wissen Sie doch selbst. – Nein, Madame, wir sind Bürokraten, keine Mörder. Wir möchten Sie lediglich dazu anhalten, nach Coppet zurückzukehren und die Auflagen Ihrer Verbannung etwas gewissenhafter zu befolgen. Um Vergebung, Fouché ist es im Grunde gleich, wohin Sie reisen; Napoleon hingegen nicht, und fände der Kaiser heraus, dass Sie, seine ärgste Feindin, ausgerechnet auf dem Weg nach Preußen sind, käme sein nachlässiger Polizeiminister in üble Erklärungsnot. Sie kennen den Weg in die Schweiz. Tun Sie also allen den Gefallen – Fouché, Napoleon, sich und uns –, und kehren Sie dorthin zurück. Spinnen Sie Ihre Intrigen von dort, wenn es Ihnen beliebt.«

»Ich bin sprachlos.«

»Nach allem, was man von Ihnen hört, fällt mir das schwer zu glauben.«

»Ich soll also umkehren«, sagte Staël, »und um mir das zu sagen, sind Sie Hunderte von Meilen gereist?«

»Deshalb – und um Eleonore abzuziehen, deren Hinweisen wir bis hier gefolgt sind. Dass wir zu spät kommen, ist mehr als betrüblich. Es war ihr erster Auftrag.« Fouchés Mann seufzte und betrachte abermals den jugendlichen Leichnam. »Und wo ist die Krone der römischen Kaiser?«

»Verloren«, sagte Kleist.

»Sicherlich«, sagte der Mann und lächelte Kleist offen an. »Nun, darum sollen sich andere kümmern. Es wäre gleichwohl schön gewesen, nicht mit vollkommen leeren Händen bei Monsieur Fouché vorstellig zu werden.«

Der zweite Mann, der bislang geschwiegen hatte, trat nun hervor und überreichte Staël eine Geldbörse, während der erste erklärte: »Hierin befindet sich mehr als genügend Geld für einen Platz in der Postkutsche nach Coppet sowie für Mahlzeiten und Herbergen. Wenn Sie nicht säumen, worum wir bitten, können Sie in zwei Wochen dort sein. Für die Reisekosten der Herren kann das Polizeiministerium leider nicht aufkommen, aber wenn Sie aus Ihren nassen und – pardon – unziemlichen Kleidern schlüpfen wollen, so wollen wir einmal in unserm Gepäck stöbern, ob wir einen passenden Ersatz finden. Frauenkleider führen wir bedauerlicherweise nicht mit uns, Madame.«

Die Männer führten ihre Pferde heran, die etwas abseits gegrast hatten, und leerten die Satteltaschen aus. Tatsächlich fanden sich für Goethe, Kleist und Tieck adäquate Hosen und Hemden, sodass diese wieder mehr wie Menschen aussahen und weniger wie Figuren eines Trauerspiels. Die zerrissenen, nassen Theaterroben warfen sie in den Main, auf dass sie dort mit dem Rest des Velluti'schen Besitzes ruhen könnten. Staël tat es ihnen schließlich gleich, zog sie doch vor, mit Hosen bekleidet zu sein statt mit dem Kleid der Königin, dessen Samt sich so mit Wasser vollgesogen hatte, dass es in Tagen nicht trocknen würde.

Damit war die Schuldigkeit von Fouchés Männern getan, die Staël so unwissend und unzutreffend als Bluthunde bezeichnet hatte. Sie stiegen in ihre Sättel, wiesen den Gefährten den Weg zum nächsten Dorf und ritten davon, nachdem sie Abschied von den Lebenden und Toten genommen hatten. Kaum dass Sie einen Steinwurf entfernt waren, rätselte Staël bereits, warum Fouché – der Mann, den sie mehr noch als Napoleon gefürchtet hatte – derart seine schützende Hand über sie hielt. Sie wusste es sich nicht anders zu erklären, als dass Fouché, der, ähnlich wie Talleyrand, schon genügend politische Wechsel in Frankreich glücklich überstanden hatte, sich wichtige Freunde und Fürsprecher verschaffen wollte für den Fall, dass Napoleons Stern eines Tages sinken sollte.

Tieck nahm Leonore in seine Arme. Sie liefen über die Wiese, dem Dorf und der Nachmittagssonne entgegen. Tieck ächzte bald unter der Last, wollte sich aber von niemandem helfen lassen. Staël pflückte auf dem Weg Blumen, sie dem Mädchen mit ins Grab zu geben. Der Schusswechsel auf der fernen Brücke schien beendet, und Kleist malte sich aus, wie die Baiern nun nach der dänischen Krone tauchten. Da jedoch keine der drei Parteien, denen sie an diesem Tag begegnet waren, die echte Krone gestohlen hatte, musste sich Kleist mit dem qualvollen Gedanken abfinden, sie sei doch ein Raub der Flammen geworden. Staël indes schalt sich dafür, dass sie sich von Schlegel, dessen Unschuld nun bewiesen war, abgewandt hatte, und konnte nicht umhin, ihn schmerzlich zu vermissen.

Der Pfarrer der Dorfkirche, bei dem sie vorsprachen, war so gerührt vom Anblick der engelsgleichen Toten mit dem Kruzifix über dem weißen Busen, dass er nicht nach Herkunft und Profession fragte. Er führte die Gesellschaft auf den Kirchhof, wies auf einen Platz unter einer Linde und ließ einen Sarg herbeischaffen. Die Totengräber könne er freilich vor Sonntag nicht rufen, sagte er, aber es gäbe Schaufeln, das Grab eigenhändig auszuheben. Dann ließ der Pfarrer sie allein. Tieck und Kleist schaufelten, bis ihnen der Schweiß auf der Stirn stand und die Grube tief genug war.

»Das Grab ist gut«, seufzte Tieck.

»Ich bin zu oft auf Friedhöfen dieser Tage«, sprach Goethe.

»Rasch jetzt die Leiche hinweg«, sagte Kleist.

Zu viert hoben sie den Holzsarg in die Grube. Staël gab Rosmarin, Veilchen und Akelei, die sie unterwegs gepflückt hatte, auf den Sargdeckel.

»Möchten Sie noch etwas sagen, Herr Tieck?«, fragte Goethe.

»Was soll ich sagen?«, antwortete Tieck müde. »*Die rechten Menschen sterben, die Lumpen leben Gott und dem Teufel zum Trotz?* Mir fallen keine freundlichen Worte ein. Ich bin so kalt und taub wie Erz und Stein.«

Weil er dachte, Tieck wolle keine Rede halten, warf Kleist die erste Schaufel Erde auf den Sarg. Doch ein Blick Goethes zwang ihn innezuhalten, und Tieck begann erneut.

»Hier schläft sie«, sprach er, »hier hat ihr Herz Ruhe gefunden, da unten steht es still. Der Stern des Abends wird nun nicht mehr funkeln. Ich habe sie geliebt und war überglücklich, doch viel zu kurz. Es lehren die Alten warnend, es sagen alle Geschichten und Märchen mit Bangigkeit aus, der irdische Mensch, der Sterbliche, solle und dürfe nicht zu glücklich sein! Denn Glück muss zerrinnen, wie das Wasser durch ein Sieb gleitet, nur scheinbar festgehalten, und unser Leben währt nur kurz. Aber die Kürze des Lebens nötigt uns, unsere Kraft darauf zu verwenden, dass dieses Leben umso inniger werde, dass wir die Ewigkeiten in jedem vergänglichen Momente fühlen: Dann ist es nicht mehr vergänglich. Dafür danke ich dir, Leonore.«

»Amen«, sagte Kleist und ließ eine zweite Schaufel Erde folgen.

»Weshalb, zum Geier!, denkst du, dass ich ausgesprochen habe?«, versetzte Tieck erbost.

»Verzeih; es hörte sich so an.«

»Nun, so hast du falsch gehört«, sagte Tieck und wies auf den Sarg. »Sie ist's doch wahrlich wert, dass ich hier stehe bis zum Morgengrauen und eine Nänie auf sie singe, bis mir die Zunge im Hals vertrocknet! Schlägt denn, Heinrich, in deinem Busen gar kein Herz?«

»Was Herz! Vergiss nicht, dass sie uns verraten hat.«

Tieck funkelte Kleist böse an. »Was willst du damit sagen?«

»Dass sie von Dank sagen kann, dass wir sie nicht gleich dem Fluss überlassen haben.«

Tieck machte einen Satz auf Kleist zu und schlug ihm eine Maulschelle. Kleist wollte Tieck von sich stoßen, aber dabei stürzten beide über den Erdhaufen und fielen umklammert ins Grab. Kaum auf dem Sarg aufgeschlagen, ging das Gerangel weiter; Tieck schlug mit beiden Fäusten auf Kleist ein, Kleist wehrte die Schläge ab, so gut er konnte, und unter ihren Rücken wurden die Blumen zerdrückt.

»Ruhig! Ruhig, Leute! Auseinander!«, schrie Goethe, aber niemand hörte auf ihn.

Staël griff sich einen Eimer, der neben der Regentonne an der Kirche stand, und leerte den Inhalt über die Kämpfenden aus. Der Wasserschwall auf ihren Häuptern beendete den Streit schlagartig. Tieck begriff, dass er einen Freund geschlagen hatte, und als sich Kleist für seine harschen Worte entschuldigte, fiel Tieck diesem unter Tränen in die Arme.

»Geh, weinen Sie sich erst satt«, sagte Goethe, indem er Tieck aus dem Grab half und die Erde von seinen Kleidern klopfte. Er geleitete den Weinenden zum Lindenbaum, dass sich dieser dort niedersetzen und an den Stamm lehnen konnte. »Überlassen Sie der Zeit, diesen Schmerz zu lindern. Glauben Sie mir, alle Empfindungen werden nach und nach schwächer, und wie eine Wunde verwächst, schwindet auch der Kummer aus der Seele.«

Tieck nickte. »So bringen Sie den Nekrolog zu einem schnellem Ende, geschätzter Herr von Goethe. Es wäre Leonoren eine große Ehre.«

Goethe trat ans Grab, schaute auf die Totenkiste herab und sprach mit voller Stimme:

Fest steh dein Sarg in wohlgegönnter Ruh;
Mit lockrer Erde deckt ihn leise zu,
Und sanfter, als des Lebens Bürden sind,
Sei deines Grabes Bürde, gutes Kind.

Dann griff er die zweite Schaufel und häufte Erde auf den hölzernen Deckel. In Gemeinschaft mit Kleist ward die Grube zugeschüttet. Am Abend war das Grab geschlossen, waren Tiecks Tränen versiegt. Man nahm ein letztes Mal Abschied von Leonore und dankte dem Pfarrer. Staël gab ihm von ihrem Reisegeld einige Münzen für den Sarg, ein Kreuz und eine Totenmesse.

An der flachen Mauer vor dem Tor zum Kirchhof sammelten sich die vier. »Also endet es hier«, sagte Staël leise. »Auf einem Friedhof trafen wir zusammen, auf einem Friedhof trennen wir uns. Ich kehre heim nach Coppet wie eine verwundete Taube; Sie, Herr von Goethe, nach Weimar –«

»Nein«, entgegnete Goethe. »Eines gibt es noch zu tun, bevor ich heimkehren darf, und ich lade Sie ein, mich zu begleiten. Ich gehe nach der Stadt zurück, nach Nürnberg.«

»Nürnberg? Was wollen Sie in Nürnberg?«

»Die Krone möchte ich holen. Aus dem Schatzkästlein des Deutschen Reiches.«

Kleist war mit einem Mal hellwach. »Dann wissen Sie, wo die Krone ist?«

»Lassen Sie mich es so ausdrücken: Ich habe eine Ahnung, die an Wissen grenzt«, antwortete Goethe. »So stach kein Schinken je dem Windhund in die Nase. Bei meiner Seele, ja! In Nürnberg ist die Krone, oder nirgendwo!«

II

NÜRNBERG

Die untergehende Sonne warf schon ihre roten Strahlen an die Türme und über die Dächer von Nürnberg, als die vier Wanderer am darauffolgenden Tag durch das Neue Tor in die Stadt traten und sich beherzt in das Labyrinth aus Gassen und Winkeln stürzten.

Nürnberg! du vormals weltberühmte Stadt! Ehedem, zu Dürers und Hans Sachsens Zeiten, die Perle unter den Städten des Reiches; jetzt nur noch ein Schatten ihrer einstigen Größe. Die altväterlichen Fachwerkhäuser mit ihren Erkern, Giebeln und Türmchen, mit ihren verzierten Fassaden und den Butzenglasscheiben, die Kirchen von dunklem Stein und bunt bemalten Fenstern, die schweren Brücken über die Pegnitz, die Brünnlein und die Standbilder, die Stadtmauer und die mächtige Burg über allem – unseren Gefährten war es, als schritten sie durch einen staubichten, bis unter die Decke mit Antiquitäten vollgestellten Trödelladen, der einen in eine Vergangenheit von Gold und Ebenholz entführt; in dem man zwar vieles bestaunt und bewundert, am Ende aber nichts davon besitzen möchte, weil das Gold matt geworden ist und das Holz vom Wurm zerfressen.

Der Name des jüdischen Goldschmieds und der Sitz seiner Werkstatt waren schnell ermittelt – denn ebendieser Jude, so legte Goethe dar, musste die Krone haben, wenn weder die Franzosen noch die Österreicher sie hatten. Vielleicht, dass Schlegel beim Verkauf des Zirkons zu viel verraten hatte, vielleicht, dass der Goldschmied vom

Teil, dem Edelstein, auf das Ganze, die Krone, geschlossen hatte – einerlei: Als die Nacht hereingebrochen war, strichen die vier durch die Gassen des jüdischen Viertels hinter der Spitalskirche, stets auf Habacht vor französischen Soldaten und bairischen Gendarmen, bis sie in der Neuen Gasse vor der Schmiede eines Simon Stern standen, die in einem Kellergeschoss untergebracht war.

Auf ihr Klopfen schloss nach geraumer Zeit ein kleines Männlein mit grauem Haar und Bart, eine lederne Schürze umgebunden, die Tür auf und bat sie, am Morgen wiederzukehren, wenn sein Laden geöffnet hätte. Aber da der Goldschmied augenfällig zusammengeschrocken war, als er ihre Gesichter gesehen hatte, dachten die Gefährten nicht im Geringsten daran, sich fortschicken zu lassen. Er wisse von keiner Krone, beteuerte Stern und wollte die Tür bereits wieder schließen, da trat Kleist so heftig dagegen, dass der Mann fast die Treppen hinuntergefallen wäre. Kleist zog seine Cominazzo und wies den Juden an, sie augenblicklich zum Reich zu führen. Stern gehorchte.

Am Ende der Treppen lag der unordentliche Verkaufsraum der Goldschmiede; dahinter, von einem Vorhang verborgen, ein enger Gang mit weiteren Treppenstufen, die sie tiefer hinab in die eigentliche Werkstatt führten. Hier befanden sich die Werkbank des Schmiedes und ein kleiner Ofen. Einer der Bögen des Gewölbes war mit einem Eisengitter versehen. Im kleinen Raum dahinter waren in Schränken der Schmuck und die Steine verwahrt, und dort, gestand Stern, befand sich auch die Krone des Heiligen Römischen Reiches. Kleist bat um den Schlüssel. Der Jude zog die Schublade einer Kommode auf und nahm den Schlüssel hervor – sowie eine Pistole, die er auf die Gefährten richtete.

»Was soll das?«, fragte Kleist, der seine Pistole noch immer in der Hand hielt.

»Meine Waffe ist, im Gegensatz zu der Ihrigen, geladen«, antwortete Stern, »ja, Sie haben nicht einmal den

Hahn gespannt. Für wie töricht halten Sie mich? Und wie töricht sind Sie, dass Sie nach einem solchen Schatz mit einer Pistole ohne Patronen jagen?«

Stern hatte zwar nur eine Kugel im Lauf, doch die wollte keiner der vier auf sich nehmen. Der Goldschmied öffnete das Gitter seines Tresorraumes und trieb die Gefährten hinein. »Ich habe gelogen«, sagte er, nachdem er das Gitter hinter ihnen verschlossen hatte. »Die Krone ist nicht dort drinnen. Sie ist in Wahrheit hier, bei mir.«

Er ging zur Werkbank, legte die Pistole darauf ab und hob ein Tuch an, das einen Gegenstand bedeckt hatte. So kam in all ihrer Schönheit die Krone der deutschen Kaiser zum Vorschein. Der Jude und Kleist taten beide einen tiefen Seufzer.

»Da liegt das alte Kaiserornat«, sagte Stern. »Gott, hat man je dergleichen Vollkommenheit gesehen? Und wenn ich hundert Jahre lang Tag und Nacht arbeitete, so ein Meisterstück würde mir nimmer gelingen.«

»Geben Sie uns die Krone zurück!«, rief Kleist, indem er an den Gitterstäben rüttelte. »Sie sind ein Dieb! Sie sind ein dreckiger kleiner Dieb!«

»Je nun, so beschuldigt ein Dieb den andern«, entgegnete Stern, ohne den Blick von der Krone zu nehmen. »Denn schwerlich sind Sie rechtmäßig an diese Krone gekommen, junger Mann.«

»Dass dich der Feuerregen von Sodom –!«

»Der Stein hat Sie auf die Spur der Krone geführt?«, fragte Goethe.

»Ja. Ihr Kamerad – der jetzt nicht mehr zu Ihrer Gruppe zählt? – hatte mit dem Zirkon, den er mir verkaufte, eine denkbar unglückliche Wahl getroffen. Alle Goldschmiede der Stadt kennen die Nürnberger Krone in- und auswendig. Auch die jüdischen. Und ebenjener Zirkon war keiner von den alten Steinen in der Krone. Er wurde erst nach der Krönung von 1764 eingesetzt, nachdem der Vorgänger verloren gegangen war. Und da Nürnberg die Heimat der Krone ist, wurde der Schaden auch hier behoben. Ein Zunftgenosse von mir setzte also den großen Zirkon ein, der von einem Halsband aus der Sebaldskirche stammte, und ich sah damals Stein und Krone. Beides hat sich mir eingeprägt. Zugegeben, es war nicht leicht, Ihrem Kameraden und später Ihrem Gefährt zu folgen ... aber welche, wenn nicht diese, Trophäe ist eine solche Jagd wert?«

Wütend trat Tieck neben Kleist an die Gitter. »Eine blutige Trophäe, fürwahr!, denn unsere Leonore starb in dem Brand im Schloss!«

»Ein Brand?«, fragte der Goldschmied. »Ich weiß von keinem Brand.«

»Der Brand«, sagte Kleist, »den Sie gelegt, uns Kronkavaliere zu töten!«

»Ich habe keinen Brand gelegt. Ich wollte die Krone, und die fand ich, unter Ihrem Kopfe als Kissen dienend. Sie alle töten, Grundgütiger! Für wen halten Sie mich? Wenn ich Sie im Übrigen hätte töten wollen, hätte ich einfach Gift statt eines Schlafmittels in den Wein gegeben, den Sie tranken.«

»Und wie, Potz Lappland!, soll das Schloss sonst Feuer gefangen haben?«

»Ich weiß es nicht«, antwortete Stern. »Allerdings erinnere ich mich, in Ihrem riesenhaften Feuer im Kamin einen großen Balken gesehen zu haben, dessen Ende auf die Dielen ragte und über den einige Kleider zum Trocknen gelegt waren, und ich dachte bei mir: Das ist nicht klug; was, wenn das Feuer über den Balken wandert und Kleider und Dielen erreicht, zumal in einem Raum, dessen Wände holzvertäfelt sind?«

Als sich die Gefährten die Szenerie im Schloss in Erinnerung riefen – den Kamin, das Holz, die Balken –, wussten sie mit einem Male, dass der Jude wahr gesprochen hatte. Unwillkürlich sahen sie Tieck an, in dessen Mienenspiel man lesen konnte, wie die schmerzhafte Erkenntnis ihren Weg fand: dass seine übermütige Art, das Feuer zu schüren, den Brand des Schlosses zur Folge gehabt hatte und dass Leonore noch leben würde, hätte er den Scheiterhaufen nur weniger leichtsinnig gebaut. Er bedeckte sein Gesicht mit beiden Händen und ließ sich mit dem Rücken an der Mauer zu Boden gleiten.

Stern, dem Tiecks Gram nicht entgangen war, sagte: »Möchten Sie sich ein wenig stärken? Ich habe gutes Schwabacher Goldwasser.« Er wies auf eine offene Steingutflasche auf dem Tisch.

Tieck schüttelte den Kopf, ohne aufzuschauen. Staël kniete neben ihm nieder und legte ihm eine Hand auf die Schulter. »Es war ein Unfall, Ludwig«, sprach sie ihm leise zu. »Sie haben versucht, Leonore zurückzuhalten. Sie wären ihr mutig in die Flammen nachgelaufen.«

»Was soll nun mit der Krone geschehen«, fragte Goethe, an Stern gewandt, »und was mit uns?«

»Nun, Sie werde ich morgen wohl den Behörden übergeben müssen«, antwortete der Goldschmied, »in der Hoffnung, dass niemand Ihnen die Geschichte mit der Krone abnimmt. Denn die Krone wird es zu diesem Zeitpunkt schon nicht mehr geben.«

»Wie meinen?«

»Bis zu Ihrem Auftreten wollte ich die Krone einfach nur ... *haben*«, erklärte Stern, »mich ihres Besitzes erfreuen, einmal am Morgen und einmal am Abend einige Minuten mit ihr verbringen, ihre Üppigkeit und ihre Vollkommenheit bewundern – aber jetzt, da Sie Mitwisser sind, bleibt mir wohl nichts anderes, als sie zu zerlegen.«

»Wie? Was?«, fragte Kleist.

»Zerlegen, sage ich, in ihre Einzelteile. Die Steine und Perlen breche ich heraus, und das Gold schmelze ich ein, sodass mir am Ende ein hübscher Batzen bleibt, den ich Stück für Stück zu Geld machen kann.«

»Oh du – – – wie nenn ich dich?«, entgegnete Kleist, die Zähne knirschend. »Du Ungeheuer! Mir scheußlicher, als es geschwollen in Morästen nistet! Verfluchter, verwetterter Galgenstrick!«

»Ehe Sie sich heiser schimpfen wie die Rohrammer, sagen Sie mir, junger Mann: Was sollte ich denn sonst mit dem Ding anstellen?«

»Es ist kein *Ding*! Übergeben Sie die Krone Friedrich Wilhelm von Preußen! Er wird Ihnen das Doppelte dessen geben, was Ihnen Barren und Klunker einbrächten, zerstörten Sie sie!«

»Einem Preußen? Welches Anrecht hätte der auf die Krone? Nein, das gefällt mir nicht.«

»In Gottes Namen, dann bringen Sie die Krone halt zurück nach Wien, wo man Sie dafür zum Herzog schlagen wird! Aber auf keinen Fall dürfen Sie sie einschmelzen!«

Stern goss sich etwas von seinem Goldwasser in einen Zinnbecher und setzte sich an die Werkbank. »Die Krone nach Wien ausliefern, traun! Die Franzen würden mir eine schöne Halskette aus Hanf dafür verpassen! Und um ehrlich zu sein: Was sollte auch Kaiser Franz noch mit der Krone? Das Reich ist perdu, wozu brauchen wir dann die Krone – als Andenken? Ein Andenken an ein Imperium, das das Volk der Israeliten, wo wir schon dabei sind, tausend Jahre lang unterdrückt und beraubt und ausgeschlossen hat? Stets, bevor in Frankfurt der römische Kaiser gekrönt wurde, hat man die Juden in ihrer Gasse eingesperrt, um zu verhindern, dass auch sie auf der Feierlichkeit erscheinen. Fürs Feiern die Zeche aber, ja!, die Zeche durften wir gewisslich zahlen. Nein, an dies katholische Reich erinnere ich mich nur ungern. Sein Ende kann mir nur lieb sein.« Der Goldschmied trank den Branntwein in einem Zug. »Napoleon hingegen! Was der nicht für uns Juden getan hat! Als wär er selbst Hebräer! In nur acht Jahren hat er uns in die Klasse der *Menschen* geführt; etwas, das ihr Deutschen nicht in Jahrhunderten zuwege bringen konntet. Wenn ich also jemandem die Krone überließe, dann ihm – ihn, *L'Empereur*, würde ich zum Dank für seinen Code Civil damit krönen!«

»Dass dich Bärenhäuter –!«, zeterte Kleist. »Wenn du das tust, bei meinem Wort, dann spalt ich dich von Kopf zu Fuß wie einen Giftpilz auf der Heide!«

Stern lachte. »Seien Sie beruhigt, junger Mann, auch ohne Ihre Drohworte werde ich nichts dergleichen tun. Denn ganz egal, welchem dieser Kaiser ich die Krone gäbe – dem französischen, dem österreichischem oder dem preußischen – und an welchem ich ergo Verrat übte, am Ende fänden sich doch, wie stets, genügend Menschen, die mit dem Ruf *Die Juden sind's gewesen!* uns durch die Gassen jagten und unsere Synagogen ansteckten. Mir bleibt gar keine Wahl: Ich pflücke die Steine und knete alles Gold zu Teig. Napoleon hat mich frei gemacht, die Krone wird mich reich machen. Amen!«

Mit diesen Worten erhob sich Stern. »Ich muss einige Kohlen für den Schmelzofen besorgen, also entschuldigen Sie mich bitte. Nehmen Sie derweil Abschied von der Krone.«

»Zum Golde drängt doch alles«, seufzte Goethe, als Stern den Keller verlassen hatte.

Kleist begann sogleich laut um Hilfe zu rufen, bis die anderen ihn darauf hinwiesen, dass seine Schreie schwerlich durch das mittelalterliche Gemäuer bis auf die Gasse klingen würden. Stern hatte ihnen zwar die Krone auf der Werkbank zurückgelassen und sogar die Pistole daneben, die Schlüssel aber hatte er mitgenommen, und die Eisenstäbe waren bei Weitem zu stabil, als dass sie mit den bloßen Händen etwas dagegen hätten ausrichten können. So blieb ihnen nichts, als auf die Kaiserkrone zu schauen und zu beobachten, wie das Licht der Öllampen auf dem Goldblech tanzte und auf den Smaragden, Rubinen und Saphiren. Die biblischen Gestalten auf den Bildplatten der Krone erwiderten den Blick der Betrachter. Die Krone war, wie Kleist es einmal gesagt hatte, lebendig geworden, und stumm warf sie ihren ehemaligen Begleitern vor, dass diese ihr Ende nicht verhindern würden. Viel zu bald wurden wieder Schritte vernehmlich, doch in den Keller trat nicht etwa der jüdische Goldschmied – sondern August Wilhelm Schlegel.

»*Tonnerre de Brest!*«, entfuhr es Staël. »Wilhelm! Sind Sie ein Trugbild?«

Augenblicklich zischten alle, um Staël zum Flüstern anzuhalten. Schlegel – oder sein Trugbild – blickte von ihr zur Krone und zurück.

»Wie um alles in der Welt kommen Sie hierher?«, fragte Staël leise, aber eindringlich.

»Nürnberg lag auf meinem Wege, deswegen nahm ich hier Quartier«, erklärte Schlegel. »Und wie ich heute Abend in meiner ärmlichen Herberge kurz davor war, einzunicken, da entsann ich mich des Goldschmiedes, dem ich den Zirkon veräußert hatte, und dachte: Wie, wenn er die Krone an sich genommen hätte? Und wie ich sehe... lag ich richtig. Brillant, nicht wahr?«

»Ja«, entgegnete Staël, »aber nur fast so brillant wie Herr von Goethe, der diese Idee schon einen ganzen Tag vor Ihnen hatte.«

»Wenn ich Sie aus Ihrem Käfig befreien soll, Teuerste, täten Sie gut daran, keine weiteren Giftpfeile auf mich abzuschießen.«

»Wie wollen Sie uns befreien?«, fragte Goethe.

»Genauso, wie ich mir Einlass in diese Werkstatt verschafft habe«, antwortete Schlegel und zog, einem Taschenspieler gleich, aus seiner Westentasche das Schlüsselbund des Hofkammerrats Kirms. »Es gibt kein Schloss, das nicht mit diesem Passepartout vom Weimarer Hoftheater zu öffnen wäre, den ich seit dem Bodensee in meiner Reisetasche bei mir trage. Ich vergaß, es Ihnen zurückzugeben, Herr von Goethe.«

»Ihnen sei vergeben.«

»Wo sind das Mädchen und ihr Hund?«

Erstmals sprach Tieck wieder. »Das erklären wir dir nachher. Befreie uns erst, damit wir mit der Krone fliehen können, ehe der Jude mit seinen verteufelten Kohlen zurückkehrt.«

»Nein«, sagte Schlegel und tat das Schlüsselbund zurück in seine Westentasche. »Erst verlange ich eine Entschuldigung. Von Ihnen allen.«

Konsterniert blickten die vier Eingeschlossenen einander an. »Hören Sie, Wilhelm«, sagte Staël. »Jeden Augenblick kann der Schmied hier sein. Kann das nicht warten, bis wir wieder an frischer Luft sind?«

»Nein.«

»Gut: Wir entschuldigen uns.«

»Nein, das genügt mir nicht«, versetzte Schlegel. »Jeder von Ihnen hat mir Unrecht getan, also soll sich auch jeder einzeln bei mir entschuldigen.«

»Ei, den Kerl reiten Legionen –!«, wetterte Kleist. »Holen Sie uns sofort hier heraus, oder ich vergesse mich!«

»Sie sitzen im Magen des Wolfes, Herr von Kleist«, entgegnete Schlegel scharf, »und ich habe das Messer. Entweder entschuldigen Sie sich also in aller Form und ohne ironischen Beigeschmack, damit ich Sie herausschneide – oder ich mache auf den Hacken kehrt und gehe unverrichteter Dinge wieder. Und die Krone nehme ich mit.«

Kleist schnaubte einige Male durch die Nase ein und wieder aus und sprach dann mit großer Fassung: »Ich möchte Sie um Vergebung bitten, Herr Schlegel, dass ich fälschlich Sie für den Dieb der Krone hielt. Ich bereue, Sie einen Lügner, einen Betrüger, einen Verräter … und, mit despektierlichem Unterton, einen Professor benamst zu haben. Bitte seien Sie so freundlich, und öffnen Sie dieses Gefängnis.«

Schlegel nickte Kleist zu, beeindruckt und befriedigt zugleich von dessen Abbitte. »Wer ist der Nächste?«

»Entschuldigen Sie, Herr Schlegel«, hob Goethe an, »dass ich Sie gegen die Vorwürfe nicht verteidigt habe, obwohl ich eigentlich ahnte, dass Sie etwas Derartiges nie getan hätten. Ferner um Vergebung, dass ich in der Nacht zuvor Ihre romantische Schule so rüde beschimpft habe. Nur war ich trunken und mag es nun einmal nicht leiden, wenn ein böses Wort über Herrn von Schiller fällt.«

»Und der größte Übersetzer seit Martin Luther ...«

»Das sind unzweifelhaft Sie.«

Nun trat Tieck hervor. »Es tut mir ehrlich leid, dass ich dir nicht vertraut habe, obwohl du mein ältester Freund bist. Glaube mir, Alter, ich habe einige Fehler gemacht in den letzten Tagen, aber dieser ist gewiss wo nicht der unverzeihlichste, so doch der unverständlichste.« Durch die Gitterstäbe reichte Tieck die Hand, und Schlegel drückte sie kurz und innig.

Da Staël keine Anstalten machte, ebenfalls Buße zu tun, stupste Kleist sie an. Aber sie verschränkte nur die Arme vor der Brust. »Ich weigere mich, vor Ihnen zu Kreuze zu kriechen«, sagte sie. »Ich allein entscheide, wann und wo ich wen um Verzeihung bitte.«

»Dann *au revoir* und *bonne chance*«, sagte Schlegel und wollte gehen, konnte aber durch laute Rufe der anderen noch zum Bleiben bewogen werden.

Man redete so lange auf die Baronin ein, bis sie schließlich einlenkte und sprach: »Wenn ich für alle Beleidigungen, die ich Ihnen habe widerfahren lassen, um Entschuldigung bitten müsste, wir stünden hier bis zum Morgenrot. Drum bitte ich *en général* um Verzeihung dafür, dass ich nicht anders kann, als auf Ihnen herumzuhacken, sobald Sie sich mir auf zehn Schritte nähern. Es liegt in meiner Natur, dies zu tun, wie es offensichtlich in der Ihrigen liegt, immer wieder ins offene Messer zu rennen. Sehen Sie meine Seitenhiebe als eine Art, meine Zuneigung zu Ihnen auszudrücken.«

»Sind sie denn eine Art, Ihre Zuneigung zu mir auszudrücken?«

»Nein. – Und nun Schluss mit den Eseleien, schließen Sie endlich auf.«

»Dann halten Sie mich für einen Esel?«

»Nein, Wilhelm, im Gegenteil, Sie sind ein sehr bedeutender Mensch. Sie wären noch bedeutender, wenn Sie Ihre Außerordentlichkeit nicht so stark betonen zu müssen glaubten.«

Der Goldschmied wurde erst bemerkt, als er die Kohlen fallen ließ, um nach seiner Pistole zu greifen. Dass er sich dem Keller genähert hatte, hatte man vor lauter Rechtfertigungen überhört. Staël schlug sich die Hand vor die Stirn, entnervt von Schlegels Fauxpas.

»Guten Abend«, begrüßte der Goldschmied Schlegel, den Lauf seiner Pistole auf ihn gerichtet. »Ich hatte Sie schon vermisst. Nun können Sie Ihren Freunden Gesellschaft leisten.«

»Das werde ich nicht tun«, erwiderte Schlegel mit fester Stimme.

»Aha. Wünschen Sie etwa, dass ich Sie erschieße?«, fragte Stern.

»Versuchen Sie es nur«, sagte Schlegel. »Denn ich habe eben den Feuerstein aus Ihrer Pistole entfernt, wie Sie unweigerlich bemerken werden, sobald Sie abdrücken.«

Doch anstatt nun zum Schloss der Pistole zu schauen, drückte Stern ab, wie geheißen. Die Kugel traf Schlegel in der Brust, genau dort, wo das Herz sitzt. Schlegel schnappte nach Luft, fiel aber nicht nieder, sondern machte einen Schritt zurück und einen vor und stürzte sich dann mit einer ungelenken Bewegung auf den Goldschmied. Stern wich aus und rannte zur Werkbank, und als er sah, dass der Getroffene noch immer nicht zu Boden gegangen war, suchte er zwischen seinen Werkzeugen einen Hammer oder ein Messer, sich damit zu verteidigen. Doch da hatte Schlegel schon das Goldwasser gegriffen und den Krug über Sterns Kopf zertrümmert. Mit Branntwein und Blattgold bedeckt sackte Stern zu Boden.

»Wilhelm! Allmächtiger!«, rief Tieck, und Kleist: »Der Schlüssel, Gott des Himmels! In seinem Mantel!«

Mit fahrigen Gebärden und pfeifendem Atem zog Schlegel den Schlüssel für den Tresorraum aus der Manteltasche des Niedergeschlagenen. Seine Kraft reichte gerade noch, Kleist den Schlüssel zuzuwerfen, womit dieser das Schloss öffnete, dann verdrehte er die Augen und sank neben dem Goldschmied nieder.

Staël hatte ihr Gefängnis als Erste verlassen, um neben Schlegel in die Knie zu gehen. »Wilhelm! Mein Tapferster!«, weinte sie, »verlassen Sie uns nicht! Ich flehe Sie an, bleiben Sie mir erhalten! Was bin ich denn, wenn ich Sie nicht habe, mich zu lehren, zu verbessern, mir Zielscheibe für den Spott zu sein? Wilhelm, mein geliebter Pedant, mein tapferer Prinzipienreiter, mein Paradoxenjäger, mein verbiesterter Troubadour, mein bester, mein deutschester Deutscher, können Sie mich hören? Alles, alles will ich für Sie tun, selbst meine Zunge will ich zähmen, wenn Sie es verlangen – nur sterben Sie mir nicht! Ich liebe Sie im Leben und im Tod!«

Als Staël Schlegels Kopf in ihren Armen barg, da wurde der Blick frei auf seine Weste mit dem schwarzen Einschussloch. »Warum blutet er nicht?«, fragte Tieck.

Goethe griff in Schlegels durchlöcherte Westentasche. Daraus zog er das mächtige Schlüsselbund des Weimarer Theaters hervor. Einige der Schlüssel waren gekrümmt. Im Bart des größten Schlüssels steckte ein Stück Blei von der Größe einer Bohne. Man knöpfte das Hemd auf. Schlegels Brust war unverletzt bis auf einen dunkelroten Fleck über seinem Herzen, und sie hob und senkte sich mit seinen Atemzügen. Er lebte.

Nachdem Staël allen das Ehrenwort abgenommen hatte, keine Silbe ihres Gefühlsausbruches Schlegel zu hinterbringen, wurde dieser sachte geschüttelt, bis er seine fünf Sinne wieder beisammen hatte. Er klagte zwar über Brustschmerzen und Beklemmung, konnte aber, auf Tieck und Staël gestützt, den Keller aufrecht verlassen.

Kleist und Goethe schlugen die wiedergefundene

Reichskrone in ein Tuch ein. Kleist warf einen letzten Blick auf den niedergeschlagenen Goldschmied. »Ihm soll vergeben sein?«

Goethe nickte. »Wie ein Dieb dem anderen vergibt. Kommen Sie, Herr von Kleist.«

Sie hätten allerdings gut daran getan, Stern zu fesseln oder in seiner eigenen Schatzkammer einzusperren, denn als sie am Ende der Gasse, in der sich seine Schmiede befand, zusammenkamen, um zu besprechen, wie sie mit ihrer kostbaren Fracht die Nachtstunden herumbringen sollten, bis die Tore der Stadt wieder öffneten, stürzte der zu sich gekommene Jude aus seinem Haus und hob ein Zetermordio an, als gelte es, Tote zu wecken. Auf Deutsch und auf Französisch rief er nach den Wachen, und ehe die Gefährten zurückgerannt waren, um ihn zu knebeln, hörte man schon das Geklapper von Stiefeln auf dem Pflaster. Die Gefährten ergriffen die Flucht; schlugen einige Haken durch die schmalen, unübersichtlichen Gassen des Judenviertels und standen schließlich auf dem Spitalsplatz. Linker Hand floss die Pegnitz durch die Nacht, ihnen gegenüber erhob sich die Basilika der Heilig-Geist-Kirche in den schwarzen Himmel. Hinter ihnen tanzte bereits der Widerschein von Fackeln auf den Hauswänden.

Einer Eingebung folgend drückte Kleist Goethe die Krone in die Hand und verlangte im Gegenzug Kirms' Schlüssel. Mit diesen sprang er die Freitreppe zu einem Seiteneingang der Spitalskirche hinauf, rüttelte an Schloss und Tür und hatte sie in Windeseile aufgesperrt. Ehe die Gendarmen auf den Platz traten, waren die Flüchtigen samt ihrer Beute in der Kirche verschwunden, als hätte der Erdboden sie verschluckt.

In der Kirche war es so dunkel, dass man den Vordermann kaum sehen konnte. Die Gefährten tasteten sich durch die Apsis, ließen sich in die Sitze des Chorgestühls fallen und warteten stumm, bis ihr Atem wieder regelmäßig ging und die Rufe und die Schritte der Gendarmen verklungen waren. Goethe hatte die Krone, die in seinen Armen zu schwer geworden war, kurzerhand auf dem Altar abgelegt; dabei war das Tuch, in das sie behelfsmäßig eingeschlagen war, zur Seite gerutscht. Unwillkürlich starrte nun ein jeder der Gefährten auf die Krone, die ihnen so vertraut geworden war. Mit jeder Minute wurden um sie herum Umrisse und Farben deutlicher. Natürlich lag es daran, dass sich ihre Augen an die Dunkelheit gewöhnten und dass es hinter den Fenstern der Kirche allmählich dämmerte, aber in diesem Moment kam es ihnen vor, als strahlte die Krone von innen, hier, im Altarraum der Kirche des Nürnberger Heilig-Geist-Hospitals, wo sie – verwahrt in einem mit Silber und Gold beschlagenen Eichenholzkasten, der an Ketten vom Chorgewölbe gehangen hatte – dreihundertundzweiundsiebzig Jahre zwischen Himmel und Erde zugebracht hatte. Kleist hatte am Ende recht behalten: Die Krone der römisch-deutschen Kaiser war auf verschlungenen Wegen und von unsichtbaren Mächten geleitet in ihr Schatzkästlein zurückgekehrt.

So wären die fünf Erschöpften wohl noch bis ans Ende ihrer Tage sitzen geblieben, versunken in Betrachtung und eigenen Gedanken, reglos wie Christus, Maria und die anderen hölzernen Heiligenbilder um sie herum, hätte sie nicht in den frühen Morgenstunden ein donnerndes Glockengeläut aus ihrer Rêverie geweckt. Nicht nur war dieses Geläut lauter und länger als üblich; nein, es wurde auch von zahlreichen anderen Kirchen der Stadt beantwortet. Keiner der Gefährten konnte sich diesen Lärm erklären, denn es war weder ein Sonntag noch ein Feiertag, und niemand wusste von bedeutenden Festen. Schon mutmaßte man, die Glocken Nürnbergs riefen zur Jagd auf die Kronenräuber. Man bat also die Baronin – weil eine Frau am wenigsten Verdacht auf sich ziehen würde –, vor die Tür zu treten und die Lage zu sondieren, zudem die Möglichkeiten einer Flucht aus Nürnberg.

Eine halbe Stunde später kehrte Staël in die Kirche zurück. »Es waren Friedensglocken«, berichtete sie und bemühte sich, Kleist dabei nicht in die Augen zu sehen. »Frankreich und Russland haben sich darauf geeinigt, den Krieg zu beenden. Preußen hat kapituliert.«

»Das ist nicht wahr«, stöhnte Kleist. »Das muss ein Mann mir sagen, eh ich's glaube!«

Staël berichtete, was sie von den Nürnberger Bürgern aufgeschnappt hatte: Dass in der Nacht eine Depesche eingetroffen sei aus Tilsit in Preußen, die bezeuge, dass Napoleon und Zar Alexander am 25. Juni den Frieden geschlossen hätten. Nach einer desaströsen Niederlage der russo-preußischen Armee hätten sich der französische und der russische Kaiser auf einem Floß in der Mitte der Memel getroffen; jeder sei mit einem Boot von seinem Ufer herangerudert worden; in einem kleinen Häuschen, das auf das Floß gezimmert gewesen sei, hätten die beiden Schutz vor dem Regen gefunden und einige Stunden miteinander geredet, und als sie wieder hinausgetreten seien, da seien die ehemaligen Feinde Arm in Arm gegangen wie Freunde und Brüder, und die Sonne habe hinter den Wolken hervorgeblickt, und mit einem Kuss hätten sie einander verabschiedet.

»Verrat!«, rief Kleist, dem die Tränen über die Wangen rannen. »Und wo war Friedrich Wilhelm? Wo war Luise? Wo Preußen?«

»Preußen ist am Boden. Der König stand während der Zeremonie wohl am jenseitigen Ufer, gegen den Regen in den Mantel eines russischen Offiziers gehüllt, in die Rolle eines Zuschauers gezwungen. Die Königin soll heftig geweint haben; aus Wut über den Korsen, aus Trauer um die Verluste. Für Russland ist es ein Frieden, für Preußen ist es ein Diktat.«

»Verluste?«

»Alles Land westlich der Elbe und ganz Südpreußen, so heißt es, muss der König abtreten. Mehr als die Hälfte seines Königreichs. Das Heer wird reduziert. Und die Festungen an der Oder bleiben in den Händen der Franzosen. Die Kontribution ist noch nicht festgesetzt. Preußen verpflichtet sich, Verbündeter Frankreichs zu werden.«

»Mehr als die Hälfte …«

»Auch wenn dies vielleicht kein Trost mehr für Sie ist, Heinrich: Wenn man der Zeitung glauben darf, ist es überhaupt nur der Fürsprache Zar Alexanders zu danken, dass Preußen nicht vollends vom Kontinent getilgt wurde.«

Kleist nahm auf einer Kirchenbank Platz, die Krone auf seinen Beinen. »Mein Vaterland, zerschellt in Trümmern«, keuchte er. »Und ganz Deutschland ist verloren mit ihm. Hilf Gott! Ich wollte, dass die Erde mich verschlänge! Oh Deutschland! Vaterland! Wer rettet dich!« Er blickte hinab auf das Bündel in seinem Schoß und lächelte traurig. »Es ist wirklich sonderbar, wie mir in dieser Zeit alles, was ich unternehme, zugrunde geht; wie sich mir immer, wenn ich mich einmal entschließen kann, einen festen Schritt zu tun, der Boden unter meinen Füßen wegzieht. Mein Traum war es, Preußen zu retten mit diesem – – diesem grotesken Relikt, aber es war nur ein Traum, und ein törichter Traum überdies. Wenn es mir möglich wär'!, dacht ich; wenn ich's nur wollte –! Das Äußerste, was Menschenkräfte leisten, hab ich getan, Unmögliches hab ich versucht, mein Alles hab ich an den Wurf gesetzt – nun denn: Der Würfel, der entscheidet, liegt. Napoleon hat Gott im Rücken. Ich habe verloren.« Er legte das Bündel neben sich auf der Kirchenbank ab und trocknete sich mit dem Hemdsärmel die Tränen, aber neue flossen sofort nach. »Ein Traum, was sonst?«

»Was soll nun aus der Reichskrone werden?«, fragte Goethe leise.

»Das ist mir gleich, solange Napoleon sie nicht kriegt«, antwortete Kleist. »Eine Krone ohne Reich, wozu wäre sie noch gut? Ein Andenken an eine gute alte Zeit, als nicht der französische, sondern der deutsche Kaiser die Geschicke Europas bestimmte. Nein, schmelzt es getrost ein, dieses – – dieses *Ding* – der Jude sprach schon wahr! –, und macht es zu Geld. Ach, das Schicksal ist ein Taschenspieler.«

»Fürwahr«, klagte Tieck, indem er Kleist die Hand zum Troste reichte, »das Schicksal kehrt sich nicht an Kronen.«

Doch Kleist nahm die dargebotene Hand nicht und drehte seinem Kameraden den Rücken zu. »Geh, lass mich sein«, sagte er, »geh, geh, ich bitte dich! Verhasst ist mir alles. Ich mag die Sonne nicht mehr sehen. Ich will mich in ewige Finsternis bergen. Lasst mich allein. Ach, es ist ekelhaft, zu leben.«

Keiner der vier hielt Kleist zurück, als er aufstand und den Chorraum verließ, um am anderen Ende der Kirche allein und im dunkelsten Winkel die Verstümmelung und Demütigung Preußens zu betrauern.

»Wohlan«, sagte Schlegel, »dann will ich es auf mich nehmen, die Krone nach Wien zu bringen, wohin sie – wie ich nicht müde werde zu erwähnen – eigentlich gehört.«

»Nein, Wilhelm, Sie gehen nicht nach Wien«, widersprach Staël. »Sie begleiten mich zurück nach Coppet. Was wäre das sonst für eine lange, freudlose Kutschfahrt, wenn ich niemanden zum Disputieren hätte. Außerdem werden Sie mir bei meinem Buch über Deutschland helfen, für das ich auf dieser Reise mehr als genug Material gesammelt habe.«

»Ist das eine Bitte oder ein Befehl?«

»Solange Sie gehorchen, ist es das, was Sie daraus machen. Sollten Sie sich jedoch widersetzen, dann werden Sie Ihren Namen in meinem Kompendium der deutschen Dichter und Denker vergeblich suchen.«

Schlegel lächelte und gab ihr einen Handkuss. »Ich habe Sie in diesen zwei Tagen vermisst, meine dunkeläugige Athene. Darf ich mir schmeicheln, eine ähnliche Lücke in Ihrem Herzen zurückgelassen zu haben?«

»Da Sie sich in so vielem schmeicheln, schmeicheln Sie

sich meinethalben auch darin«, versetzte Staël und wandte sich an Tieck: »Ludwig, dann obliegt wohl Ihnen die Aufgabe, die Krone nach Wien zu bringen, nach Memel oder nach Berlin oder sonst wohin.«

Tieck schüttelte den Kopf. »Ich rühre die Krone nicht mehr an. Es ist nicht ihre Schuld, aber es klebt Blut an ihrem Gold. Fluch der alten Kaiser oder nicht; ich möchte mit ihr nichts zu schaffen haben.«

»Wir können die Krone schwerlich in der leeren Kirche zurücklassen«, sprach Schlegel, »in schmutziges Linnen gewickelt wie ein Findelkind, auf dass der erste Kirchgänger des Tages sie finde – und ob der Überraschung zweifellos vom Schlag getroffen werde.«

»Dann nehmen Sie die Krone, Herr von Goethe«, sagte Staël.

»Ausgerechnet ich!«, rief Goethe aus, indem er die Hände hob, »dem sie von Anbeginn an nichts bedeutete! Nein, ich muss passen. Ich möchte mit leichterem Gepäck heim.«

»Nehmen Sie die Krone«, wiederholte Staël. »Wenn es schon keinen deutschen Kaiser mehr gibt, dann gibt es wenigstens einen Dichterkaiser.«

Goethe warf einen Blick auf das plötzlich so ungewollte Bündel auf der Bank. »Einverstanden«, seufzte er. »Wenn sie kein andrer will, dann werde ich Hüter. Ich vergrabe sie bei mir im Garten, unter dem Ginkgobaum, und wenn Deutschland wieder *ein* Reich ist, dessen Kaiser nach einer Krone verlangt, möge er nach Weimar kommen, an meine Türe klopfen und sie einfordern.«

Es war nun an der Zeit, das Kirchenasyl und Nürnberg zu verlassen. Durch den Mittelgang schritten die Kronkavaliere zum Portal der Kirche. Doch Kleist war nicht mehr dort. Die Tür öffnete sich, und herein trat der Küster, unter dem Arm eine Holzkiste mit Gebetskerzen und auf dem Gesicht einen verstörten Ausdruck. Er sei, berichtete der Küster, draußen einem jungen Mann begegnet, der ihn gebeten habe, der Simpel'schen Gesellschaft in der Kirche eine Nachricht auszurichten, und er hoffe, alles wie aufgetragen sinngemäß wiederzugeben: Es sei ihm, Kleist, unmöglich, von seinen Kameraden Abschied zu nehmen, er grüße sie aber dennoch aufs Innigste und danke ihnen für alles, was sie für ihn und Deutschland getan. Er gelobe, für einen jeden seiner Gefährten sein Blut bis auf den letzten Tropfen zu geben. Für das Seelenheil des armen Mädchens, deren Los für immer auf seinem Gewissen lasten werde, möge man einige Kerzen entzünden. Er aber – und hier stockte der Kirchendiener, unsicher, ob er die folgenden Worte richtig verstanden hatte und richtig wiedergab –, er, Heinrich von Kleist, ziehe nun los, den verschlagensten der Unterdrücker zu töten, Satans ältesten Sohn, denn solange Napoleon Bonaparte sei, könne Europa nicht frei werden.

Die vier waren sprachlos – sehr zur Erleichterung des Küsters, dem diese Botschaft ebenso fabulös erschien.

»Er hat noch meine Schlüssel«, war alles, was Goethe zu dieser Abschiedsbotschaft einfiel. Als Tieck auf den Vorplatz stürzte, war Kleist längst verschwunden.

Dennoch dankten sie dem Küster für den Bescheid und erstanden fünf Kerzen für Leonore und die Holzkiste für die Krone.

12

ERFURT

Im Oktober 1808, zwei Jahre nach der Schlacht von Jena, lud Napoleon I. erneut zum Rendezvous nach Thüringen, diesmal nach Erfurt, welches nach dem Krieg französische Domäne geworden war. Eine wahre Flut von Monarchen, Diplomaten und Höflingen ergoss sich über die Stadt, um Seiner Majestät dem Kaiser der Franzosen zu huldigen, sei es geheuchelt oder aufrichtig. Napoleon hatte den Zenit seiner Macht erreicht, war Herr über ganz Europa, von Kalabrien bis zum Nordkap, von Gibraltar bis zur Memel. Nun galt es, Europa Ordnung und dauerhaften Frieden zu verschaffen. Der französische und der russische Kaiser wohnten dem Erfurter Fürstenkongress bei sowie die vier deutschen Könige, dazu achtzehn Fürsten, dreißig Prinzen und unzählige Botschafter. Wenn nicht getagt wurde, vergnügte man sich auf den größten Feierlichkeiten, die die Welt seit Napoleons Krönung erlebt hatte: auf Bällen, bei Tees und Schauspielen, bei Manövern, Paraden und Jagden. Erfurt leuchtete im Glanz Napoleons.

Goethe, dem es bis dahin gelungen war, Napoleon, wenn dieser in Thüringen weilte, nicht zu begegnen, wurde nun zu einer Audienz mit dem Kaiser bestellt, und keine Ausflucht war stark genug, sich dieser Vorladung zu widersetzen. Am Vormittag des 2. Oktober fand sich der größte Dichter Deutschlands also im Palais Impérial wieder, der ehemaligen Kurmainzischen Statthalterei, im Vorzimmer des mächtigsten Mannes der Welt; herausgeputzt wie ein Prinz, eine schweißkalte Hand auf dem Knauf des

Ehrendegens, um sein Wohl und um das seines Herzogtums bangend. Den französischen Kaiser traf er, als er hereingebeten wurde, an einem Tisch sitzend über dem Frühstück an, dazu Napoleons mächtige Trabanten Talleyrand und Daru sowie die Generäle Berthier, Savary und Soult.

Napoleon unterbrach sein Gespräch mit Daru und winkte Goethe herbei, um ihn, nachdem er einen Kelch mit verdünntem Wein geleert hatte, scharf ins Auge zu fassen. Goethe verbeugte sich und musste nun Auskunft geben, seines Alters und seiner Familie betreffs. Dann kam der Kaiser auf einige Fragen der Kunst zu sprechen, insbesondere auf die Werke Voltaires und auf Goethes eigenen *Werther* – das alles aber in einem so unerwartet freundlichen Plauderton, dass Goethe sich bereits einen Toren schalt, je Befürchtungen gehegt zu haben –, als Napoleon sich plötzlich erhob, auf Goethe zuschritt und ihn zu einem Fenster führte; weit genug von den anderen, um keine Zeugen für ihr nachfolgendes Gespräch zu haben. Und hier fragte er Goethe, wo sich die Krone des Heiligen Römischen Reiches befinde.

Goethe, nachdem er den Schreck geschluckt, stellte sich unwissend und beteuerte, von keiner Krone Kenntnis zu haben. Auf nochmaliges Fragen wiederholte er seine Aussage, diesmal verbunden mit seinem Ehrenwort, was sich insofern als Fehler herausstellte, als ihn Napoleon nun konfrontierte mit dem Bericht eines, wie er es ausdrückte, treuen Mitarbeiters von Baron Denon, nach welchem Goethe im vergangenen Jahr mit einigen anderen, darunter der bösartigen Intrigantin Staël de Holstein, die Reichskrone auf einer Insel im Bodensee geborgen und auf verschlungenen Wegen bis ins nördliche Baiern transportiert habe, wo sich ihre Spur verlor.

»Das alles sollte ich gemacht haben?«, fragte Goethe und bezeichnete Dubois' Bericht mit seinen verfallenen Burgen, Klöstern, Kaisergräbern und der illustren Reisegemeinschaft im Thespiskarren als ebenso märchenhaft, wie ihm selbst im Rückblick die Ereignisse erschienen.

Ein drittes und letztes Mal fragte ihn Napoleon, ob er etwas verberge, und als Goethe abermals verneinte – in Gedanken ganz bei der Holzkiste, die seit mehr als einem Jahr in seinem Garten vergraben lag, von der Dubois aber undenkbar wissen konnte! –, beurlaubte ihn der Kaiser: »Wenn ich herausfinde, dass Sie mich belogen haben, Monsieur Goethe, dann werde ich Sie, wie Sie sich unschwer denken können, vernichten.«

Noch im Treppenhaus, umso mehr aber in der Kutsche zurück brütete Goethe darüber, wie gravierend der Fehler gewesen war, den Kaiser zu belügen – aber kaum in Weimar angekommen, gab es dringlichere Aufgaben, die ihn von der Krone ablenkten. Napoleon und Zar Alexander wollten mitsamt ihrer fürstlichen Entourage Herzog Carl August in Weimar einen Besuch abstatten. Für die Organisation zweier Jagden, eines Diners, eines Hofballs im Schloss sowie eines Gabelfrühstücks auf dem ehemaligen Schlachtfeld von Jena samt anschließender Besichtigung blieben Geheimrat von Goethe ganze vier Tage. Höhepunkt der Weimarer Episode sollte freilich der Auftritt der Comédie-Française im Hoftheater sein, denn Napoleon hatte eigens das Ensemble um den großen François-Joseph Talma nach Thüringen kommen lassen, dazu, in einer schier endlosen Wagenkolonne, Dekorationen und Kostüme, um den fremden Landesherren und Diplomaten allabendlich zu beweisen, dass nicht nur die französische Staatskunst, sondern auch die französische Schauspielkunst allen anderen überlegen sei.

Die Wahl Napoleons war dabei, eigenwillig genug, auf *Cäsars Tod* von Voltaire gefallen; auf ein Stück über die Ermordung eines europäischen Diktators auf dem Höhepunkt seiner Macht, auf ein Stück also, das ohne viel Phantasie auf die gegenwärtigen Zustände zu übertragen und deshalb in Frankreich sogar mit einem Spielverbot belegt worden war. Unter Anleitung Goethes, Kirms' und ihres Kollegen von der Comédie, Dazincourt, wurden binnen eines Tages die Kulissen des alten Rom aufgebaut, wurde der Orchestergraben überdeckt, um darauf die Sessel für Kaiser und Zar zu stellen, wurden in und vor dem Theater ausreichend Posten geschaffen für Grenadiere und die Leibgarde Ihrer Majestät und sämtliche Türen verschlossen, dass sich nicht einmal eine Maus mit bösen Absichten ungesehen dem Kaiser hätte nähern können.

Als am Abend die Kaiser und Könige ohne Zwischenfälle Platz genommen hatten, als sich der Vorhang öffnete und hinter den Silhouetten Napoleons und Alexanders römische Säulen und Tempel erschienen, darin die Bühnengrößen aus Paris, in weiße Togen gehüllt, begannen, Julius Cäsars letzte Tage darzustellen, fühlte sich Goethe, als wäre ein Mühlstein von seinem Herzen gewälzt worden. In seiner Loge tat er einen Seufzer und ließ sich zurückfallen ins Polster seines Sessels, lauschte nur mit einem Ohr den laut deklamierten französischen Versen und heftete den Blick nicht so sehr auf die Schauspieler als vielmehr auf das Parterre von Königen, vor dem sie spielten.

Zum Ende des ersten Akts erinnerte sich Goethe des Hubbodens und saß mit einem Mal wieder aufrecht im Sessel. Denn Talma hatte angeregt, sein Brutus möge zum Streit mit Cäsar im dritten und letzten Akt aus der Versenkung auftauchen – ganz Arglist, ganz Bedrohung –, und selten hatte seit der Wiederaufnahme der *Iphigenie* der vermaledeite Hubboden einwandfrei funktioniert. Es galt tunlichst zu verhindern, dass der Effekt und das ganze Stück durch die Unfähigkeit des Weimarer Maschinisten ruiniert würden.

Goethe verließ also die Loge, passierte die zahlreichen Grenadiere in den Gängen, entriegelte mehrere Türen auf seinem Weg und kam schließlich in die Unterbühne, die von wenigen Lampen spärlich erleuchtet war. Über ihm knarrten die Dielen der Bühne; Voltaires Dialoge konnte man selbst hier unten gut vernehmen. Der Maschinist war nicht auf seinem Posten. Goethe zischte einige Male, damit der Mann sich zeigen möge, aber niemand antwortete. Schließlich fand er ihn, vermutlich trunken, in einem verborgenen Winkel auf einigen Stoffballen schlafend. Goethe fluchte lautlos. Er beugte sich über den Mann und versetzte ihm einige Schläge auf die Wange. Dabei fiel ihm die gewaltige Beule auf der Stirn des Mannes ins Auge. Sie war das Letzte, was er sah, bevor er von hinten ebenso niedergeschlagen wurde und bewusstlos zu Boden sank.

Mit Wasser aus einem nahen Löscheimer wurde Goethe wieder geweckt. »Herr Geheimrat«, sagte eine Stimme, »Herr Geheimrat, so wachen Sie auf!«

Goethe schlug die Augen auf, blickte ins Angesicht von Kleist, der eine weiße Toga trug und die Haare in Augustuslocken, und weil diese ganze Erscheinung so grotesk war, schloss er die Augen wieder, um das Trugbild zu verscheuchen. Aber die Erscheinung blieb bestehen, als er die Augen erneut öffnete. »Herr von Kleist?«

»Dem Himmel sei Dank, Sie leben. Ich bin untröstlich, Herr Geheimrat. Ich habe Sie von hinten nicht erkannt. Was für eine Begrüßung! Warten Sie, ich helfe Ihnen auf.«

Goethe brummte wie ein angeschossener Bär. Er richtete sich mit Kleists Unterstützung auf und rieb den Hinterkopf, der sich anfühlte, als wäre er auf das Doppelte seiner Größe angeschwollen.

»Ich dachte schon, ich hätte Ihnen den Schädel zerschmettert«, sagte Kleist.

»Dafür dank ich Gott, dass er mich härter zusammengesetzt hat«, erwiderte Goethe. Noch einmal nahm er Kleist von Kopf bis Fuß in Augenschein, vom ledernen Stirnband bis zu den Sandalen, und sagte dann: »Müssen wir uns denn immer unter den seltsamsten Umständen treffen? Können Sie nicht einfach einmal bei mir daheim vorsprechen, des Tags, mit formeller Anmeldung? Wie sehen Sie überhaupt aus?«

»'s ist ein Spektakel, wie ich aussehe, nicht wahr?«, sagte Kleist und präsentierte mit großer Geste sein Gewand. »Geschmückt bin ich, beim hohen Himmel, dass ich die Straßen Roms durchschreiten könnte!«

»Und – – – und *weshalb*, bei allen Göttern des Pantheons? Wollen Sie in *Cäsars Tod* noch eine Komparsenrolle ergattern?«

»Es wäre eher eine Hauptrolle«, erwiderte Kleist und zog aus den Falten seines Gewandes zwei Pistolen. Mehr musste er nicht sagen. Goethe fühlte sich, als hätte man ihn zum zweiten Mal niedergeschlagen.

»Nein, du gerechter Gott«, ächzte er. »Sagen Sie mir bitte, dass das nicht Ihr Ernst ist.«

»Mein voller«, entgegnete Kleist mit leuchtenden Augen. »Ich kam aus Dresden hierher, den französischen Kaiser zu töten, wie es seit Jahren mein Begehr ist. Es gibt keinen besseren Zeitpunkt als jetzt – zwei Jahre nach der Schmach von Jena, da er sich cäsarengleich dünkt –, und es gibt keinen besseren Ort als hier – vor den Herrschern der Welt, die gekommen sind, ein Stück über den Tod des Tyrannen zu sehen. Oh ja! Der Tyrann wird sterben! Rache, sage ich! Rache für Jena! Rache für Tilsit!«

»Sie denken immer noch an –«

»Ob ich noch an Rache denke? Fragen Sie doch, ob ich noch lebe! Denn weiter bleibt mir keine Lust auf Erden, als einer Bremse gleich Napoleon zu verfolgen. Und heute geht die Jagd zu Ende! Das Racheschwert ist schon über ihm gezückt. Hören Sie meinen Plan.«

»Herr von Kleist, ich flehe Sie an –«

»Sie wissen natürlich, dass Talma in der vierten Szene des dritten Akts per Hubboden erscheint? Nun, ich werde ihn, sobald er diese Treppen dort herabsteigt, von hinten niederknüppeln und seine Rolle übernehmen. Ich will den Brutus spielen. Wie ein Rachegott werde ich aus dem Boden auftauchen, werde an den Rand der Bühne treten, werde meine beiden Pistolen ziehen und rufen: Steh, du Tyrann, dein Reich ist aus! Der Hölle zu, du Satan! Und dann – – einen Schuss vors Herz und – da er wahrscheinlich keines hat – einen vor die Stirn!«

»Um Himmels willen, Heinrich, im Parkett stehen ein und ein halbes Dutzend bewaffneter Gardisten! Man wird Sie durchlöchern!«

»Wie ein Sieb, wohl wahr! Aber ist es nicht ein angemessener Preis für diese Tat? Ich will das heilige Gesetz des Krieges durch einen freien Tod verherrlichen! Und was für ein Tod! Auf der Bühne sterben, wie Molière! *Sein oder Nichtsein*, diese Frage habe ich entschieden. Ich zaudere nicht wie Hamlet, ich töte den Usurpator!«

»Herrje, schreien Sie doch nicht so; man wird uns hören!«

»Schwerlich«, entgegnete Kleist und wies mit dem Lauf einer Pistole zur Decke, wo sich die Bühne befand. »So, wie die vorgeblich besten Schauspieler der Welt dort oben ihre Verse brüllen, dass selbst Voltaire selig davon erwacht, könnten wir hier unten ungehört eine Kanone zünden. – Ganz unter uns: *Dieses* Theater hält die Baronin für eine Offenbarung? *Diesen* Talma mit seiner monotonen Deklamation, mehr noch mit seinem exaltierten Gerenne und Gezappel, mit diesen Windmühlenarmen, für das Maß aller Dinge?«

»Tja, das deutsche Theater stellt leidenschaftliche Gegenstände mit seiner Ruhe vor, das französische gesetzte mit seiner Heftigkeit«, erklärte Goethe. Dann fiel ihm ein, was die ganze Zeit an ihm genagt hatte: »Wie sind Sie überhaupt hier hereingekommen? Das Theater ist eine Festung. Haben Sie Komplizen?«

»Ja: Sie, Herr Geheimrat«, antwortete Kleist und zog ein Bund mit altbekannten, teils verbogenen Schlüsseln aus seinem Gewand, »oder vielmehr die goldenen Schlüssel

Ihres Herrn Inspizienten, die eine jede Tür dieses Hauses öffnen. Ich vergaß, sie Ihnen in Nürnberg zurückzugeben. Ohne dieses fabelhafte Andenken wäre ich nie auf die Idee gekommen, Napoleon hier zu ermorden.«

Goethe nahm stöhnend die Schlüssel zurück, die Kleist ihm reichte. »In welchem Akt befinden wir uns?«, fragte er. »Wie viel Zeit bleibt mir, Sie von Ihrem Vorhaben abzubringen?«

»Der dritte Akt hat just begonnen. Vielleicht eine Viertelstunde? Zu wenig in jedem Fall, mich eines Besseren zu belehren. Ich bin taub für Argumente.«

»Heinrich! Sei klug und denke, was du tust!«, rief Goethe, indem er Kleist an beiden Armen packte. »Bedenke, was du tust und was dir nützt. Und Preußen! Wenn ruchbar wird, dass ein Preuße den Kaiser mordete, was werden dann dessen Erben mit Preußen anstellen!«

»Es geht längst nicht mehr nur um Preußen.«

»Und mein Herzogtum? Man wird Carl August, der doch für die Sicherheit seiner Gäste bürgte, einkerkern! Und mich, der ich diesen Abend im Theater ausgerichtet habe, mich wird man vor einen Haufen Sand stellen und hinrichten!«

»Nehmen Sie sich ein schnelles Pferd«, entgegnete Kleist. »Oder ich strecke Sie erneut nieder, dann wird es so aussehen, als hätten Sie Bonaparte noch retten wollen. Oder, besser noch!, beweisen Sie Römergröße! Nehmen Sie diese zwote Pistole und treten mit mir auf und ab. Es wäre mir eine Ehre. Kommen Sie, lassen Sie uns etwas Gutes tun und dabei sterben!«

»Nichts läge mir ferner!«, versetzte Goethe und lehnte die angebotene Waffe ab. »Eher rette ich mein Leben und das Ihrige gleich mit! Sie sind noch jung, Herr von Kleist! Eilen Sie, die guten Jahre, die Ihnen gegönnt sind, wacker zu nutzen! Ein früher Tod ist ein unnützes Leben! Und obendrein ohne Absolution! Sie waren doch sicherlich nicht beichten?«

»In vollem Bewusstsein war ich's nicht«, sagte Kleist grimmig. »Ich will nicht selig sein. Ich will in den untersten Grund der Hölle hinabfahren. Ich will Napoleon, der nicht im Himmel sein wird, wiederfinden und meine Rache, die ich hier nur unvollständig befriedigen konnte, wieder aufnehmen! – Nein, Herr von Goethe, sparen Sie sich Ihre guten Worte, denn es ist beschlossen: Napoleon wird heute Abend sterben und ich mit ihm.«

Kleist wandte den Blick erneut nach oben. »Der Cassius spricht. Gleich ist es so weit.« Er prüfte seine Waffen und sagte dann lächelnd: »Es freut mich gewissermaßen, dass Sie der letzte Mensch sind, mit dem ich auf Erden spreche. – Was gibt es Neues von unsern alten Gefährten?«

»Von Tieck ein Brief gelegentlich. Im Juni war Schlegel zu Besuch in Weimar, aber ich war fort zur Kur.«

»Und die Krone?«

»Der größte Schatz ist wohlverwahrt. Reichskrone und Kiste, das alles liegt im Boden still begraben. In meinem Garten, unter dem Ginkgo. Dort können sie meinethalben bleiben bis zum Sankt-Nimmerleins-Tag.«

Kleist nickte. »Wohlan, jetzt gilt's! Ich werde Sie sogleich, um Vergebung, niederschlagen.«

»Eins noch!«, rief Goethe mit dem Mut der Verzweiflung. »Herr von Kleist, was ich Ihnen jetzt sage, wollte ich bis ins Grab für mich behalten, aber mir ist Schiller erschienen, hören Sie, von den Toten –«

Mitten im Satz fror Goethe die Zunge im offenen Munde ein. Hinter Kleist erschienen zwei französische Grenadiere mit angelegten Musketen, dann aus einer anderen Ecke zwei weitere. Kleist folgte Goethes Blick. Für einen kurzen Moment überlegte er, als er die Soldaten sah, eine Dummheit zu begehen, dann ließ er fluchend die Pistolen fallen. Beide, er und Goethe, hoben die Hände. Das Trauerspiel auf der Bühne nahm unbeeindruckt von dem, was eine Etage darunter geschah, seinen Lauf.

Ohne Eile, beinahe schlendernd trat nun ein fünfter Mann hinzu. Es war, einmal mehr, Dubois; auch er, wie die anderen Gäste des Theaters, in seinen feinsten Rock gekleidet. Die Arme hatte er hinter dem Rücken verschränkt.

»Der Hohn der Hölle –«, entfuhr es Kleist.

»Bonsoir Messieurs«, grüßte Dubois. »In Ihrem Garten also, Herr von Goethe? Wahrlich, dort hätte ich zuletzt gesucht.«

»Er hat gehorcht«, sagte Goethe zu Kleist.

»Wie ungezogen«, erwiderte dieser durch zusammengebissene Zähne. »'s doch ein hässliches Geschäft, belauschen.«

»Verzeihen Sie mir diese Indiskretion«, versetzte Dubois, »aber wie hätte ich sonst in Erfahrung bringen können, wonach es mich so sehr verlangt?«

»Ihr Kaiser erwähnte nicht, dass auch Sie in Erfurt sind«, sagte Goethe.

»Umso besser. So konnte ich Ihnen auf Schritt und Tritt folgen, Monsieur Goethe, bis nach hier unten. Was allerdings Sie hier unten treiben, Monsieur Kleist, in diesem Aufzug, bewaffnet, das – Sie können sich glücklich schätzen! –, das interessiert mich nicht einmal. Mir geht es nur um die Krone.«

»So viel Mühe für ein staubiges Relikt?«, fragte Kleist, worauf Dubois schmunzeln musste.

»Sie scheinen noch immer nicht recht begreifen zu wollen, meine Herren, wie sehr ich diese Krone will. Wie sehr Napoleon sie will. Also begeben wir uns selbdritt in Ihren Garten, Monsieur Goethe, und heben noch in dieser Nacht den Schatz. Und dieses Mal werden Sie mich nicht mit einer Attrappe aus Blech und Glas hinters Licht führen. Ein guter Schachzug, *Chapeau*! Zwei Tage haben wir im Main danach getaucht! – Es gibt Spaten vor Ort, nehme ich an?«

Goethe nickte. Dubois klatschte in die Hände. »Wohlan! Brechen wir auf! Ich hätte dem großartigen Talma gerne noch etwas zugesehen, aber wir wissen ja ohnehin alle, wie das Stück endet, nicht wahr?«

»Ja, du verfluchter Bube«, brummte Kleist. »Der Kaiser stirbt.«

Als sich der Vorhang senkte über Cäsars Leiche und über Rom und seine Bürger, waren Dubois und seine Gefangenen bereits im Garten eingetroffen, den der Hausherr, zwei Bajonette im Rücken, der Gruppe geöffnet hatte. Christiane von Goethe war fort, und der Dienerschaft hatte Dubois im Namen des Kaisers befohlen, im Haus zu bleiben. Hin und wieder erschien ein Gesicht in den dunklen Fenstern und sah nach dem Wohl des Geheimrats. Dubois nahm, nachdem er an der Hauswand die verfügbaren Grabwerkzeuge aufgereiht und im Mondlicht die Blumen- und Gemüserabatten inspiziert hatte, auf einer Bank nahe dem Ginkgo Platz und starrte, eine Melodie summend, in den Sternenhimmel. Offensichtlich genoss er es, die beiden Kronenräuber in ihrem Safte schmoren zu lassen.

»Worauf warten wir?«, erkundigte sich Kleist.

»Auf einen besonderen Gast«, antwortete Dubois, »der diesen Tag zum herausragendsten meiner Karriere machen wird.«

»Ihr Vorgesetzter?«, fragte Goethe. »Baron Denon?«

»Nicht ganz, Monsieur Goethe. Nicht ganz.«

Eine weitere Viertelstunde geschah nichts. Dann erhob sich Dubois, ging durchs Haus zurück auf den Vorplatz und kehrte zurück in Begleitung des Kaisers von Frankreich. Im Gegensatz zu seinen Höflingen, die sich für den Besuch des Theaters und des anschließenden Hofballs in die edelsten Gewänder gekleidet hatten, trug Napoleon lediglich die schlichte Uniform eines Gardejägers. Seine Leibwachen führten ausreichend Fackeln mit sich, den Garten vom Haus bis zur gegenüberliegenden Mauer zu beleuchten.

Wenige Schritte vor Goethe und Kleist machte Napoleon halt, die Arme vor der Brust verschränkt. Goethe in seiner Festkleidung und Kleist in seiner römischen Toga standen ihm gegenüber wie zwei Schulbuben, die man bei einem Streich ertappt hat, indes der Denunziant Dubois über beide Wangen strahlte.

»Monsieur Goethe«, grüßte Napoleon.

»Sire.«

»Ist in Ihrem Garten die deutsche Krone vergraben, wie mir Monsieur Dubois hier versichert, oder ist sie es nicht? Sollten Sie mich belogen haben?«

»Nein«, sagte Goethe unwillkürlich. Dubois lachte verächtlich.

»Dann werden wir diesen Boden umpflügen«, fuhr Napoleon fort, »um zu prüfen, wer von Ihnen die Wahrheit sagt.«

»Nein!«, sagte Goethe erneut und biss sich auf die Zunge.

Napoleon nickte Dubois zu, worauf dieser mit einigen kurzen Befehlen so viele Männer, wie es Werkzeuge gab, anwies, die Erde am Fuße des Ginkgobaumes auszuheben. Goethe starrte auf das immer tiefer werdende Loch und formulierte in Gedanken immer groteskere Entschuldigungen, Napoleon bei Entdeckung der Krone milde zu stimmen. Kleist wiederum konnte den Blick nicht von Napoleon nehmen – diesem Mann, der all die Jahre nur eine Idee, nur die Figur eines Rachewunschtraumes gewesen war und nun leibhaftig vor ihm stand.

Einer der Spaten schlug bald auf Holz. »Wir haben es!«, rief ein Grenadier.

Goethe tat einen Schritt nach vorne: »*Votre Majesté*, ich kann das erklären –«, aber mit einer Handbewegung brachte ihn Napoleon zum Schweigen.

Indes die französischen Soldaten ihren Fund freilegten, trat ihr Kaiser an die Grube heran. »Öffnet«, befahl er.

Einer der Grenadiere tat, wie ihm geheißen – und stieß augenblicklich einen spitzen Schrei aus, bevor er einen Schritt zurückwich. Aber auch die Augen der anderen, selbst die Napoleons, hatten sich geweitet.

Ungeachtet der Etikette und der Leibwache machte nun auch Goethe einen Schritt nach vorne, an Napoleons Seite. Vor ihm in der Grube lag, bis eben von einem Leinentuch und Erde bedeckt, die Leiche eines Mannes in französischer Uniform. Käfer und Würmer hatten bereits große Teile des Gesichtes gefressen, und dieser Anblick – halb Antlitz, halb Schädel, darin allerlei Insekten auf der Flucht vor dem Flackerlicht der Fackeln – war in der Tat schauerlich. Am weißen Kittel und am Dreispitz mit dem Blechlöffel in der Hutschnur erkannte Goethe den Füsilier, der beim Plündern des Hauses am Frauenplan den Tod gefunden hatte. Über der Brust lag seine Muskete, und das Holz des Kolbens war es, auf das der Spaten gestoßen war.

»Was sagt Monsieur Goethe dazu?«, fragte Napoleon.

Goethe, der sich selbst erst Stück für Stück zusammenreimen musste, wie es zu diesem unerwarteten Leichenfund kommen konnte, unternahm nicht einmal den Versuch, etwas anderes zu erzählen als die Wahrheit. Er berichtete Napoleon also, was sich in der Nacht nach der großen Schlacht zugetragen, wie er den Füsilier beim Plündern seiner Münzsammlung ertappt und wie schließlich, im nachfolgenden Streit, seine treuliche Ehefrau ihm das Leben gerettet, indem sie den Soldaten mit einem Goethit erschlagen habe. Die Leiche sei dann offensichtlich hier im Garten verscharrt worden, aus Furcht vor der Vergeltung.

»Monsieur Dubois bezeugt, dass Sie sagten, die *Reichskrone* läge in ihrem Garten begraben«, sagte Napoleon, und der Erwähnte nickte eifrig.

»Das ... ist richtig«, erwiderte Goethe, der die Eingebung seines Lebens hatte, »aber ich sprach durchaus nicht von der tatsächlichen Reichskrone. In seiner rechten Faust hält der Tote eine Gedenkmünze zur Krönung Franz' II. umklammert; ein kostbares Stück, auf dessen Rückseite die Reichskrone abgebildet ist. Majestät können die Münze zwischen den Knochen glänzen sehen.«

Napoleon hielt seinen strengen Blick fest auf Goethe geheftet, und dann, zum ersten Mal an diesem Abend – zum ersten Mal überhaupt, so schien es Goethe –, lächelte er. »*Vous êtes un homme*«, sagte er, »*très amusant*. Dann haben Sie also wirklich nichts mit der Reichskrone zu schaffen?«

»So ist es, Sire.«

»Der Mann lügt«, rief Dubois, indem er zu den beiden trat, »und ich kann es beweisen! *Mon Empereur*, ich habe ein Schriftstück, in welchem Monsieur Kleist, der Komplize von Monsieur Goethe, den Diebstahl der Krone beglaubigt und die Namen seiner Komplizen samt und sonders aufzählt!« Mit einem höhnischen Blick zu Kleist griff Dubois in die Innentasche seiner Weste und holte besagten Brief hervor, versiegelt mit dem Wappen derer von Kleist, zwei jagenden Hunden. »Ja, Monsieur Kleist, Sie haben in Jagstzell zwar meine Briefe und Passierscheine verbrannt, das Wichtigste aber haben Sie vergessen – Ihr Geständnis! Daher bin ich es, der als Letzter lacht!«

Napoleon nahm den Brief entgegen, brach das Siegel und öffnete das Couvert. Darin befand sich ein kleiner Kupferstich: eine hässliche Abbildung Napoleons auf dem Rücken einer nicht minder hässlichen Ratte. Der Kaiser betrachtete sein Porträt eindringlich, wobei sein Lächeln bald verschwand, und zeigte es dann wortlos Dubois – der, kaum dass er den Kupfer sah, leichenblass wurde.

»Sire, das ist nicht –«

»Monsieur Dubois«, sagte Napoleon, während er die Karikatur zerknüllte, »Sie werden Zar Alexander zurück nach Sankt Petersburg begleiten. Vielleicht hat man in Russland Verwendung für Ihr Wissen. Vielleicht auch nicht. In Frankreich jedoch sind Sie mehr als abkömmlich geworden. Ich und Baron Denon entbinden Sie von Ihren Diensten.«

»*Mon Empereur*! Bei allem, was mir heilig ist –«

»Wagen Sie es noch einmal, mir zu widersprechen, und ich schicke Sie nach Spanien, wo Sie beim Sturm auf Madrid in der ersten Schlachtreihe stehen.«

Dubois verstummte. Ein letztes Mal sah er zu Goethe,

als könnte dieser plötzlich das Wort zu seiner Verteidigung erheben, dann verbeugte er sich vor Napoleon und verließ mit hängenden Schultern den Garten.

»Entschuldigen Sie die Unordnung«, sagte Napoleon, als Dubois verschwunden war, und wies auf die ausgehobene Grube, darin die Schaufeln und Hacken lagen, und auf die Erdhügel rings um den Baumstamm.

»Es ist nicht der Rede wert, Sire«, entgegnete Goethe. »Können wir auf Euer Majestät Gnade hoffen, was den Totschlag des Unglücklichen in der Grube betrifft?«

»Das ist doch längst verjährt. Und wenn der Schurke Sie berauben wollte, hatten Sie ohnedies jedes Recht dazu, sich zu verteidigen. Ihr resolutes Weib hat meine Hochachtung! Der Mann kann dankbar sein, unter Kohl und Rüben des ersten Dichters Deutschlands eine Ruhestatt gefunden zu haben.« Auf einen Wink des Kaisers nahmen die Gardisten und Grenadiere Aufstellung, bereit, diesen ins Stadtschloss zu eskortieren. »Wir werden beim Ball erwartet. Kommen Sie alsbald nach, Monsieur Goethe! Mich verlangt sehr danach, mit Ihnen über das heutige Stück zu sprechen. Ein seltsames Stück, dieser *Cäsar*! Ein republikanisches Stück! Ich hoffe nur, es macht hier in Deutschland keinen Effekt!« Und hierbei, sei es aus Zufall oder Ahnung, streifte sein Blick Kleist.

»Ihr Diener, Sire«, sagte Goethe und deutete eine Verbeugung an.

Napoleon machte einen Schritt aufs Haus zu, drehte sich dann noch einmal um, dass die Hacken im Kies knirschten, und sagte, den Finger auf Goethe gerichtet: »Sie sollten den *Tod Cäsars* auf eine würdige Weise, großartiger als Voltaire, schreiben. Das könnte die schönste Aufgabe Ihres Lebens werden. Man müsste der Welt zeigen, wie Cäsar sie beglückt haben würde, wenn man ihm Zeit gelassen hätte, seine hochsinnigen Pläne auszuführen. Schreiben Sie einen *Cäsar*, oder vielmehr: Schreiben Sie einen *Brutus*. Ich fordere es durchaus von Ihnen!«

Damit verschwand der Kaiser samt seiner Eskorte und ließ nichts zurück als den umgepflügten Boden und eine einzige Fackel. »Wie eigentümlich«, murmelte Goethe, als sie wieder allein waren, »Napoleon, der den ganzen Kontinent erobert, findet es nicht unter sich, sich mit einem Deutschen über die tragische Kunst zu unterhalten.«

Kleist starrte noch immer mit offenem Mund auf die Tür, durch die Napoleon fortgegangen war.

»Was ist mit Ihnen?«, fragte Goethe. »Sind Sie zur Wachsfigur geworden? Seit der Kaiser auftrat, haben Sie nicht auch nur mit der Wimper gezuckt.«

»Ich hätte ihn töten können«, sagte Kleist, ohne den Blick von der Tür zu nehmen. »Wie schnell wäre eine Spitzhacke aus der Hand eines Soldaten, ein Säbel aus der Scheide gerissen und in Napoleons Leib getrieben worden! Und dennoch tat ich es nicht. Das ist ja sonderbar und unbegreiflich. Was machte mich denn plötzlich so feig?« Er schüttelte den Kopf. »Ein eindrucksvoller Mann, der Kaiser. Klein von Statur und dennoch groß und standhaft wie der Koloss von Rhodos. Und er ähnelt Tieck.«

Goethe nahm den zerknüllten Kupfer auf: Napoleon hoch zu Ratte. »Sie haben in Jagstzell Ihr Geständnis durch diesen Schabernack ersetzt und das Couvert erneut versiegelt? Das ist raffiniert.«

»Nicht wahr? Der Ochse von Dubois hätte sich besser einmal fragen sollen, weshalb ich ausgerechnet dieses Schreiben unversehrt ließ. Nun, wie Rosenkranz und Güldenstern mit ihrem Brief bekam auch er, was er verdient.«

Kleist wies auf die Leiche. »Aber was ist das schon, Herr Geheimrat, im Vergleich zu Ihrer Überraschung mit dem toten Löffelmann!«

»Ein seltener Fall von Fortune«, entgegnete Goethe und umrundete die Grube beim Ginkgo. »Hätten sie auch nur etwas weiter rechts gegraben, sie wären auf die Krone gestoßen. – Was sagen Sie, Herr von Kleist: Bringen wir das Gold zu Tag?«

»Ins Grab! Die Schaufeln her!«

Jeder griff sich einen Spaten, Kleist brachte die Fackel herbei, und schon wurde an der Stelle gegraben, die sich Goethe eingeprägt hatte. Im Wechsel schoben sie ihre Spaten ins Erdreich, im Wechsel häuften sie das Erdreich hinter sich, und dabei trat bald beiden, dem Römer und dem Olympier, trotz der Nachtkühle der Schweiß auf die Stirn. Schließlich war die Nürnberger Kiste erreicht. Kleist zog sie aus der Erde, setzte sie zwischen den beiden Gruben ab und öffnete den Deckel. In der Kiste lagen ein Backstein von dem ungefähren Gewicht der Reichskrone und ein Brief. Kleist nahm den Ziegel heraus, Goethe den Brief.

Auch wenn man mich zweifellos einen Pedanten heißen wird, beharre ich darauf: Die Krone gehört nach Wien, in die Hauptstadt des alten Reiches. Sie ist dort besser aufgehoben als zwei Ellen unter der Erde. Ich habe mir daher erlaubt, sie in Ihrer Abwesenheit zu heben und mitzunehmen.

Ihr ergebenster Diener
Polonius.
Weimar, den 10ten Junius 1808

»Nun ja«, meinte Kleist. »Was soll man dazu sagen?«

Goethe überflog das Schreiben ein weiteres Mal. »Schleicht sich des Nachts in meinen Garten und wühlt den Kaiserschatz sich aus der Erde. Brav, alter Maulwurf! Ich habe ihn wohl unterschätzt.«

»Ich muss mich setzen«, sagte Kleist. »Hier, beim Skelett. Wir wollen uns dran niedersetzen, wie Geier ums Aas.«

Auf der Bank, auf der vormals Dubois gesessen hatte, nahmen sie nun beide Platz, wobei Goethe den Brief ebenso wenig aus der Hand ließ wie Kleist den Ziegelstein. Inzwischen trauten sich auch Goethes Diener wieder aus dem

Haus, und er wies sie an, eine Flasche Wein und zwei Gläser zu bringen, dazu zwei Decken, und einige Pflaumen zu pflücken, die vom Baum nahe der Mauer hingen. So saßen sie eine Weile, tranken und aßen schweigend und warfen die Pflaumenkerne in die kleinere der beiden Gruben. Aus der größeren sah der tote Füsilier zu ihnen hoch. Weil er keine Lippen mehr hatte und die Zähne offen lagen, sah es aus, als würde er sie verhöhnen.

»Was grinst du, hohler Schädel? Hast wohl deinen Spaß an uns zwei Totengräbern?«, fragte ihn Goethe. »Es ist doch verwunderlich: Bis vor Kurzem noch hätte ich beim Anblick einer solchen Leiche schreiend das Weite gesucht. Doch seit uns Leonore starb ...«

»Vor jenen Tagen wäre auch ich in Ohnmacht gefallen beim Anblick eines Backsteins anstelle der Reichskrone«, entgegnete Kleist. »So sind wir, scheint es, beide geheilt. Aber werden Sie nicht längst im Stadtschloss erwartet, Herr von Goethe?«

»Um mich mit Napoleon über Poesie zu unterhalten?« Goethe verzog das Gesicht. »Ich will ihm dieses Trauerspiel nicht schreiben. Was ist mit Ihnen, Herr von Kleist? Wollen Sie ihn nicht vielleicht auf sich nehmen, diesen *Brutus*?«

»Von Herzen Dank, aber ich schreibe schon einen *Arminius* – den Deutschen zum Vorbild, wie man, einander klug verbündet, die fremden Invasoren aus dem Lande treibt.«

Goethe nickte. Dann leerte er sein Glas, erhob sich und hielt Schlegels Brief in die Fackel, bis dieser Feuer gefangen hatte.

»Sie sagten vorhin im Theater, Schiller sei Ihnen erschienen, von den Toten auferstanden?«, fragte Kleist.

»Jawohl«, antwortete Goethe, »doch wie Sie bereits sagten: Ich werde erwartet. Davon also nächstens mehr. Möchten Sie mich begleiten?«

»Eher nicht. Die Nacht ist schön, die Bouteille halb voll und Ihre Pflaumenernte köstlich. Ich würde also gerne, wenn ich darf, noch etwas bleiben.«

»Bitte bleiben Sie, solange Sie wollen«, sagte Goethe und reichte Kleist die Hand zum Abschied. Anstatt nun aber das Grab zu umrunden, machte er einen großen, beinahe jugendlichen Schritt über den Leichnam hinweg. »Leben Sie wohl!«, rief er, indem er sich in der Tür noch einmal umwandte.

Kleist leerte sein Glas und schenkte nach. Dann griff er zur Schaufel, um den Franzosen und den Backstein von Neuem zu begraben. Napoleon war vergessen. Und wie Kleist so arbeitete – allein in Goethes höchsteigenem weihevollen Garten, die Wohlgerüche von feuchter Erde, Pflaumen und Wein in der Nase –, da war es ihm fast, als müsste er sich freuen.

PIPER

Robert Löhr
Das Erlkönig-Manöver

Historischer Roman. 368 Seiten. Piper Taschenbuch

Im Februar 1805 setzt eine bunte Truppe im Schutz der Dunkelheit über den Rhein: Johann Wolfgang von Goethe und Friedrich Schiller, Achim von Arnim und Bettine Brentano sowie Heinrich von Kleist und Alexander von Humboldt. Ihr Auftrag: den wahren König von Frankreich aus dem französisch besetzten Mainz zu befreien. Ihr Gegner: Napoleon Bonaparte, der mächtigste Mann der Welt. Mit intelligentem Witz und fundierter Sachkenntnis beschert uns Robert Löhr einen hinreißenden historischen Roman um die Ikonen der deutschen Literatur.

»Eine Mixtur aus Fiktion und wahrer Historie, aus hochgeistigen Anspielungen und handfester Action. Unbedingt lesenswert.«
Südwestdeutscher Rundfunk

PIPER

Robert Löhr
Der Schachautomat

Historischer Roman. 416 Seiten. Piper Taschenbuch

Wien, 1770. In Schloß Schönbrunn findet eine selbst zur Zeit der Aufklärung aufsehenerregende Premiere statt: Hofrat Wolfgang von Kempelen präsentiert vor den Augen Kaiserin Maria Theresias seine neueste Erfindung, einen Schach spielenden Automaten. Schon bald wird die von da an in Preßburg ausgestellte Sensation zum beliebtesten Schauobjekt im ungarischen Königreich. Was der Habsburgische Hof zur größten Erfindung des Jahrhunderts ausruft, ist jedoch nichts weiter als eine brillante Täuschung: Das Gehirn des Automaten ist ein Mensch – der zwergwüchsige Italiener Tibor lenkt den »Schachtürken« aus dem Innern. Bisher aus der Gemeinschaft ausgestoßen, genießt er in der fremden Haut die Anerkennung der Männer und die Bewunderung der Frauen. Denn für die Rokokogesellschaft ist Kempelens Geschöpf aus Holz und Metall Lustobjekt und mechanischer Wunschtraum zugleich. Der Traum wird jedoch zum Alptraum, als eine schöne Aristokratin unter mysteriösen Umständen im Beisein des »Türken« zu Tode kommt. Der Maschinenmensch wird das Ziel von Spionage, kirchlicher Hetze und adligen Intrigen – und Tibor muß über sich hinauswachsen, um nicht mit dem Schachautomaten unterzugehen.

PIPER

Alissa Walser
Am Anfang war die Nacht Musik

Roman. 256 Seiten. Gebunden

Als Franz Anton Mesmer das blinde Mädchen in sein magnetisches Spital aufnimmt, ist sie zuvor von unzähligen Ärzten beinahe zu Tode kuriert worden. Mesmer ist überzeugt, ihr endlich helfen zu können, und hofft insgeheim, durch diesen spektakulären Fall die ersehnte Anerkennung der akademischen Gesellschaften zu erlangen. Auch über ihre gemeinsame tiefe Liebe zur Musik lernen Arzt und Patientin einander verstehen, und bald gibt es erste Heilerfolge …
In ihrer hochmusikalischen Sprache nimmt Alissa Walser uns mit auf eine einzigartige literarische Reise. Ein Roman von bestrickender Schönheit über Krankheit und Gesundheit, über Musik und Wissenschaft, über die fünf Sinne, über Männer und Frauen oder ganz einfach über das Menschsein.

01/1844/01/R

PIPER

Maarten 't Hart
Der Schneeflockenbaum

Roman. Aus dem Niederländischen von Gregor Seferens.
416 Seiten. Gebunden

Vom ersten Tag an war seine Mutter misstrauisch gewesen gegenüber der »dürren Missgeburt«, wie sie seinen Freund Jouri immer nannte. Als Sohn eines Kollaborateurs hatte Jouri in den Niederlanden der Fünfziger Jahre wahrhaftig nicht viel zu lachen, genauso wenig wie der Erzähler selbst, der mit seinem eigensinnigen Humor und seinen Darmwinden Mitschüler und Lehrer quälte. Als sich dann einmal die kleine Ria Dons tapfer an seine Seite stellt und ihm, gegen Bezahlung von fünf Cent, sogar erlaubt sie zu küssen, ist das der Beginn einer schmerzlichen Erfahrung – denn Jouri zerreißt das zarte Band und spannt ihm ungerührt die Freundin aus. Voller funkelnder Lust am Erzählen ist »Der Schneeflockenbaum« ein Roman um verlorene Liebe, ein lebenslanges Missverständnis und eine unerklärliche Freundschaft.

01/1854/01/R

Achtung!
Klassik Radio
löst Träume aus.

- **Klassik Hits** 06:00 bis 18:00 Uhr
- **Filmmusik** 18:00 bis 20:00 Uhr
- **New Classics** 20:00 bis 22:00 Uhr
- **Klassik Lounge** ab 22:00 Uhr

Alle Frequenzen unter www.klassikradio.de   Bleiben Sie entspannt.